D1311167

GIROL SPANISH BOOKS
P.O. Box 5473 Stn. F
Ottawa, ON K2C 3M1
T/F 613-233-9044 www.girol.com

A E
& I

La abadía de los crímenes

Autores Españoles e Iberoamericanos

Antonio Gómez Rufo

La abadía de los crímenes

No se permite la reproducción total o parcial de este libro, ni su incorporación a un sistema informático, ni su transmisión en cualquier forma o por cualquier medio, sea éste electrónico, mecánico, por fotocopia, por grabación u otros métodos, sin el permiso previo y por escrito del editor. La infracción de los derechos mencionados puede ser constitutiva de delito contra la propiedad intelectual (Art. 270 y siguientes del Código Penal)
Diríjase a CEDRO (Centro Español de Derechos Reprográficos) si necesita fotocopiar o escanear algún fragmento de esta obra. Puede contactar con CEDRO a través de la web www.conlicencia.com o por teléfono en el 91 702 19 70 / 93 272 04 47

© Antonio Gómez Rufo, 2011
© Editorial Planeta, S. A., 2011
Diagonal, 662-664, 08034 Barcelona (España)

Primera edición: febrero de 2011
Segunda impresión: marzo de 2011

Depósito Legal: M. 8.592-2011

ISBN 978-84-08-10055-3

Composición: Fotocomposición gama, sl

Impresión y encuadernación: Rotapapel, S. L.

El papel utilizado para la impresión de este libro es cien por cien libre de cloro y está calificado como **papel ecológico**

Tanto el infierno como el paraíso pueden estar en cualquier habitación. Detrás de cualquier puerta. Debajo de cualquier sábana conyugal.

AMOS OZ, *Una historia de amor y oscuridad*

PRIMERA JORNADA

1

El amor es como el agua, que si no se agita se pudre, recordaba doña Leonor mientras se cubría el rostro con un pañolito de seda y encajes para protegerse del polvo del camino. Y a veces amor y sufrimiento eran la misma cosa, qué paradoja. Era posible que para los hombres no fuera de ese modo, al menos que no lo fuera para él; pero así lo sentía ella ahora.

Una nubecilla de polvo cegó sus ojos y los cerró. Trató de limpiarse los lagrimales y, con los párpados apagados, permaneció enredada en la rueda de sus pensamientos, herida. No: su amor no era un refugio contra la soledad; nunca lo había sido. Pero ¿cómo entender el juego y el vaivén de sus reglas? Necesitaba comprender los motivos de su esposo porque ella no amaba para cumplir con su deber ni había concebido el amor como un momento pasajero en su vida. El suyo lo era todo y quería que fuera eterno, prolongarlo para siempre.

Entonces, ¿por qué la trataba así? ¿De qué podía tener queja? Ella le admiraba; y procuraba acrecentar los manantiales de su afecto. Le habían enseñado que amor sin veneración es sólo amistad, y que el amor y la luna se comportaban de igual modo: si no crecían, menguaban.

No era cierto que se estuviera muriendo de amor; era el amor el que se estaba muriendo entre ellos.

Ese pensamiento le provocó unas desmesuradas ganas de llorar, pero no quiso hacerlo. Volvió a frotarse los lagrimales con el pañolito, respiró hondo y observó a sus amigas, que se entretenían en silencio mirando la monotonía del paisaje, con las pezuñas del cansancio arando arrugas en sus rostros. El día había amanecido triste, el viaje estaba resultando incómodo, el camino era largo y, además, con aquella polvareda que levantaban cabalgaduras y carros, cada vez se les hacía más difícil respirar. Y ahora, a la caída de la tarde, abrumada por la fatiga de tan larga marcha y por el dolor de sus meditaciones, la reina doña Leonor de Castilla estaba a punto de desmoronarse.

—Háblame, Sancha —dijo al fin, para evitar el desbordamiento de sus ojos—. Porque el rey, nuestro señor, no parece tener intención de parar hasta que revienten los caballos.

—¿Y de qué queréis que os hable, señora? —preguntó la dama, sin saber qué decir.

—No lo sé —alzó los hombros la reina, aburrida—. De cualquier cosa. Estáis todas muy calladas, como si os abrumaran cuitas. Decidme en qué andáis pensando.

—Cuitas no, señora... No es nada de interés —respondió Sancha—. Pensaba en unas nuevas sedas moriscas que...

—¿Y tú, Águeda, siempre tan ingeniosa? —se dirigió a otra de sus damas—. ¿También piensas en sedas?

—No, no. Pensaba una tontuna, señora. Me estaba preguntando si lo que mantiene a los matrimonios unidos, desde el principio de los tiempos, será el amor o el infortunio.

—¿Qué quieres decir? —interrogó doña Leonor, sin comprender.

—Pues..., pensaba en la desilusión de tantas esposas. Ellas siempre esperan que su esposo cambie, que sea más amable, más atento, más cariñoso... A veces me pregunto si es el amor lo que les retiene o si es menester ser infelices para tener esperanzas... Y cuando al fin la esposa comprende que nunca será así, que los hombres nunca cambian, ya no queda tiempo sino para aguardar la muerte sin hacer mucho ruido.

—¿Lo dices por mí?

—Dios me libre, señora.

Las otras damas miraron a Águeda recriminándole sus palabras mientras la reina, suspirando, cerraba los ojos sin decir nada. La propia Águeda pensó que sería reconvenida por su señora si había llegado a malinterpretarla, así que guardó silencio. Pero nada hubo, sólo un segundo suspiro de doña Leonor.

Porque lo cierto era que doña Leonor de Castilla seguía pensando en su esposo, el rey don Jaime. Llevaban nueve años de matrimonio y nada había sido como imaginó al principio. Cuando se casaron, él tenía trece años y ella diecinueve, y aunque la diferencia de edad parecía un abismo que nunca podrían superar, la relación no fue mala en aquellos primeros días. Incluso tuvieron un hijo en el primer año de matrimonio: el príncipe Alfonso. Ahora, recordando el pasado, le resultaban gratos aquellos dos o tres primeros años de convivencia, mientras el rey no pensaba en la caza ni en la guerra; ni siquiera en otras damas de la Corte. Pero él pronto creció en edad y en ambiciones y, simultáneamente, algo debió de ocurrir entre ellos porque cada vez fueron más infrecuentes las visitas a su aposento hasta que en los últimos dos años las noches se habían rendido al alba sin asistir a visita real alguna. Y ese lecho solitario y vacío, esa orfandad de esposo, esa indiferencia conyugal, la había convertido en una viuda emocional.

Al rey lo reclamaban obligaciones múltiples, lo sabía; al rey lo agobiaban sus títulos y posesiones, era cierto; al rey le imponían atender con el mismo esmero su reinado de Aragón, sus condados de Barcelona y Urgel y su señorío de Montpellier, naturalmente. Pero no parecía darse cuenta de que también le reclamaba su esposa, tan joven y tan desatendida. Y era verdad que durante unos años la esperanza la mantuvo viva y aguardó a que él cambiara, a que llamara de noche a su puerta, a que la cubriera de caricias tiernas y la envolviera en susurros amables perfumados con aromas de amor. Y en esa espera había vivido hasta hacía bien poco, apenas unos meses antes, cuando le informaron de que el rey había solicitado la anulación del matrimonio por algo tan inesperado e indeleble como su proximidad familiar, su parentesco cercano.

No fue el rey quien se lo comunicó. Fue el escribano real, con quien compartía doña Leonor un gran afecto, y la noticia la dejó perpleja. Después de ocho años, con un hijo crecido y sin haberle dado jamás motivos de disgusto ni pronunciado quejas, el rey quería sajar con un tajo tan inexplicable como traicionero el vínculo que Dios había creado entre ellos.

Cuatro meses hacía ya desde que había conocido la noticia y en todo ese tiempo el rey no se había molestado en decírselo. Incluso cuando amenazó con cortarle la lengua al obispo de Gerona por manifestar públicamente su desacuerdo con la pretensión del monarca, nada comentó a su esposa ni ella observó que le temblaran los labios ni las manos después de advertir al clérigo con tan severo castigo. Había cambiado, sí, pero no mejorado en su conducta. Nos hacemos mayores, pero no nos hacemos mejores, pensaba la reina. Y aun así, si esa misma noche el rey don Jaime la visitara en su lecho y mostrase una brizna de la ternura que le proporcionó en los primeros años de matrimonio, ella volvería a comportarse como la esposa fiel, leal, cumplidora y amantísima que deseaba ser y que, incluso a su pesar en ciertas ocasiones, no había sabido dejar de serlo.

Amarlo era su destino, su vocación, su deber y su necesidad.

Pero el rey apenas la miraba en privado, y muy pocas veces en público. Cuando compartían mesa, Consejo o recepción, nunca faltó a la consideración debida a una reina y a una esposa. La trataba con el mismo tacto con que se relacionaba con un príncipe extranjero o con el embajador de un reino amigo. Pero nada de amor vislumbraba en su mirada, nada de deseo, apenas nada de afecto. Y aun así, si él quisiera...

Águeda tenía razón. Su matrimonio se mantenía en pie debido al infortunio. Por su infortunio. Puede que todos los matrimonios fueran así, saciados para el esposo y desnutridos para la esposa, pero a ella le dolía el suyo, como a un corzo le duelen sólo las fauces del chacal que se abalanza sobre su cuello aunque al resto de la manada, un día u otro, le corresponda la misma suerte.

—¿Estáis triste, señora? —quiso saber Berenguela, la dueña, con un hilo de voz—. No lo estéis...

Doña Leonor abrió los ojos y la miró con ternura. Tomó su mano y sonrió apenas.

—No, amiga mía. No estoy triste. Sólo... desilusionada —miró a Águeda y le sonrió también.

—Yo... —se lamentó la camarera real—, no me refería a vos, señora. Os prometo que...

—¡Pero si no te acuso, Águeda! —la reina se mostró cariñosa con su amiga, acariciándole la mejilla—. Tú no tienes la culpa de que el rey sea como es. Tampoco de que haya dejado de amarme. Ni... de que busque mi muerte.

—¡Señora! —se alarmaron todas las damas. Y hasta la misma Violante, tan joven, recién llegada al servicio de la reina, se llevó la mano a la boca, horrorizada.

—¡Basta, basta! —intentó calmarlas doña Leonor—. Sosegaos y no deis por oído cuanto os digo, que no quiero escándalos en mi casa. Puede que sólo sean figuraciones mías...

2

El séquito del rey don Jaime I de Aragón dejó de levantar la enorme nube de polvo que lo acompañaba en cuanto la comitiva se detuvo ante los imponentes muros del monasterio de San Benito. El viento helado que descendía por la falda de las montañas pirenaicas limpió el aire de la polvareda con la celeridad de un sirviente esmerado. Inmóvil la caravana, sólo los estandartes de la Corona de Aragón, las banderas reales y los pendones de los regimientos de don Jaime continuaron su agitación, enloquecidos por el vendaval que precedía a la anochecida. El rey volvió sus ojos hacia la carreta en forma de tienda en que viajaba su esposa, doña Leonor de Castilla, la miró y afirmó con la cabeza.

—¿Hemos llegado? —preguntó la reina.

—Hemos llegado —respondió él.

—*Laus Deo*[1] —musitó ella, y procedió a santiguarse.

Frente a ellos se levantaban los muros del monasterio de San Benito; y, más allá, las altivas montañas que exhibían su manto nevado en la cordillera leridana de los Pirineos. El cielo se rompía en mil grises que anunciaban una tormenta inminente, más oscuros aun que las piedras con que se había construido el edificio que resguardaba el gran cenobio femenino de religiosas cistercienses. Poco faltaba

1. «Alabado sea Dios.»

para el anochecer, así que el rey ordenó a su capellán don Teodoro que se adelantara para anunciar a la abadesa la visita real.

—Y no olvides decir a doña Inés de Osona que ha de preparar también aposento y cena para doña Constanza de Jesús, que estará presta a llegar desde el monasterio navarro de Tulebras. Viene a investigar el sanguinario misterio del que nos habló en su carta.

—No lo olvidaré, mi señor —el capellán don Teodoro se acompañó con una reverencia.

—Marcha.

Mientras esperaba el regreso del capellán con la noticia de que las puertas del monasterio quedaban francas, el rey don Jaime dio instrucciones al Alférez Real y a sus capitanes para que la tropa estableciera el asentamiento en el valle, levantara sus tiendas allí y se dispusiera a permanecer acampada cuanto tiempo fuera necesario hasta poner fin a la desgracia que se había cernido sobre el monasterio benedictino, con su rosario de violaciones y muertes inexplicables. Tan sólo él, por su privilegio de rey, y la reina doña Leonor con sus damas, como mujeres, podían hospedarse en el cenobio; ni siquiera el capellán don Teodoro, ni religioso alguno, fuera sacerdote u obispo, podría traspasar sus puertas. El mismo papa, de desearlo, habría tenido que solicitar la venia de la abadesa para pernoctar entre aquellos muros.

—Acercaos, mi señora —reclamó don Jaime a la reina—. Vos y yo entraremos a pie en cuanto regrese nuestro capellán. Disponedlo todo para que vuestras damas nos sigan con cuanto necesitemos.

—Estaré preparada, mi señor —respondió doña Leonor.

—Daos prisa y no os demoréis —insistió él—. El cielo está decidido a romperse en mil pedazos con una fuerte tormenta.

Los regimientos de tropa empezaron a dispersarse e iniciar los trabajos de asentamiento en la extensa llanura situada frente al monasterio con movimientos ordenados y siguiendo las reglas de distribución y defensa de los campamentos militares en tiempos de guerra. Primero habrían de levantar la tienda del rey, aunque no fuera utilizada, y a su lado la del Campeón o Alférez Real, como primer caballero del reino; después las de los nobles, cortesanos y damas; luego las de los capitanes y los demás caballeros, y por último las de las mesnadas de criados y la soldadesca, sin olvidar los emplazamientos seguros para las cabalgaduras y los cuartos de cocina, junto a los que se construirían cercas para guardar los gorrinos, gallináceas, terneras, vacas y bueyes que acompañaban a la expedición y procurarían trabajos de carga y atenderían a las necesidades de alimentación. El rey, entre tanto, esperó paciente el regreso de su envejecido capellán, mirando al cielo, confiado en que tendría tiempo para resguardarse antes de que empezara a llover.

—¿Es verdad que son cinco las religiosas asesinadas? —preguntó la reina con voz insegura.

—¿Estáis asustada? —sonrió el rey—. Vos no corréis ningún peligro, os lo aseguro.

—A vuestro lado sé que nada he de temer, mi señor —ella también intentó forzar una sonrisa, pero no fue limpia—. Aunque cinco muertes en tan poco tiempo...

—En su carta, la abadesa doña Inés de Osona me informó de cinco asesinatos, en efecto. Pero desde entonces a hoy me han comunicado dos más. Es todo muy extraño.

—Ciertamente, mi señor.

El rey se mantuvo un rato en silencio con los ojos puestos en el camino por el que habría de regresar el capellán. Y por unos instantes cruzaron por su cabeza pensamientos de vida y de muerte mezclados con otros de impaciencia por la espera. Hasta que se recobró y se volvió hacia la reina.

—Bueno, no os alarméis por ello. Estoy convencido de que la hermana Constanza de Jesús, con su sabiduría y experiencia en esta clase de asuntos terrenales, encontrará pronto la respuesta y haremos justicia. Puede que haya llegado ya.

—Dios lo quiera.

Poco después, el capellán don Teodoro, acompañado por la misma abadesa, se acercaba a paso agitado hasta donde les esperaban. Doña Inés de Osona los saludó con mucho afecto, besando la mano del rey y la mejilla de la reina, y les apresuró para que la siguieran cuanto antes al cobijo del monasterio.

—Lloverá muy pronto, mi señor —añadió.

—Parece que así será —don Jaime levantó los ojos al cielo, sin necesidad—. Vamos, pues.

Don Teodoro vio marchar a los tres, acompañados por su séquito de damas, con el rostro contraído, apenándose de no poder seguirles también al interior de la abadía y, por tanto, tener que conformarse con el alojamiento en una fría tienda que, dada la penetrante humedad de aquel clima, sería un auténtico calvario para sus viejos huesos, ya bastante maltrechos después de estar al servicio del rey desde el mismo momento de su jura en las Cortes Generales de 1214 y luego en su declaración de mayoría de edad y consiguiente coronación en el mes de septiembre de 1218, cuando se convocaron otra vez Cortes Generales en Lérida y acudieron todos los nobles aragoneses y catalanes. Desde aquella primera jura leridana ya habían pasado quince años de ministerio fiel e inseparable compañía y, ahora, en ese frío mes de marzo de 1229, verse obligado a instalarse en una tienda a la intemperie del valle no era, precisamente, algo que colmase sus ambiciones. Y además le pareció injusto. Aun así, si era la voluntad de Dios, se dijo don Teodoro para reconfortarse, amén. Y a regañadientes dio media vuelta y se dirigió al campamento, en donde esperaba que sus criados hubiesen levantado y afianzado ya los telares de su morada. Repetía, una y otra vez: «*Dominus dedit, Dominus abstulit, sit nomen Domini benedictus.*»[2]

Y siguió su camino recitando el Gloria:

—*Gloria Patri, et Filio, et Spiritui Sancto. Sicut erat in principio, et nunc et semper, et in saecula saeculorum, amen.*

2. «Dios me lo dio, Dios me lo quita, bendito sea el nombre de Dios.»

3

Cuando el rey don Jaime cruzó los umbrales de San Benito acompañado por su esposa y la abadesa, seguido por las seis damas de compañía de la reina que portaban los baúles en donde se guardaban las ropas reales, tuvo la sensación de que aquello no iba a ser de su agrado, por lo que, rebuscando posibilidades, tendría que ingeniárselas para encontrar el modo de que la estancia entre aquellos muros fuese lo más breve posible. Alguna vez se había visto obligado a pernoctar una jornada, incluso dos, en un convento de religiosos, pero aquello había sido una situación soportable porque no había morada más digna en el itinerario de sus tropas en busca del enemigo. Ahora, sin embargo, instalarse en uno de ellos durante tiempo indefinido hasta que se averiguase qué sucedía realmente en él y dar con el culpable o los culpables de la indignidad se le antojó una cruda penitencia que no estaba seguro de merecer. Cobijarse de una tormenta inminente era razonable; hacer de aquel monasterio algo parecido a su hogar, algo muy alejado de sus deseos.

Doña Inés de Osona lo había dispuesto todo con extremada diligencia para que los aposentos de los reyes resultasen lo más acogedores posible. En el camino de entrada, mientras subían los peldaños de piedra que conducían al interior del convento, trató de complacer a su ilustre visitante.

—Encontraréis vuestros aposentos humildes pero caldeados, mi señor.

—Gracias, doña Inés —sonrió doña Leonor.

—Y la cena se os servirá en una sala contigua, en cuanto deseéis. Se están preparando pichones, caldos, frutas, queso, vino y dulces. ¿Gustaréis de alguna otra vianda?

—Así está bien, doña Inés —respondió el rey—. Me placen las cenas frugales.

—Yo tomaré cualquier cosa en mi celda, abadesa —dijo la reina—. El viaje me ha fatigado y deseo descansar.

—Ya decidiremos eso —intervino el rey, mirando a doña Leonor de un modo intimidatorio.

—Siempre a vuestra disposición —la abadesa trató de no interferir. Y añadió—: Por cierto, sabed que esta mañana ha llegado la hermana Constanza de Jesús y...

—Ah —el rey se interesó por la noticia—. Pues dile que deseo verla lo antes posible. Incluso me complacería que me acompañara durante la cena. Tengo verdadera curiosidad por saber qué caminos piensa utilizar para conducir el proceso de investigación.

—Desde luego. Así se lo haré saber, señor.

El monasterio de San Benito era la abadía benedictina femenina más importante de aquella región pirenaica situada dentro de la Corona de Aragón, a tiro de piedra de las montañas que la separaban de la tierra de los francos. En su origen se había establecido a modo de refugio espiritual para ermitaños, hombres y mujeres, cenobitas que pasado el tiempo se convirtieron en gentes piadosas al servicio de Dios que profesaron la vida monástica. Formaban dos comunidades diferenciadas, según su sexo, y observaban, de ahí su nombre, la regla de San Benito.

Todos obedecían ciegamente a su fundador, un viejo noble catalán llamado Hilario de Cabdella. Su báculo pastoral fue respetado aparentemente por todos como si de un santo varón se tratase, aunque después de su muerte se dio a conocer la existencia de innumerables hijos bastardos y perdió gran parte de la buena fama que le profesaban sus seguidores. También era cierto que no todos habían querido creer cuanto de él se contaba y hubo quienes le disculparon con el tibio argumento de que traer hijos al mundo para el servicio de Dios Nuestro Señor no era un acto ignominioso, sino una muestra más de su generosidad y santidad. Una actitud que nunca fue compartida por todos los cenobitas ni, mucho menos, del agrado de las novicias que habían sucumbido a los caprichos amatorios del abad don Hilario y que luego se vieron repudiadas o, en el mejor de los casos, abandonadas a su suerte.

Por ello mismo, sumando al descontento de muchas mujeres el hecho de las continuas controversias que su vida provocó, tras la muerte del fundador, que coincidió con el día de Navidad del mismo año 1200, los hombres decidieron abandonar el monasterio para incorporarse a un nuevo cenobio, esta vez totalmente masculino, llamado el Bonrepòs, situado en la no muy lejana villa de Morera del Montsant, y uniéndose así a los religiosos que habían abandonado también el monasterio mixto de Santa María de Vallbona por causas similares. De este modo, el monasterio de San Benito, como después lo sería el de Santa María, se convirtió en el primer cenobio femenino y en un refugio exclusivo para religiosas, regido por una abadesa e incorporado a la reforma cisterciense.

Estos hechos los iba recordando el rey mientras, conducido por la abadesa, atravesaba el claustro y se dirigía a la celda que le habían preparado en un ala del monasterio deshabitada, para que su presencia no alterase en modo alguno la plácida vida de las monjas, aunque todos sabían que en aquellos días no era la placidez, precisamente, la manera más certera de definir el trastorno general y el miedo que sentían todas las habitantes del santo recinto.

—No os incomodará esta soledad que os he procurado, ¿verdad, mi señor? —preguntó doña Inés a don Jaime, mostrándole el interior de su aposento.

—En modo alguno, señora —respondió el rey—. Dios siempre acompaña y nunca nos deja solos. Tan sólo haz saber a la reina que una de sus damas ha de traer mis mudas y atenderme como camarera real mientras estemos aquí.

—¿Alguna dama en particular, señor? —la abadesa inclinó la cabeza y se miró las sandalias mientras esperaba respuesta.

—No. Es igual —respondió el rey, desnudando su espada y depositándola sobre el arcón situado a los pies de la cama que le habían designado—. La que ella desee; la que menos útil le sea.

—Ahora mismo trasladaré vuestra petición.

Doña Inés se dispuso a salir de la estancia, pero un rayo, y el trueno que descargó a continuación, le hicieron detenerse en seco, como si una voz la llamara.

—*Laus Deo!* Parece que nos hemos resguardado justo a tiempo —exclamó después de suspirar y recuperarse de la impresión, cruzando las manos sobre el pecho—. Daré órdenes de que se os sirva la cena dentro de unos minutos, señor.

—Que se me informe en cuanto esté todo dispuesto.

Había que reconocer la fuerza de aquellas mujeres y el rey lo hizo, pensando en que, para vivir solas, aisladas y de ese modo, mucha debía de ser su fortaleza espiritual. A saber cuál era la última razón que las había conducido hasta allí: la soltería, el pecado, la culpa, una decisión paterna, un desengaño amoroso... Bien era cierto que la vida contemplativa podía resultar cómoda en algunos casos, aunque también conocía algo de sus trabajos, copiando y ornamentando códices, y otras labores no menos fatigosas y esmeradas, por sencillas que a un guerrero le pudieran parecer; y pensó que debería fingir ante la abadesa y transmitirle un reconfortante guiño de admiración por su entrega y abnegación. Don Jaime también decidió que, si sobraba tiempo, y supuso que mucha sería la holganza, pediría a doña Inés que le mostrase la marcha de aquellos trabajos de copia y miniatura de los que tanto y tan bien había oído hablar.

En ello andaba pensando, aflojándose las cinchas del calzado y despojándose de gola, peto, escarcelas y escarcelones, hombreras, codales, brazales, manoplas, guanteletes, rodilleras y demás piezas de su vestimenta, cuando una voz femenina le habló desde el umbral de la puerta.

—Me manda la reina a vuestro servicio, señor.

Don Jaime la miró, apretó los ojos para distinguirla bien en la penumbra y quedó sorprendido. Recortada su figura por los claroscuros del atardecer, a contraluz y apenas iluminado su rostro por los velones de la estancia, con la mirada sumisa y el vestido blanco, la dama parecía una aparición angelical.

—¿Quién eres? —le preguntó, sin reconocerla.

—Violante, mi señor.

—Ah, Violante. Sí... Creo recordar que la reina me ha hablado de ti. Pasa.

Violante de Hungría era, en efecto, la última dama en incorporarse al servicio de doña Leonor. El rey apenas se había fijado en ella, siempre tan retraída y discreta, pero al verla le pareció la más hermosa de cuantas revoloteaban al capricho de su esposa. Puede que por su juventud e inexperiencia fuera la menos útil en el servicio de la reina, pero ahora se daba cuenta de que, sin duda, era la más bella. Que doña Leonor la hubiera designado a su servicio demostraba su deseo de complacerle, o acaso el modo de apartar de ella a la servidora más torpe de su corte íntima; y puede que también se tratara de una trampa poco sutil para comprobar la lealtad de su esposo. En todo caso, fuera una u otra la causa de su designio, a don Jaime le pareció excelente la elección y no pudo contener una sonrisa.

—Mientras deshaces mi equipaje, háblame de ti, Violante —ordenó con firmeza. Luego, dándose cuenta de lo imperativo de su mandato, aplacó su tono de voz—: Ya que vamos a pasar mucho tiempo juntos, comprende que es natural que quiera conocerte.

—No hay mucho que decir, mi señor —respondió ella sin atreverse a mirarlo.

—Al menos podrás decirme de dónde eres...

—Soy hija del rey de Hungría, señor —la muchacha empezó a doblar y colocar algunas prendas del vestuario real en los estantes de la alacena situada en mitad de la pared.

—¿Eres hija del rey don Andrés II? ¡Por todos los santos! ¡Buen y leal amigo, en verdad! —exclamó don Jaime, entusiasmado por la revelación—. Lo que no alcanzo a... Bueno, que siendo tan noble princesa, ¿por qué vienes al servicio de doña Leonor, la reina?

—El rey, mi padre, quiso que conociera esta experiencia, mi señor —por la tranquilidad con que lo dijo no pareció que le disgustara el encargo. Y aclaró—: Él dice que para llegar a ser una buena reina primero hay que saber ser una buena dama y conocer todos los entresijos de una gran corte, como la vuestra.

—Sabias palabras del viejo y astuto don Andrés, sin duda —afirmó don Jaime, sonriendo—. ¿Y me puedes decir cuánto tiempo llevas al servicio de la reina?

—Apenas cuatro semanas, señor.

—Cuatro semanas —afirmó el rey con la cabeza—. Está bien. Haremos que tu real padre no quede descontento por nuestro comportamiento ni por tu educación. Todavía te queda mucho por aprender y yo mismo me esmeraré en ello. Así es que ahora, cuando acabes de ordenar mi equipaje, prepara el tuyo en la celda más próxima a la mía. Quiero tenerte tan cerca como sea posible, de día y de noche.

—Si es vuestro deseo, señor...

—Ah, y otra cosa: mientras sigas a mi lado no quiero que lleves tocado alguno en la cabeza. No me gustan. Despójate de él y muestra siempre al viento tu cabellera.

—¿Mi tocado, señor? —la muchacha se extrañó hasta el punto de sentirse desnuda, ofendida, y se lo protegió con las manos, tanto la copa como la cinta ancha que cubría sus orejas y se ataba bajo la barbilla.

—Así es. Lo más hermoso de una mujer no es su virtud, sino su pelo. ¿No lo sabías? Porque supongo que lucirás una hermosa melena, ¿no es verdad?

—Yo, señor...

—Pues ya está todo dicho. Y ahora ordena que sirvan la cena.

4

Al poco, todo estuvo dispuesto en la sala principal del ala norte. La reina, obstinada, se volvió a disculpar por no asistir a la cena, alegando que sufría fatiga, que carecía de apetito y que tomaría en su aposento un caldo y nada más, yéndose a descansar en seguida. En cambio, la abadesa se esmeró en su papel de anfitriona y condujo al salón a Constanza de Jesús, la monja investigadora recién llegada de Navarra, quien había cenado hacía rato pero deseaba poner de inmediato al rey en antecedentes y aceptó la invitación a acompañarlo y, así, cumplir con su deber y con los deseos de don Jaime. La joven Violante de Hungría se mantuvo de pie durante todo el banquete, situada detrás de su señor y atenta a sus necesidades, mientras doña Inés, la abadesa, después de proceder a las presentaciones de rigor y permanecer sentada el tiempo que consideró apropiado para cumplir con el protocolo, solicitó licencia al rey para retirarse a su celda y orar por la pronta resolución del drama.

—Buenas noches, abadesa —don Jaime le dio su venia—. Descansa. Pero traslada antes a la reina mis deseos de que descanse también muy bien esta noche. Y añade que hoy me complace cenar sin ella porque Constanza ocupará su lugar y estoy convencido de que será una grata compañía.

—Desde luego, mi señor —respondió la abadesa con

tanta solemnidad como pudo, sin dar muestras de que no estaba dispuesta a transmitir semejante recado.

Constanza de Jesús resultó ser, en efecto, y desde el primer momento, una mujer agradable en extremo. De cierta edad, gruesa y ágil, y de ojos vivísimos, apenas gesticulaba con las manos al hablar, pero sus dedos regordetes no permanecían quietos ni un instante, ya tamborileando sobre la mesa, ya llevándolos de paseo por la nariz, las orejas o el cuello para rascarse puntos de piel que no le picaban. Podía ser un tic, o una manera de ayudarse a pensar las respuestas o a armar sus discursos, pero el caso era que sus dedos inquietos componían una sinfonía de palabras sin sonido que complementaba a la perfección sus explicaciones, hasta el punto de resultar amenas, clarificadoras y abiertas a muchas posibilidades.

Al rey le pareció una mujer de fiar. Las referencias sobre su sagacidad e inteligencia le precedían, lenguas se hacían sobre su astucia y claridad de juicio, sobre su capacidad deductiva y sus argumentaciones lógicas, y al final quedó complacido del todo porque cuanto le narró en el transcurso de la cena fue de su agrado. Dos horas de amena conversación de la que don Jaime extrajo dos conclusiones: que Constanza resolvería sin duda el misterio de las siete muertes recientes y que el proceso no sería breve, por lo que la estancia en el monasterio se extendería más de lo que habría deseado.

—¿Qué tal marchan las cosas por el monasterio de Santa María de la Caridad, allá en Tulebras? —quiso saber el rey después de la presentación y cuando la abadesa les dejó a solas—. ¿Tenéis graves problemas en tierras de Navarra?

—En absoluto, señor —respondió Constanza—. Más bien diría que la monotonía se ha aliado con la rutina para llamar a voces al aburrimiento. Dios me perdone, pero toda Navarra es una balsa de aceite y nuestra casa monacal una somnolienta oración perpetua. Creo que nuestra alma se pasa la vida durmiendo y, como dijo Nuestro Señor Jesucristo, hay que estar despierto porque nunca se sabe a qué hora ni de qué manera se hará presente el diablo.

—¿Eso dijo Jesucristo? —se extrañó el rey de la cita evangélica.

—Tal vez no —sonrió la monja—. Pero reconoced que expresada en un buen latín la cita habría hecho fortuna.

—Ya comprendo —el rey esbozó también una sonrisa—. Es decir, que estás harta de dormir y te sientes encantada con la misión que te ha sido encomendada.

—Dios me perdone otra vez, pero aseguraría que salir por un tiempo del convento me ha venido de perlas...

El buen humor de la religiosa de Tulebras hacía mucho más fácil la conversación. Y, además, servía para que la narración de los hechos no resultase farragosa.

—Cuéntame, pues, qué es todo este embrollo. Se habla de siete cristianas asesinadas y algunos otros actos indignos... Violaciones, ataques a la moral, actos impuros...

—Ocho ya. Ayer mismo amaneció muerta en su celda otra religiosa. Esta mañana, al llegar, ha sido lo primero que me han dicho. Incluso antes de anunciarme vuestra visita.

—¿Y se sabe la causa de su muerte? —se interesó don Jaime—. ¿Has podido ver el cadáver?

—La causa, no. Pero sí he podido verla cubierta por su mortaja momentos antes de su entierro en el cementerio de este cenobio. No me han permitido descubrirla para ver su rostro, y ni la abadesa ni las religiosas a las que he preguntado han querido dar explicación alguna de su forma de morir. Tampoco me han autorizado a retirar el sudario de su cuerpo para examinarlo con detenimiento. Creo que una orden real en ese sentido sería de mucha utilidad para que se me permitiera realizar un estudio completo.

—¿Ahora? ¿Hablas de desenterrarla acaso?

—¿Y por qué no? Su cuerpo estará todavía en buen estado, casi intacto, y no creo que pueda calificarse de profanación el hecho de realizar un examen ocular que ayude a evitar nuevas muertes.

—Si lo crees así... Cuenta con ello. ¿He de molestar ahora mismo a la abadesa?

—Bueno —sonrió Constanza—. El caso es que esta noche no siento una gran disposición para entretener mi ánimo jugueteando con un cadáver. Con que se lo hagáis saber en maitines...

—¿Maitines?

—Supongo que en esta época se rezan a las cuatro de la madrugada. En mi monasterio se hace así, no creo que aquí sea menor la diligencia.

—Si es costumbre general...

—Una mala costumbre, en todo caso —tamborileó la religiosa sobre la mesa y se removió en su asiento—. Pero ¿qué costará, por los clavos de Cristo, cambiar las normas y rezar un poco más tarde, por ejemplo al alba, digo yo? Creo que a esas horas impropias estamos despertando al mismísimo Dios con nuestros desafinados cánticos y letanías. Qué falta de consideración...

—Sigue así, Constanza, y pronto serás excomulgada. ¡Yo mismo me ocuparé de ello!

—¡Pero si carezco de mala intención, señor! —sonrió la religiosa y se llevó a los labios una copa de agua—. Por cierto, ¿vos os levantáis a esa hora tan intempestiva?

—No, claro —respondió don Jaime con la boca llena.

—¿Lo veis? Y nadie osaría acusaros de no ser un buen cristiano. ¡Un hombre ejemplar, aseguro!

—Si tú lo dices...

El rey se volvió hacia Violante y la dama le acercó una jofaina con agua para que se lavase los dedos grasientos de comer los pichones. Se secó las manos después con una toalla que la muchacha llevaba sobre el antebrazo y procedió a servirse un trozo de queso que cubrió con miel. La cena estaba siendo agradable de conversación, las viandas abundantes y bien cocinadas y aún quedaban sobre la mesa dos fuentes, conteniendo peras una de ellas y dulces la otra. La jarra de vino, mediada ya, no llegaría al final con restos para otro día.

—Me gusta este monasterio, Constanza. ¿Qué te parece a ti?

—Prometedor —volvió a sonreír.

Tal vez la monja navarra tuviera razón, pero al rey no le parecía tan prometedor. Por lo que sabía, las religiosas que lo habitaban habían convertido el cenobio de San Benito en un templo dedicado a la vida contemplativa aunque, no conforme con esa limitación a la ascesis, a la oración y a las enseñanzas de la liturgia, la abadesa Inés de Osona había volcado todos sus esfuerzos en que también se convirtiera en un lugar de trabajo, sin descuidar naturalmente el servicio divino para el que había sido fundado.

Todo empezó en el año del Señor de 1163, cuando el edificio se estableció en unos terrenos cedidos por el conde de Barcelona, Ramón Berenguer IV, atrayendo de inmediato a su morada a diversas damas provenientes de las noblezas aragonesa y catalana. Tanto la labor de su fundador, el abad don Hilario de Cabdella, como después el empeño de la abadesa doña Inés de Osona fueron tan reconocidos que el recién nombrado papa Honorio III le había otorgado en el año 1216 la inmunidad, y con ello le aseguró la protección de sus bienes, acompañándolo asimismo de una bula que normalizaba su condición de clausura y proclamaba su independencia con respecto al poder de los reyes y del propio papado. Casi como un reino propio. Y con esos privilegios recibió tantas y tan numerosas propiedades en testamento y donación de fieles cristianos que con los años fue dominando todo el condado, incluso consiguiendo una propia personalidad jurídica, todo ello bajo el mandato de la abadesa doña Inés de Osona, quien le compró a él mismo, el rey don Jaime, como conde de Barcelona, la jurisdicción civil y criminal de todas las posesiones del monasterio por la cantidad de catorce mil sueldos barceloneses, convirtiéndolo así, de hecho, en el centro espiritual y político de todas las villas y tierras que integraban el condado.

Con tanto poder, la abadesa decidió que no bastaba la consagración a la oración de sus religiosas, sino que era preciso darles a conocer algunos oficios que extendieran la fama del monasterio, e incrementar con ello su influencia y propiedades, así como su patrimonio pecuniario personal, naturalmente. Por eso habilitó unas salas de la segunda planta del ala norte como escuela monacal en la que las religiosas con más experiencia se encargaron de dictar a las nuevas cenobitas prácticas de caligrafía y miniatura, iniciación a la música y, para quienes lo desearan, lecciones de gramática. Su *scriptorium*, así, había cosechado fama en toda la Corona de Aragón por sus espléndidos trabajos en la transcripción de textos sagrados, obras griegas y algunos poemarios árabes y libros latinos muy solicitados por los nobles, aunque no contaran con el *nihil obstat* del papado. Y alguna otra obra menor de la literatura popular. Así pues, en el momento en que don Jaime recaló en el monasterio, formaban la comunidad ciento catorce religiosas, pertenecientes a linajes de la nobleza aragonesa, provenzal y catalana, entre las que se encontraban descendientes de los Cabrera, los Ahones, los Montcada, los Boixadors, los Molina y los Queralt.

—¿Prometedor, dices? —repitió el rey después de guardar unos momentos de silencio, pensativo—. ¿A qué te refieres?

—A que un poco de acción nunca viene mal a una aburrida monja de la montaña.

Don Jaime asintió con la cabeza y preguntó:

—¿Qué sabes hasta ahora de lo sucedido?

—Poca cosa —se lamentó la navarra.

Constanza empezó sus malabarismos de rascarse con una uña del dedo índice la nariz, el lóbulo de su oreja derecha, luego la coronilla, más tarde la oreja izquierda y otra vez vuelta a empezar. Mientras lo hacía, el rey sorbía breves tragos de su copa de vino, y la joven Violante, de pie, luchaba con el peso de sus párpados porque estaba a punto de caerse de sueño.

La monja empezó a enumerar las sucesivas muertes de religiosas, las ocho producidas en los últimos cinco meses, y las otras tres violaciones conocidas, aunque, añadió con gesto severo y una seguridad aplastante, era posible que hubieran sufrido alguna más y que las víctimas, por vergüenza, por miedo o por piedad, no se hubiesen atrevido a denunciarlo ante la abadesa.

Por el camino andado desde que fue llamada por el rey para hacerse cargo de la investigación, sólo se había enterado de que todas las muertes, menos una, se habían producido sin causa aparente, lo cual llevaba a pensar en el veneno o el estrangulamiento como modus operandi. Al menos era la impresión de doña Inés de Osona, sin estar segura del todo porque, en muchos casos, según dijo, ni huellas de moraduras o forcejeo se hallaron en los cuerpos de las víctimas. Tan solo en un caso fue evidente la causa de la muerte: la víctima amaneció con un cuchillo clavado en el pecho, una embestida tan profunda que le rompió el corazón. Un cuchillo, por otra parte, de los varios existentes en las cocinas del monasterio, por lo que cualquiera podría haberse apoderado de él, apropiárselo por una noche y cometer con su hoja afilada el brutal asesinato.

—¿Y eso es todo cuanto te ha contado la abadesa? —preguntó don Jaime.

—Y gracias. A fuerza de insistir e insistir. En realidad, mi primera impresión es que no quiere que se remuevan mucho las cosas.

—¿Lo crees así?

—Más que impresión, es certeza —afirmó la navarra—. Doña Inés llegó a decirme que todo este asunto podía perjudicar mucho al monasterio, que me daría toda clase de facilidades para completar mi misión pero que, en la medida de lo posible, tratara de llevarla a cabo dentro de la mayor discreción. Y que, por lo que más quisiera, no asustara a los miembros de la comunidad. Una huida de las novicias catalanas a sus casas empobrecería considerablemente el patrimonio de la abadía.

—Comprendo —asintió el rey.

—¡Pero tendré que investigar a fondo, mi señor! Y, como sabéis, la verdad suele ser bastante escandalosa.

—También lo comprendo —volvió a asentir don Jaime, esta vez cerrando los ojos.

—Y una cosa más: la abadesa me ha relatado algo difícil de creer.

—¿Y es?

—Que las hermanas fueron violadas antes de ser asesinadas, lo que se me antoja imposible...

—¿Qué quieres decir?

—Pues, perdonad, mi señor, pero ¿cómo os explicáis que, estando vedada como está la casa a toda presencia de hombres, pudieran ser violadas las víctimas?

—¿Es eso cierto? Pues... si la abadesa lo dice, habrá que investigarlo —don Jaime sorbió otra vez de su copa—. Y descubrirlo. En fin, Constanza, te hago encargo firme de ello. Pero todo esto..., bueno, todo me hace pensar que a lo mejor la entrada de ratas no está tan prohibida en esta ratonera y algún que otro ratoncillo juguetón tiene bula y paso franco al interior del convento.

—Es lo primero que he pensado.

—Bien está —concluyó el rey—. Y ahora creo que ha llegado la hora de dormir. Mañana empezarás tus pesquisas y no me olvidaré de ordenar a doña Inés que se te den todas las facilidades, incluida la exhumación de cuantos cadáveres solicites.

—Os lo agradeceré mucho, señor.

—Buenas noches. Ahora, descansa.

—Buenas noches —Constanza le despidió con una reverencia.

El rey abandonó la mesa y la estancia seguido por Violante, que apenas podía caminar erguida porque hacía rato que estaba más dormida que despierta.

5

Doña Leonor de Castilla, la reina, se dejó desvestir y cubrir con ropas de dormir por sus damas, un amplio camisón de seda blanco y una bata de lana fina, y luego les dio las buenas noches con los pájaros del desamor revoloteando por una tibia estancia que un día más iba a permanecer solitaria y desnuda de afectos. Tanto Águeda como Berenguela, Juana, Teresa y Sancha marcharon a sus celdas contiguas para descansar al fin, tras la menguada cena que habían compartido con su señora, dejando la habitación de la reina alumbrada por tres luces radiantes: un candelabro acabado en una lámpara de aceite prendida, seis velas de cera sobre un cirial y unos ojos de mujer brillantes por la humedad que los cubría.

Empezó a rezar sus oraciones nocturnas, las completas, pero un solo pensamiento hería la devoción de doña Leonor igual que el sol ciega si se le mira fijamente. Le resultaba imposible el recogimiento en la meditación. Porque el rey era hijo de don Pedro II de Aragón y de doña María de Montpellier; y ella era hija de don Alfonso VIII de Castilla y de doña Leonor de Inglaterra. Entonces, ¿de qué malabarismos se había servido don Jaime para obtener influencia papal y que se estuviera estudiando una anulación por causa de parentesco? Existía, como en todas las casas reales; pero era tan lejano... La irritación era su más frecuente compañera en la noche, en cada una de las noches desde que había conocido la pretensión de su esposo. Irritación y desconsuelo, enredándose esas emociones con el desconcierto y la incredulidad. De todos modos, se decía, bastaba con la pretensión formulada por su esposo para que el matrimonio fuera inexistente de hecho, pues aunque el mismo papa negara la petición, nunca más se sentiría mirada con amor por él; sólo encontraría en sus ojos el rencor. Si ganaba el pleito, el rey se marcharía; si lo perdía, la detestaría al verse obligado a compartir con ella el reinado. Su matrimonio, por tanto, estaba ya muerto. Y tal vez, se decía, lo mejor era que se anulase cuanto antes porque de otro modo la sinrazón se cernería sobre ella y no sobreviviría mucho tiempo al enojo real.

¿Adónde habían ido a parar aquellos días de juventud regados por el deseo y el afán del rey de frecuentarla a cualquier hora y situación, a veces provocando el escándalo de la corte y la tímida reconvención de los santos confesores? ¿Adónde volaron los roces por debajo de la mesa, la impudicia del desnudo, el requerimiento del beso, la búsqueda de la soledad y las huidas por las alas apartadas de palacio? ¿Adónde marcha el amor cuando los días se hacen rutina, la rutina se vuelve hastío, el hastío, incomodidad y la incomodidad, odio? ¿Es un viaje inevitable? ¿Quién decide que hay que hacerlo? ¿Y por qué se hace?

Ella no había tomado pasaje para esa nave. Aferrada al amor por su hijo Alfonso, siempre creyó que formaban una familia ejemplar para toda la Corona de Aragón. Incluso don Jaime se había mostrado siempre cariñoso y tierno con su hijo, hasta que le entró el mal de la guerra y dejó de pensar en todo lo que no fuera tomar nuevas tierras. Ahora sólo pensaba en Mallorca: tenía previsto partir en septiembre con cien naves para conquistar la isla. Y luego, ¿qué sería? ¿Valencia? ¿Murcia? Entre ganar tierras moras y perder su propio hogar prefería la conquista. Oficio de hombre, infierno de mujer. Un día lo expresó muy bien la ingeniosa Águeda: si los hombres supieran que a nosotras nos basta con creer que algún día llegarán a posarse en nuestros brazos para permanecer locas de amor por ellos, que no nos importa esperar lo que haga falta para gozar de su ternura, ni siquiera necesitarían decirnos que nos aman. Porque ellos nos quieren enamoradas, pero no a cambio de estar enamorados. No buscan esposa, buscan ser amados: otra madre. No buscan sentir amor, sino apaciguar su lujuria. Y lo peor es que les produce tanto o mayor placer la guerra, el juego y la caza que el fornicio. Ser hombre debe de ser muy cómodo.

La reina movió la cabeza a un lado y otro, como si precisara expresar a alguien que mostraba su desagrado. En realidad se lo expresaba a sí misma. Y de pronto se acordó de que estaba allí, en aquella inhóspita celda, sólo porque ahora se le había ocurrido al rey que tenía que descubrir a los culpables del asesinato de un puñado de benedictinas en un convento, como si cada uno de sus deseos guerreros no dejaran los campos de batalla sembrados de muertos abandonados al hedor, a la carroña y al capricho de un millón de moscas verdes, hambrientas y gruesas como cucarachas voladoras.

¡Cómo había cambiado su esposo!

Doña Leonor se sacudió esos pensamientos persignándose tres veces seguidas y trató de recitar su oración de la noche. Musitó de carrerilla:

—*Salve, Regina, mater misericordiae; vita dulcendo et spes nostra, salve. Ad te clamamus, exules, filii Evae. Ad te suspiramus, gementes et flentes in hac lacrimarum valle. Eia ergo advocata nostra, illos tuos misericordes oculos ad nos converte. Et Iesum, benedictus fructus ventris tui, nobis post hoc exsilium ostende. O clemens, o pia, o dulcis Virgo Maria.*

¿Sería posible que el rey, su señor, su esposo, volviera a ser lo que fue y como fue?

Prefirió no responderse y se recostó en la almohada. Sin buscarlo, se puso a pensar en aquellos días en los que era feliz.

Y poco a poco fue quedándose dormida.

Al otro lado del claustro, al llegar el rey a su aposento, permitió que la joven Violante no le ayudara a desvestirse y, en cambio, le ordenó que se tendiera en su lecho para calentarlo mientras él se despojaba de corona, cinto, jubón, casaca, botas y medias. Luego, con la camisola de dormir puesta, se tumbó junto a la muchacha, que intentó abandonar el lecho atemorizada.

—No te vayas —le dijo—. Esta noche dormirás a mi lado.

—Señor, yo... —inició una protesta la doncella.

—Harás cuanto te ordene, ¿oyes bien? —endureció el tono don Jaime. Y luego, más reposado, añadió—: Soy responsable de tu educación y todo cuanto haga será por tu bien.

La joven Violante guardó silencio y permaneció tendida junto al rey, vuelta de espaldas. Don Jaime volvió a hablar.

—No vas a dormir así, naturalmente. Retira de ti ese vestido y usa un camisón. Sólo faltaría que agarraras un buen resfriado.

—Es que yo...

—¿Crees acaso que no te voy a respetar?

—No, no, mi señor. Claro que no —replicó atemorizada—. Dios me perdone —y se santiguó.

—Pues no deberías estar tan segura —sonrió el rey, desafiante—. Hoy estoy agotado, pero puede que un día se me nuble el alma y te haga mía. Si es así, será la voluntad de Dios.

—Amén —susurró Violante.

SEGUNDA JORNADA

1

Poco antes de las cuatro de la madrugada el monasterio se sacudió con un repiqueteo de campanas y campanillas, llamando a maitines. El rey don Jaime, desde su lecho, se despertó sobresaltado y, refunfuñando, maldijo la inoportunidad del intempestivo ceremonial del convento. Luego, al ver a la muchacha que seguía durmiendo plácidamente a su lado, con la hermosa cabellera esparcida con descuido por la planicie de la almohada y los perfiles de su joven cuerpo cubierto por sábanas y mantas, extendió la mano para acariciar sus largos cabellos rubios, se reconcilió con el sobresalto de la medianoche y, sin gran esfuerzo, volvió a dormirse. De fondo, el correteo de las religiosas por los pasillos del monasterio en dirección a la capilla fue una nana tamborileada que le ayudó pronto a conciliar otra vez el sueño, hasta que, al alba, los fuegos del amanecer se estrellaron contra sus párpados y le invitaron a desperezarse y a dar por comenzado el día.

La joven Violante de Hungría ya se había levantado, aseado y vestido como correspondía cuando don Jaime puso los pies en el suelo. Debía de hacer un buen rato que había abandonado el lecho porque, incluso, la muchacha había dispuesto ya la ropa de su señor para que se vistiera lo antes posible, sin percibir el frío de la mañana, y le tenía preparada una jofaina de agua extraída del aguamanil para que, si era su costumbre, se refrescara la cara.

—¿Has dormido bien, mi joven Violante? —preguntó el rey mientras se vestía.

—Sí, mi señor —respondió ella, aunque no se atrevió a confesar que la verdad era que había permanecido despierta hasta que oyó durante un buen rato la respiración pausada del rey a su lado, comprobando que se había quedado bien dormido, y creyó que ya no tenía nada que esperar de él. En ese momento se relajó y consiguió conciliar un sueño infantil y profundo que, sin embargo, fue roto por el campanilleo de los maitines, cuando volvió a inquietarse y optó por hacerse la dormida incluso mientras notaba la pausada caricia del rey sobre su pelo. Luego ya permaneció despierta toda la noche, y otra vez expectante, hasta que se atrevió a levantarse, vestirse y esperar a que él despertara también. Repitió—: Dormí bien, mi señor.

—Yo también. —Don Jaime se miró de arriba abajo para comprobar que estaba tan adecentado como tenía que estarlo. Polaina, camisa, jubón azul celeste con bordados de oro, chaquetilla de piel, corona... Luego se armó el cinturón real de cuero con un puñal que lucía en su empuñadura de plata dos brillantes y una cruz, herencia de su padre, el rey don Pedro de Aragón, y se aprobó la galanura. Sin embargo, se volvió hacia Violante—: ¿Te parece que mi aspecto es presentable?

—Desde luego, mi señor.

El rey don Jaime acababa de cumplir los veintiún años. De considerable estatura, tenía el cabello rubio y era alabada por todos su gran presencia, como la más noble de todos los caballeros del reino. Su cutis era pálido, tal vez demasiado níveo, espectral, lo que le daba una apariencia aún más imponente, y lucía una hermosa dentadura, tan blanca que no contrastaba con su palidez. Tenía las manos finas y muy largas, a la vez fuertes y ágiles para la espada y para el amor, y su fama de licencioso lo había convertido en un hombre muy peligroso para algunas damas y demasiado atractivo para otras.

Cuando se miró otra vez al espejo, se gustó. Y pensó que nada tenía que agradecer a su padre, feo, escaso y malcarado, por la figura que la naturaleza le había concedido. Bueno, ni por su figura ni por nada, porque su mismo nacimiento se produjo contra la voluntad de su progenitor y mediante un engaño que, sólo al recordarlo, le avergonzaba.

La razón era que había sido engendrado de un modo tan casual como humillante. Su padre, don Pedro, y su madre, doña María de Montpellier, mantenían un matrimonio contrariado y pleno de disputas, hasta el punto de que el rey no quería roce alguno con su esposa, ni mucho menos que concibiera un hijo suyo. Conocía su obligación de dar un heredero a la Corona, pero retrasó el momento cuanto pudo para no verse obligado a relacionarse con una mujer que detestaba. Y así transcurría aquel forzoso matrimonio cuando la reina, que deseaba con todas sus fuerzas un hijo que prolongase la estirpe real y además atase a su esposo al compromiso de la familia, convenció a un caballero de su confianza, de la estirpe de los Ballesteros de los Campos de Montiel, para tender un engaño al rey, consistente en confiarle que una dama que complacía a don Pedro le esperaba, ardiendo en el fuego del deseo, en su lecho del palacio de Mirabais. El rey, excitado con la idea, se dejó conducir al palacio por don Pedro y, subrepticiamente, se introdujo en la cama de la dama, con la estancia absolutamente a oscuras y regalando innumerables palabras de pasión, sin saber que quien aguardaba en aquel lecho era su propia esposa, la reina, que de este modo obtuvo que el rey satisficiera su lujuria y ella sus aspiraciones maternales. Y, en efecto, en aquel único envite ella obtuvo la fortuna de que Dios quisiera que quedase en estado, embarazada de don Jaime.

Así fue cómo él pudo nacer el 2 de febrero de 1208, en el palacio de Montpellier, contra el deseo de un padre irritado cuando fue informado del embarazo de su esposa y del modo indigno en que había quedado encinta. En esas circunstancias, ¿cómo podía don Jaime agradecerle algo, si no había heredado de él la figura, ni siquiera había contado con su voluntad para que naciera? Sólo guardaba aquel puñal de recuerdo, y porque representaba para él un instrumento de muerte, no de veneración.

Ni siquiera su padre quiso escoger un nombre para él. Fue su madre quien, siguiendo una costumbre familiar, encendió doce velas que llevaba cada una el nombre de un apóstol, esperó para ver cuál de ellas duraba más tiempo prendida y, cuando se cumplió el ritual, decidió el nombre de su primogénito. La vela de Santiago Apóstol fue la que más tardó en consumirse, y Jaime el nombre que, por tanto, se le adjudicó al recién nacido.

El rey, ruborizado por la ira nacida de esos hechos que asaltaron sus recuerdos en una emboscada inevitable, se arrancó de un bufido aquellos pensamientos y, malhumorado, se volvió hacia Violante, que no entendía el repentino ensimismamiento de su señor ni su brusca reacción, tan impetuosa como inexplicable.

—¡Deseo desayunar!

—Todo está dispuesto, señor. En la sala contigua.

—¡Pues vamos ya! ¿A qué esperas?

Violante inclinó la cabeza y corrió a abrir la puerta para que saliera el rey. Intimidada y asustada, se ruborizó, sin atreverse a levantar los ojos del suelo. Sólo susurró:

—¿Os acompaño o me quedo aquí, adecentando la estancia?

—¡Acompáñame, por supuesto! Y oye bien lo que te digo: nunca te cases con un mentecato, ¿has oído bien? ¡Ni aunque sea rey!

—Sí..., mi señor —titubeó—. Pero no comprendo esa palabra..., mentecato... ¿Vos sois un mentecato?

Don Jaime la miró, confundido. No era posible que osara preguntar algo así, ni que se arriesgara con semejante ofensa, de modo que prefirió pensar que todo se debía a su ingenuidad y a las dificultades propias de su corta estancia en la corte para poder comprender y expresarse bien en idioma extraño. Se limitó a acariciarle el pelo y sonreír antes de salir por la puerta.

—Pudiera ser... —aceptó.

En el comedor esperaba la reina doña Leonor de Castilla, sentada a la mesa y sin probar los alimentos que habían dispuesto ante ella. A sus espaldas, la dueña Berenguela y las otras cuatro damas a su servicio permanecían de pie, asistiendo al desayuno de su señora. En un extremo de la mesa, sin decir palabra, se afanaba Constanza de Jesús en dar cuenta de una hermosa manzana, engullendo pasteles de crema entre bocado y bocado al fruto de Eva. Cuando don Jaime entró apresurado en el salón, ella no dejó de comer. Sólo la reina alzó la cabeza y esbozó una cálida sonrisa.

—Buenos días, mi señor. ¿Descansasteis bien? —preguntó dulcemente.

—Perfectamente —respondió con sequedad el rey, tomando asiento. La joven Violante se situó tras él, de pie, sin atreverse a mirar a las otras damas de la reina por si descubrían en su rubor el modo en que había pasado la noche—. Compruebo que hoy habéis madrugado mucho, mi señora...

—Un poco. Me levanté al toque de maitines —informó con calma doña Leonor, redoblando la amabilidad de su sonrisa—. He asistido a las oraciones de la mañana durante más de una hora y luego os he estado esperando para desayunar.

—Esperáis por vuestra voluntad, no por la mía —le respondió con brusquedad.

La reina bajó los ojos y suspiró. Luego pidió que le sirvieran un vaso de leche caliente y, después de probarla, volvió a dirigirse a su esposo.

—¿Algo os ha contrariado, mi señor?

—Nada, señora. —El rey se metió en la boca un pedazo de pan recién hecho y cambió de conversación—. ¿Ha llegado alguna noticia de nuestro hijo Alfonso?

—Aún es pronto —respiró profundamente la reina—. Ordené que enviaran un emisario con noticias cada dos días salvo que el príncipe enfermase. Y ya sabéis que nuestro hijo, a sus ocho años, goza de excelente salud. Gracias a Dios, está hecho un roble.

—Está bien.

—Toda la corte sabe que ha salido a vos —intentó volver a ser amable doña Leonor.

Don Jaime no respondió al halago. Se concentró en comer unos dulces, seleccionar una pera para mordisquearla, desmigar un trozo de pan de trigo en su tazón de leche e ingerirlo despacio, masticando los trozos de pan que engullía al beber. De repente pareció descubrir a Constanza en el extremo de la mesa.

—¿Has hablado ya con la abadesa, hermana Constanza?

—Un poco —contestó después de tragar y vaciar la boca del pastel que disfrutaba.

—¿Y...?

—Tal vez, mi señor, no deberíamos incomodar a la reina con algunos detalles... Al menos mientras desayuna. Si os parece...

—Está bien. Cuando acabemos, quédate conmigo y me informas de lo que sea menester. ¿Es necesario que ordene a la abadesa lo que me pediste o ya sabe mis deseos?

—Los conoce —afirmó la monja navarra—. Y ha solicitado hablar con vos de ello antes de tomar una decisión que pudiera ser considerada por la comunidad como una profanación. Me ha dicho que no soportaría el peso de su alma y que prefiere que la responsabilidad sea vuestra.

—¡Palabra de monja! —el rey golpeó la mesa, enfurecido—. ¡Esta gente de Vic, siempre buscándose protección para descargar sus culpas sobre los demás! ¡Incluso sobre las espaldas del rey! No me gustan esos modos hipócritas, Constanza. ¡No me gustan nada! Ofender sin alterar la voz, ser maestro en simular cortesía y buena crianza y fingir modales pulcros mientras se dilucida la mejor manera de apuñalar por la espalda... ¡No me gustan!

—Señor... —intercedió Constanza—. A buen seguro no será en ello en lo que piense la abadesa.

—No, claro... Mejor no pensarlo así —el rey agitó la mano como si le devolviera sus palabras—. Porque...

—Quizá la abadesa, con buena intención...

—¿Buena intención? —don Jaime sonrió, sarcástico—. No, Constanza, no confundas tu ánimo con tanta indulgencia. Hay gente que no puede evitar ser como es porque su naturaleza es una rara mezcla de campesinado carolingio y morería intrigante, malcriada en la conveniencia de anteponer su peculio a cualquier otra cosa. Conozco a demasiados embaucadores de doble cara que se excusan mientras te introducen un hierro al rojo por el mismísimo culo.

—¡Señor!

—¡Lo dicho! —apostilló el rey, irritado—. Aseguran que les pesa arrancarte las uñas con unas tenazas, que les desagrada amputarte las manos..., y así disimulan mientras te incendian, te desuñan y te mutilan. ¡Es obligado tener mucha paciencia! ¡Mucha! Porque, además, si en algún momento se creen amenazados, o temen asumir responsabilidades que atenten a su beneficio, cambian de opinión como las serpientes de piel, en un par de espasmos...

—Sosegaos, señor —Constanza trató de apaciguar al rey—. Doña Inés sólo me ha dicho que deseaba hablar con vos.

—Está bien. Hablaremos.

La reina doña Leonor, viendo el mal humor con que se había levantado su esposo, dio por concluido el desayuno y solicitó permiso para volver a su aposento. Aunque no obtuvo respuesta, se puso en pie y salió del salón dignamente, seguida de sus damas. Pensó que más tarde habría tiempo de volver junto a su esposo, cuando se hubieran despejado esos nubarrones que ennegrecían su cabeza.

Constanza de Jesús terminó también de comer y se levantó para sentarse en un sillar más cercano al rey. Esperó a que don Jaime tragara el último bocado y se limpiara las manos y la boca con la servilleta que le acercó Violante para empezar a hablar.

—¿Procedo a informaros, mi señor?

—Sea —el rey se dispuso a escuchar, apartando de sí el enojo en que se había enredado él solo—. ¿Tienes alguna novedad?

—Alguna cosa he descubierto, mi señor —afirmó Constanza—. La más significativa de todas es que en este monasterio no entra ningún hombre. Jamás.

—Me cuesta trabajo creerlo —el rey negó con la cabeza—. Un sacerdote que las confiese, un médico que remedie sus males, un mercader que les proporcione los alimentos... Alguien entrará.

—Eso pensaba yo —aceptó la monja navarra mientras se rascaba la coronilla y el lóbulo izquierdo—. Pero cuando os muestre la capilla lo comprenderéis. El altar está en un espacio exterior a las murallas, separado por celosías de hierro de las bancadas donde rezan las religiosas. Los confesionarios, igual: no hay contacto físico posible. Los entierros son presididos por la abadesa, y ella misma reza las oraciones funerarias. La extremaunción la administra el sacerdote fuera de las murallas, en la puerta por donde vos mismo entrasteis ayer, sin traspasar la raya que hay pintada en el suelo y que señala el inicio de la clausura. Desde hace unos años jamás ha pisado ningún hombre estos suelos femeninos. Ni siervos de Dios ni siervos de la plebe.

—Ya. ¿Y los médicos? Porque es de suponer que alguna vez caerán enfermas...

—Cuando una religiosa sufre de fiebres o de algo más grave, es trasladada al exterior de la abadía, a un cobertizo existente al oeste del edificio. Y allí es atendida por los médicos cada vez que lo necesita. Como veis, no hay posibilidad de acceso para hombre alguno. E igual sucede con los comerciantes que traen provisiones al monasterio: siempre dejan sus productos en el exterior del edificio, y las propias religiosas se encargan de trasladarlos a la cocina o a las celdas de las monjas.

—¿Y no hay jardineros, palafreneros, mozos de establo ni empleado de la casa en toda la abadía?

—No, mi señor. Ninguno —Constanza alzó los hombros mientras negaba con la cabeza—. Todas esas labores son desempeñadas por ellas mismas.

El rey frunció el ceño, se quedó pensativo unos instantes y, al final, exclamó:

—¡Entonces no hay duda! —dio un golpe en la mesa con el puño cerrado—. Alguien está tratando de encubrir a un hombre que anda por ahí escondido. Alguno que accede a la abadía amparado por la complicidad.

Constanza inició su ritual de rascarse antes de arrugar la boca y la nariz, la manera habitual en que mostraba su confusión. Y ahora estaba realmente desconcertada.

—¿Y puede creerse que nadie lo haya visto nunca, mi señor? —la monja adoptó un rictus de incredulidad—. Es tan extraño... ¿Cómo os lo explicáis?

—Eso me lo tendrás que explicar tú, Constanza.

—Pues todavía no puedo.

2

La reina doña Leonor permanecía en su celda tratando de encontrar algo con lo que distraerse. El mal humor del rey podía deberse al disgusto de haber decidido enviar a la joven Violante a su servicio, tan poco expresiva, tan tímida, tan inocente; o tal vez porque ese día tampoco había recibido carta alguna que le comunicara la decisión papal de aprobar la nulidad de su matrimonio con ella. O, quién sabe si el enojo sería por un mal sueño o por el fastidio que le producía encontrarse con ella a hora tan temprana, cuando lo que deseaba era permanecer alejado. Podía ser una u otra la razón, aunque tampoco tenía por qué preocuparse. En realidad, hacía ya mucho tiempo que esos cambios de humor eran frecuentes en su majestad. Cuando no era inminente una campaña de conquista o una partida de caza, se aburría y mostraba su estado de ánimo con el enojo. No estaba segura de que ella llegara a ser el motivo de su furia: al menos, pensaba, si ella lo irritase significaría que la tenía en alguna consideración, y por desgracia no era así.

Pidió a Sancha que le dejase probarse las tres capas que llevaba en el baúl: la azul para las mañanas, la beige para las salidas al comedor y la marrón para la caída de la tarde. Luego se probó la cinta de cien perlas que formaban el collar que había recibido como obsequio de su hijo el príncipe Alfonso, obtenido de un tributo pagado por el moro

Zayd. Se lo puso en el cuello y, resultando poco vistoso, se lo colocó en la cabeza como si se tratase de una corona. Tampoco le gustó.

—¿Te gusta este collar, Sancha? —preguntó a su dama.

—Es hermoso, mi señora. Cuando era joven, con gusto lo habría lucido. Claro, que a mi edad...

—Bien. Pues llévaselo a Violante y dile que, ya que ha decidido no llevar tocado alguno en la cabeza, que al menos se lo ponga como cinta para recogerse el pelo. Estas húngaras están sin civilizar...

—¿Estáis segura, mi señora? —preguntó Águeda desde el fondo del aposento—. A mí también me parece precioso.

—Estoy segura —respondió doña Leonor—. Y si es por eso, no te apures. En cuanto volvamos a casa te regalaré otro igual.

—¿De verdad? —a Águeda se le iluminó el rostro—. Es que... siempre me ha parecido una hermosa joya, desde que vuestro hijo os la entregó. ¿Sabéis que doña Jimena Díaz de las Asturias, la esposa de don Rodrigo Díaz de Vivar, tenía uno igual? Cuando murió, fue enterrada con él. Fue su última voluntad.

—¿La esposa del Cid? Entonces, con más motivo —concluyó la reina—. Un collar que viste a un cadáver no es prenda para una reina. Que la luzca esa princesa extranjera.

Doña Leonor volvió a sus labores de costura y tardó en elegir entre el bastidor rectangular, donde bordaba unos pavos reales, y el bastidor circular, en el que había iniciado una escena floral. No estaba de humor para pavos, pensó, y se decidió por continuar con las flores. Y, mientras tomaba asiento ante el lienzo, volvió a pensar en cuáles serían las intenciones de su esposo con respecto a ella. Estaba segura de que no se atrevería a envenenar su copa en el recinto monacal en que se encontraban; a fin de cuentas tenía unas profundas convicciones religiosas y causar su muerte allí podría ser un mal augurio para sus cruzadas y un baldón para su alma. Tampoco ordenaría que le dieran muerte por tercera mano, porque la maldición le perseguiría de igual modo. Así que pensó que mientras estuviera allí, al cobijo de los muros del monasterio, podría estar tranquila. Dios velaría por la santidad del rey, y esa santidad le impediría el magnicidio. No en vano, pensó, *cum Deus auxilio est, nemo nocere potest*.[3]

Y así, de pronto, se mostró contenta. Suspiró con alivio y tomó la aguja para continuar su bordado. Sin mirar atrás, sonrió y dijo:

—Águeda, cuéntanos algo. Tú, que siempre estás de tan buen humor.

—¿Qué queréis saber, mi señora? —se sorprendió la dama.

—Algún secreto de la corte. Cualquiera. Por ejemplo, por qué don García no quiere desposarse con doña Lucrecia de Astorga, a pesar de la dote y el insistente requerimiento de Ordóñez, su padre.

—Ay, mi señora —se santiguó Águeda, y sonrió con picardía—. Si vos supierais...

—Esa cara de malicia, Águeda...

—¿Yo, señora? Bueno... La malicia es ciencia que se aprende, no instinto con el que se nace. ¿Os cuento?

—Veamos.

Todas las damas se arremolinaron, expectantes y sonrientes. Se avecinaba una narración de amores o de traiciones, y no había mejor condimento para el guiso de un desamor. Águeda se sentó a los pies de la reina, a la que también complacía la historia, y tardó en empezar su relato para crear la conveniente intensidad dramática ante lo que

3. «Cuando Dios nos protege, nadie puede hacernos daño.»

aguardaban impacientes tan notables espectadoras. Al fin, carraspeó como si necesitara hacerlo y dio inicio a su cuento con soltura, adecuando las inflexiones de la voz a las necesidades de la noticia.

—Habla ya, por lo que más quieras —imploró Teresa.

—Empieza ya —requirió Sancha.

—Pues no hay mucho que saber —Águeda se dio importancia, haciéndose la interesante—. Don Ordóñez, como se sabe, hizo su fortuna en viejos negocios con los moros de Toledo, aunque bien trató de que no se conocieran para que el rey de León no le pidiese cuentas. Y en aquellos negocios, según se dice, tampoco dejó de intervenir el conde de Astorga, a la sazón padre de la pobre Lucrecia. Y fue precisamente por boca de su padre, durante una cena en la que el vino estuvo tan presente que llegó a tener voz propia, por lo que don García se enteró de que la joven Lucrecia, siendo muy niña, viajó también a Toledo con su progenitor y allí fue admirada y pretendida por un acaudalado infiel, deseoso de comprarla a cambio de una inmensa fortuna. Como es natural, el conde se negó en redondo, llegando a amenazar con desenvainar la espada si el infiel persistía en su oferta, pero la intervención de don Ordóñez fue bálsamo para la disputa, conviniendo todos en que se había tratado de un malentendido y que la ofensa podía arreglarse con una buena cena entre hombres de negocio. Y lo más grave, parece ser, fue que durante aquella cena volvió a protagonizar el exceso de vino otra de las conversaciones, y en aquel juego de nobles ebrios se llegó a subastar a doña Lucrecia, que alcanzó el precio de las rentas de una cuarta parte del reino de Toledo. Al conocer don García lo sucedido se irritó de tal modo que pidió cuentas a su futuro suegro, y aunque el conde aseguró que todo había sido una broma sin mayor trascendencia, don García juró no tomar jamás por esposa a quien había sido con anterioridad una dama de lance, de lo que estaba al corriente toda Castilla. De nada han servido, desde entonces, las intermediaciones del conde, de don Ordóñez y, según dicen, hasta de la reina, deseosa de mantener la armonía en León, y así siguen las cosas porque don García, el terco, sigue ocupando su tiempo en correrías contra el moro y en galanteos con ciertas damas que, según me han asegurado, son en verdad de danza y de lance.

—¿Y cuál es la dote propuesta para que el joven la desprecie de tal guisa? —quiso saber la dueña Berenguela.

—¿La dote? No se conoce —aseguró Águeda—. Pero pequeña no ha de ser, a buen seguro, porque al menos incluye un condado y dos castillos. Y además, otras varias propiedades que no se han dado a conocer.

—Pues sí que es terco el joven don García —comentó Sancha—. Con un condado, debería darse por satisfecho.

La reina negó con la cabeza.

—¿No estáis de acuerdo, señora? —preguntó Sancha.

—No —respondió doña Leonor—. Porque os aseguro que si las bodas por amor pueden terminar pudriendo el matrimonio, las celebradas por interés pudren el mismo sacramento. Si don García no ama a doña Lucrecia, bien hace en rechazar títulos y posesiones. Si una dote bastara para hacer feliz a un esposo, os aseguro que más de una reina mendigaría hasta la última joya del reino para complacer al suyo. Si bastara con eso...

Antes de completar la frase, a doña Leonor se le llenaron los ojos de lágrimas y volvió la cara a su bordado para que sus damas no la vieran llorar.

3

Acabada la conversación con Constanza, don Jaime salió a dar un paseo por las galerías del claustro para respirar un poco de aire fresco mientras decidía ir en busca de la abadesa, a ver qué era lo que quería hablar con él. Las religiosas que se cruzaron con él por el jardín y por los largos pasillos del convento se detenían e inclinaban la cabeza en una reverencia prolongada hasta que terminaba de pasar ante ellas, pero ninguna, ni las más jóvenes, se extrañó de su presencia. Era evidente que su estancia en el monasterio era conocida por todas y que habían recibido instrucciones precisas del comportamiento respetuoso, pero distante, que debían mantener en presencia del rey de Aragón; y todas las cumplieron con pulcritud.

El edificio era hermoso. Todo él construido con bloques de piedra, tenía grandes columnas también de piedra que sostenían traviesas de madera gruesa, algunas de ellas demasiado deterioradas ya, arañadas como si en aquel invierno hubieran llovido gatos. Las ventanas estaban cerradas con celosías de madera trenzada formando un enrejado romboidal. El jardín del claustro rodeaba una fuente de la que no manaba agua y estaba cuajado de tiestos y brotes de plantas todavía sin florecer; y en las paredes de las galerías se veían dibujados bocetos e imágenes de santos. En los rincones dormían unas cuantas vasijas de barro de distintos tamaños que parecían amueblar aquellos fríos pasillos, corredores en los que, cada poco, había una puerta de madera, casi todas talladas con mayor o menor esmero, pero todas armoniosas y bellas. Algunas tenían un gran cerrojo corredizo de hierro, al igual que de hierro forjado era la verja que daba entrada al monasterio.

Todo aparentaba estar exageradamente limpio; hasta el mismo jardín parecía un edén digno de prestar un descanso plácido a Dios después del sexto día. Además, el silencio era absoluto. Tal vez las religiosas estuvieran acogidas al voto de silencio o acaso fuera que el mutismo les hubiera sido impuesto mientras durase su presencia, para que nada lo incomodara. Observó que los suelos relucían con un brillo reforzado por la presencia tímida del sol de marzo; que las puertas más pequeñas, aun siendo de madera tosca, parecían recién pulidas y barnizadas, y que los techos, blancos, habían sido repintados poco antes. Ninguna hoja caída de los frondosos árboles osaba permanecer en el suelo descuidada, olvidada. Tanta pulcritud, sin duda, respondía al esforzado trabajo de aquellas mujeres, y habría sido admirable de no ser porque al rey, a saber por qué razón, todo aquello le parecía demasiado artificial.

Encontrar la celda de la abadesa no era tarea que pudiera realizar solo: todos los pasillos eran idénticos y casi todas las puertas iguales y, aunque caminaba dando vueltas en la indeterminación, no se decidió a preguntar el destino que buscaba porque su voz, en aquel silencio, hubiera sido una especie de allanamiento. Incluso era posible que se sintiera un poco intimidado ante tanta solemnidad, o así llegó a pensarlo.

Estaba ya decidido a regresar a su celda para enviar a Violante a que se informara de lo que necesitaba cuando, al doblar un pasillo, se topó de lleno con Constanza de Jesús, que andaba con prisas y a punto estuvo de atropellarlo.

—Detente, Constanza.

—¿Mi señor?

—¿A qué viene ese galope de caballo desbocado?

—¡No os lo vais a creer, señor! —la navarra parecía excitadísima—. ¡La abadesa me acaba de permitir la exhumación de la última religiosa asesinada!

—Espera, espera —ordenó el rey—. Tiempo habrá para ello. Ahora acompáñame a la celda de doña Inés, a ver qué es lo que quiere hablar conmigo. Y como yo también deseo saber algunas cosas, quiero que tú oigas las respuestas. Condúceme ante ella.

—Como deseéis, mi señor. Por aquí... —Constanza parecía decepcionada, pero inclinó la cabeza en señal de respeto y le mostró el camino a don Jaime.

—Ábreme paso.

Recorrieron en silencio el corredor, subieron al piso superior por una escalera ancha de madera pulida y Constanza le mostró una doble puerta cerrada tras la que se hallaba la estancia de la abadesa. A ambos lados, como guardias petrificados, custodiaban la entrada dos tallas de madera de tamaño natural: una representando a la Virgen María y la otra a un varón barbado que, aunque no lo preguntó, debía de corresponder a san Benito.

—¿Os anuncio, señor?

—No hace falta.

Don Jaime se alisó el sayo, empujó la puerta sin consideración y se introdujo en la estancia. Doña Inés, la abadesa, dio un respingo y las dos religiosas que la acompañaban se llevaron la mano a la boca para ahogar una exclamación de susto que no llegó a producirse. Las tres corrieron a ponerse en pie.

—¡Señor! —doña Inés hizo una reverencia, recuperándose de la impresión.

—¿Interrumpo algún asunto importante? —preguntó

don Jaime sin esperar respuesta, mirando a un lado y otro de la estancia, curioseando sin disimulo el aposento de la abadesa—. Me gusta tu celda. Sí..., muy acogedora.

—Es como la vuestra, señor —respondió doña Inés, visiblemente enojada—. De todas formas, os rogaría que en otra ocasión me anunciéis vuestra visita, mi señor, para recibiros como merecéis. Es costumbre de este monasterio respetar la intimidad de las celdas, y especialmente la de la abadesa.

—¿Da al jardín esta ventana? —don Jaime hizo como que no la oía y se asomó al exterior—. Muy hermoso, por cierto.

—Os decía, señor... —intentó repetir doña Inés.

—¡Lo sé! —el rey clavó la mirada en la superiora, encendido—. Pero prefiero no oírlo porque en mi corte tenemos también una vieja costumbre, mi señora abadesa, y es la de arrojar por la ventana a los deslenguados que se atreven a hablar de un modo irrespetuoso a la Corona. Y ahora sentaos, señoras mías, que vengo a escuchar y a hablar. Yo me sentaré aquí —y se acomodó, ya más calmado, en el sillar que ocupaba la abadesa cuando entró.

Constanza de Jesús, sorprendida e impresionada por el carácter del joven rey, corrió a tomar asiento en un banco situado junto a la puerta de salida. La abadesa, sin disimular su enfado, lo hizo en una silla situada al otro lado de su escritorio y ordenó con voz agria a sus acompañantes que salieran de la celda.

—Podéis marchar, hermanas.

—No, no, que se queden también —reclamó don Jaime—. Entre todos será más ilustrativa esta conversación.

—Como ordenéis —aceptó la abadesa, y les indicó que podían sentarse en el mismo banco, junto a Constanza.

Se produjo entonces un silencio incómodo. Ellas parecían esperar a que hablara el rey, y él, a que empezase a hablar la abadesa. El sol de la mañana se mostró en la sala como una espada de luz correteada por insignificantes mariposas blanquecinas. Don Jaime se removió en su asiento antes de carraspear.

—Me han informado de que deseas hablarme, abadesa. ¿No es cierto?

—Así es, mi señor —se incorporó doña Inés, adelantando el cuerpo y recomponiendo el gesto para resultar más amable—. Mi intención y reclamo, señor, es rogaros que se adopten cuantas medidas sean oportunas para que la tragedia que asola a nuestra humilde comunidad no sea conocida más allá de estos muros o que, en el caso de que llegara a conocerse, se procure que no sea motivo de escándalo, cuidándose de quitarle importancia hasta donde sea posible. Sabéis que algo así puede significar la ruina de cualquier abadía y, tras ello, su desaparición.

—Cuenta con ello, doña Inés —aceptó el rey.

—Por eso me he apresurado a autorizar a la hermana Constanza la exhumación y el examen del cuerpo de nuestra pobre novicia Isabel de Tarazona, enterrada ayer mismo. No queremos que quede nada oculto, porque lo que más nos importa es que no se repitan hechos como los acaecidos, Dios no lo quiera —la monja se santiguó, y con ella las otras dos religiosas presentes—. Por nuestra parte, y hablo en mi nombre y en el de las hermanas Lucía y Petronila —las señaló y ambas hicieron una leve reverencia—, haremos cuanto esté en nuestras manos para colaborar en lo que sea menester. Y...

—Está bien —interrumpió el rey—. Pues lo primero que vais a hacer, en este instante, es escribir en un papel los nombres, edad y procedencia de todas las religiosas asesinadas, y en otro papel los mismos datos de las religiosas que hayan sufrido alguna clase de vejación sexual, agresión física o acción torpe contra su voluntad. Y junto a los nombres, indicad cualquier otro apunte que os parezca útil para la investigación, según vuestro buen criterio: causa de la muerte, señales de violencia encontradas en los cuerpos, tiempo de estancia en este cenobio de las víctimas, aspecto físico...

—¿Aspecto físico? —doña Inés no parecía comprender.

—Eso es. Poneos de acuerdo entre las tres y decidid si podría calificarse su aspecto de atractivo o de poco agraciado. Incluso si se trataba de mujeres gruesas o delgadas, altas o bajas, cabello corto o largo, con su color y también con el tono de su piel. Sé que me comprendéis muy bien, señora.

—Sí, mi señor.

—Bien. Vayamos a otra cosa: ¿de qué otros asuntos querías hablarme?

—Pues... —doña Inés tardó en expresar lo que quería decir. Hasta que al fin, removiéndose otra vez en la silla, dijo—: En fin, mi señor, que aunque he autorizado la exhumación del cadáver de la joven Isabel —la abadesa volvió a santiguarse—, no hay en el convento hermana alguna que se sienta con fuerza de espíritu para proceder al desenterramiento. Incluso tienen reparos morales. Consideran que es una profanación, y con cuantas he hablado se han mostrado contrarias a no respetar la paz de los muertos. De ello estábamos hablando nosotras tres, precisamente, a vuestra llegada. Considerábamos la posibilidad de solicitaros que fueran las damas de nuestra señora, la reina doña Leonor, vuestra amada esposa, quienes colaboraran en ese penoso esfuerzo. O incluso que fueran llamadas algunas siervas de vuestros nobles para ello.

—De ninguna manera —negó el rey—. Entre mis tropas no hay mujeres de confianza para ese oficio. Y por lo que respecta a la compañía de la reina, son dueñas, camareras y damas, no sepultureras ni miembros de esta congregación. Estoy convencido de que a la reina le resultaría repugnante ser luego servida por quien antes ha desenterrado cadáveres. Así que ordena a tus monjas el trabajo o hazlo tú misma —el rey volvió a endurecer el tono de voz—. No gobierno yo esta abadía, doña Inés. Lo haces tú. Así es que nada más hay que hablar al respecto. Y ahora disponeos a escribir cuanto te he pedido. Doña Constanza y yo esperaremos aquí mismo esa relación de asesinatos y violaciones.

—Si así lo deseáis —calló la abadesa, recuperando su malestar, e indicó a las benedictinas que se aproximaran a ella.

Mientras doña Inés y sus religiosas procedían a redactar los pliegos solicitados, el rey comenzó a dar paseos por la estancia, arriba y abajo, interesándose por todo: libros, adornos, cruces y traviesas del techo. Y entonces se encontró en una pared con un dibujo antiguo y torpe del convento de San Juan de las Abadesas que reconoció enseguida. Era casi un boceto, apenas unos trazos bien medidos que, de inmediato, le llevaron a recordar la leyenda de los amores de la abadesa Adalaiza con el conde Arnaldo, una historia que alguna vez le contaron cuando era aún muy pequeño pero que nunca había llegado a olvidar. La historia de unos amores condenados por Dios que el diablo se cobró a su medida.

Por lo que recordaba haber oído, hacia el año 944 el conde Arnaldo vivía en un castillo situado entre las ciudades de Ripoll y Campdevànol con su esposa y sus hijas. Se aseguraba que el conde era un caballero de costumbres licenciosas incapaz de dominar sus instintos y entregado con exageración a la lujuria. Cerca de su feudo se levantaba el convento de San Juan de las Abadesas, fundado por Wifredo el Velloso, del que su primera abadesa fue la propia hija del conde de Barcelona, doña Emma. Varias abadesas le sucedieron hasta que lo fue Adalaiza, una dama de alto linaje y alcurnia, además de una notable belleza. Y así sucedió que, en una de sus correrías aventureras, el conde Arnaldo se topó con Adalaiza y, ya fuera por capricho del cuerpo o por debilidad del alma, lo cierto es que se enamoró de ella y forzó al destino para visitarla con excesiva frecuencia. Al principio la abadesa Adalaiza se opuso a los insistentes requerimientos del conde, pero finalmente cedió a sus ímpetus y una noche aceptó salir con él de caza. De aquella salida poco más se sabe: sólo que los cuerpos de Arnaldo y Adalaiza fueron encontrados destrozados por los perros al amanecer del día siguiente. Desde aquel año, según le narraron a don Jaime, todas las noches de Difuntos el conde Arnaldo se levanta de su tumba y llama con su cuerno de caza a monteros, sirvientes y perros, quienes, como salidos de sus tumbas, lo siguen en una carrera desbocada y febril atronando los campos, los bosques, los montes y las aldeas con sus gritos, con los ladridos de los perros y el frenético galopar de los caballos. Quienes alguna vez llegaron a verla aseguran aterrorizados que es una carrera infernal a caballo en la que atropellan cuanto encuentran a su paso, sean matorrales, árboles o personas. Por eso se decía que desgraciado de aquel que en la noche de Difuntos se cruzara con el conde Arnaldo y sus monteros. Así, año tras año, la noche del día de Difuntos, una noche en la que esa tropa infernal galopa hasta el castillo del conde porque quiere saber si su viuda se ha casado durante ese año. Luego pretende que su caballo coma en su propio establo, pero la condesa viuda se niega porque sabe que ese caballo no come más que almas condenadas.

Cuenta la leyenda que, cuando ella lo expulsa de la casa que deshonró, él se indigna y lleno de ira se lanza a un nuevo galope hasta llegar a una cueva que conoce: la que oculta un pasadizo subterráneo que conduce al claustro de San Juan de las Abadesas. Allí se encuentra con Adalaiza, la invita a acompañarlo y ella monta en un caballo negro y cabalga al lado del conde. Juntos se precipitan a una galopada furiosa, a la cabeza de los suyos. La luna lo ilumina todo. De pronto se cruza ante ellos un ciervo, saltando arroyos y barrancos, un ciervo tan ágil que se diría que tiene alas, y entonces el conde Arnaldo saca su cuerno de caza y llena el aire de frenéticas llamadas. Los perros, enloquecidos, se lanzan tras el ciervo, al igual que Arnaldo y su amante Adalaiza. En el estruendo de la algarabía, Arnaldo azuza a los perros con la voz y el látigo.

Pero, de repente, como si de un espectro se tratara, el ciervo desaparece y la jauría de perros, babeando saliva y furia, se revuelve y acecha al conde y a la abadesa. Arnaldo y Adalaiza tratan de huir, espoleando a sus caballos, pero los perros se han convertido en lobos sedientos de sangre. La carrera es a vida o muerte. Los perros van ganando terreno y al fin alcanzan a los caballos, mordiéndolos y derribándolos, al igual que derriban a los jinetes. La jauría aúlla, asegurada su presa. El conde y Adalaiza se tratan de defender, pero todo es en vano. Los animales se tiran a ellos como fieras. El festín es sangriento: los arrastran por el bosque y no los sueltan hasta destrozarlos. La sangre queda en la tierra formando un gran charco en el que beben los perros.

Es una cacería nocturna que se repite todos los años en la noche del día de Difuntos, cuando asoma la luna. Y nadie quiere presenciarla en las tierras de Ribes y Puigcerdà. O así, al menos, se lo contaron a don Jaime cuando aún era muy pequeño. De este idéntico modo.

El rey regresó del ensimismamiento en sus recuerdos y miró la situación del sol a través de la ventana. Las monjas no habían concluido su trabajo y, cruzando la sala, se detuvo en el fondo de la estancia, ante una pequeña puerta cerrada. Intentó abrirla, pero el picaporte no pudo vencerla. Se volvió y preguntó a la abadesa:

—¿Y esta entrada? ¿Adónde conduce?

—Conduce a mi celda de trabajo, señor —respondió doña Inés al rey, levantando apenas los ojos del papel donde estaba redactando la relación de religiosas asesinadas—. Esa puerta da paso a un pequeño taller en el que...

—¿Y qué trabajos son ésos? —preguntó don Jaime—. Creía que con orar y dirigir la abadía tendrías labor bastante.

—La señora abadesa es muy habilidosa con sus manos, mi señor don Jaime —intervino Lucía, una de las religiosas.

—Luego, si me lo permitís, os lo muestro —ofreció doña Inés—. Son pequeñas distracciones.

—Me encantará conocer esas maravillas. Y también el *scriptorium* del monasterio, en cuanto dispongamos de un rato libre.

—Por supuesto, mi señor.

Sonaron campanas y campanillas anunciando la hora sexta. Siguiendo la regla de San Benito, a diferencia de la imposición que se refería a los tres rezos más importantes del día, maitines, laudes y vísperas, no hacía falta dirigirse a la capilla, sino que cada cenobita lo rezaba allá en donde se encontrase. Las cuatro religiosas, al oír la llamada, se pusieron de pie y rezaron sus oraciones con gran recogimiento. El rey se santiguó y musitó una breve oración, tras lo cual aguardó a que las mujeres acabasen de orar para continuar curioseando por la estancia mientras ellas volvieran al trabajo.

—Y con esta oración, ¿llevamos? —se rascó el rey la cabeza—. ¿Cuántas oraciones van ya hoy, Constanza?

—Las preceptivas de la regla, señor —alzó los hombros la monja navarra—. Maitines en la medianoche, Laudes antes de empezar el trabajo diario, la hora prima, la tercia, la sexta... Luego será el Ángelus y la nona y, al atardecer, las Vísperas. Sin olvidar las Completas, señor, que las rezamos en nuestras celdas antes de dormir.

—Se te olvida el Oficio de las Lecturas, hermana Constanza —la abadesa seguía las cuentas de la navarra—. Lo hacemos mientras comemos. ¿En Tulebras no es así?

—Es cierto, es cierto —reconoció Constanza—. Los tres salmos y las dos lecturas santas...

—Eso es —confirmó la abadesa, enérgica.

El rey alzó las cejas y respiró profundamente. Luego exclamó:

—¡Bendito sea Dios!

Pasó un buen rato antes de que doña Inés, Lucía y Petronila terminaran de preparar los listados solicitados. Lo que menos les costó fue redactar los nombres, procedencia, rasgos físicos y tiempo de antigüedad en el cenobio de las víctimas, aunque tardaron algo más en ajustar la edad de todas ellas, hasta el punto de que incluso alguna fue establecida por aproximación. Pero lo que les supuso un verdadero compromiso fue ponerse de acuerdo en esa extraña requisitoria sobre su atractivo personal, debatiendo en alguna ocasión si se trataba de atractivo espiritual o puramente de mujer, a lo que el rey, harto de la espera, mostró una cierta brusquedad para remarcar que se refería a esto último, y añadió irritado que si se trataba de agresiones sexuales no había razón para preguntarse por su santidad ni por su ejemplaridad en el desempeño de sus prácticas místicas. Al cabo, las relatoras optaron por señalar a todas ellas de igual modo, calificación que no las comprometía porque, como comentó doña Inés, la apariencia, lo mismo que el alcance de la sabiduría, son apreciaciones personales sobre las que no cabe establecer pautas.

El ángelus marcó el mediodía justo antes de que las religiosas dieran por acabado el informe y entregaran a don Jaime las cuartillas escritas con una excelente caligrafía digna de un amanuense experimentado. El rey no quiso tomarlas, sino que indicó a Constanza de Jesús que se hiciera cargo de ellas, y a continuación permanecieron todos de pie persignándose ante la llamada de las campanas que anunciaban la oración del mediodía. Al acabar, don Jaime informó a la abadesa de que volvería a su celda después de comer para que le mostrara su habilidad con aquellas manualidades en las que decía trabajar en el cuarto contiguo.

—¿Te parece bien, doña Inés?

—Siempre a vuestra disposición, señor —la abadesa inclinó la frente con las manos cruzadas sobre el pecho, reverenciando al rey en su salida del aposento.

Por los pasillos del monasterio, don Jaime encargó a Constanza que estudiara con detenimiento las cuartillas para ver si lograba establecer algún nexo que sirviera para encontrar una causa única tanto en las muertes como en las violaciones.

—Y, si te place, acompáñame durante la comida. Para entonces podremos intercambiar opiniones sobre tus descubrimientos.

—¿Y la reina, señor? ¿No compartirá mesa con vos? Hablar ante ella de estas cosas no creo que sea algo que...

—Voto al Cielo para que no asista —el rey sacudió la cabeza, como si lo necesitara—. Algún día te hablaré de ella, Constanza. Pero te aseguro que no será mi esposa durante mucho tiempo.

—¿Señor...? —se escandalizó la benedictina navarra—. ¿Cómo podéis...?

—No creo haber pedido tu opinión, amiga mía.

—Cierto, mi señor —Constanza levantó los papeles y puso en ellos su mirada—. No me la habéis pedido. *Aut tace aut loquere meliora silentio.*[4]

El rey afirmó con la cabeza sonriendo: definitivamente aquella monja le ponía de buen humor; y anunció que iría

4. «Di algo mejor que el silencio o calla.»

66

a dar un paseo por los jardines del claustro, que luego se llegaría hasta el cementerio del monasterio para ver su disposición y que en la hora nona la esperaba en la sala donde se servía la comida.

—Para entonces podrás hallar algo interesante que decir, ¿verdad?

—Si Dios me ayuda..., así será.

—*Labor omnia improba vincit*[5] —sentenció don Jaime.

5. «El trabajo tenaz lo vence todo.»

4

Mientras tanto, una vez terminada de contar por Águeda la historia de don García, y ante el congojo de la reina, Teresa pidió permiso para relatar cuanto sabía del propio Ordóñez para completar cuanto había narrado su amiga; y empezó dejando entrever la poca salud del caballero para menesteres de atención a damas y su predilección por rodearse de escuderos jóvenes, lo que acompañó con una risa contenida que cambió el rictus sombrío de la reina, devolviéndole el ánimo, y produjo una gran algarabía en las demás damas durante un buen rato. Luego, una vez acabado el bullicio de la charla, volvió el silencio a la estancia y cada cual retomó sus labores con la dedicación acostumbrada.

Doña Leonor de Castilla, otra vez recogida en sus pensamientos, permanecía bordando con desinterés pétalos del color de las violetas sobre un bastidor de gran tamaño. A su alrededor, sentadas en sillas, reclinatorios y un cojín tendido en el suelo, las cinco damas hacían labores de costura y destrenzado de hilos. Desde maitines andaban levantadas, ya habían cumplido con el ritual de rezos de laudes y de las dos primeras horas menores, la prima y la tercia, a las seis y a las ocho de la mañana, respectivamente, y luego habían desayunado. Y ahora, a la espera de la hora sexta, que llamaría a las once de la mañana, sin las ocurrencias de Águeda, se mostraban silenciosas y algo mustias. Hasta la llegada del ángelus, a mediodía, no había nada nuevo que hacer. Incluso a la propia reina le pareció excesivo proponer una nueva oración para huir de sus tristezas y prefirió ver si Águeda, otra vez, la entretenía con alguna de sus ocurrencias.

—Te has quedado muy callada, Águeda —dijo la reina, esbozando una breve sonrisa—. ¿Te preocupa algo?

—No estoy preocupada, señora —respondió la dama—. Pensaba en cosas sin gran enjundia, nada más.

—¿Puedes compartir tus pensamientos con tu reina? Ya nos has contado la historia de don García, pero seguro que con otros cuentos nos entretendrías a todas —sonrió de nuevo doña Leonor.

—Por poder... —pareció lamentar lo que pensaba, moviendo la cabeza a un lado y otro—. Pensaba en... ¡Si es que no sé cómo la aguanto! ¡No puede ser más egoísta...!

—¿Se puede saber de qué estás hablando, Águeda? —se extrañó la reina—. Creo que tus pensamientos están prestos para brotar de tu garganta en lugar de resguardarse en tu corazón.

—Tenéis razón, señora. Me estaba refiriendo a mi hermana Blanca, vos la conocéis... ¡Y es que no dejo de darle vueltas! ¿Podéis creer lo que hizo la última Navidad? Se quedó con todo, ¡con todo! Lo mejor del caudal de joyas de nuestra madre... Y todo porque dijo que le había dicho en el lecho de muerte, ¡sólo a ella!, que quería que fuera Blanca quien conservara sus preseas. Así es que el mismo día de Navidad nos reunió a las hermanas en su palacio y extendió sobre la mesa un hatillo que contenía las joyas de la herencia. ¡Dijo que para hacer un reparto justo! Y la muy aviesa nos mostró el contenido del hato y resultó que, en efecto, había collares, pulseras, brazaletes, alfileres, cruces y piedras ornamentales, pero las de menos valor de nuestra madre, si sabré yo las alhajas que tenía. Mi hermana Lucila calló, ya sabéis cómo es de timorata para esas cosas, pero yo no pude contenerme. ¡A mí me iba a engañar Blanca con esa carita sonrosada de no haber roto una vasija nunca!

—Es tu hermana, Águeda —le reconvino doña Leonor.

—Lo sé, mi señora. Y por eso lo digo.

—¿Y luego qué le dijiste? —Berenguela quería saber cómo había continuado la disputa.

—Pues yo..., claro, le dije que muy bien, que se harían tres montones con esas joyas y nos las repartiríamos, pero de inmediato le pregunté en dónde estaban los collares labrados, la cruz de oro y diamantes y los broches de piedras preciosas que lucía nuestra madre. Y, ¿os figuráis? Con su carita de buena nos dijo que de sobra sabíamos que nuestra madre había querido que esas piezas fueran para ella, que se lo había dicho antes de morir y que ya nos había informado de ello durante los funerales. Por supuesto que esto último no lo dijo mirándome a los ojos, no se hubiera atrevido, sino que lo afirmó con la vista puesta en Lucila porque sabía que la tonta de nuestra hermana pequeña no tendría valor para contradecirle.

—Y tú no callarías, claro —opinó Sancha.

—Pues no. Y, aunque negué que fuera cierto, y afirmé que no tenía por qué creer que nuestra madre hubiera tomado una decisión así, en perjuicio de sus otras dos hijas, la descarada Blanca no hacía sino incomodar a Lucila para que dijera si era verdad o no cuanto decía. Nada contestó Lucila, así que Blanca aprovechó para declarar que su silencio era evidencia de cuanta verdad decía, y sin más dio por acabado el reparto, urgiéndonos para acudir a la mesa en donde ya esperaba la comida del día festivo. Me enfadé, claro que me enfadé. Porque, ¿lo comprendéis, señora?, no era la primera vez que hacía algo así.

—Águeda...

—¡Pues no, señora, no era la primera vez! Recuerdo

70

que a la muerte de nuestra tía Ana de Aranda, viuda de don Tirso Acuña, *requiescat in pace*, ocurrida ha tres años ahora, también fue ella quien acudió presta a visitar el ajuar de la difunta, cuando aún no se habían cumplido tres días de su fallecimiento, y a sabiendas de que no tenía más herederos que nuestra familia, esgrimió no sé cuántas conversaciones privadas con nuestra tía para asegurar que había depositado en ella todo cuanto de valor había adornado su persona en vida. Dejó migajas para nuestra madre y para nosotras dos, para Lucila y para mí, y de esas migajas en poder de nuestra madre aun rebañó algo más el mismo día del último reparto en Navidad. ¿Habéis conocido egoísta mayor en todos los días de vuestra vida, mi señora?

—No sé qué decir —comentó la reina.

—Y dejo constancia —continuó Águeda— de que no es que lo quiera para mí, que joyas, adornos, reliquias y aderezos tengo de sobras, sino que algún día casaré y tendré hijas y mi deseo será que conserven algún recuerdo de su abuela materna, de nuestra madre. Porque preseas, lo que se dice preseas y alhajas, tengo las que deseo, y podría tener mil más si llegara el caso, que otra cosa no, pero fortuna en mi familia sabéis que la hay, y abundante. Pero lo que me desespera es ese afán de avaricia de Blanca... *Law šá lláh*[6] que se le atraganten las piedras preciosas...

—¿*Law sá lláh*? —se extrañó la reina—. ¿Qué es ello?

—Ah, perdonad, señora. A veces se me escapa alguna expresión infiel. Quería decir si Dios quiere, pero comprendo que Dios no va a permitir que mi hermana Blanca, a pesar de ser como es, sufra una asfixia por culpa de las alhajas que se ha quedado injustamente...

—Bueno sea —cabeceó doña Leonor para quitarle importancia—. Como bien dices, cada persona es como es y

6. «Ojalá.»

71

no tiene culpa por ello. Ese pecado de avaricia se lo demandará Dios cuando llegue la hora.

—Pero mientras tanto —intervino Berenguela—, bien lustrosa será su presencia en la corte con tanta prenda y ornamento.

—Así es, dueña —recalcó Águeda—. Mas... ni así encuentra esposo. Es que es fea, ¿sabéis, señora?

—Águeda, ¡por el amor de Dios! No digas esas cosas... —recriminó doña Leonor.

—¡Fea, fea! —insistió Águeda frunciendo labios y nariz.

—Bueno, bueno... ¿Qué hora es ya? —se resignó la reina a no poder corregir a su dama—. ¿Avisarán para la hora sexta?

—De un momento a otro... —respondió Berenguela, la dueña, después de mirar al sol.

5

El cementerio de la abadía estaba situado al norte del edificio, en una especie de jardín mortecino lleno de cipreses y pinos que lo envolvían todo en una sombra húmeda por la que costaba esfuerzo avanzar, como si cada paso dado fuese una invitación para adentrarse por las puertas de un infierno de niebla, frío y soledad. El sol de marzo, decapitado durante toda la mañana por nubes bajas que presagiaban nuevas lluvias al anochecer, se escondió otra vez al penetrar don Jaime en el camposanto, haciendo todavía más lúgubre el sembrado de lápidas ennegrecidas que sólo soportaban el peso de una cruz y de un nombre junto a una fecha, la del fallecimiento, tallados sobre la piedra de granito. Era fácil saber cuál era la de Isabel de Tarazona, la última religiosa enterrada, porque la lápida estaba aún sin encajar ni sellar a la espera de que alguna monja, seguramente la experta en cinceladuras, dibujara sobre la piedra las letras de su nombre.

Presidía aquel tétrico huerto, en donde crecían tumbas en lugar de espigas y en el que se alineaban losas en vez de coliflores, un sepulcro altivo adornado por ángeles y sellado por una reja con candado: la morada de don Hilario de Cabdella, el fundador del cenobio. Ángeles mirando al suelo, en actitud de orar, flanqueaban una imagen de quien, otra vez, debía de ser san Benito, aunque su aspecto no se pareciera en nada al que había visto poco antes ante la celda de la abadesa. Don Jaime recorrió las eras de barro que cuadriculaban las sepulturas con una mano aferrada al mango de su puñal, tal vez sin saber que lo hacía, al igual que tampoco podía reconocer que aquel ambiente tenebroso, luctuoso, fúnereo y desagradable, en el fondo, lo intimidaba un poco.

Llegó hasta la tapia del fondo, sintiendo la humedad que le llenaba los huesos de frío, se asomó al interior del gran sepulcro del fundador sin descubrir nada que le interesara (tan sólo una extraña leyenda, extraída de Horacio: *Non omnis moriar*[7]) y volvió hasta la verja de salida sin acelerar el paso en ningún momento. No disfrutaba con el paseo, ni le llamó la atención nada de lo que veía, más allá de la repetición de losas idénticas, algunas descuidadas por la voracidad de mil hierbajos trepadores y otras respetadas por la intemperie, y abandonó el huerto del Señor con el mismo gesto impasible con el que había entrado en él. Pensó que si el destino del ser humano era ser guardado para la eternidad en un lugar como ése, morir era una injusticia de la que pediría cuentas a Dios cuando le llegara la hora de comparecer ante él en el Juicio Final. Porque morir era un trámite necesario, lo aceptaba, pero tener que permanecer en semejante clase de fosal se le antojaba un castigo inaceptable.

Desde luego, él no pensaba en la hora de morir. Ni le sobraba edad ni le faltaba salud. Pero, por un momento, se le cruzó la idea de la muerte por la cabeza.

No la suya, desde luego; sino la de la reina.

Su esposa, doña Leonor de Castilla, representaba más un estorbo que una compañía grata, como alguna vez pensó que podría llegar a ser. En realidad, él no la había esco-

---

7. «No moriré del todo.»

gido: a los trece años le desposaron con ella, sin conocerla ni haber contemplado aún la idea del matrimonio. Fue un seis de enero de 1221 en Ágreda, y nunca entendió por qué escogieron a la hija de Alfonso VIII de Castilla, llamado el Noble, y de Leonor de Plantagenet, una de las más importantes familias de Inglaterra, para sus nupcias. Entonces, además, le pareció una mujer vieja. Luego comprendió que no era tal, que a los diecinueve años una mujer es todavía joven, y más dado el aspecto aniñado de la reina; pero desde la perspectiva de su adolescencia, la elección era tan desafortunada como irrechazable: un rey tiene deberes políticos que no necesitan concordarse con la razón, y mucho menos con el corazón. Tal vez por eso le dio un hijo, Alfonso, al año siguiente de celebrado el matrimonio, porque aquellos primeros tiempos fueron gozosos y le sirvieron para aprender el arte de amar de una esposa que, además de hermosa, resultó ser buena maestra en tan compleja asignatura. Y mientras así fue, unos pocos años más, la trató con respeto y cariño, porque se daba cuenta de que, cuanto más amable se mostraba, más aprendía con ella. Pero aquellos tiempos pasaron, y desde entonces apenas había visitado a la reina alguna noche, toda atracción por ella había desaparecido, en el caso de que alguna vez hubiera existido una verdadera atracción de la carne, y ahora, abandonando la necrópolis, se le pasó por la cabeza la idea de que si su esposa muriera en ese mismo monasterio, como tantas otras religiosas, a nadie le sorprendería la noticia y, de paso, se ahorraría el engorroso trámite de esperar la resolución papal del repudio, que ya se había iniciado.

Un repudio que ni a la misma reina parecía haberle sorprendido, o al menos así lo entendió él, porque la razón esgrimida era la cuestión del parentesco cercano que existía entre ellos y como consecuencia la debilidad, o mejor dicho la pusilanimidad, que mostró desde su nacimiento el príncipe Alfonso, sin contar con la imposibilidad de doña Leonor de volver a quedar encinta, hechos relevantes que la Iglesia tendría que tomar en consideración porque era bien sabido que un rey necesita un heredero sano y fuerte que perpetúe la estirpe y, con ello, la Corona.

La idea de la muerte, en ese momento, se le presentó como una bendición del Cielo, además de un beneficio para todos: ni el papa tendría que decidir acerca del repudio solicitado ni tendría que volver a asistir a escándalos como el que encabezó el obispo de Gerona, negándose a aceptar la disolución del vínculo mientras acusaba al rey de pretender burlarse de la Iglesia, del sacramento del matrimonio y del mismo Dios. Una actitud que se vio obligado a reprimir sin consideraciones, ordenando que le cortasen la lengua al obispo, aunque finalmente no lo hiciese, al perdonarle y amenazarle con el destierro a Génova. Además, ¿qué culpa tenía él de haber sido desposado por voluntad de su Consejo de Regencia, integrado por aragoneses y catalanes y presidido por el conde Sancho Raimúndez, en lugar de permitirle continuar con su desarrollo personal? Una esposa impuesta tiene una explicación política, pero la exigencia de amor no se puede justificar. Y él nunca sintió amor verdadero por doña Leonor, sólo un juvenil deseo al principio y luego la curiosidad lógica de la primera edad. Su muerte, pensándolo bien, era una buena solución.

Estaba resuelto a ello: tendría que pensar en el modo de procurar su final para que se produjera con gran discreción y no cupieran sospechas sobre su participación en él. Una muerte sin dolor ni agonía, lenta y dulce, como se queda dormida una vieja paloma en la rama más frondosa de un árbol centenario; una buena muerte, sabiendo que ninguna muerte es buena salvo la inesperada. Y se alegró pensando que, de las averiguaciones de Constanza, obtendría alguna idea brillante que le permitiría cumplir su propósito.

Pero entonces volvió la vista atrás, observó de nuevo el cementerio desde su puerta y sintió una gran conmiseración por la madre de su hijo. Una lágrima silenciosa cruzó su mejilla. Y luego otra. La reina muerta y abandonada en un fosal como aquél era algo que no podía permitir. Al fin y al cabo era su esposa, la esposa de un rey.

No. Repudiarla, sí. Eso era claro.

Pero asesinarla...

Tendría que pensarlo.

Pero ¿por qué le abordaban ahora tales pensamientos luctuosos? ¿Es que no había conseguido escapar a los dolores del pasado? Tal vez no, porque lo cierto era que la infancia de don Jaime había sido difícil, y de aquellas vivencias tempranas había surgido una personalidad tan contradictoria como generosa y cruel; una manera de ser impetuosa y firme que no era sencilla de comprender ni compartir, aunque el deber imponía acatar sus decisiones. Y ese carácter llegó a curtirse poco a poco, dotándolo de un extraño sentido de la justicia que, con el paso de los años y con los ríos de sangre de sus enemigos con los que fue regando los cada vez más extensos territorios de su reino, lo convirtió en un rey tan admirado como temido.

No; no le resultaba fácil olvidar las turbulencias entre las que había crecido. Y es que la infancia es tan leve que no da tiempo a vivirla; sólo existe para que pueda ser recordada.

Al poco de nacer, don Jaime sufrió la primera embestida de la traición porque alguien, que jamás fue descubierto, trató de asesinarlo mientras permanecía en su cuna. Salvó la vida de aquel atentado por un azar que nunca le fue relatado, pero desde entonces siempre supo dos cosas: que alguien había ordenado su muerte y que su padre no hizo nada para descubrir al culpable. Don Jaime siempre conservó la sospecha de que tal vez no lo hizo porque para señalarlo tendría que haberse puesto ante un espejo y ningún criminal gusta de contemplarse cuando han fracasado los planes de su fechoría.

Fuera por esa razón o por cualquier otra, su padre no tardó en abandonarlos, tanto a su esposa, la reina doña María, como a él mismo, su propio hijo, alegando preferir involucrarse en las continuas disputas bélicas que se producían sin tregua en los territorios del norte de los Pirineos, en el sudeste de Francia. Y fue en una de aquellas batallas sin vencedores ni vencidos en donde don Pedro de Aragón se encontró de frente con la muerte y, sin dudarlo, se la bebió de un sorbo, como si se hubiera cansado de vivir o tuviera una sed irresistible de dejar cuanto le pertenecía en el mundo: reino, esposa e hijo. Se bebió aquella muerte en Muret, cuando el pequeño don Jaime apenas contaba con cinco años de edad y todavía no estaba seguro de tener un padre al que tomar como modelo o referencia. Y un hijo sin ejemplo a seguir, sin padre al que admirar, es presa fácil de la mala crianza y del capricho de la naturaleza indómita.

Se ama al padre porque ha sido maestro, educador y protector, y por lo mismo se le odia, porque acomodado en su confortable regazo a la fuerza ha de resultar castrador, represor y tirano. Pero don Jaime no pudo amar nunca a su padre. Ni fue protector ni maestro. ¿Cómo iba a amar a quien le desatendió primero y luego le puso ante tal peligro? Porque lo extraño de aquella muerte innecesaria, a la que un rey no debía haberse arriesgado, fue que en las vísperas se hizo acompañar de su único hijo, como si tratara de ponerlo en riesgo también o buscase arrebatárselo a la esposa que odiaba. Quizá fuera la razón por la que doña María, reina y madre, murió ese mismo año de soledad y melancolía en la lejana ciudad de Roma, adonde se había desplazado para entregarse a la oración y, según se dijo, para que los dolores causados por la muerte de su esposo y el robo de su hijo ablandaran el corazón del papa, instándolo a su devolución. Curiosa coincidencia: ambos, que tanto se odiaron, murieron casi al mismo tiempo queriendo tener a su hijo en custodia y, al final, ninguno de los dos consiguió tenerlo.

Como es natural, dada su corta edad, don Jaime no intervino en la batalla, pero el botín que pagó el rey muerto, y por tanto, su madre la reina doña María, fue que el hijo quedara en ese mismo momento bajo la tutela de su enemigo, don Simón de Montfort. Una presa respetada, en todo caso, porque lo primero que hizo su nuevo tutor, ese mismo año de 1213, fue prometerle a su propia hija en matrimonio.

Acaso fuera la dolorosa presencia de doña María en Roma, o por la disposición testamentaria que dictó antes de su temprana muerte, pero lo cierto es que el pequeño don Jaime fue apadrinado por el papa Inocencio III, lo acogió bajo su protección y ordenó que se diera por iniciado su reinado tras exigir a don Simón de Montfort que le devolviera de inmediato la libertad, aunque bien pronto comprobaría el nuevo rey que cuanto más alta es la condición social, más estrecha es la libertad. De ese modo, en 1214, con seis años de edad, se reinstauró su monarquía y, para su formación, el papa lo envió a la ciudad de Monzón y le puso bajo la custodia de la Orden del Temple, tal y como fue el deseo de su madre en testamento. Así pues, en sus primeros años de reinado, no le quedó más remedio que permitir que los asuntos de Estado fueran manejados por un Consejo de Regencia nombrado por el papa y presidido por su tío abuelo, don Sancho Raimúndez.

Cuando murió Inocencio III, perdió de inmediato toda protección papal, y la infancia de don Jaime volvió a enfrentarse a unas dificultades que el niño no entendía pero que lo zarandearon de aquí para allá hasta convertirlo en un rey sin corona, aunque endurecido ya por los latigazos de las ambiciones políticas de sus tutores. La llegada al trono vaticano del papa Honorio III fue la señal de partida para que comenzase una descarnada carrera por el poder en la que nadie, ni catalanes ni aragoneses, quiso perder la ocasión de salpicarse el honor con afrentas, acusaciones, improperios y traiciones.

Don Jaime comprendió pronto que se habían formado dos bandos y que ninguno de los dos velaba por su formación sino por el provecho propio. Y, presenciando sus conspiraciones y manejos, aprendió a recelar de ambos. Sólo tenía nueve años, pero ya había aprendido que si algún día llegaba a reinar por sí mismo tendría que usar mano de hierro sobre caballeros y nobles para conservar íntegro el reino y para sujetar el galope desbocado de tantos caballeros ambiciosos e indignos que sólo buscaban enriquecer sus posesiones cuando decían actuar en nombre del joven rey. Incluso descubrió que hasta el mismo papa se mostraba como su enemigo, sin disimularlo. Un enemigo belicoso y digno de ser temido, además, porque Honorio III y sus seguidores, entre los que se incluía su propio tío don Fernando, abad de Montearagón, decidieron correr al bando de don Simón de Montfort y enfrentarse a su tutor legal, don Sancho Raimúndez, con el fin de arrebatarle la regencia de don Jaime. Y al abrigo de ese amparo papal, su tío don Fernando y don Simón de Montfort reunieron a la curia real en Monzón y designaron al arzobispo de Tarragona como nuevo presidente del Consejo de Regencia para que un hombre de confianza tomara las decisiones por él.

De nada sirvió la oposición de los nobles aragoneses don Blasco de Maza, don Jimeno Cornel y don Pedro de Ahones, ni la defensa del buen hacer del anterior Consejo de Regencia que esgrimió don Sancho Raimúndez. El papa se había salido con la suya y nadie podía oponerse a su imperio. Y es que en 1219 la Iglesia no era una idea de Dios sino una fortaleza de muros gruesos como carretas en la que parecía gobernar la mano del diablo con más habilidad que la del mejor de los cómicos en su oficio de templar el laúd para un juego de acordes y jarchas.

Por fortuna, dos años después acabó aquella impudicia con sus bodas con doña Leonor de Castilla, celebrada en 1221. Y ese mismo año, reinando ya por propia mano, en las Cortes de Daroca le prestaron lealtad el conde de Urgel y el vizconde de Cabrera; y los enfrentamientos posteriores entre nobleza y monarquía los supo sofocar y resolver con la fuerza acumulada tras cuatro años de una rabia intensa y contenida que se desbordó sin mesura.

Con todo, tres años más duró el enfrentamiento soterrado con los nobles, porque a la luz no se atrevieron a mostrarse; pero con su firmeza, y a veces con la brutalidad que siempre llevó de compañera, logró restablecer la precaria situación económica del reino que había heredado de su padre y dar sabia solución a los tres graves problemas internos que interrumpían de manera continua su deseo de dedicar la salud y el tiempo al aprendizaje que le proporcionaba la joven doña Leonor en la asignatura de las artes amatorias. Tres problemas que zanjó con energía y prudencia, porque supo que no era posible eludir la crueldad en el ejercicio del poder: la guerra abierta entre los Cabrera y los Montcada, los problemas sucesorios en el condado de Urgel y la revuelta de los nobles aragoneses cuando se produjo la extraña muerte de don Pedro de Ahones.

Don Jaime aprendió pronto que no bastan los triunfos en política para obtener el reconocimiento de los adversarios. A un monarca se le obedece, pensaba, porque se le ama y también porque se le teme. ¿O acaso un rey podía ser un buen gobernante si carecía de instinto asesino?

La suya fue, pues, una infancia dura, marcada por la muerte al principio y por la ambición al final; una infancia larga en la que pudo aprender de la crueldad de los hombres y de la inmoralidad de sus actos; una infancia difícil, en la que sólo pudo observar para conocer lo que no podría consentir en el futuro; una infancia, en fin, sin amigos, en la que, como el ateniense Timón, se tuvo que conformar con deleitarse, en soledad, con la sabiduría que poco a poco iba adquiriendo.

Hasta que llegó su hora.

La hora de la victoria.

Todos nacen en disposición de escribir las páginas más bellas, pero la mayoría muere después de haber emborronado miles de pergaminos que al final no sirven sino para prender la hoguera del olvido. Sin embargo, ése no iba a ser su caso. Don Jaime se lo juró allí mismo, en las sombras de una sacramental que de repente recuperó por unos instantes la luz del sol.

6

A la hora nona, con el cielo cubierto por nubes negras y un viento zigzagueante que sacudía la copa de los árboles y su hojarasca por toda la región, don Jaime llegó al comedor. Acostumbraba a comer antes, pero esa mañana anduvo entretenido en conocer rincones de la abadía y enredado en pensamientos que con frecuencia no se le presentaban porque lo perentorio de los asuntos inmediatos no suele dejar tiempo para la reflexión y ese mal aqueja a todos cuantos llevan a cuestas el peso del poder. Pero la serenidad del claustro, la soledad del monasterio, el sosiego de su quietud y la placidez de sus habitantes extendían las horas como hilos de miel y facilitaban el recogimiento y la lectura de los renglones del alma, y esas frases posadas como aves sin prisa traían cada cual un recuerdo o una emoción, y con ellos un motivo para pensar en cosas que creía olvidadas, sin estarlo. Unas de hierro; otras de fuego. Pero todas intensas, robustas.

Eran, por tanto, las dos en punto cuando entró en la sala donde servían de comer. No le sorprendió no encontrar allí a su esposa doña Leonor: lo extraño habría sido que hubiera querido compartir mesa con quien ya no amaba; pero en su lugar hacían guardia, esperándolo, la princesa Violante y la abadesa, doña Inés de Osona, de pie y escoltadas por las tres benedictinas que atenderían el ágape.

Al final de la mesa, sentada y sin protocolo, Constanza de Jesús revisaba unas notas en los papeles que tenía ante ella y ni siquiera levantó la cabeza tras la entrada del monarca.

—Buenas tardes —saludó don Jaime mientras todas le hacían una reverencia en señal de acatamiento.

—Buenas sean —la monja Constanza, sin levantar la vista de sus escritos, fue la única en responder, con la distracción de quien replica con una moneda a un menesteroso en la plaza. Y antes de que el rey tomara siquiera asiento, añadió—: Sorpresas da la vida, mi señor. Os vais a divertir.

El rey hizo un gesto similar de indiferencia, como indicando que no le incomodase con otros pleitos, que ahora lo que correspondía era atender a las necesidades del cuerpo y que los demás asuntos podían esperar. Por eso se dirigió a la abadesa.

—¿Comerás con nosotros, doña Inés?

—Ya lo hice, señor —respondió la religiosa—. Me he limitado a cuidar de que todo sea de vuestro agrado en esta mesa. ¿Puedo retirarme ya?

—Bien. Sea. ¿Y tú, Violante? ¿Comiste ya?

—Hará una hora, señor —respondió la dama, no sin mostrar un encendido rubor en las mejillas, como si le avergonzara que las demás mujeres asistieran a esa invitación del monarca y lo que de ello pudieran colegir.

—Pues entonces será una comida íntima, Constanza. Solos tú y yo. Empecemos.

—Haremos lo que podamos —sonrió la navarra—. Por mi parte, el buen apetito no ha faltado a su cita y percibo un olorcillo a asado que me está inundando la boca de jugos.

—En ese caso, vayamos a ello —ordenó el rey.

Sopas de verduras, una docena de pichones estofados, seis piernas de cabrito doradas y crujientes, medio queso de oveja bien curado y diversas frutas de primavera se sirvieron junto a dos jarras de vino y varias hogazas de pan de trigo. Don Jaime probó la sopa y la dejó pronto en su tazón, sin hacer gesto alguno que indicara si le agradaba o no; luego desmenuzó tres o cuatro muslos de pichón con los dedos y los comió deprisa, y después, con más calma, fue saciando su apetito con una pierna de cabrito, que degustó despacio y, entonces sí, alabó generosamente. Tres veces se lavó los dedos en la palangana que le ofreció Violante y otras tantas apuró la copa de vino según se la iba rellenando una de las monjas de comedor. Y al terminar de rebañar la pierna miró la fuente, como calculando si se atrevería o no con una segunda, pero antes de decidirse fue Constanza de Jesús quien le distrajo de su consideración.

—Revuelta anda al-Andalus, me dicen en una carta que he recibido de Tulebras... Desde que la morería quedó derrotada y desperdigada en Las Navas de Tolosa, parece que...

—Pero... ¿a qué viene ahora si al-Andalus anda o no revuelta, vive el Cielo? —el rey pareció salir de sus pensamientos alimenticios con un gesto a medio camino entre la sorpresa y la irritación que la monja no terminó de comprender.

—Erais muy joven, señor, allá por el año de 1212, pero ya se sabe que desde la fragmentación del poder almohade...

—Pero ¿se puede saber a santo de qué me das semejante monserga mientras como? —el rey se mostró ahora abiertamente irritado—. ¡Nunca hablo de política en la mesa! ¿Acaso no lo sabes, señora doña Constanza de Jesús?

—Yo, señor... —se trató de excusar la monja navarra.

—Pero... es que no alcanzo a comprenderte... ¡Si ya es un fastidio hablarlo con mi Alférez Real, que es el primer caballero del reino, imagina contigo, mujer! ¿Qué pueden importarme ahora los intestinos de al-Andalus si lo que sopeso es atacar otro bocado de esa fuente? ¿Lo ves? ¡Ya me has quitado el apetito!

—Lo lamento, mi señor —Constanza lo dijo pero, por su gesto risueño, se notaba que la regañina no le causaba el menor impacto—. Tal vez con un poco de queso se os pase este enorme disgusto que os he dado sin ninguna intención.

—¡Vaya! Puede ser —aceptó don Jaime la broma y mordisqueó un pedazo de queso—. En verdad que un día de éstos ordenaré que te corten la lengua...

—En ese caso, tal vez no consigáis que me enfade, mi señor; pero os prometo que desde entonces no volveré a dirigiros la palabra —sonrió con franqueza y luego, tras unos segundos de indecisión, se rió con ganas—. ¡Nunca!

Don Jaime no pudo contener la sonrisa ni, al poco, una gran carcajada.

—¡Sin lengua! ¡Claro! ¡No podrías...!

Doña Inés, la abadesa, que en ese momento regresaba al comedor por ver si todo estaba del agrado del rey, al verlos en un estado tan risueño alzó las cejas con disgusto y torció la boca en una mueca de desagrado, sin comprender a qué venía tanta complicidad entre el rey y una vulgar monja a la que, como quien dice, acababa de conocer. Para disimular su irritación, se detuvo en la puerta y dio un par de palmadas llamando a las benedictinas del servicio de mesa para ordenarles que se apresuraran a disponer unas fuentes de fruta variada ante el monarca, antes de volver a abandonar la sala.

—¿Hablamos ahora? —preguntó don Jaime.

—Como deseéis, mi señor.

—De todos modos —reflexionó el rey—, no quiero que pienses que te considero lerda para hablar de política conmigo, Constanza.

—Por Dios, señor...

—No, no. —El rey mordisqueó una manzana—. Tal vez me he irritado contigo porque no sabes el cansancio que me produce esa procesión de nobles pidiéndome a cada momento algo a lo que no tienen derecho y, a pesar de ello, insisten como las moscas sobre el culo de una vaca. Exijo que durante las comidas no se me aturda con ello, pero, claro, tú no tenías por qué saberlo.

—No es preciso que vos...

—No me excuso, Constanza. Sólo te informo. Y, por cierto, te aclaro que poco pienso en al-Andalus ahora, y lo que me inquieta lo resolveré muy pronto cuando marche sobre Mallorca en su conquista. Otros son los quebraderos de cabeza que me ocupan.

La monja guardó unos instantes de silencio y dejó que el rey terminara de comer la manzana. Y al cabo, preguntó:

—¿Queréis hablar de ello?

El rey la miró sorprendido, como si ante él estuviera sentado un confesor o uno de sus favoritos. Y tardó en responder.

—En realidad, no creo que te interese. —Posó sus ojos sobre la navarra y esperó a que respondiera. Pero no lo hizo—. ¿Callas?

—Bueno, ya sabéis, señor: la verdadera sabiduría está en el silencio y en la quietud... Y sólo somos libres para callar, no para pronunciar palabras.

—Un día, Constanza, colmarás mi paciencia con tanta sabiduría y te haré decapitar.

—Primero la lengua y ahora la cabeza... Terminaré siendo para vos una especie de butifarra en rodajas... —ironizó la monja con los ojos risueños—. Pero, mi señor, si lo digo por no forzaros a hablar. ¿Cómo pensáis que no va a interesarme cuanto tengáis que decir? No soy como Simeón el Estilita, que estuvo más de treinta años viviendo en lo alto de una columna sin importarle nada las cosas de este mundo. A mí me gusta la política: ¡soy benedictina!

Don Jaime sonrió la broma de Constanza y se relajó en

su sillar, tomando una pera para jugar con ella en la palma de la mano antes de mordisquearla.

—Está bien —aceptó—. Te lo diré: me preocupa la insistencia de los nobles catalanes en pedirme cuentas, en medirlo todo en dineros y en buscar cada vez más poder en menoscabo del poder de la Corona. Confundo esa ambición desmedida con la falta de lealtad. Y mucho me temo que pasen el día en conjura para resquebrajar la unidad de la Corona de Aragón y convertirse en reino, como lo son Galicia, Navarra o Asturias desde hace muchos siglos. Lo que parecen ignorar es que Asturias se lo ganó y Castilla y León lo fueron desde que se lo arrebataron a los árabes, igual que Navarra. Pero Cataluña, ¿se puede saber por qué aspira a florecer alejada de la fuerza que da nuestra unidad? Y además olvidan que soy el conde de Barcelona...

—No os enfadéis, señor —rogó Constanza, tratando de aliviar a don Jaime.

—¿Cómo no voy a enfadarme? —el rey golpeó la mesa y exhaló un bufido—. Les he prometido nombrar a mi hijo, el príncipe Alfonso, rey de Cataluña cuando llegue el momento, para que estas tierras dejen de ser un principado; y además asisto a sus aburridas Cortes Generales, a pesar de lo poco que me apetece, por complacerles. Parece que olvidan que juré en Lérida, que mis tropas defienden sus cosechas y navíos, que paso más tiempo junto a ellos que junto a los aragoneses o cualesquiera otros súbditos de mi reino y, aun así, siempre se muestran disgustados. ¿Qué derechos históricos escriben en el escudo que exhiben? ¿En qué se amparan, por todos los santos? ¿Acaso en los de aquel Wifredo, llamado el Velloso, o en los viejos condados de campesinos alodiales convertidos ahora en señoríos? ¿Qué más habría de hacer para contentarlos?

—Calmaos, señor.

—Es verdad. Tienes razón. —El rey mordisqueó la pera

y la arrojó sobre la mesa como si en ella se alojasen las demandas de los nobles y su propia ira—. Será mejor que me calme. Al fin y al cabo, no son asuntos de tu incumbencia ni hay razón para que me desahogue contigo. Vayamos a lo nuestro, será mejor.

—Como deseéis.

El rey se recostó en su asiento otra vez y murmuró algo que no se le entendió pero que se parecía mucho a un improperio. Estaba irritado, pero respiró profundamente, se sosegó e hizo un gesto a Constanza para que iniciase su narración de los hechos.

—Un momento, señor —respondió la monja, hundiendo los ojos en sus papeles—. En cuanto acabe de mirar estas anotaciones os pongo al corriente de cuanto se me ha permitido descubrir. Porque, ¿sabéis?, para mí que aquí, en este monasterio, hay más cera que la que arde... ¡Pero que mucha más!

7

Doña Leonor había rezado la hora nona con la dueña y sus damas en su aposento y se disponía a descansar la hora de la siesta, después de haber comido frugalmente un caldo de ave y unos pichones que en su mayoría quedaron sin consumir. La reina tenía los ojos tristes, como cuando se habita en el desamor o en la espera, y se notaba a la legua que andaba mohína y contrariada; y sus damas intentaban guardar silencio para respetar el soliloquio de sus pensamientos ocultos, que, no obstante, se mostraban bastante visibles. Cuando Águeda intentó iniciar una nueva conversación, una mirada recriminatoria de doña Berenguela fue bastante para reponer el silencio en los aposentos reales. Doña Leonor dijo, con poca voz:

—Ahora trataré de dormir un poco. Es preciso descansar. Guardad silencio, por favor.

—Naturalmente, señora —respondió Sancha.

Nada más tenderse sobre el lecho, apenas cubierta por un manto de lana azul que protegía su cuerpo desde los pies hasta el vientre, los pensamientos de la reina iniciaron un vuelo rasante que muchas veces estuvieron a punto de estrellarse con sus alas rotas contra los riscos de la tierra dura. Eran ideas fugaces, meditaciones huidizas, unas veces de fuego y otras de hierro, pero siempre intensas, robustas. Ninguna de ellas, empero, le arrancó una mueca placentera; al contrario. Por eso Teresa y Juana, que no durmieron, observaron dos lágrimas silenciosas deslizarse por la mejilla de su señora hasta llegar a humedecer la almohada. Nada dijeron, ni siquiera se miraron, pero supieron que los pensamientos de la reina dolían como sólo duelen las primeras horas del luto o las últimas del amor.

Volaron pensamientos de su infancia en Peñaranda de Bracamonte y en Las Navas, cuando aún creía que el amor era planta que, bien regada, no conocía el semblante mustio ni la hora final. Volaron imágenes de risas y juegos con su hermana doña Berenguela, cuando cruzaban apuestas adolescentes en el jardín sobre cuál de las dos casaría antes y cuál de los esposos tendría mayor nobleza. Volaron recuerdos de noche de bodas y de noches de lobos, de pequeños placeres y de grandes complacencias. Volaron, rasas como vencejos en víspera de tormenta, ideas de suicidio e intenciones de reclusión. Y al final, antes de decidir que nunca más yacería con su esposo, el rey, salvo que fuera forzada y se le ordenase, voló el recuerdo del monasterio de Santa María La Real de Las Huelgas, en donde se recogería en cuanto don Jaime obtuviera, como sin duda lograría, la anulación de un matrimonio que era válido a los ojos de los hombres y de Dios, de ello estaba segura, pero ante el que los hombres los cerrarían y Dios esperaría paciente el Juicio Final para pedir cuentas a los vástagos de la estirpe de Caín.

Decidió que su única preocupación, a partir de ahora, sería el príncipe don Alfonso, aun sabiendo que si el rey decidía custodiarlo tras la anulación, también se lo arrebataría. Y ese robo no sería sólo una pérdida: para una madre sería igual que una mutilación. Doña Leonor pensó en su pequeño y no pudo evitar que dos lágrimas, como perlas, rodaran hasta la almohada.

Y luego se quedó traspuesta, soñando que aprendía a volar para escapar por el ventanal y volver de nuevo junto a su madre, sentarse a sus pies y abrazarse a sus piernas para cobijarse a la sombra de su imponente figura.

El miedo siempre busca refugio. Y ninguno mejor que el que ofrecen padre o madre, sin pedir nunca nada a cambio, cuando los temores se presentan de improviso en la indefensión de la infancia, en la soledad de la juventud o en la zozobra de cualquier otra edad.

8

—Y ahora, si te place, dime ya, Constanza —el rey se recostó en su sillar, mostrándose impaciente—. ¿Has descubierto algo?

Constanza de Jesús se inclinó hacia sus papeles y los extendió sobre la mesa, apartando los platos que le estorbaban. Se tomó su tiempo antes de responder, revisando algunos nombres y datos. Finalmente preguntó:

—¿Podríamos quedar a solas, señor?

—Naturalmente. —Don Jaime miró, una por una, a las benedictinas del servicio y a la propia Violante, que seguía de pie a sus espaldas—. ¿Os importaría dejarnos a solas?

—No, claro —respondió una de ellas. E indicó a las demás que salieran deprisa de la estancia, lo que hicieron después de inclinarse en una reverencia.

—Tú también, Violante —se volvió a la joven dama—. Ve a descansar un rato.

—Como ordenéis, mi señor.

Una vez solos Constanza y el rey, la monja navarra agradeció el gesto de don Jaime con una leve sonrisa y procedió a relatar de corrido cuanto había comprobado.

—Veamos. En primer lugar, señor, hay algunas coincidencias que, por otra parte, eran obvias: todas las religiosas asesinadas eran jóvenes. La menor tenía quince años; la última, la que fue ayer mismo enterrada, llamada..., a ver..., sí, doña Isabel de Tarazona, tenía diecinueve. Sólo una de ellas, doña Sol, tenía ya sus buenos veintidós años. Pero, como observaréis, este dato de su común juventud nos demuestra que este monasterio es más seguro cuantos más años se han cumplido, lo que por otra parte no deja de darme, todo hay que decirlo, una cierta tranquilidad. Ocho mujeres asesinadas en la flor de la edad es un primer dato que hay que tener en cuenta.

—Continúa —aceptó el rey.

—En segundo lugar, hay algo incluso más importante que lo primero, y es que la abadesa y sus ayudantes redactoras del informe coinciden en que las religiosas no podían ser consideradas de una especial belleza, sino más bien todo lo contrario. No es que empleen en su relato una palabra contundente para calificarlas de feas, de deslucidas, repulsivas y malencaradas, o de un modo menos comprometido, como declarar que no eran agraciadas o graciosas en vida; se limitan a exponer que, a su criterio, ninguna de ellas tendría atractivo como damas de corte, y que fuera de estos muros no habrían encontrado cobijo en caballero alguno que las desposase. Y esa fórmula repetida para todas las víctimas, a mi entender más tajante aún que las no empleadas, demuestra una coincidencia que a mí, personalmente, me ha llamado mucho la atención. No sé qué opinaréis vos...

—Prosigue, por favor. —El rey quería seguir escuchando la totalidad del relato antes de empezar a valorar y debatir las conclusiones de la monja navarra.

—Bien. En tercer lugar, y de ello tampoco puedo obtener aún explicación significativa alguna para mi investigación, es que casual y sorprendentemente las ocho víctimas eran naturales de Aragón, ya fuera de Tarazona, Zuera, Monzón, Alagón, Sabiñánigo o Caspe, cuando por otra parte la mayoría de las benedictinas del cenobio son catalanas. Y son ellas, las catalanas, por el contrario, las tres que han sufrido las agresiones sexuales y las brutales violaciones. Tal vez sea por pura casualidad, no lo niego, pero que mueran las aragonesas y se mancille a las catalanas, no sé... Resulta llamativo, al menos. Tendría que pensar sobre ello para llegar a alguna conclusión, señor, porque la coincidencia, como comprenderéis, creo que merece un estudio más detenido.

—Sí que se antoja sorprendente, en verdad —don Jaime abrió los ojos con desmesura y se mesó el cabello, considerando el alcance de los datos expuestos.

—Lo mismo pienso yo. En fin, prosigo, señor: una cuarta y última información que puede extraerse de los papeles redactados por la abadesa es que todas las religiosas que han confesado ser víctimas de agresión sexual han sido calificadas de bastante o muy bellas, en una proporción similar. Así es que, según doña Inés, las feas han sido asesinadas y las hermosas sólo ultrajadas. Tampoco sé qué pensar de esta coincidencia.

—¿Algo más? —preguntó el rey.

—Por ahora, no hay más, señor —respondió Constanza mientras volvía a revisar sus papeles y anotaciones—. En todo caso, añadir que dentro de una hora exhumaremos el cadáver de doña Isabel de Tarazona y entonces estudiaré su cuerpo, por si encontrara algún indicio que ayude a nuestra investigación.

—¿Te ayudará la abadesa?

—Me ha asegurado la colaboración de cuatro religiosas de cierta edad, tanto para proceder al desenterramiento como para presenciar mi estudio y, si lo creo oportuno, volver luego a practicar la inhumación del cuerpo.

—Perfecto. En ese caso, espero que puedas decirme algo más después de vísperas.

—Lo haré. ¿Cenaré con vos?

—Así lo espero.

9

Cuando don Jaime entró en su aposento, encontró a la joven Violante tendida en la cama, durmiendo la siesta, sin desvestir. La niña estaba rendida por la escasez del sueño conciliado durante la noche anterior, y melancólica por el aburrimiento sufrido a lo largo de toda la mañana a la espera de recibir alguna instrucción del rey que la entretuviese, lo que finalmente no se produjo. La entrada de don Jaime en la estancia, aun no siendo cuidadosa, no la despertó. Estaba tendida de manera descuidada sobre el lecho, profundamente dormida y con el semblante plácido de quien está entregado a un sueño intenso y hondo, infantil. Iluminada por la claridad de la tarde, parecía una hermosa sirena recién florecida a la pubertad. El rey quedó tan deslumbrado por esa imagen que cerró la puerta con tiento, se acercó al borde del lecho y se detuvo a contemplarla, inmóvil, casi sin respiración. Si la belleza podía tener cabida en los versos de un poeta del califato de Córdoba, apenas si tenía espacio en la figura de aquella princesa húngara para mostrarse en todo su esplendor.

Don Jaime permaneció un rato absorto, sintiendo los latidos de su joven corazón retumbándole por todo el cuerpo y temiendo que, de tan escandalosos, llegaran a despertarla. La sangre le convirtió las orejas en incendios y las mejillas en ascuas. No pudo contenerse: avanzó hacia ella, descorrió el tul del manto que le cubría el cuello y el busto y contempló el nacimiento de sus pechos en el escote cuadrado de su vestido verde con bordados de oro. Con la yema de su dedo índice recorrió aquella piel nueva, en una caricia tan leve como el viaje de una hormiga minúscula. Y luego recorrió sus labios de niña con idéntico mimo, temiendo despertarla pero imposibilitado para contener la fiebre que aquella visión le producía. Y de pronto se asustó: si la niña sentía la caricia, si el pajarillo despertaba, se asustaría y echaría a volar. Y nacería una desconfianza que sembraría temores hacia su señor, lo que no le convenía. Así es que decidió contenerse, caminar con cautela hacia atrás, sentarse con cuidado frente al lecho y conformarse con la contemplación de aquella bellísima imagen.

Violante tenía la piel limpia, el cabello largo y rizado del color del centeno y las manos leves como si carecieran de peso. Sus dedos eran finos y alargados; sus uñas, rosas, y sus muñecas, de alabastro. Su rostro carecía de huellas que delataran el paso del tiempo por su juventud, y su frente, distendida, parecía un lecho de nieve virgen, recién caída. Él no podía saberlo, pero sus labios simulaban sonreír en medio de un sueño indescifrable. Tal vez su mente dormida estuviera viajando por algún juego infantil redivivo, o abrigada por un abrazo de su padre el rey don Andrés II, o con las manos entrelazadas en una ronda de infancia cantada por un coro de niñas en los jardines palaciegos de su lejano hogar húngaro. Era imposible saber con qué soñaba Violante en aquellos momentos, pero, fuera lo que fuese, don Jaime observó que levitaba feliz en su viaje onírico. Como si los duendes de lo inconsciente tiraran con fuerza de la comisura de sus labios para mostrar el regocijo del buen sueño.

Excitado en su contemplación, complacido en el lienzo, conformado con beber en la distancia los efluvios de su belleza, qué lejos estaba don Jaime de saber que la joven Violante estaba viviendo el recuerdo del momento en que su padre le había mostrado una tablilla con el retrato del rey de Aragón y le había encomendado servir en su corte para que tomara cuantas lecciones él quisiera darle, incluso las nacidas del amor porque, como toda Europa sabía, pronto sería anulado su matrimonio y una alianza con los reinos españoles sería una garantía de solidez para el reino de Hungría. Y desde ese momento, más gozosa por lo apuesto del aragonés que seducida por la conveniencia de las razones de Estado, la propuesta de viajar al sur se convirtió en una idealización del amor, largamente disimulada pero felizmente hecha realidad cuando la reina doña Leonor, sin sospechar nada, había decidido ponerla al servicio de quien pronto dejaría de ser su esposo. Y con aquella contemplación de la tablilla soñaba Violante y por eso los duendes del placer estaban correteando por sus labios tirando de las comisuras para hacer más visible el regocijo del sueño en que se entretenía.

Don Jaime no podía imaginarlo. Ni siquiera ella recordaría lo soñado cuando llegase el momento de despertar. Pero tanto y tan fuerte era su deseo que se prometió que, al caer la noche, cuando de nuevo se tendiera a su lado, gozaría de ella.

Aunque tuviera que hacer valer su autoridad.

Por eso prefirió dejarla dormir y descansar. Y, con el mismo tiento con que se movió por la estancia, salió de ella para visitar a la abadesa en su celda y que así le mostrase los secretos escondidos de su cuarto de labor, como había prometido. Secretos de monja escondidos... ¡Qué extraño!

¿Qué secretos podían ser aquéllos?

10

Cuatro monjas benedictinas, en fila de dos, avanzaban solemnes por el camino de tierra de la sacramental, con las manos entrelazadas sobre el pecho, musitando rezos, y los ojos desmayados en el suelo. Recorrían el sendero de sepulturas como si avanzaran por las calles del infierno sin querer mirar a los lados, no fuera a ser que alguno de aquellos restos fuera a levantarse, levitar y afearles la profanación. El cielo se había cubierto de nubes negras, acompasando el luctuoso itinerario que la abadesa les había obligado a realizar. Tras ellas, en actitud completamente diferente, observándolo todo y deteniéndose en la lectura de nombres y fechas, Constanza de Jesús iba serena a cumplir su misión, sin importarle si aquellas tumbas, habitadas o no, tenían pretensiones condenatorias. La mayoría llevaba inscripciones con nombre de mujer, pero también había nombres de hombre, sin duda de cuando el cenobio era mixto. Constanza remiraba, de vez en cuando, un nombre en particular y se detenía a guardarlo en la memoria, como si significara algo para ella; o por mera afición a guardar en la memoria apellidos raros. El cortejo de cenobitas seguía su lenta andadura por el suelo terroso, en algunas partes embarrado por las lluvias de la noche anterior, en dirección a la lápida bajo la que se guardaba el cuerpo de la joven doña Isabel de Tarazona, recién inhumada. Un perro aulló en la lejanía. Y un relámpago alto avisó del redoble del trueno que unos segundos después sacudiría la tarde.

Un camino de cementerio recuerda cómo será el futuro de quien lo recorre y por eso estremece darse cuenta de lo inevitable del destino. Pasearlo es también un desafío al porvenir, una especie de burla a la muerte. Es igual que una danza carnavalesca que muestra el disfraz que se viste y que tarde o temprano habrá que apartarse para enseñar la realidad de la osamenta y las carnes huidizas, fugitivas. Las cuatro monjas lo recorrían, a su pesar, pensando en ello, silabeando rezos, con las arrugas de la cara supurando miedo. Por el contrario Constanza, tras ellas, transitaba el camino con la misma indiferencia que si anduviera sobre las baldosas de un pasillo hacia la sala del comedor, aunque algo más expectante que cuando sabía que allí le esperaba la insípida sopa de todos los días. Y es que con lo que se iba a encontrar era con un cadáver nuevo, enterrado treinta horas antes y muerto un par de días atrás. Un cadáver que tendría muchas cosas que contarle. Y ese manjar, para su curiosidad investigadora, era muy apetecible.

Al final, las cuatro benedictinas se detuvieron ante una lápida todavía sin bautizar. Formando corro se persignaron e iniciaron una sinfonía de rezos murmurados que se extendió más allá de lo que la paciencia de Constanza podía soportar. Así que, sin miramiento alguno, y después de la tercera oración, espetó airada:

—A Dios rogando, pero con el mazo dando, hermanas. ¿Podemos proceder ya?

Las monjas dieron un respingo, sintiéndose tan sorprendidas como agredidas. Por la mirada acuosa de su edad avanzada y por la severidad del gesto exhibido mostraron sin disimulo que se sentían ofendidas, lanzando el silencioso dardo de la intolerable falta de respeto y observando a Constanza con gran dureza. Pero ante la indiferencia y el aplomo de la navarra, nada se atrevieron a decir. Volvieron a santiguarse y, sin apresurarse, se dispusieron con gran calma y aprendido ceremonial a mover la lápida no sellada que taponaba el sepulcro.

Se trataba de una fina lámina de granito, de no más de diez centímetros de espesor, por lo que entre las cuatro corrieron la piedra sin grandes esfuerzos. El cortinaje pétreo se abrió deprisa, como se corren unos visillos, y al instante quedó al descubierto el sudario que tapaba por completo el cuerpo de doña Isabel. Mientras las religiosas volvían a iniciar su retahíla de salmos funerarios, esta vez alzando el tono de voz, Constanza se hizo hueco y se inclinó sobre el cadáver. Descorrió el sudario, dejando al descubierto el rostro de la muerta, apretó los ojos, sorprendida, y pasó dos dedos por su frente fría, marmórea, que aún conservaba apariencia de alabastro. De inmediato, volvió a cubrirle el rostro con el sudario y ordenó:

—Sacadla de aquí, hermanas. Necesito un lugar amplio y seco donde examinar el cuerpo. Vamos a trasladarla ahora mismo. Quiero la luz de muchas velas y un poco de soledad. Creo que necesitaré un buen rato.

Las benedictinas se miraron entre sí, como decidiendo adónde trasladar el cuerpo, y finalmente una de ellas, que por su aspecto parecía ser la mayor, dijo:

—¿Serviría la capilla del cementerio? No se usa nunca y puede que haya que limpiarlo todo un poco, pero está ahí mismo, enfrente, y así no habría que pasear en andas a nuestra santa hermana por todo el monasterio. ¿Es de tu conformidad?

—Sea —respondió Constanza, afirmando también con un movimiento de cabeza—. Que limpien el lugar y que lo aprovisionen de muchas velas. Mientras tanto voy a mi celda a buscar el instrumental que preciso. Así vosotras podéis ir arreglándolo todo. Vuelvo dentro de un instante.

Apenas media hora después, sola ante la mesa y solemne como si fuera a oficiar una misa, Constanza de Jesús descorría la sábana y desvelaba el cadáver.

El cuerpo de doña Isabel de Tarazona era hermoso. Y su rostro, embellecido por la muerte, más hermoso todavía. El *rigor mortis* apenas había hecho mella en ellos y sólo los pies presentaban el color amarillento característico de la muerte reciente. Aquella inesperada belleza fue lo primero que le llamó la atención y se apresuró a escribirlo en su papel de notas. Después se quedó un rato observando todo lo demás, comprobando que el cuerpo no presentaba señal alguna de violencia, con excepción de algunos hematomas en las muñecas y en los tobillos. Pero no se apreciaban huellas de estrangulamiento en el frágil cuello de la víctima, tan joven y delicado que cualquier presión lo habría quebrado como se troncha una minúscula rama seca, dejando múltiples marcas. Todo aquello se le antojó muy extraño.

La muerte, entonces, sólo podía haberle sobrevenido por causa de envenenamiento. Sin pensarlo, para comprobar el color de la lengua, trató de abrirle la boca con los dedos, sin lograrlo, así que usó un punzón a modo de palanca, abrió la mandíbula con gran esfuerzo y se sorprendió al comprobar dos hechos: que su color era normal y que en la cavidad bucal había restos de una gelatina reseca, tan abundante que llamó su atención. Una presencia totalmente inusual. Constanza de Jesús recogió con una cucharilla de plata una porción de esos restos y, a la luz de los velones, trató de identificarlos. O mucho se equivocaba o aquello era el fruto del desahogo sexual de un hombre. Por instinto bajó los ojos, recorriendo el cuerpo, rebuscó en la entrepierna del cadáver, abriendo con esfuerzo los muslos de la muchacha, y encontró unos restos idénticos en la entrada y en los intersticios de la cavidad vaginal. No tuvo dudas. Aquella pringosa materia líquida era lo que creía que era, nada más.

Pensó dejar ahí la investigación, pero las huellas encontradas no explicaban el motivo de la muerte de la joven benedictina, así que conservó los restos encontrados a un lado de la mesa que utilizaba para la autopsia, empuñó con firmeza un bisturí y desgarró el vientre de la mujer desde el ombligo hasta la garganta.

Por lo que descubrió, el estómago y los intestinos no presentaban signos de espasmos, así que descartó el envenenamiento. En cambio, los pulmones estaban mediados de un líquido que, a simple vista, parecía agua. Punzó una de las vísceras, extrajo una porción de aquel fluido ya viscoso, se untó un dedo, lo olió, lo probó llevándoselo a la lengua y, a pesar del mal olor que desprendía, confirmó que se trataba de agua. El líquido conservaba un sabor pútrido, de agua vieja, un brebaje en el que flotaban residuos de materia espesa que podían ser mucosidad o esputos, pero la base de todo era el agua, sin duda. Era evidente, pues, que la joven doña Isabel de Tarazona había sido asesinada mediante una asfixia por ahogamiento, por inmersión en agua, después de haberla sometido a distintas vejaciones sexuales.

Pero ¿por qué no se había revuelto y defendido de tan lenta y espantosa muerte, en cuyo caso tenía que quedar alguna huella de lucha en alguna parte de su cuerpo? ¿Habría sido antes adormecida con algún bebedizo o pócima? Y, sobre todo, ¿qué clase de hombre podía haber hecho una cosa así?

11

El sueño de doña Leonor no duró mucho. Una pesadilla en la que vio su propia muerte a manos del rey le hizo dar un respingo y abrir los ojos desmesuradamente, como si tardara en recordar el lugar en el que se encontraba.

—¿Qué os sucede, mi señora? —se sobresaltó Sancha también al ver la inquietud de la reina.

—Un mal sueño —susurró doña Leonor, después de tomar la mano que su dama le ofrecía—. No es nada.

Las demás damas y la dueña se despertaron también de la siesta. Una a una, fueron acercándose a su señora y la ayudaron a calzarse y a abrigarse con una toquilla de lana. La acompañaron a su silla de bordar y se sentaron en torno suyo, decididas a entretenerla.

—¿Falta mucho para Vísperas? —preguntó la reina.

—Todavía un buen rato —replicó Águeda—. ¿Queréis comer alguna cosa? En este cestillo hay peras y manzanas. O podemos asar en la lumbre algunas castañas, si os place...

—¿Castañas? —sonrió la reina—. Hace tanto que no las como...

—Pues ahora mismo —se adelantaron Juana y Teresa a buscar el cesto de mimbre colmado de castañas—. Aviva el fuego, Sancha.

—Bueno, bueno, no es preciso tanto apresuramiento —intervino la reina.

—Es que a mí me encantan —replicó Juana, con desenfado—. En mis tiempos, las castañas eran un manjar exquisito que en mi familia apenas comíamos. Y, por otra parte, he de confesar que parece que ahora siento un poco de apetito... Tantas sopas de monasterio van a dejarme en los huesos.

—¿No probaste acaso los pichones? —se mofó doña Berenguela, la dueña—. Para mí que más de uno hace nido ahora en tu estómago.

—¿Más de uno? —arrugó los ojos Juana, y su rostro orondo y sonrosado se avivó en su esfuerzo de memoria—. Dos todo lo más. No sé si sabrás que de joven, en una ocasión, llegué a comerme dieciséis pichones de una sentada. Y hoy, ya lo has visto: dos. Bueno..., puede que tres.

—¿Y aun así tenéis apetito? —rió la dueña.

—¡Pero si eran minúsculos! —Juana separó índice y pulgar sin llegar a extender la abertura por completo—. Muslillos de gorrión y pechugas de golondrina. Me han tocado los que sólo eran huesos. En mis tiempos, los gorriones...

—Había más —le interrumpió doña Leonor—. Sobraron muchos... Haberlos comido.

—Como vos terminasteis tan pronto de comer, señora, no sé, me dio apuro.

—¿Apuro? ¿A ti te dio apuro? —se burló Águeda—. ¡Pues esto sí que es una novedad!

—¡Así es! —agrió Juana la voz—. ¿O es que piensas acaso que yo...? ¡Vamos, vamos! ¡Menuda educación recibí en mi casa!

—Basta —intercedió la reina—. ¿Es que ahora vais a pleitear por unos pichones? Lo que vamos a hacer es ofrecer a Juana las castañas más hermosas y con ello le resarciremos de la escasez de pajarillos. Y tú, Juana, por el amor de Dios, no me uses como excusa para comer cuanto te plazca. Que yo carezca de apetito no es razón para que se te quite a ti.

—Yo, señora... —Juana bajó los ojos, triste.

—No estoy regañándote —aclaró doña Leonor, compasiva—. Sólo te estoy invitando a satisfacer tus deseos como sea menester. Así es que levanta esa cara y sonríe, que bastantes penas tengo ya para verte también mohína. Podemos pedir faisán para la cena... ¿Te parece? Pero un buen faisán, ¿eh?

Juana sonrió y corrió a besar a la reina en la frente.

—Un buen faisán. ¡Qué buena idea!

—Pues sea —concluyó la reina—. Y, a ver, esas castañas... ¿Empiezan a dorarse?

—Dentro de un momento —respondió Sancha—. Teresa, acerca otro puñado, que éstas pronto estarán listas para quemarnos los dedos al pelarlas...

Mientras las damas trajinaban en el oficio de castañeras junto a la chimenea, doña Berenguela, la dueña, se sentó al lado de la reina. La miró, observó su semblante apagado y tomó su mano con el cariño de una madre.

—¿Qué os despertó, mi señora? ¿Un mal sueño?

—Una pesadilla horrible, doña —afirmó la reina—. Mis vestidos estaban ensangrentados en sus baúles y yo permanecía desnuda sin atreverme a ponerme ninguno porque, cualquiera que me pusiera, llevaba cosida en la cintura la hoja de un puñal que me atravesaría el vientre. Yo buscaba el menos peligroso, el menos manchado de sangre para que la herida fuera lo más leve posible. Y el rey, sentado frente a mí, burlándose y riendo, altivo e inflexible, exigía que me apresurase a elegir uno. Ha sido horrible...

—No podéis seguir así, mi señora —reflexionó doña Berenguela, besándole de nuevo la mano—. Tenéis que recobrar el ánimo y perder el miedo al rey, nuestro señor.

Estoy persuadida de que, aunque los sueños le traicionen ante vuestros ojos, él no quiere ningún mal para vos.

—Lo sé, lo sé, mi querida Berenguela —respondió apenas sin voz y sin ningún convencimiento—. Comprendo que lo único que busca es la anulación de nuestro matrimonio.

—Es posible que también ello lo olvide muy pronto, señora —trató de animarla la dueña—. Dentro de poco partirá su expedición a la conquista de Mallorca y a su regreso..., quién sabe, tal vez cambie de opinión... Los hombres, como sabéis...

—Sí, es posible, amiga mía —la reina cabeceó, dubitativa, seguramente incrédula—. De todos modos, mi padre don Alfonso me enseñó que la vida comienza dándonos cosas hasta que un día empieza a quitárnoslas. A mí me ha dado padres y hermanos, un esposo y un hijo. Incluso una corona. Ahora ya me ha quitado a mi padre, pronto me quitará a mi madre, y quién sabe si también a mi esposo. Respetaré la voluntad de Dios.

—Amén.

—Y, por cierto —suspiró la reina—, ¿alguna de vosotras sabe qué anda haciendo el rey a estas horas en el monasterio? Estoy segura de que su carácter no le permitirá soportar tanta paz durante mucho tiempo... Los hombres, insaciables, sienten el hastío en la inactividad, y él no está habituado a sestear.

—Si queréis, indago por dónde caminan sus pasos —propuso Teresa—. La joven Violante estará al corriente, es de suponer.

—No —respondió doña Leonor—. No lo hagas. Si él llegara a saber de mi curiosidad, se disgustaría. Y además, tratándose del rey, prefiero la santidad de hacerme preguntas al infierno de conocer las respuestas. Tal vez las preguntas hieran, mi querida amiga, pero me temo que hay respuestas que matan... ¡Oh, Dios mío! Ahora comprendo que nunca he sido más libre que cuando era inocente. Cómo me gustaría volver a los años de infancia...

Y la reina cerró los ojos, despacio, preguntándose si su esposo estaría ejerciendo de rey o de villano.

12

En ese momento el rey entraba con estrépito en la celda de doña Inés de Osona, la abadesa, dándole tal susto que la religiosa tardó bastante tiempo en recuperar el resuello y los colores del rostro. La superiora no pudo siquiera protestar por el ímpetu del monarca ni por su desconsideración, lo que deseaba hacer, porque el aire se le quedó atravesado en la garganta como un alud de piedras amontonadas, y ni voz tuvo para exhalar un espasmo de angustia. Sus manos se aferraron a la mesa de trabajo, crispadas y veloces, y el cuerpo, que estaba sentado, se elevó un palmo del brinco, como disparado por un resorte. La media sonrisa de don Jaime al ver semejante reacción y sus palabras breves no sirvieron para devolver el aliento a doña Inés hasta pasados unos minutos.

—Me olvidé —abrió los brazos el rey, cínicamente—. Debería haber golpeado antes la puerta. Vaya por Dios.

Don Jaime sonrió, cerró la cancela tras él y caminó despacio hasta asomarse a la ventana. La abadesa tardó en recuperar el pulso que se le había quedado perdido en algún lugar entre el corazón y la cabeza, y ambos órganos dieron mil vueltas hasta reencontrarse con la normalidad. Tuvo que frotarse los párpados para aliviar la sensación de mareo que le produjo el susto y luego ponerse la mano abierta en el pecho para comprobar que el corazón seguía latiendo en su sitio. Sólo dijo, al cabo:

—Me he sentido morir...

El rey no atendió a la monja. Continuó con la contemplación del patio y detuvo la mirada en la fuente central del claustro, de la que no manaba agua.

—Prometiste mostrarme tu sala de labor, doña Inés, ¿lo recuerdas? A eso vine.

—Enseguida, mi señor —acertó a responder la monja—. Si me permitís un instante de sosiego...

—Cuanto sea necesario —respondió el rey—. Me pregunto por qué no mana agua de esa hermosa fuente, doña Inés. A buen seguro sería bien fresca...

—Fresca y pura, señor. Pero muy de temer. Por eso la fuente ha sido cegada. Al menos hasta que...

El claustro que miraba don Jaime desde la ventana era de planta cuadrada, con una fuente en el centro y, alrededor, un jardín cruzado por cuatro caminos. Los lados del claustro, las pandas, resguardaban las galerías o corredores cubiertos que se limitaban por arcadas. Era un hermoso claustro, desde luego, quizá el más cuidado de cuantos monasterios, abadías y conventos había conocido nunca.

—Bien. ¿Vamos a ver tus secretos?

—Vamos... Pero me temo que pocos serán los secretos que descubrir y mucho cuanto os defraude la visita, mi señor. Son pequeñeces, distracciones mínimas, apenas unos juguetes para los ratos de ocio. Hay días que se hacen muy largos en esta casa y sólo se vencen con inocentes manualidades...

Doña Inés caminó delante del rey hasta la puerta que encerraba el cuarto colindante. Rebuscó bajo el sayo el manojo de llaves y escogió la que abría la cerradura. Empujó la puerta y dejó que don Jaime entrara en la sala antes que ella.

La estancia no era pequeña. Sus dos ventanas estaban cerradas y ocultas tras unas cortinas de terciopelo rojo que impedían el paso de la luz y la visión de la sala desde el exterior. Ni siquiera ante la presencia del rey descorrió los cortinajes para que la luz de la tarde lo alumbrase todo. En cambio, encendió los velones repartidos por los cuatro rincones de la sala y un candelabro con seis velas que permanecía sobre una amplia mesa de trabajo, un tablero tosco de madera sin pulir en el que se amontonaban toda clase de herramientas y diversos clavos, tijeras, cinceles, lijas, listones de madera, frascos conteniendo diferentes líquidos y otras muchas cosas que desconocía el rey y que a simple vista parecían no tener utilidad. En unas repisas de la pared se amontonaban miniaturas que reproducían crucifijos, copas de madera y de barro, casitas, carruajes, medallones labrados y algunos muñecos sin terminar. En un extremo de la sala había una mesa con arcilla de modelar, varias porciones de barro reseco y unas jarras con agua alrededor de un torno pequeño, junto a una chimenea que parecía útil para la labor de alfarería.

—Veo que te gusta el oficio de modelar...

—Bueno —sonrió la abadesa—. No soy una gran artesana, no vayáis a pensar que yo...

—Pues esas figuritas... Las has hecho tú, ¿verdad? No parece tarea sencilla.

—Tampoco es difícil, señor —explicó doña Inés—. Mezclo barro con harina y agua; luego lo dejo secar cuatro o cinco días; después lo bato con agua y lo dejo secar otros quince días. Cuando ya está suave, lo rebozo con polvos de talco. Compongo una figura santa, la refino y la dejo secar al sol. Entonces puedo pulirla y sacarle brillo. Un simple juego de paciencia que, he de confesaros, me proporciona mucha serenidad.

El rey observó los iconos y se fijó en algunas vasijas bien terminadas. Luego dejó las piezas en su sitio y continuó observándolo todo. De repente se detuvo ante un pequeño carro de madera y lo tomó en sus manos.

—¡Las ruedas giran! —exclamó con admiración—. A fe que esto tiene gran mérito.

—Juguetes, señor. También hago juguetes para los niños de nuestras aldeas del condado. Nos sirven para obsequios de Navidad y que así nuestra comunidad esté más cerca de los desfavorecidos o de los menos agraciados. Ese carrito, por ejemplo, no lo he terminado aún. Fijaos en que he de pulir los bordes para que las astillas de bordes y rebordes no dañen a los más pequeños... Y, además, quiero que pueda articularse el enrejado de la trasera, ¿lo veis? Aquí, para que pueda subir y bajar.

—Tal vez te pida uno para mi hijo, el príncipe Alfonso —afirmó el rey—. Creo que le gustaría.

—Será un honor complaceros, mi señor.

El rey se quedó pensativo, observando el juguete.

—Recuerdo que de pequeño, allá en Montpellier, alguien me regaló también un juguete que me gustaba mucho. Era una especie de soldado articulado que podía mover los brazos, las piernas y la cabeza. Todo él era tallado en madera y me proporcionó gratas horas de juegos y entretenimiento.

—Yo también puedo fabricar muñecos articulados —exclamó la abadesa. Y de repente se demudó y pareció que el alma se le había arrugado de pronto—. Bueno —añadió—, lo cierto es que hace mucho tiempo que no los hago. Ahora no creo que me acordara de cómo se hacen.

—Claro —asintió el rey, y volvió a depositar el carrito sobre la mesa—. A propósito, ¿qué sabes de Montpellier? ¿Tienes noticias de mi ciudad? Porque creo recordar que tienes parientes allí, ¿no es cierto?

—Sé poca cosa, señor —pareció lamentarlo la abadesa—. Alguna carta de mi hermana Brígida, de tarde en tarde. Vive allí con su esposo una vida plácida, retirada de todo. Así que sólo me escribe para darme pequeñas nuevas familiares. Ninguna otra noticia. Seguro que vos sabéis más que yo.

—Sólo que la ciudad sigue tan apática como siempre —negó con la cabeza don Jaime, con desagrado—. No me extraña que tu hermana se aburra. En cuanto tenga ocasión impulsaré la edificación de algunos conventos para que la religiosidad y el fervor a la Virgen María, Nuestra Señora, extienda sus favores sobre aquellos vecinos. Reconozcámoslo: es una ciudad sucia y poco divertida. Hasta el pobre don Guillermo es mortalmente aburrido. Ni se come ni se bebe bien en su casa. Tampoco reúne trovadores para amenizar las veladas. Mucho señorío de Montpellier y mucho comercio con el conde de Toulouse, pero el señor don Guillermo es un sieso... Podría aprender de la viveza de la vecina ciudad de Melgueil.

—Mi hermana dice que el señor don Guillermo es tan prudente y sobrio... —alabó la abadesa—. Un hombre de Dios.

—Lo dicho: un sieso.

El rey zanjó la conversación con el exabrupto y se dispuso a dar por concluida la visita. Se dirigió hacia la puerta de salida a la vez que la abadesa apagaba velas y velones, pero antes de salir se detuvo ante la colección de frascos que se alineaban sobre una hornacina excavada en la pared.

—¿Qué contienen? —quiso saber.

—Algunas pócimas... Ungüentos, bálsamos y aceites que ayudan a curar temores, a quitar dolores de madre, a combatir el insomnio y a aplacar los nervios. Remedios caseros, nada más.

—¿Sabes de esencias y plantas medicinales? —el rey no salía de su asombro.

—Cuatro cosas, no vayáis a pensar... Hay que saber un poco de todo para gobernar una comunidad, mi señor. No tiene mayor importancia.

El rey comenzó a tocar los frascos de cristal, a agitarlos y a mirar a través de ellos. Destapó alguno y se lo llevó a la nariz para identificar su aroma, pero ningún olor le resultaba familiar.

—Mezclas, sin duda —dijo al fin—. No conozco ninguna de estas esencias.

—Pero ¡si están por todas partes! —la abadesa extendió el brazo y recorrió con la mano la habitación, para indicar que podían encontrarse en cualquiera de los campos circundantes del monasterio—. Las que no crecen por aquí, me las envían de lugares más apartados. Son un puñado de florecillas que se esparcen por doquier, y también hojas, corimbos y macollas de algunas hierbas. Mirad, señor: son esencias de narcisos, violetas, lirios, alheñas, violas, cítisos, acantos, colocasias y mirra. Las cuezo y extraigo su néctar. Luego, mezclándolas, adquieren ciertas propiedades muy beneficiosas para la salud. Ésta de color ámbar —señaló un frasco— es muy aconsejable para la digestión difícil; esta otra, para los catarros otoñales; ésta, para dormir...

—¿Y este néctar de color azulado? —curioseó el rey.

—Aplaca el estado de nervios y adormece —respondió la abadesa—. Es muy indicada para dormir bien y descansar tras un día de fatiga. Deberíais probarla, es muy recomendable.

—O sea, como el láudano...

—No, no. Nada peligrosa. Un caballero cristiano que pasó varios años preso de los moros me enseñó la receta para obtenerla. Tomad y hacedme caso. Llevaos el frasco grande y bebedlo todo esta noche antes de dormir. Descansaréis como jamás imaginaríais.

—De acuerdo —aceptó don Jaime—. Tal vez sea bueno descansar como dices y, al fin y al cabo, cualquier experiencia nueva ahuyenta el tedio.

Y, tomando el frasco, se lo guardó en el cinto y salió de nuevo a la celda de doña Inés.

Mientras ella cerraba la puerta con llave y se guardaba el manojo bajo el sayo, el rey dijo:

—Y a propósito del tedio, ¿no hay otras distracciones en el convento? Porque os confieso que empieza a crecerme el día más allá de lo que pensaba...

—El *scriptorium*, señor. Os lo mostraré cuando deseéis. ¿No os apetece visitarlo? Creí entender que...

—Cierto, cierto. Si es posible, me complacerá. Ahora mismo podríamos...

Las palabras de don Jaime quedaron silenciadas por la abrupta llegada de una cenobita agitada que, a la vez que golpeaba la puerta, se apresuró a entrar, jadeando y atragantándose con las palabras.

—¡Madre abadesa, madre abadesa...!

—Tranquilízate, hermana Juliana —la superiora se mostró firme—. Y antes de nada, muestra tu respeto al rey. De inmediato.

La monja se detuvo, miró al rey, tardó en recuperar el aliento y balbució:

—Lo siento, mi señor —la benedictina se acompañó de una reverencia exagerada.

—Y ahora, dime, Juliana —aceptó doña Inés—. ¿A qué viene tanta agitación?

—¡La hermana Catalina! ¡Está muy enferma, madre abadesa! ¡Muy enferma! Yo creo que se va a morir...

13

La abadesa ordenó que las hermanas Lucía y Petronila se encargaran de cumplir el protocolo establecido para aquellos casos. Pidió al rey que la disculpase y don Jaime se mostró comprensivo, apartándose para que saliese de la celda con la monja que acababa de entrar portando la mala noticia.

—Voy a ver qué le sucede a la hermana Catalina —fue todo cuanto explicó la abadesa—. ¿Me disculpáis, señor?

Don Jaime, intrigado, permaneció un rato más en la celda y miró por la ventana para asistir a la agitación que sacudía el claustro y sus corredores. Luego abandonó la estancia para curiosear el desarrollo de los acontecimientos.

Lucía y Petronila, siguiendo instrucciones de doña Inés, se apresuraron a encender en lo alto de la torre del monasterio la antorcha de la alarma. Prendieron la llama que sólo alumbraba cuando era necesaria la presencia del médico en el cenobio, una antorcha que se hacía visible desde todas las tierras cercanas, de tal modo que cualquier vecino que la divisara tenía el deber de correr en busca de don Fáñez, el sanador, y avisarle de que era requerido para acudir con presteza a la abadía.

Alcanzar la almena donde se prendía la antorcha no era sencillo, y sólo las benedictinas Petronila y Lucía tenían las llaves de la torre y el permiso para hacerlo. Situada tras un arco ojival de la torre más elevada del monasterio, se llegaba a ella por unas escaleras estrechas de peldaños altos y breves, de piedra gastada, techo bajo y estructura de caracol, entre paredes cerradas también de piedra gris que carecían de iluminación exterior. Se trataba de una ascensión fatigosa y de temer, frecuentada muy de tarde en tarde, por lo que estaba prohibido que la escalase nadie que no fuesen las hermanas elegidas para ello. Y nunca solas. Si alguna otra resbalase y cayera, había advertido doña Inés, se lastimara o perdiera la conciencia, no hallaría socorro hasta que la echasen en falta y la buscaran por todos los rincones de la abadía, y aquellos recodos serían los últimos en inspeccionarse porque la abadesa no permitía que nadie, salvo ellas dos, que ya eran expertas en la ascensión, entraran en la torre, y siempre juntas para que se socorrieran mutuamente en caso de ser necesario.

Una vez en lo alto de la torre, la antorcha era un cubo de metal en forma de copa colmado de ramas secas, maderos y piñas para que ardieran bien y produjeran un buen fuego y una abundante humareda, visible tanto de día como de noche. Las dos monjas tenían también la obligación, por lo menos una vez al mes, de comprobar el apilamiento de suficiente cantidad de troncos y de piñas junto a la antorcha, para que nunca faltasen cuando se precisaran.

Don Jaime comprendió la utilidad de la antorcha cuando, observando a todas las hermanas del monasterio mirar en la misma dirección, alzó los ojos para descubrir lo que esperaban ver y, al cabo, vio salir una gran humareda y luego prenderse una hermosa llama en la torre mayor del monasterio. Todas parecieron tranquilizarse tras la visión de la fogata. Y él siguió deambulando por la abadía en busca de la sala exterior de que le habían hablado, aquella que servía de sala de curas para las enfermas del cenobio sin que la presencia de un médico alterase la clausura del recinto.

Llegó hasta la puerta de entrada y no encontró lo que buscaba. Luego, rodeando el patio central, salió por otra puerta lujosamente labrada en madera, con representaciones de iconos sagrados, que le condujo directamente a la capilla, también clausurada por su extremo para que el sacerdote que cuidaba del alma de aquellas mujeres quedara siempre al otro lado de las verjas de hierro forjado, tanto para la celebración de la misa como para los oficios de confesión y comunión. En efecto: la clausura era completa, concluyó. Oró unos instantes rodilla en tierra y se santiguó antes de volver a salir en busca de la enfermería.

Anduvo por las galerías del claustro, de un lado a otro, hasta que oyó una apresurada algarabía de pasos y vio aparecer un cortejo. Encabezado por doña Inés, cuatro religiosas trasladaban en una especie de litera con andas a la monja enferma. Don Jaime, sin dudarlo, apretó el paso y se puso junto a la abadesa.

—Os acompañaré —dijo.

—No lo creo necesario, mi señor —respondió la abadesa—. El médico ya ha sido avisado y en breve acudirá. Os lo agradezco de todos modos.

El rey guardó silencio, pero continuó a buen paso junto a doña Inés. Al cabo, repitió:

—Os acompañaré.

—Si os place...

—Me place. —El rey movió un par de veces la cabeza de arriba abajo—. Y no sólo por interesarme por la salud de doña Catalina, sino porque deseo hablar con el médico que cuida de vuestra salud. Puede que sus respuestas sean de alguna utilidad para esclarecer los sucesos que me han traído hasta aquí.

—En ese caso —se lamentó la abadesa—, me temo que no os será de gran ayuda, mi señor.

—No te comprendo.

—El médico que nos ha servido hasta ahora partió hace cuatro días hacia Granada. Al parecer, para visitar a unos parientes. En su sustitución, desde entonces, ha quedado en su puesto don Fáñez, un buen galeno recomendado por él.

Don Jaime frunció los ojos y miró al frente, perdiendo los ojos en el horizonte. Tardó en hablar.

—Al menos sabrá algo de la mujer que murió hace un par de días...

—No. No sabe nada, señor. En el caso de la hermana Isabel de Tarazona, a quien Dios acoja en su seno, no creí necesario hacer que lo avisaran.

—¿Ni siquiera para que comprobara su muerte?

—Cuando la encontramos —inclinó la cabeza doña Inés y se santiguó—, hacía ya rato que estaba muerta, pobre niña. Yo misma lo comprobé. No era menester su presencia.

—Me hago cargo.

La abadesa miró de reojo a don Jaime para asegurarse de la sinceridad de su comentario y apretó el paso, volviéndose hacia las monjas que cargaban las andas.

—Apresurémonos —ordenó—. Piedad y caridad con la hermana Catalina, por Dios Nuestro Señor.

A la nave de las enfermas se llegaba por una puerta estrecha situada en la esquina de uno de los corredores laterales, tan descuidada que nada hacía pensar que condujera a una estancia que debía de ser muy necesaria. Después de recorrer un pasillo largo de tal estrechez que las portadoras tenían que caminar de lado para no restregar los hábitos por las frías paredes de piedra, otra puerta igualmente pobre daba paso a un patio al aire libre de tierra embarrada, entre un establo, el molino y los lagares. Allí se detuvo el cortejo, y la abadesa, antes de abrir con sus llaves el portón del cobertizo que servía de enfermería, se volvió hacia las monjas para ordenarles que esperaran allí, sosteniendo el tálamo en que portaban a la enferma. La abadesa abrió el portón, se aseguró de que el médico aún no había llegado y entonces les dio orden de pasar y dejar a la enferma sobre la mesa central, donde sería atendida por don Fáñez en cuanto llegase.

Así lo hicieron y, tras santiguarse y mirar a la hermana enferma con ojos de despedida, abandonaron la nave. Sólo quedaron allí el rey y la abadesa, a la espera de que el médico llamase a la aldaba de la otra puerta, situada en el extremo opuesto, la que daba al exterior del monasterio.

La sala era grande, fría, solitaria e inhóspita. De altos techos, se trataba más bien de una especie de establo rehabilitado para sala de enfermería. El suelo era de tierra, las paredes de madera, al igual que los marcos de las dos ventanas altas por las que entraba la escasa luz de las últimas horas de la tarde, y todo el mobiliario de la estancia se componía de la gran mesa central sobre la que reposaba la litera de Catalina, una silla cercana, otra mesa larga de madera junto a una pared en la que se apilaban utensilios de cirugía, unas palanganas con agua y algunos trapos limpios doblados unos encima de otros, y al otro lado una especie de estantería con varias baldas transversales en las que había algunos frascos de los que era imposible deducir su contenido. No había una chimenea que diera tibieza al lugar, ni la sala parecía disfrutar de la esmerada limpieza que se podía observar en el resto del monasterio. A ese lugar, pensó don Jaime, no se iba para curarse, sino para morir. Era la única explicación a su naturaleza.

—No parece un lugar muy acogedor —observó el rey con la mirada puesta en las alturas.

—Hacemos lo que podemos, mi señor —explicó doña Inés.

—Pues a fe que no es mucho —replicó el rey, malhumorado—. ¿Lo crees lugar adecuado para recobrar la salud? Presidio de mal enemigo, parece más bien. Te aseguro que mis prisioneros moros, antes de ser ajusticiados, permanecen cautivos en salas mejores que ésta.

La abadesa no respondió. Tomó un paño limpio de la mesa que había junto a la pared, lo humedeció y alivió con esmero la frente de Catalina, que ardía de fiebre. Luego se la quedó mirando.

—Pobre niña. Va a morir. ¿No lo leéis en su tez pálida y en el fuego de sus fiebres? Está inconsciente. Aunque la lleváramos a la mejor sala del mejor de vuestros castillos, ella no notaría la diferencia. Si don Fáñez alivia su mal, se repondrá en su celda. No puedo deciros más.

—No te entiendo, doña Inés. No, no te entiendo.

El rey se alejó unos pasos y abrió la puerta que daba al exterior. Por el final del camino, un hombre se acercaba a lomos de un mulo, pausadamente. Seguro que se trataba del médico. Mientras lo veía acercarse, miró los alrededores. Allí mismo, al lado de la nave, una especie de huerto sin cultivar estaba cercado por traviesas de madera casi a ras del suelo, una parcela de unos diez metros de longitud por unos cinco de anchura. Lo único que llamó la atención de don Jaime fue que la tierra estuviese removida de una manera tan uniforme, como si se tratara de una inmensa manta que cubriera un sembrado de melones.

—¿Viene alguien, mi señor? —preguntó la abadesa desde el interior—. Parece que se oye una cabalgadura.

—Sí —respondió el rey—. Debe de ser el hombre que esperas.

Don Fáñez era un hombrecillo ridículo. Bajo, regordete, viejo, torpe, desdentado, inexpresivo y timorato, se dejó caer de su mula porque no había aprendido a bajarse y corrió servil a ponerse a disposición de la abadesa, sin reparar en la presencia de don Jaime ni, naturalmente, en el hecho de que se tratara de su rey. Sólo cuando doña Inés le indicó de quién se trataba, el hombrecillo empalideció, comenzó un tartamudeo ininteligible y se quedó tan inmóvil como si le hubieran anunciado que le esperaba una soga que se estrecharía alrededor de su cuello. El propio don Jaime sintió tanto desprecio por el médico que no tuvo reparo en acercarse y ponerse ante él.

—Buenas tardes, don Fáñez —dijo—. ¿Bien el viaje?

—Sí, sí... Por supuesto, señor... Sí, muy bien...

—¿Y bien? —continuó el rey—. ¿Qué tal las cosas por casa? ¿Tienes familia? ¿Todos sanos?

—Sí, majestad, señor..., quiero decir mi señor. Sanos..., sí, todos...

—Pues a ver si te esmeras con esta pobre monja —señaló a Catalina—. Quiero que viva para que la salud no sea un bien que guardas sólo para tu casa.

El médico temblaba. A punto estaba de desmadejarse y caer al suelo, desmayado. Miraba al rey, a la enferma y a la abadesa sin saber qué hacer, inmóvil en su sitio, completamente desconcertado. Sólo repetía:

—Sí..., sí..., por supuesto..., claro..., sí, sí...

—¿Y por qué no atiendes a la enferma? —gritó don Jaime, irritado—. ¿Se puede saber a qué esperas?

—Sí, sí..., claro..., naturalmente...

Don Fáñez tuvo que ser empujado por don Jaime para que, al fin, se dirigiera al lecho de Catalina. Negando repetidamente con la cabeza, incrédulo ante la situación, el rey llamó a la abadesa y salió con ella al exterior.

—¿Éste es tu médico, señora? —preguntó.

—Sí —respondió doña Inés—. Por ahora. Admito lo que podéis pensar de él, pero habéis de comprender que nuestro médico habitual, Yousseff-Karim Bassir, está de viaje, como os dije. Don Fáñez sólo nos atenderá unas semanas hasta el regreso de Yousseff, un prestigioso sanador, os lo aseguro. Es de origen árabe y estudió en Córdoba, pero ha muchos años que se ha convertido y ahora es un buen cristiano. Sólo este viaje, tan inoportuno, ha impedido que él, hoy...

—Ya sé, ya sé —interrumpió don Jaime—. Pero ¿y este pobre hombre? ¿De dónde ha salido?

—Es el mejor médico de todo el condado, mi señor. Después de Youseff, claro.

—Está bien. Pero si esa mujer no ha mejorado al alba, haré venir a mis propios médicos para que la examinen y alivien. Ahí mismo acampan, junto a mis tropas.

—Como ordenéis, señor —aceptó la abadesa, resignada—. Pero ya veréis como don Fáñez...

—Veremos. Y ya que estamos aquí —el rey estiró el brazo—, ¿qué es esa especie de huerto y qué frutos extraños son los que forman esos montículos tan caprichosos?

—Ni idea, señor —replicó doña Inés, desentendiéndose—. Son cosas de Youseff-Karim Bassir. Él lo atiende: hace y deshace a su antojo. Como está fuera del monasterio, no tengo jurisdicción sobre esa tierra. Y tampoco se lo he preguntado nunca. Cosas de médicos, supongo.

—Ya.

—¿Y tú lo sabes, don Fáñez? —gritó el rey para que el médico, que trajinaba sobre la monja enferma, lo escuchase.

—¿A qué os referís, señor?

—A ese huerto tan peculiar —señaló el rey desde fuera—. ¿Sabes lo que cultiva?

—No me he fijado —respondió el médico—. En seguida voy a verlo. Pero, ahora, creo que lo que necesita nuestra enferma es una buena sangría. Están... en la mula, sí..., en las alforjas... Iré a buscar mis sanguijuelas...

14

Constanza de Jesús procedió a coser la herida abierta en el cuerpo del cadáver de la joven Isabel de Tarazona y a anotar en su pliego las conclusiones obtenidas del estudio de sus órganos. No se le olvidó apuntar el hecho de que la asfixia se había producido por ahogo en agua, y el dato significativo de que ella no se había defendido.

Una vez cosido y limpio el cuerpo de la novicia, lo cubrió con su sudario y salió al exterior de la capilla para llamar a las benedictinas porteadoras del cadáver para que lo devolvieran a su fosa. No tuvo que molestarse en buscarlas porque las monjas, santiguándose repetidas veces, estaban esperándola a la puerta.

—Vamos, hermanas. Podemos volver a inhumar el cuerpo de la hermana Isabel.

Las monjas interrumpieron sus rezos y, mostrando un evidente alivio al conocer que el penoso trabajo había concluido, se apresuraron a entrar en la capilla y a iniciar el traslado. El cortejo de regreso a la sepultura fue otra cantilena de rezos sin fin, recitados con una monotonía irritante. Ya ante el sepulcro, depositaron el cuerpo de la víctima con mimo, volvieron a rezar un responso y a correr la lápida que encerraba a la muchacha con la celeridad de quien cierra un libro prohibido para que no puedan escaparse más blasfemias ni herejías de sus páginas.

—¿Podemos marchar ya? —preguntó una de ellas a Constanza.

—Por ahora, sí —respondió la monja navarra—. Pero me temo que mi trabajo no ha hecho nada más que empezar. Mañana procederemos a la exhumación de otros cuerpos, hermanas.

—¿Cómo dices? —se escandalizó otra de las monjas, y la protesta se extendió a las cuatro benedictinas con la rapidez de un relámpago—. ¡No hablarás en serio!

—Por supuesto —replicó Constanza sin alterarse—. He de confirmar algo que me ha indicado el estudio de este cuerpo. Necesito saber que...

—¡No! ¡Ni hablar! —se opuso la mayor de las cenobitas—. La abadesa ha consentido alterar la paz de un muerto, pero no ha dicho nada de sublevar a toda la comunidad de enterrados. ¡No estoy dispuesta a semejante disparate, te lo aseguro!

—Bueno, bueno, calmaos. —Constanza prefirió no enfrentarse a una discusión estéril—. Lo hablaré con doña Inés de Osona y tomaremos la decisión más conveniente. Ella os dirá lo que haya que hacer.

Las monjas, airadas con la perspectiva que se les avecinaba, sintieron tal antipatía por Constanza que esa misma noche suplicaron confesión porque no podían irse a dormir con el pecado mortal del odio. Airadas e irritadas, abandonaron el cementerio sin esperar a la intrusa, dejándola sola en los caminos embarrados de la sacramental.

Las campanas del monasterio, en ese momento, llamaron a vísperas. Anochecía y las sombras crecieron entre los árboles que, susurrantes por el viento, se convirtieron en sombras amenazadoras. Aun así, Constanza no temía las sombras, sino los enigmas; por eso no se apresuró para ir a la capilla de la abadía a compartir los rezos de vísperas, sino que atendió a los pensamientos que no le permitían recuperar su buen ánimo.

Aquel cementerio tenía demasiadas tumbas, incluso considerando los años transcurridos desde la fundación del cenobio. Algunos nombres aparecían ya borrados de sus lápidas, aunque pudiera ser que no lo estuvieran, sino que la oscuridad ocultara lo que a la luz del día sería visible. En todo caso, muchos eran los caminos cruzados entre sepulturas, y aún más las fosas que se habían abierto en un monasterio al que, al menos en apariencia, sólo acudían personas jóvenes para su retiro de los asuntos mundanos y su consagración al servicio divino.

De repente se le vino a la cabeza compararlo con el cementerio de su monasterio de Tulebras y se confirmó en la idea de que, siendo abadías con más o menos el mismo número de habitantes, la mortandad era mucho mayor en San Benito. En realidad, la última monja fallecida en Tulebras había sido la pobre Lucrecia, que rondaba ya los sesenta años y llevaba enferma toda la vida, como esas florecillas mustias que nacen ya heridas y que consiguen sobrevivir gracias a su mala salud. Y murió por mala suerte, no porque el mal hubiera podrido sus entrañas hasta devorarla.

Lucrecia era una monja débil que hacía sólo una comida al día, el desayuno, y tan frugal que nadie comprendía cómo era posible su supervivencia y, además, con aquel aspecto lustroso que mantenía. No era una mujer gruesa, casi ninguna lo era en Tulebras, pero tampoco es que fuera piel sobre huesos y ejemplo de esqueleto al que se le pudieran contar las piezas de su armazón. Tenía el rostro sonrosado por sus mofletes, las manos grandes y los dedos redondos. Y, a pesar de los años que iba cumpliendo, se sentaba y se levantaba emitiendo los mismos gemidos que cualquier otra hermana, incluida ella misma.

Tampoco era que su buen estado físico, dada su mala salud permanente, fuera tema de conversación en la abadía. Se sabía de su frugalidad al comer, de su escueto desayuno y de su escasez de fuerzas para los trabajos del monasterio, y por ello estaba liberada de atender el jardín, el huerto, la cocina y la limpieza general. Incluso se le ayudaba a mantener en orden su celda, porque doblarse para estirar la cama podía suponerle quebrarse como una rama en un verano seco. Toda la comunidad conocía sus achaques y nadie hablaba de ellos. Hacía mucho que la hermana Lucrecia era una excepción en el cenobio y, como tal, se había convertido en costumbre. Había dejado de ser una sorpresa hacía muchos años.

Hasta que una noche, de ello hacía ya tres inviernos, tuvo una cita con la mala suerte y murió. No por enfermedad, sino por accidente. Sucedió después del rezo de las completas, cuando todas las benedictinas estaban ya en sus celdas durmiendo o buscando el modo de conciliar el sueño entre oraciones y salmos.

Se oyó un estrépito de lozas que quebró la paz de la noche. Luego un eco de metales que retumbó en el silencio del monasterio como si el cielo se estuviera desplomando sobre el reino de Navarra. Y finalmente un aullido breve que era, imposible de confundir, un alarido de gato destripado o un chillido de mujer en agonía.

Los ruidos provenían del ala norte de la planta inferior, en donde estaba la cocina, y hasta allí corrieron la abadesa y varias monjas, entre ellas la propia Constanza. La sorpresa fue monumental cuando se encontraron con el cuerpo de la hermana Lucrecia tendido en el suelo, desnucado, manando sangre a causa del golpe que se había propinado al caer sobre una esquina de la mesa de la cocina. Y nada más se habrían preguntado de no ser porque la muerta se aferraba a un vaso de miel que apretaba con la mano y a su alrededor, por el suelo, se esparcían galletas volcadas de una vasija de barro. Por si fuera poco, por la boca entreabierta de la difunta asomaba, aún sin masticar, un buen trozo de longaniza. Que Lucrecia hiciera aquello todas las noches, para luego fingir su frugalidad en el comer durante el día, podría considerarse una manía y como tal quedar perdonada por la abadesa. Pero que las responsables de la cocina no notasen la disminución cotidiana de víveres ponía de manifiesto que las cocineras también consumían viandas a espaldas de la comunidad y que, por ello mismo, no echaban nada en falta. Lucrecia murió, así, por un accidente, al resbalar en una de sus correrías nocturnas a la cocina. En cambio, las encargadas de la manutención del monasterio, a causa de aquella muerte, fueron descubiertas y expulsadas de la abadía porque, a la postre, terminaron por confesar su pecado de gula.

Constanza de Jesús recordaba la muerte de Lucrecia mientras comparaba la extensión de ambos cementerios. El de la abadía de San Benito le pareció desproporcionado, pero se quitó de la cabeza el pensamiento porque, fuera como fuese, esa realidad no ayudaba a entender por qué se estaban cometiendo semejantes crímenes en el monasterio. Además, la llamada a vísperas le obligaba a rezar, aunque no fueran sus intenciones en ese momento, y se detuvo en mitad de un sendero trazado entre hileras de tumbas, como camastros labrados en la tierra, y cruzó sus manos sobre el vientre, la cabeza adoptó postura de sumisión y recitó las oraciones que había aprendido.

—*Credo in unum Deum, Patrem omnipotentem, factorem caeli et terrae, visibilium omnium et invisibilium. Et in unum Dominum Iesum Christum Filium Dei unigenitum. Et ex Patre natum ante omnia saecula. Deum de Deo, lumen de lumine, Deum verum de Deo vero. Gentium, non factum, consubtantialem Patri: per quem omnia facta sunt. Qui propter nos homines et propter nos-*

tram salutem descendit de caelis et incarnatus est de Spiritu Sanc-
to ex Maria Virgine et homo factus est. Crucifixus etiam pro nobis:
sub Pontio Pilato passus et sepultus est. Et resurrexit tertia die, se-
cundum scripturas. Et ascedit in caelum: sedet ad dextram Patris.
Et iterum venturus est cum gloria inducare vivos et mortuos: cuius
regni non erit finis. Et in Spiritum Sanctum, Dominum et vivifi-
cantem: qui ex Patre et Filioque procedit. Qui cum Patre et Filio si-
mul adoratur et conglorificatur; qui locutus est per Prophetas. Et
unam sanctam catholicam et apostolicam Ecclesiam. Confiteor
unum baptista in remissionem peccatorum. Et exspecto resurrectio-
nem mortuorum. Et venturi saeculi. Amen.

Cuando acabó sus rezos, que completó con tres avema-
rías y un padrenuestro, se dispuso a abandonar la sacramental para ir a su celda, lavarse las manos y esperar la llamada de la cena.

El apetito no le había abandonado y las velas de sus tripas solicitaban ya su ración de viento para continuar viaje.
Recordó las piernas de cabrito dispuestas la noche anterior ante el rey, tan doradas y crujientes, y aunque la regla
de San Benito recomendaba no comer cuadrúpedos, la
boca se le llenó de saliva. Decididamente era hora de cenar. Así que se santiguó deprisa y echó a andar hacia la salida.

Pero, de pronto, algo le hizo detenerse: una fosa, allí al
fondo, desentonaba de la uniformidad de los lechos mor-
tuorios. No tenía lápida, tampoco señal alguna de contener nada en su seno, y sin embargo la tierra estaba recién
removida. Lo más probable era que hubiera sido abierta
ese mismo día, o el anterior. ¿Por qué? ¿Y para qué?

Por un momento se olvidó de la urgencia de su estómago y se acercó para observarla de cerca. Con la punta de su
sandalia removió un poco de tierra, en una esquina. La lluvia caída la noche anterior lo había empapado todo, pero
no lo suficiente para disimular el hecho de haber sido es-

carbada y rellenada otra vez. Tal vez dos o tres días antes, pero sin duda había sido manipulada recientemente. Bien: lo anotaría en sus cuartillas sin decir nada a nadie del descubrimiento y volvería con las primeras luces del día siguiente para desentrañar el misterio.

15

Tampoco le apeteció a la reina salir esa noche de su aposento para reunirse con su esposo en la cena. Ordenó que informasen a la abadesa de que tomaría algo en la celda, junto a sus damas, y que le mostrara sus encarecidas disculpas al rey don Jaime por la ausencia, pretextando un inoportuno dolor de cabeza. Juana corrió a cumplir los deseos de doña Leonor y a pedir, sin encomendarse a su señora, que la reina degustaría con agrado cuantos pichones sobraron del mediodía, además de lo que se hubiera dispuesto para su cena.

—Y que no falten dulces, mi señora doña Inés de Osona —añadió al encontrarse con la abadesa—. Encuentro un poco débil a la reina, ¿sabéis? Pero, por Dios bendito, no le digáis que os lo he dicho. Tal vez no debería haber..., en fin, disculpad... Pero traed muchos dulces, muchos. ¿Puede ser?

—Puede ser, doña Juana —aceptó la abadesa.

—Gracias.

Cuando Juana volvió a la estancia de doña Leonor, Águeda parecía estar relatando una de sus historias, y la dama, que tanto disfrutaba con ellas, le rogó que empezara de nuevo, que no quería perderse el hilo de lo que estaba contando.

—No es nada, amiga Juana —intervino la reina—. Sancha ha preguntado por qué no les está permitido a las monjas tomar esposo ni a los hombres de Dios casarse. Nuestra querida Sancha parece buscar conversación, nada más, que de sobra sabe ella que ni a sacerdotes ni a monjas les conviene servir a nadie, salvo a Dios.

—Y yo intentaba decir —siguió Águeda— que de la lectura de la sagrada Biblia no se obtienen motivos para ello, al menos de cuanto he podido entender.

—¿No? —doña Berenguela adoptó un semblante de curiosidad—. Pues yo pensaba que Dios...

—No, no —corrigió Águeda con energía—. Dios nada dispuso al respecto; son instrucciones y normas de nuestra Santa Madre Iglesia. De hecho, la Biblia nos dice que fue el Señor quien envió a Oseas, un profeta menor, a casa de una mujer de mala vida con la encomienda de practicar la fornicación y obtener así hijos. Y luego nos cuenta que los tuvo, al menos uno. Y después, otra vez, Dios le ordenó fornicar con una mujer adúltera. Me imagino al pobre Oseas yendo de aquí para allá intentando cumplir los mandatos del Señor...

—No es motivo de burla, Águeda —le recriminó doña Leonor.

—Si no me burlo —sonrió Águeda—. En realidad, también se lee en la Biblia que a otros profetas más principales les ordenó extrañas misiones. A uno, que se tragase un pergamino; a otro, que se paseara desnudo por las calles; a uno más, que se vistiese con una albarda; a Ezequiel, que comiera excrementos... Sin duda, Oseas fue el que salió mejor librado de las pruebas divinas.

—¡Basta! —interrumpió la reina, mostrando su disgusto—. Más parecieras una mala mujer que una de mis más predilectas damas. Tendrás que buscar en confesión la absolución de esas palabras blasfemas...

—¡Pero si sólo repito las palabras de la sagrada Biblia,

mi señora! —se quejó Águeda—. Y no soy una mala mujer, aunque, ya puestos, la Biblia también nos hace un extenso relato de malas mujeres a las que no condena, preciso es decirlo.

—Cuenta, cuenta —pidieron Teresa y Sancha.

La reina cabeceó, con disgusto más fingido que sincero.

—Está bien —aceptó—. Nos entretendremos hasta la hora de la cena...

—Pues... —sonrió Águeda— muchas malas mujeres, muchas. Hasta en el desierto, en tiempos de Moisés. La Biblia dice que con una de ellas estaba fornicando Zambri cuando le asesinó Fineas.

—¿Sí? —se espantó doña Berenguela.

—Sí, sí —continuó Águeda su narración—. Y con otra prostituta andaba copulando Sansón, en Gaza, cuando esa noche se cerraron las puertas de la ciudad con el fin de prenderle. Y fueron prostitutas también las que escondieron a los espías que Moisés había enviado a Jericó.

—No sabía que Sansón... —alzó los hombros Teresa—. Pensé que había sido muerto por la venganza de Dalila.

—Dalila... —sonrió Águeda—. Otra que tal. No era más que una vulgar ramera, por mucho que se la considerara la hermosura del valle de Sorec. Y que conste que Sansón estaba muy enamorado de ella, mucho, y nadie puede explicarse su comportamiento... De todos modos, lo más asombroso es lo que se cuenta del profeta Judá, que confundió a su nuera Thamar con una prostituta y se dedicó a fornicar con ella, aunque la verdad es que la equivocación no fue tan mala porque de aquella relación nació Fares, uno de los abuelos de Jesucristo.

—¡Águeda! —exclamó la reina, santiguándose—. ¿Cómo te atreves...? ¡Decir que uno de los abuelos de Nuestro Señor Jesucristo nació de una nuera confundida con una mujer perdida!

—Lo cuenta la Biblia, mi señora. Yo sólo me limito a repetir lo leído e ilustrar así a mi señora.

—¡No lo puedo creer! —se indignó la reina—. ¿Es verdad cuanto dice Águeda, doña Berenguela?

—Pues no lo sé, mi señora. Pero estoy segura de que algo así no puede ser invención de Águeda. No osarías, ¿verdad?

—Claro que no —replicó Águeda—. Con ello sólo quería expresar que en la Biblia se demuestra que no es Dios el que impide el amor entre hombres santos y mujeres, sean malas o no, ni por lo tanto el sagrado matrimonio, sino que es nuestra Santa Madre Iglesia la que lo prohíbe, y sus motivos tendrá. Seguro que muy justos.

—Seguro —la reina dio por finalizada la conversación—. Además, ¿qué sabemos nosotras, pobres mujeres, de las razones de la Iglesia? Con rezar y cumplir con sus mandatos, debe bastarnos.

—Sí, sí —agitó la cabeza Sancha, divertida—. Pero del amor y sus cuitas seguro que sabemos más nosotras.

—¡Sancha!

—A ver...

Todas rieron. Y en esa actitud festiva las encontró la abadesa cuando, tras golpear la puerta con suavidad, entró en la celda real seguida por las hermanas benedictinas que portaban las bandejas que contenían la cena de todas ellas. No se sorprendió de la algarabía risueña de las damas de corte, pero tampoco se abstuvo de dirigirse a doña Leonor con una reverencia y comentar:

—Celebro que la jaqueca de mi señora la reina haya experimentado tan notable alivio.

—Así es, doña Inés —replicó doña Leonor, con gesto severo—. Me encuentro mucho mejor, desde luego.

—Me complace oírlo —adoptó idéntica gravedad la abadesa.

—Gracias.

No se gustaban. Aquellas dos mujeres no simpatizaban, y por primera vez lo mostraban abiertamente. Hasta el punto de que la reina volvió la cabeza y dijo:

—Puedes retirarte, doña Inés.

Y la abadesa, forzando una sonrisa, hizo una reverencia y abandonó la estancia sin replicar.

La cena transcurrió en silencio. Salvo Juana, que devoró con su habitual apetito cuanto se le sirvió porque atendió al permiso de la reina de comer hasta que se saciase sin reparar en protocolos, tanto las otras damas como doña Leonor estuvieron muy comedidas en la ingesta del anochecer. Tal vez habían hablado demasiado y de demasiadas cosas durante la jornada y cada una entregó sus pensamientos a cuanto el día les había ofrecido.

La tormenta de la tarde anterior no tenía intención de repetirse. La noche se presentaba serena, como si anunciase la inminencia de la primavera en las tierras del norte, pero el silencio de las mujeres y la luz mortecina de la gran celda real encogían el ánimo de todas ellas como si del cielo llovieran duelos. Con el rezo de las completas, tocaba poner fin al día. Pronto procederían a irse cada cual a su celda para dormir hasta que lo permitiera el toque de maitines, antes de que naciera el alba.

Doña Leonor de Castilla tenía frío en la cama. Mandó que echaran sobre ella una manta más y cambió su gorro de dormir por otro más abrigado, pero por alguna razón el frío que sentía no desapareció. No era a causa del ambiente, tibio en la estancia, sino que nacía dentro de ella, en los pies y las piernas, en la espalda, en los adentros del pecho donde latía tímido su corazón. Se preguntó qué hacía ella en aquella abadía, tan lejos de su casa y de su hijo, y la respuesta de que su deber era acompañar al rey no le satisfizo. Si don Jaime hubiera acudido allí reclamado por el deseo de rezar, por la necesidad de que su esposa lo ayudase en algo o, incluso, por el capricho de pasar unos días con ella, apartados de la rutina de su mundo, lo habría comprendido. Pero desde su llegada apenas lo había visto, nada le había informado de las averiguaciones que se estaban realizando ni sabía cuánto tiempo más permanecerían en el monasterio. El rey estaba trabajando con Constanza, la monja navarra, y desde luego con ella no contaba. Entonces, ¿cuál era la razón de que el rey hubiera insistido en que lo acompañara? ¿Para qué quería que abandonara al príncipe e iniciara un viaje tan fatigoso y penoso como el que habían realizado? Quizá la razón estuviera en que había elegido aquel cenobio de monjas asesinadas para asesinarla a ella también. Y este pensamiento, envuelto en una duda o en una certeza, le aumentó la sensación de frío.

Pero no. No podía creerlo. Para deshacerse de una esposa no se viaja a un monasterio. Para regalar la muerte a una reina no es preciso adornar el obsequio con un envoltorio tan vistoso y llamativo como conducirla hasta un convento. Para recobrar la libertad, don Jaime ya había dado los pasos necesarios cerca del papa, solicitando la pronta anulación del vínculo. Además, su esposo era un hombre cristiano, entregado a la fe, al providencialismo y, sobre todo, a enaltecer a la Virgen María, por lo que convertía todas las mezquitas conquistadas en templos católicos consagrados a la devoción mariana. Su fe no le podía permitir acto tan vil y de tamaña bajeza en un recinto sagrado. Su religiosidad, como consecuencia de su formación en brazos de los templarios, tuvo siempre como finalidad combatir el islam y extender el cristianismo, y ambos objetivos no podía mancharlos con una muerte tan premeditada como pecaminosa. Si quería que las puertas del Cielo siguieran abiertas para él, nada conspiraría contra ella.

O ella misma se encargaría de que permaneciesen bien cerradas a la espera de su llegada ante el Sumo Hacedor.

Este pensamiento alivió en buena parte el frío que se le había agarrado a las entrañas igual que las sanguijuelas se aferran a la piel para beber la sangre del doliente. Y notó que los párpados empezaban a pesarle en exceso, como si el sueño iniciase su mordedura.

Un lejano calor se extendió suave y reconfortante bajo las sábanas, acogiéndola y meciéndole sus inquietudes para calmarlas. Entornó los ojos, se volvió para tenderse de lado y dobló la tijera de sus piernas para sentirse recogida en posición fetal. Pensó que esa noche, quizá, dormiría bien y sin pesadillas. Y en esa confianza se oyó a sí misma en una respiración profunda y confiada.

Recitó, como todas las noches:

—*Salve, Regina, mater misericordiae; vita dulcendo et spes nostra, salve. Ad te clamamus, exules, filii Evae. Ad te suspiramus, gementes et flentes in hac lacrimarum valle. Eia ergo advocata nostra, illos tuos misericordes...*

Y se quedó traspuesta, sin acabar la Salve ni llegar a las antífonas de la Virgen.

Pero, de repente, un ruido seco la sobresaltó.

—¡Doña Berenguela! ¡Doña Berenguela!

—Lo he oído, mi señora —respondió la dueña, que dormía a su lado—. ¿Qué ha sido ese estruendo?

—Tal vez sea que nace una tormenta, ¿no te parece?

—No, señora. No ha sido un rugido del cielo, sino un estrépito mucho más cercano. Tiemblo de miedo, majestad...

16

—¿Qué ha sido eso?

El rey interrumpió el vuelo de sus dedos a la boca, en los que viajaba un pellizco de pierna de cordero, y levantó la cabeza en la dirección de la que venía el estruendo, similar al que se habría producido si la torre de la abadía se hubiera desplomado sobre el techado de la sala donde estaba cenando. El ruido había sido un golpe contundente seguido de un eco de otros muchos golpes que tardaron bastante tiempo en desaparecer. La sala tembló como si se hubiera producido un gran terremoto. La joven Violante dio un respingo y Constanza de Jesús, siempre tan flemática, se limitó a decir:

—Se ha roto algo, seguro. ¡Pero algo muy gordo, eh!

Al instante la abadesa doña Inés se asomó a la sala del comedor con los ojos desorbitados, buscando al rey y mirando al techo, por ver si corría peligro aquella estancia. Y al comprobar que los muros resistían el impacto y el techo conservaba la estructura, se repuso y ordenó a una de las hermanas del servicio que corriese en busca de noticias. Don Jaime se levantó y se acercó a la ventana para ver si lograba distinguir algo en la negritud de la noche.

—El ruido parece venir de arriba, doña Inés —dijo el rey—. ¿Qué puede haber sido?

—Sobre nosotros está la segunda planta del monasterio, y allí sólo hay celdas y el *scriptorium*. —La abadesa contrajo los músculos de la cara, componiendo un rictus doloroso—. ¡El *scriptorium*! ¡No comprendo qué ha podido pasar!

Cuando se recobró la calma y el silencio, sin haber conseguido descubrir la razón del alboroto, el rey volvió a la mesa haciendo gestos de incomprensión. Antes pasó el dorso de su mano por una de las mejillas de Violante, que había empalidecido. La joven temblaba de miedo, inmóvil, tras el sillar de su señor. Esbozó don Jaime una sonrisa y ella trató de corresponderle, forzando una mueca que no llegó a convertirse en agradable. Finalmente, el rey volvió a sentarse y, pellizcando de nuevo el cordero, comentó:

—No hay duda, mi señora doña Inés, de que haces lo posible para que en esta morada no haya lugar para el aburrimiento. No hay duda.

La abadesa recibió con desagrado el comentario de don Jaime, sin estar segura de si se trataba de una broma, un halago o una reconvención. Pero trató de disimularlo: alzó las cejas, para no expresar sentimiento alguno, y dijo, solemne:

—Pues os aseguro, mi señor, que rezo todos los días a Dios Nuestro Señor para que vuelva el sosiego a la abadía. No soy nada partidaria de los sobresaltos. ¡Pero nada en absoluto!

—En fin —cabeceó don Jaime, irónico—. Como tú dices, soseguémonos y comamos, que tan importante es el cordero como la cordura.

—O la ternera como la ternura —apostilló ágil de lengua e ingenio Constanza, sin levantar los ojos del plato, redoblando la ironía del rey.

—No sé si te entiendo, hermana Constanza —silabeó la abadesa, visiblemente enojada—. No creo que el momento...

—Pero... ¡por el amor de Dios, mi señora doña Inés! —sonrió el monarca—. No hay razón para irritarse, amiga mía. Ya sabes que a mal tiempo, buena cara. Mejor tomárselo así.

—Como digáis, mi señor.

Una benedictina, alocada y sofocada igual que si se le estuvieran incendiando los hábitos, entró en el comedor dando voces.

—¡El *scriptorium*, el *scriptorium*...!

—¡Cálmate, por Dios! —la abadesa la sostuvo por los hombros—. Y di pronto qué ha sucedido.

—¡Destruido, todo está destruido...! Se ha derrumbado el techado sobre el *scriptorium*... ¡Oh, Dios mío! ¡Qué desgracia! ¡Un desastre! ¡Un absoluto desastre!

—¿Qué dices, hermana? ¿El *scriptorium*? Vamos, tranquilízate y cuéntanos todo. Estás delante del rey.

—Ah, sí..., perdonad, señor...

—¿Hay alguien herido? —preguntó don Jaime.

—No, seguro que no —respondió la abadesa—. A esta hora está cerrado. No podía haber nadie en su interior.

—¿Y las celdas...? —preguntó don Jaime—. ¿Las celdas han sufrido daños?

—No, no —replicó la monja—. Sólo el *scriptorium*.

—Bien. —El rey volvió a su plato. Luego miró las fuentes dispuestas ante él y dudó si continuar masticando cordero o empezar con un muslo de faisán—. Si no ha habido desgracias personales, agradezcámoslo a Dios Nuestro Señor.

—Pero los manuscritos, señor... Los códices, las miniaturas, los dibujos... Tanto trabajo, tanto... —La monja se echó a llorar—. ¡Oh, Dios mío!

—Vamos, vamos —la abadesa trató de consolarla—. Seguro que salvaremos buena parte de todo ello. Mañana, con el alba, iré a ver lo que se puede hacer. Ahora, ve a tu celda y reza en agradecimiento a que nadie haya resultado herido.

—Sí, madre abadesa —intentó recomponer la compostura la cenobita—. Como ordenéis...

—En todo caso, ha sido una suerte —comentó Constanza—. Si llega a desplomarse durante el día, Dios sabe lo que habría ocurrido.

—¿Cómo ha podido suceder tal cosa? —quiso saber don Jaime.

La abadesa tomó asiento frente al rey, respiró profundamente y se pasó la mano por la cara, como si necesitara recuperarse de la noticia. Luego suspiró y miró a don Jaime, que esperaba una respuesta.

—La verdad es que hace tiempo que los cimientos precisaban de una buena reparación —dijo la abadesa—. Hace tiempo... ¿Veis lo que os quería decir? El monasterio necesita fondos, donaciones, sueldos... El asunto que estamos investigando no debe salir a la luz. Si andamos tan escasas de medios en esta situación, imaginaos qué sucedería si corriera la voz de que... ¿Comprendéis, mi señor?

—Perfectamente, doña Inés —respondió el rey—. Pero reconoce que tampoco es normal que se desplome un techado sobre estas instalaciones de un modo tan imprevisto. Algo te habría advertido de ello, imagino. Porque así, tan de repente...

—Éste ha sido un largo invierno, señor. Largo y frío. Mucha nieve soportó el tejado y se ve que ha terminado por vencer los cimientos.

—Puede ser —aceptó don Jaime, llevándose a la boca el primer muslo de faisán—. Puede ser.

La cena continuó en silencio. Violante seguía temblando, de pie, detrás de don Jaime; Constanza continuaba engullendo trozos de manzana que cortaba con un pequeño puñal que se había usado para extraer tajadas del cordero, y doña Inés parecía rezar, con los ojos vencidos en las manos que había cruzado sobre el vientre. En los altos del monasterio se oían pasos apresurados de mujer, a buen seguro los de alguna monja que visitaba el estropicio. La luz de los velones que se consumían volvió más mortecino el ambiente de la sala justo cuando le llegó la hora a la bandeja de los dulces. Y al cabo, cuando el silencio se prolongó en demasía y la cena empezaba a llegar a su fin, la abadesa pidió permiso al rey para retirarse a su celda a rezar.

—Esperad un instante, doña Inés —se adelantó Constanza a la respuesta de don Jaime—. Sólo quisiera saber una cosa: ¿en dónde se encontró el cadáver de la joven Isabel de Tarazona?

—Pobrecilla... En la fuente. Ahogada en la fuente del jardín del claustro. Allí fue descubierto el cuerpo cuando las hermanas acudían al rezo de maitines.

—¿Ahogada en esa pequeña fuente? —arrugó las cejas Constanza, sorprendida.

—Así es. Desde entonces, como habréis observado, señor —se dirigió al rey—, se ha vaciado y cegado la fuente.

—Gracias, doña Inés —afirmó varias veces Constanza con la cabeza, y volvió a su manzana para apurarla. Luego, con la boca llena, añadió—: Necesitaré efectuar alguna otra exhumación. Lo consentís, ¿verdad?

La abadesa dudó. Pero al observar la mirada inquisitiva del rey, afirmó con la cabeza.

—Lo que sea preciso —suspiró—. Pero te insisto: discreción, por favor. Mucha discreción.

—Se hará lo posible —farfulló la monja navarra.

—Y ahora, señor, ¿puedo...?

Don Jaime dio permiso a la abadesa para retirarse y con ella se fueron las demás monjas. También dio permiso a Violante para que se marchara a su aposento, quien como la noche anterior empezaba a caerse de sueño a pesar de la impresión del susto tras el desplome, y se quedó a solas con Constanza.

—Cuéntame qué has averiguado —dijo.

—Pues... algunas cosas, señor.

La monja extrajo de la faltriquera oculta bajo su hábito el paquete de notas que había ido rellenando durante la tarde, puso las cuartillas sobre la mesa y se inclinó sobre ellas. Y sin alzar los ojos fue repasándolas a medida que le explicaba al rey que la joven Isabel de Tarazona había muerto asfixiada, ahogada, y que en el interior de su boca y de sus partes íntimas había encontrado restos de algo que no sabía concretar, pero que a todas luces era, en su opinión, lo que parecía ser. No ahorró tiempo para narrar con todo lujo de detalles el estudio que había realizado del exterior y del interior de su cuerpo, añadiendo de pasada la poca disposición de las monjas para ayudarla en su trabajo, aunque de mala gana lo habían hecho, finalmente; o sea, que habían cumplido la orden de la abadesa. Y terminó manifestando la necesidad de exhumar otro cuerpo, el de la segunda víctima más reciente, para ratificarse en una impresión que le había dejado perpleja.

—Porque habéis de saber, señor, que doña Isabel de Tarazona era una joven muy hermosa.

—¿Y qué tiene eso que ver? —preguntó el rey.

—Pues que, aunque no lo recordéis, la abadesa y sus ayudantes Lucía y Petronila describieron a las víctimas, a todas ellas, como mujeres poco agraciadas.

—Sobre gustos... —don Jaime alzó los hombros.

—Sí, sí, de acuerdo —afirmó Constanza—. Pero una cosa es describir así a una mujer de aspecto normal, como hay tantas, y otra hacerlo con una muchacha de tal hermosura. Por eso quiero confirmar el aspecto de otra de las víctimas y, si es posible, descubrir también la causa de su muerte.

El rey no le dio mucha importancia a ese detalle y apuró la copa de vino de un solo trago. Al cabo, alzó la mirada al techo y preguntó:

—¿Ahogada, dices?

—El encharcamiento de los pulmones demuestra que fue así, pero hay algo que no comprendo.

—¿Qué es? —preguntó el rey—. Así es como murió... También lo dijo la abadesa.

—Claro, mi señor. Pero hacedme un favor: comed una de esas yemas —Constanza señaló la bandeja de pastelillos dispuesta en la mesa.

—¿Para qué?

—Un pastelillo de más o de menos no os va a empachar, mi señor. Metedlo en la boca, masticadlo y ensalivadlo, por favor, pero no lo traguéis, ¿me comprendéis?

—Está bien. —El rey hizo cuanto le indicó, pensando que el juego debía de tener alguna finalidad y preguntándose con curiosidad adónde trataba de llegar la navarra. Y con la boca llena, le requirió qué tenía que hacer después.

—Bebed ahora una copa de vino, señor.

Don Jaime lo hizo.

—Y ahora otra.

El rey hizo un gesto de protesta, indicando que abusaba de su paciencia, pero Constanza le apresuró con un gesto de sus manos.

—Vamos, señor. Comprobaréis que no es en balde.

—Ya —informó don Jaime después de tragar la segunda copa.

—¿Y bien?

—No te comprendo, Constanza.

—Os pregunto que en dónde está el pastelillo.

—Allá en las tripas, señora. ¿En dónde va a estar?

—¿Podríais mostrarme qué restos os quedan en la boca?

—Ninguno, naturalmente.

—¡Pues a eso me refiero! —alzó la voz la monja, eufórica—. ¿Cómo es posible que se encontraran restos de algo en la boca de la joven si tragó agua hasta ahogarse?

Don Jaime abrió mucho los ojos. No había caído en ello y aquella mujer, a la que todavía no había valorado justamente en el oficio de investigar, había demostrado con sus artes su agudeza e ingenio.

—¡Tienes toda la razón! —la cabeza del rey parecía un muelle balanceándose arriba y abajo. Sus ojos chispeaban—. ¡No fue violada y luego ahogada, sino al revés!

—Así es, mi señor. Todo parece indicar que primero fue adormecida con alguna droga, después ahogada y luego... ¿No opináis igual, señor?

—En efecto. Mucho me temo que tienes razón: esos restos que encontraste en la mujer fueron depositados cuando ya estaba muerta. Opino que alguien nos ha engañado. ¡Pecado de necrofilia!

—O tal vez no —comentó la navarra—. También podría ser que se trate de una estratagema para confundir a quien pudiera descubrirlo. Lo que ignoro es la razón...

El rey quedó pensativo. Si Constanza tenía razón, y era muy posible que se hubiera fingido una violación para enmascarar la muerte, el asesino se había tomado demasiadas molestias. Algo, en todo aquello, no era sencillo de admitir.

—Al fin y al cabo —comentó el rey—, una vez muerta y abandonada en la fuente, daba igual que hubiese sido violada o no. ¿Para qué fingir una agresión sexual?

—No lo sé, señor. No lo sé.

—Pues tendrás que descubrirlo. Pero hay algo que no se te debe escapar: se trata de una agresión sexual que se evidencia con algo tan exclusivamente masculino como el fruto de la pasión.

—Esperad, esperad... Dejadme pensar en todo ello.

—Piensa, Constanza —aceptó el rey—. Pero no descartes ninguna posibilidad. Ni en la batalla ni en el amor hay que dejar nada al azar, a no ser que quieras comprometer la conquista. Sé que pronto desentrañarás el enigma.

—Gracias, señor. Pero os aseguro que no contaba con tantas complicaciones... Creo que esta noche no tendré tiempo para rezos. Me siento desconcertada.

—Pues más te desconcertarás ahora —advirtió el rey—. Acompáñame a la nave de los enfermos, que allí agoniza otra joven y mucho me temo que la van a dejar morir.

17

El médico Fáñez dormitaba en un taburete junto a la camilla en que la muchacha ardía en fiebres. Descubiertos el rostro, los brazos y el busto de Catalina, las sanguijuelas se estaban dando un banquete con sus escasas fuerzas mientras don Fáñez parecía haberse desentendido de la voluptuosidad de la ingesta. La frente de la joven novicia era un río de sudor que empapaba su largo cabello negro y caía sobre la almohada como una lluvia de gruesas gotas; y su pecho temblaba de frío y fiebres. No habían empezado las convulsiones, pero de seguir así poco tardarían en producirse.

Cuando el rey entró en la nave, acompañado por Constanza, don Fáñez permanecía tan privado que no se inmutó. Tuvieron que despertarle, zarandeándolo, para que el hombre recuperara el sentido. Y, cuando lo hizo, miró a don Jaime aterrado, temblando, como si se tratara de la aparición de la Virgen o del mismísimo califa de Córdoba que, alfanje en mano, fuera a sajarle el pescuezo de un tajo y quitarle la vida.

—¿Así cuidas de tu enferma? —rugió el rey—. ¿No ves que la salud de esta mujer está empeorando?

—No, no..., señor, majestad..., mi rey... Todo va bien..., sí, va todo bien... Os lo aseguro...

—Pero ¿cómo va a ir bien si esta mujer ni siquiera ha

recuperado la consciencia? —Don Jaime empujó al galeno sobre la enferma—. ¡Aparta esas sanguijuelas de ahí, de inmediato!

—Sí, sí, mi señor...

El médico Fáñez corrió a retirar, una a una, las once sanguijuelas, alguna de ellas ya introducida casi por completo bajo la piel de la joven. Con mimo fue estirando de ellas, recobrándolas y guardándolas en su frasco, en donde otro puñado de gusanos negros se removía despacio formando una masa viscosa pardusca e informe. Constanza torció la boca, mostrando su asco, y el rey puso la mano sobre la frente de Catalina.

—Está ardiendo.

—Bueno —apostilló el médico—. Es normal... Estaba preñada de tres meses más o menos y...

—¿Qué? —se sorprendió don Jaime.

—La abadesa doña Inés ya me lo advirtió —alzó los hombros el médico, sin dar importancia al suceso—. Tenía que abortar; en realidad ya lo ha hecho.

Don Jaime no podía creer lo que estaba oyendo. Don Fáñez, para corroborar que estaba diciendo la verdad, levantó la sábana que cubría a la enferma y los faldones de su hábito y, al hacerlo, dejó a la vista el medio cuerpo desnudo de Catalina, asentado en un charco de sangre. El rey retrocedió un paso, impresionado, mientras Constanza daba un paso al frente para acercarse a la enferma.

—Pero ¿no vais a intentar cortar la hemorragia? —le preguntó a don Fáñez.

—No, no —replicó el médico—. No es preciso. Pronto se detendrá por sí sola y la paciente mejorará.

—¡No lo puedo creer! —el rey negó dos o tres veces con la cabeza—. Y perdiendo tanta sangre, ¿además le aplicáis una sangría?

—La sangría era para aliviar la fiebre. No hay que confundirse, majestad —el médico adoptó una actitud solemne, con el dedo índice en alto—. Esta muchacha es joven y no sufrirá por perder una medida más o menos de sangre en su cuerpo. Despreocupaos, señor.

El rey se separó de la camilla donde Catalina tiritaba de fiebres y dio dos o tres zancadas por la nave, conteniendo su ira. Con gusto habría sacado el arma y rebanado el cuello de aquel mequetrefe, pero no estuvo seguro de hacerlo. Bufó un par de veces para demostrar su contención y su rabia, y se asomó a la puerta exterior de la nave, a ver si el aire de la noche le enfriaba la calentura. Pero el aire de las montañas tampoco lo consiguió. Se volvió para insultar al medicucho cuando, de repente, sus ojos se toparon con un pedazo de carne sanguinolenta con forma de rata recién nacida que estaba abandonada en una mesa pegada a la pared.

—Y eso..., eso... ¿qué es?

Don Fáñez se volvió raudo y buscó el objeto por el que preguntaba el rey.

—De tres meses más o menos, señor —repitió—. Ya os lo dije antes. Yo calculo que esta joven...

Don Jaime perdió los estribos y se enfureció. Se dirigió a él, gritando, con la amenaza tiñéndole los ojos de sangre.

—¿Se puede saber quién ha ordenado su aborto? ¿Cuánto tiempo lleva esta joven en la abadía? ¿Qué hacéis ahora con este...? ¡Por todos los santos, Fáñez! ¡Responde de inmediato o juro por Dios que te saco aquí mismo las tripas y se las doy a comer a los perros del condado!

El médico se echó a temblar, de miedo, más aun de lo que tiritaba la inconsciente Catalina. La monja Constanza, temiendo las consecuencias de la ira del rey, puso su mano en el antebrazo de don Jaime y le rogó que se calmara.

—Señor, esperad. Este hombre va a responder una por una a todas vuestras preguntas. Decid, don Fáñez.

—No sé responder —titubeó el médico—. Os lo juro. Cuando he llegado, no sé si vos lo habéis visto, la joven sangraba mucho... y ya estaba a punto de expulsar el embrión. No sabría decir si he provocado o no su aborto. Yo me he limitado a... ¡Por Nuestro Señor Jesucristo, majestad! ¡No me hagáis daño! Es la primera vez que me llaman... El médico de la abadía era Yousseff-Karim Bassir... Yo no... Yo no sé nada, mi señor...

—¿Es que nunca habéis atendido a otras enfermas? —preguntó Constanza.

—No, señora.

—¿Tampoco os ha contado nada Yousseff-Karim Bassir antes de partir de viaje? ¿No os ha dicho que atendía aquí a mujeres heridas e incluso a algunas violadas?

—¡No, no...! —negó don Fáñez, aterrado—. Bassir se marchó hace dos días sin decírselo a nadie. Y a mí nunca me habló de los pacientes del monasterio. Ni siquiera cuando se lo pregunté alguna vez, por mera curiosidad profesional, comprendedme... Me decía que había hecho promesa de guardar silencio.

Constanza miró al rey y el rey le devolvió la mirada, confuso. La monja hizo una pregunta más:

—¿Y qué os ha ordenado hacer la abadesa?

—En realidad..., nada. —Don Fáñez intentó recordar alguna orden expresa que tuviera algo de excepcional, pero no lo logró—. Nada en especial: que procurara aliviar a esta mujer, que me deshiciera del fruto de su pecado como creyera conveniente, que se trata de una novicia que lleva muy poco tiempo en el cenobio... No sé. Nada en concreto.

—O sea, como en otras ocasiones —concluyó la monja.

—No sé qué habrá ordenado en otras ocasiones, señora. Ya os he dicho que yo...

—¡Sí! ¡Ya te he oído! —intervino el rey, con brusquedad—. ¡Que es la primera vez que vienes al convento! Vamos, Constanza. Aquí ya no tenemos nada que hacer.

—Como digáis, señor.

El rey se dispuso a abandonar la nave, a paso firme, pero antes de salir se detuvo, se giró y apuntó con el dedo índice al sanador.

—Mañana a primera hora volveré. Si para entonces esa mujer no ha recobrado la salud, traeré a mis médicos y ordenaré que te encierren en una mazmorra hasta que aprendas la ciencia de la Medicina. Más te vale no dormir en lo que queda de noche.

—Sí, mi señor —el médico se dobló en una reverencia exagerada.

—¡Advertido quedas!

Camino de sus aposentos, Constanza intentó entablar con don Jaime alguna conversación sobre lo que acababan de presenciar, pero el rey no estaba de humor. No aflojó sus pasos largos y firmes y, aunque la monja daba pequeñas carreras a cada trecho para seguir a su altura, él no aflojó la marcha ni respondió a sus intentos de hablar.

—Señor...

—Déjalo, Constanza —dijo al fin, sin detenerse—. Ahora no quiero opinar sobre ello. Ve a tu celda, que mañana habrá ocasión de hacerlo. Ahora no tengo ganas.

—Como queráis, mi señor.

—Además —añadió don Jaime—, cada vez hay más cosas que me disgustan de este lugar. Me parece todo sumamente extraño. Tengo que pensar sobre ello.

—Tenéis razón, señor. A mí me pasa lo mismo. Buenas noches.

—Buenas noches.

18

Al entrar don Jaime en su aposento vio que Violante dormía plácidamente en el lecho, arropada con las sábanas hasta el cuello, pero con una descuidada pierna desnuda fuera de la manta y uno de los brazos sobre la cabeza, como enmarcando la belleza de su rostro. Aquella imagen le devolvió poco a poco el sosiego perdido, se quedó un rato contemplándola, apoyado en el quicio de la entrada, y después entró y cerró la puerta con cuidado de no despertarla. Luego se sentó frente a la cama y se entretuvo en observarla.

Puede que fuera en ese instante cuando comprendió que lo más importante en la vida era amar y ser amado.

Con tiento se despojó de sus botas, se desabrochó el cinto y se sacó el jubón. En camisa, se levantó para verla más de cerca y depositar el cinto sobre el arcón y, al hacerlo, notó el peso desacostumbrado del cinturón y recordó que en él llevaba guardado el frasco que le había dado la abadesa, el brebaje con el que se dormía mejor porque serenaba los ánimos, según había dicho ella.

Don Jaime pensó que le vendría bien tranquilizarse después de los acontecimientos del día, por lo que tomó el frasco en sus manos, se sirvió en una copa media medida de agua y se dispuso a mezclarla con una porción de aquel elixir. Sin embargo, no recordaba cuánto le había indicado la abadesa que había que disolver. ¿Dijo unas gotas o tal vez todo el contenido del frasco?

Ahora le resultaba imposible recordarlo pero, de todos modos, pensó, lo que no hacía mal a una novicia no podía perjudicar al rey, así es que vació la mitad del frasco en la copa de agua y lo bebió de un sorbo, igual que si de una medicina se tratase.

Luego volvió a sentarse en el sillar, frente a la cama, y respiró hondo.

Qué bella estaba Violante tendida en el lecho, inmóvil.

Y en ella perdió sus ojos hasta que ya no pudo recordar más.

De repente sintió un calor que provenía del estómago y le abrasaba las orejas. Puso las manos en ellas para comprobar la calentura pero no pudo seguir porque una especie de nube blanca se le instaló en los ojos, cegándole la visión, y una sensación de sueño profundo y de mareo se abalanzó sobre su cabeza y sus párpados, mezclados. Creyó que se dormiría, pero al instante recobró la vista y comenzó a ver princesas desnudas que bailaban ante él, insinuantes y desvergonzadas, hasta que al cabo de un rato, y sin dejar de bailar, fueron esfumándose, desapareciendo. No era posible lo visto, pensó; sin duda, el efecto de aquella pócima era más fuerte de lo que había supuesto, y en su escasa lucidez recordó que una vez había olfateado moly, una planta considerada mágica que usaban algunos hechiceros muslimes contra venenos y encantamientos; y entonces se le pasó por la cabeza la idea de que la pócima de doña Inés estuviera hecha con el jugo de esa planta y, al haberla tomado en exceso, fuera la causa de que se le provocaran aquellas alucinaciones.

O acaso no; quizá fuese el jugo de ese viejo compuesto, la nepenta, el fármaco que, según había leído en la *Odisea*, si se mezclaba con vino, hacía olvidar toda preocupación. Podría ser que disuelto en agua el efecto fuera otro...

Porque, sin poder llegar a ninguna conclusión, la cabeza comenzó a darle vueltas otra vez y empezó a percibir otras sensaciones, más extrañas aún que las anteriores: sintió que empezaba a llover dentro de su aposento y él, sin moverse de su silla, comprobó que no se mojaba porque lo que se desprendía del cielo no era agua, sino diamantes, ónices, zafiros, ágatas, jaspe, esmeraldas, aguamarinas, topacios, rubíes, corales, amatistas, perlas, gemas, carbunclos, turquesas y otras piedras preciosas que ni siquiera le rozaban en su caída.

Sentía un intenso mareo y, aun así, lo que más le extrañó fue que, a pesar de tan raras visiones, no le embargaba ninguna clase de inquietud. Se sentía tan relajado que su cuerpo se dejaba llevar, en brazos de su mente, a un fascinante viaje por las nubes, desde donde podía contemplar los campos sembrados, las montañas cubiertas de nieve, los castillos vestidos y abanderados y muchas aldeas que reconocía, una a una, pero esta vez adornadas con colores magníficos, relucientes y bellas como jamás las había visto a su paso. Y desde el cielo distinguió toda clase de animales conocidos y misteriosos, jabalíes y unicornios. También cabras, conejos, sirenas, perros, tortugas, culebras, osos, escorpiones, ovejas, monos, zorros, salamandras, leopardos, ratas, hienas, gacelas, patos, nutrias, burros, comadrejas, caballos, mulas, saltamontes, dragones y gorgonas. Pero, unos bellos y otros desagradables, a todos los encontró hermosos y con vistosos colores, dignos de acompañar a un rey en su viaje hacia la conquista y la guerra. Don Jaime se descubrió, en su éxtasis, surcando los cielos de un mediodía inexistente con los ojos abiertos y recibiendo la suavidad de una brisa templada por el sol de un verano que aún no había llegado. Se sintió bien, mejor que nunca, como si el mareo fuera una cuna que le mecía con suavidad, y en esa relajación desconocida siguió respirando lentamente, muy lentamente, intentando que el vuelo no acabara nunca.

Hasta que, poco a poco, las alucinaciones iniciaron su retirada, difuminándose en la penumbra de la estancia, y él fue recobrando la sensación de estabilidad y la normalidad total.

No podía explicar qué había ocurrido ni el tiempo que había durado su sueño, pero durante todas sus visiones estuvo seguro de que eran fruto del bebedizo fabricado por la abadesa y se dijo que tendría que preguntarle por el contenido de la droga porque, si era cierto que sosegaba las inquietudes del día, también lo era que podría convertirse en una peligrosa arma si no se dispensaba con prudencia.

Y enseguida volvió a mirar a la joven Violante. Seguía allí, inmóvil e indefensa como una plaza rendida, y un impulso le hizo ponerse en pie.

Se acercó al lecho, se fijó en sus labios semiabiertos, infantiles y temblorosos, y tomó una decisión que iba a cambiar el sentido de su vida.

TERCERA JORNADA

1

En mitad de la noche, tras el rezo de maitines, doña Leonor de Castilla y sus damas volvieron al aposento de la reina a esperar, con el sueño componiendo una sinfonía de bostezos disimulados, la hora del desayuno para compartirlo con el rey. Como estaban exentas del trabajo de la comunidad, no tenían que compartir los laudes, pero sí guardaron un silencio somnoliento hasta las oraciones de la hora prima. Para sus adentros, a buen seguro daban gracias al Cielo por no tener que llevar tan riguroso horario de rezos y estrictas reglas en sus castillos y residencias palaciegas, y por sus semblantes de hastío más de una debía de estar pensándolo a esas horas tan intempestivas.

Alguna de las damas echó una cabezada, incapaz de dominar el peso de sus párpados, y otras se entretuvieron eligiendo los mejores atuendos para la jornada que empezaba. Después, acabados los salmos de la hora prima, una vez amanecido el día, doña Leonor se sentó ante el bastidor para dar alguna puntada al pavo real que dibujaba y, aunque no lo buscara, dejarse llevar por pensamientos contradictorios acerca de ese amor que se le escapaba como un puñado de arena entre los dedos. La dueña, Berenguela, y las otras cuatro damas la imitaron, tomando cada cual su costura y buscando la forma de distraerse hasta que la reina indicase que había llegado la hora de ingerir el primer alimento del día. En medio del silencio de la estancia, ni siquiera roto por el deslizamiento de agujas e hilos por las telas de los bastidores, la voz apenas susurrada de la reina sonó como una jaculatoria:

—Tampoco vino a visitarme esta noche nuestro señor, el rey.

—No habléis de esas cosas, mi señora —suplicó Berenguela, procurando restar duelos a su reina—. Vuestra intimidad...

—¿Y por qué no iba a hablar de ello? —replicó Águeda, desenfadada—. De sobra sabéis que ni el rey ni la reina tienen intimidad.

—¡Pues deberían tenerla! —contestó con energía la dueña—. Al menos, si desearan tenerla.

—Sé que no la tengo, no —aceptó doña Leonor—. Como tampoco tengo ninguna clase de relación íntima, todas lo sabéis. Todo el reino está al corriente de ello, y así debe ser.

—Cierto. Así debe ser, señora —insistió Águeda, sin pleitear, sólo para que doña Leonor no sintiera vergüenza de su situación—. La vida íntima de los reyes, aunque no la disfruten, no es asunto sólo suyo: es una cuestión política y concierne a todos los súbditos.

—Lo sé, Águeda —afirmó la reina—. No insistas.

—¿Y por qué es así? —preguntó Juana, la más alejada de los asuntos de Estado—. Bien pudiera ser que los reyes desearan... En mis tiempos se decía que...

—No, Juana —doña Leonor la miró con ternura—. Siempre ha sido así. Los reyes se deben a sus súbditos, y ellos tienen derecho a saber si los ungidos por la corona tendrán o no descendencia. Por eso el amor entre los reyes es de su estricta privacidad, pero sus relaciones íntimas son patrimonio de todos. Así es y así ha de ser.

—Claro, majestad —Juana dio por buena la respuesta,

aunque no lo terminara de comprender. Y dijo, para sus adentros, en voz queda—: Es que ya no se respeta nada...

—Y ahora que lo recuerdo, Águeda —habló doña Leonor—, ¿querrías llevar a la joven Violante el collar de perlas que te mostré ayer? Recógelo de ese cofre y dáselo. No querría volver a verla con el pelo sin ordenar cuando más tarde nos la encontremos en el desayuno. Llévaselo a su celda y dile, de mi parte, que le ruego que lo acepte como un obsequio de la reina y que mi deseo es que lo luzca a todas horas en estos días.

—Voy, mi señora —respondió Águeda tomando el collar y saliendo de la estancia—. Vuelvo presto.

La reina y sus otras damas volvieron a su labor y al silencio. Por las ventanas entraban las luces de un día que había amanecido nublado pero que, a buen seguro, levantaría sus ojos al sol durante la jornada porque desde muy pronto el frío era menor que el de otros amaneceres. La pluma del pavo real que bordaba doña Leonor empezaba a mostrar ya su arco iris de colores y la reina pensó que añadir un color bermellón más vivo lo haría aún más alegre. Le pareció buena idea y cambió el hilo del bordado sin decir palabra. Así, en la estancia real, junto a los suaves oleajes de la respiración de las damas, sólo se oía, de tarde en tarde, el imperceptible desagüe de las tripas de Juana reclamando que llegase cuanto antes la hora de llenar los vacíos.

—Ahora que lo pienso, Teresa —rompió el silencio la reina—. A veces me he preguntado por qué, siendo de familia tan noble y adinerada, ni tienes esposo ni prefieres el sosiego de tu casa antes que el ajetreo de viajes y recepciones que sufres al lado de tu reina.

—Nada sufro, mi señora, os lo aseguro —respondió Teresa, esbozando una sonrisa—. Ningún honor hay mayor para mí que serviros.

—Pero la vida sin esposo... —insistió la reina.

—Bueno, tal vez no estéis muy bien informada, mi señora —bajó los ojos Teresa y luego volvió a mirar a doña Leonor—. Mi familia es de larga nobleza, desde luego, pero que no os confundan quienes aseguren nuestras riquezas. No es que cual mendigo corra tras el mendrugo, pero de la fortuna de mi padre, don Ansúrez, apenas queda nada. Unos pocos tapices y la casa familiar, nada más. Y una renta pequeña con la que apenas llega para que él y mi señora madre vivan con la dignidad de su linaje. Por eso también busqué serviros: no por cuanto pueda comer de más con vos, sino por cuanto de este modo como de menos con ellos.

—No sabía nada —la reina puso su mano en la cabeza de Teresa con gran afecto—. Siempre pensé que vuestra familia...

—Y así fue, en efecto —continuó Teresa, sin avergonzarse—. Pero los años pasan, y el destino propuso a mi familia algunas jugadas que no nos fueron favorables.

—¿Qué os pasó? —se interesó la dueña Berenguela—. Si deseas contárnoslo, claro.

—Tal vez no deberíamos... ¿Quieres hablar de ello? —le preguntó la reina.

—Os aseguro, mi señora, que no me importa en absoluto —alzó un hombro Teresa—. Si os place oírlo.

—Como quieras —asintió doña Leonor.

Teresa dejó el bordado que completaba y se acercó a su señora, sentándose en un almohadón a sus pies para que la oyera mejor. Su semblante no reflejaba pesar alguno ni expresión de tristeza. Nada tenía que ocultar ni se avergonzaba de la desgraciada situación familiar. Esbozó una sonrisa irónica mientras comenzaba su relato.

—Recordaréis que mi padre, don Ansúrez, se desposó con mi madre, y ella tenía tres hermanas solteras... —empezó por decir.

—Sí, lo recuerdo —afirmó la reina.

—Y que ninguna de las cuatro, que eran huérfanas, disponían de bienes, por lo que ni siquiera mi padre pudo ser dotado al casarse con mi madre.

—Lo sé.

—Pues entonces comprenderéis que la fortuna de mi padre, que sin ser escasa tampoco era inagotable, tuvo que atender a las necesidades propias, a las de mi madre, a las mías y a las de mis cuatro hermanas y, por si fuera poco, a las de mis tías, sus tres cuñadas, que se pasaban la vida en nuestra casa, atendidas por el patrimonio familiar. Con los años, como imaginaréis, sin más varón en la familia que mi padre, y después de los siete malos años de cosechas que se siguieron en la comarca de Aranda en el pasado, la fortuna familiar comenzó su declive.

—Malos años, en efecto —recordó doña Leonor—. Granizo, heladas a destiempo, lluvias torrenciales... Castilla sufrió mucho en aquellos años.

—Veo que os acordáis —siguió Teresa.

—En todo caso, lo que nos has contado no explica la razón de que no te hayas desposado —insistió la reina—. Tienes ya veintidós años y a tu edad...

—Ni para dote hay en casa, señora —Teresa, en ese momento, bajó lo ojos y adoptó un semblante de tristeza que conmovió a cuantas le escuchaban—. ¿Quién iba a dotarme?

—Si lo hubiera sabido antes, yo misma, Teresa.

La dama abrió los ojos con desmesura y los dejó clavados en los de doña Leonor, asombrada y perpleja.

—¿Vos haríais eso, mi señora?

—Naturalmente. ¿O es que acaso no eres una de mis damas más queridas?

Teresa se ruborizó. Las lágrimas asomaron a sus ojos y se incorporó para abrazarse a doña Leonor.

—¡Señora!

—Vamos, vamos... —la reina la besó en la frente y trató de calmarla—. No seas tonta.

Las otras damas tampoco pudieron contener las lágrimas y fueron, una tras otra, a consolar a Teresa, que lloraba como una niña.

—Señora, perdonad que os abrace —dijo, apartándose y haciendo una profunda reverencia—. Os quiero tanto...

—Bueno, ya está —zanjó doña Leonor—. ¿Y no hay un caballero en la corte en el que hayas puesto los ojos? Porque yo sospecho de alguno que estaría muy dispuesto, y además supongo que tú misma, por tu reacción...

—Me da mucha vergüenza, mi señora.

—¿Conmigo tienes secretos ahora, Teresa?

—El amor lo llevo tan escondido que... Perdonadme que no os lo haya confesado nunca, pensé que era un afecto tan transparente que, cada vez que he estado cerca del hijo mayor del conde de Urgel...

—¿El primogénito del señor conde de Urgel? —la reina no podía creerlo—. ¿Don Fernando, dices?

—Señora, por Dios, ¡que me ruborizáis...!

—¡Pero si él mismo me ha pedido licencia para hablarte! ¿Cómo no me lo has dicho antes? Yo no he atendido todavía su petición porque no sabía si tú... Pero ¡por el amor de Dios! ¡Si está deseando hablar contigo! En cuanto volvamos a casa... No, hoy mismo. Hoy escribiré una carta con mi autorización para que te hable.

—Señora. ¡Nunca sabré cómo agradeceros...!

Las campanas que anunciaban la hora tercia las sorprendieron a todas entre risas y una alegría incontenible. La reina pidió un poco de respeto a la llamada a la oración y juntas, recobrando la solemnidad requerida y arrodilladas en sus reclinatorios, cumplieron con la parte del salterio que correspondía a la hora del oficio divino. En total, recitaron diez salmos de los ciento cincuenta que compuso el rey David.

Al terminar los rezos, la puerta de la estancia se abrió y dio paso a Águeda, que regresaba al aposento de su reina como si hubiese visto a la mismísima muerte cruzarse con ella por las galerías del claustro. Las otras damas y doña Leonor, al verla en tal estado, no ocultaron su preocupación y le preguntaron qué le sucedía.

—Dadme un poco de agua, por favor —fue lo primero que dijo.

—¿Qué ha ocurrido, Águeda? —preguntó la reina, inquieta.

—No sé si mis labios deberían permanecer sellados, señora. Quisiera morirme antes de daros la noticia.

—Pero ¿se puede saber qué es, Águeda? Me vas a preocupar de veras.

La dama bebió un sorbo de agua, se limpió la boca con su pañolito y se sentó a los pies de la reina.

—Mi señora. No he podido cumplir vuestro encargo —la dama alzó la mano y mostró el collar que colgaba entre sus dedos—. Violante de Hungría no está en su celda.

—Bien, ¿y qué? —la reina no se inmutó—. Estará cumpliendo alguna encomienda del rey, nuestro señor.

—Es que su cama no ha sido deshecha. Ni esta noche ni la noche de ayer. Me ha informado de ello la religiosa que atiende su celda.

El silencio se adueñó de la sala con la avaricia de un sediento arañando las últimas gotas de agua de un cántaro. Todas miraron al suelo y a su señora, alternativamente, comprendiendo en qué lugar se hallaba la joven extranjera. Hasta que Berenguela, sin contenerse, exclamó:

—¡Ordenad su muerte, señora! ¡Ordenadla!

—Calla, Berenguela —suplicó la reina.

—¡Es una vulgar ramera! —apostilló Águeda—. ¡Haced caso a la dueña, señora! ¡Os ha traicionado!

—Sí, sí —se sumaron otras voces.

—¡Callad, por Dios! —exigió doña Leonor—. ¡Callad todas! Callad... No: Violante no es culpable de nada. Nadie duerme con el rey si el rey no lo manda. No la culpéis. Quién sabe si ahora está temblando de vergüenza y miedo como un pajarillo sin plumas.

—Insisto en que... —repitió Berenguela—. Su deber con vos sería, en todo caso...

—¡No! ¡No lo comprendes, dueña! —doña Leonor se arrancó una lágrima que empezaba a recorrer su mejilla—. Es él, sólo él...

—Señora...

—Él. Pero como yo no puedo exigir ninguna cuenta al rey, nuestro señor, hoy le pediré licencia para abandonar el monasterio y volver a casa, junto a mi hijo, el príncipe. Sí. Eso haré. Así lo haré...

2

A la hora tercia, allá cuando el día se había vestido con una luz de marzo que ya era primaveral, el rey don Jaime se desperezó en el lecho con la satisfacción de haber cumplido una noche de sueño profundo y reparador. Violante ya estaba levantada y vestida, sin huellas de dolor en la mirada, y cuando oyó el bostezo real se apresuró a levantarse de la silla y a situarse junto a las ropas de su señor, para ayudarlo a vestirse.

—¿Alborotaron hoy con los maitines? —preguntó el rey, señalando el azul que, al exterior, enmarcaba el ventanuco de la estancia.

—A su hora, mi señor —respondió la muchacha.

—Entonces he dormido bien, vive el Cielo. Ni siquiera lo oí.

Don Jaime puso los pies en el suelo, se desperezó otra vez y se dirigió a su ropaje. Sintió un leve mareo, pero supuso que se lo había producido el apresuramiento al levantarse y, permaneciendo unos instantes inmóvil, esperó a recuperarse. Luego miró con una ancha sonrisa a Violante, recordando los principios de la noche, por ver si descubría en ella alguna clase de rencor o malestar por la abundancia de caricias y abrazos que le rindió, pero nada vio en ella. La joven le entregó las polainas y la camisola y fue al aguamanil en busca de la jofaina que reposaba sobre él para que el rey se refrescara cara y manos.

—¿Os lavaréis, mi señor?

Sin responder, él se mojó las manos y los párpados, se secó con la toalla que ella le acercó y siguió vistiéndose.

—Eres muy hermosa —dijo al fin.

—Gracias, mi señor.

El rey guardó silencio mientras terminaba de aderezarse. Y, antes de acabar, sin apartar los ojos del espejo donde se veía, añadió:

—Anoche compartí contigo unos momentos que no olvidaré.

Violante bajó la cabeza y se sonrojó.

—Mejor olvidarlo, mi señor. Vos sois el rey y tenéis esposa. No estuvo bien.

—¡Estuvo muy bien! —replicó don Jaime, enérgico—. ¡Pero que muy bien! Si lo sabré yo... Y de nada has de arrepentirte, ni yo tampoco, porque con ella no me apetece hacer lo que un hombre debe hacer con su esposa.

—Señor... A ella la conocéis bien; de mí no sabéis nada.

—Conocer a quien se tiene al lado no es cuestión de tiempo sino de simpatía —replicó el rey—. Y no se hable más. Es la hora del desayuno.

—De todas formas, os agradezco que me respetarais, mi señor. Doncella soy y...

—Con gran esfuerzo, Violante. Con sumo esfuerzo... Haces bien en agradecérmelo.

En el comedor real sólo se encontraba la monja Constanza de Jesús, apurando los picatostes que mojaba en un tazón con chocolate. Al ver entrar a don Jaime alzó los ojos, tragó lo que masticaba e informó:

—La abadesa viene ahora. Ha ido a ver los destrozos del *scriptorium* y me ha dejado dicho que, en el caso de que os presentarais en su ausencia, os rogara que la disculpéis. Y que, si acudíais a desayunar, os anunciara que nuestra señora, la reina, no asistirá al comedor. Os ruega vuestra indulgencia por su mala salud. Parece que no se ha levantado bien. Esperaba que vos, sí.

—Qué amable la abadesa, ¿no te parece? ¡Cuánto esmero en mi salud! Bien está. Y tú, ¿no te aburres desayunando sola?

—En absoluto. No olvide su majestad que en la lengua griega «monje» significa precisamente eso: vida solitaria.

El rey sonrió y se volvió hacia Violante.

—Aprende de esta buena religiosa navarra, Violante. Es todo generosidad: no ahorra en demostrar su sabiduría a la menor ocasión.

Las hermanas que atendían el comedor sirvieron al rey un tazón de leche y le aproximaron una fuente de frutas de temporada. Luego dieron unos pasos atrás y permanecieron de pie por si se precisaba de su servicio.

—¿Alguna novedad en tus pesquisas? —preguntó don Jaime a Constanza después de ingerir un primer sorbo del tazón.

—Aún no. En breve procederé a realizar el examen de otras dos víctimas. Con ello completaré mis primeras conclusiones. Pero ¿sabéis, señor? No dejo de darle vueltas al hecho de que todas las monjas asesinadas fueran aragonesas y que, en cambio, las violadas fueran todas catalanas. ¿Es una casualidad o no lo es? He estado pensando en ello toda la noche. ¿Vos qué pensáis?

—No lo sé —el rey movió la cabeza a un lado y otro—. Supongo que puro azar.

—¿Y el derrumbamiento del *scriptorium* precisamente ahora? ¿Otra casualidad?

—Podría ser.

— Podría ser, sí —alzó los hombros Constanza y empezó otro picatoste—. Pero reconoced que el azar está siendo muy caprichoso en este monasterio...

—Tal vez —el rey desmigó pan en su tazón de leche—.

Pero aprieta el paso, mi señora doña Constanza, porque tras la comida necesito que me des alguna explicación con fundamento.

—Lo procuraré, señor —afirmó ella antes de introducirse en la boca el último trozo del picatoste.

—Y no te demores, porque mi estancia en el monasterio empieza a prolongarse más de lo que quisiera y fuera de estas paredes me esperan asuntos más importantes.

En ese momento doña Inés de Osona irrumpió en la sala. Vio al rey y de pronto se ruborizó, acalorada, y haciendo una reverencia fue a sentarse frente a él. Se notaba con toda claridad que llegaba disgustada, y no sólo rechazó el tazón que le ofreció una de las monjas del servicio antes de recostarse en su silla sino que fingió orar en recogimiento mientras sus ojos iban y volvían al rey como si esperara algo de él o considerara que don Jaime debía preocuparse por su estado de inquietud, enojo o indecisión. Pero tanto el rey como la monja navarra continuaron saciando su apetito de buena mañana en silencio y ninguno posó en ella la atención ni dio muestras de interesarse por las razones que habían llevado a la abadesa a tal estado.

El rey continuaba engullendo pan, pasteles y frutas, bebiendo leche y deteniéndose sólo a la hora de elegir qué camino seguir en dirección a las fuentes dispuestas sobre la mesa. Y como nada indicó a la abadesa que don Jaime tuviera intención de iniciar charla alguna, al final se incorporó y, apoyando los brazos en la mesa, dijo:

—Veo que os encontráis bien, mi señor.

El rey la miró, sin comprender a qué venía esa afirmación, pero tampoco esta vez le dio importancia. Se limitó a responder, una vez vaciada la boca:

—Bien, sí. ¿Y tú? ¿A qué esa irritación?

—Un desastre, mi señor. Un auténtico desastre.

—¿Te refieres al *scriptorium*?

170

—¿A qué, si no? Todo perdido, señor. Todo. Miniaturas, códices, estampas, papiros, libros... El trabajo de tantos años destruido en un instante. Mis pobres amanuenses están desoladas.... Qué desastre.

Si era eso, ya suponía don Jaime que el derrumbamiento de una parte de la abadía tenía que afectar a su superiora, algo tan natural que no le causó mayor sorpresa. Sin embargo, para tranquilizar a doña Inés y evitar que continuara con sus lamentaciones, afirmó:

—Bien. Ahora te acompañaré a visitarlo. Veremos qué se puede hacer.

Al fin se acabó el rato del desayuno y la abadesa y el rey salieron de la sala en dirección al lugar donde se había producido el desplome. Subieron por una escalera angosta, disimulada tras una columna de piedra del corredor, a la planta superior, en donde estaba situado el *scriptorium*. Además de estrecha, la escalera era de peldaños altos y poco firmes, formados por tablones de madera gruesos cuya fijación parecía no haber sido esmerada, ni tampoco atendida en los últimos tiempos. Las paredes que cerraban la escalera estaban hambrientas de cal, y su ennegrecimiento contrastaba con la limpieza general de la abadía. La ascensión, aun tratándose de una veintena de escalones, se hacía esforzada por la altura de sus peldaños y, aunque nada comentó don Jaime, le sorprendió que fuese ese tramo, precisamente el que conducía a la sala de copia, dibujo y escritura, el más descuidado del convento. Doña Inés observó la sorpresa del rey y sufrió para sus adentros.

Al llegar a la planta superior, don Jaime comprobó el derrumbe del techado y el amontonamiento de escombros que había ocasionado el hundimiento. Traviesas de madera se entrecruzaban con piedras de granito y restos de paja y tejas. Otras muchas maderas, resultantes del desguace de mesas, sillas, estantes y ventanales se mezclaban desordenadas con papeles, cristales, tinteros derramados y pinturas salpicadas. En aquel vertedero de cascotes y tablas, los libros se habían quedado aprisionados, desmadejados y deshojados, y los pergaminos, papiros, pieles de lomo y cuartillas de papel se retorcían desgarrados entre los restos de la arquitectura demolida. El espectáculo era de caos, suciedad, polvo y desolación, aumentado por las lágrimas de las monjas que lloraban sin ruido mientras rebuscaban entre los escombros algo que pudieran salvar de la hecatombe.

—¿Veis el desastre? —repitió la abadesa—. ¿Os hacéis cargo, mi señor?

El rey tardó unos segundos en contemplar el panorama y luego se internó en la gran sala para recorrerla, esquivando restos y cuidando de pisar suelo firme. Doña Inés lo siguió de cerca, acompañando la visita y pronunciando exclamaciones de dolor con cada nuevo hallazgo, lamentándose de las pérdidas y clamando al Cielo en petición de auxilio para recomponer el desaguisado.

—Salgamos, mi señor —dijo al cabo de un rato—. No es lugar seguro para vos.

—Déjame ver, doña Inés. Quiero comprobar...

—Os aseguro que no hay nada que os pueda interesar, señor —se apresuró a decir la abadesa—. Y no querría que, por mi culpa, sufrierais daño. Temo por vos.

—Sosiégate.

Don Jaime siguió adentrándose en la gran sala y observándolo todo. Sólo permanecían en pie las cuatro paredes del *scriptorium*, imitando a un baúl sin tapa, y arriba el cielo raso mostraba el discurrir de las nubes blancas que se dirigían al este, esquivando al sol. A primera vista, en efecto, no parecía que hubiera nada que se pudiera recuperar, aunque tal vez bajo los cascotes y las maderas hubieran sobrevivido algunos libros de las estanterías desplomadas.

Mucho tendrían que trabajar las monjas en su labor de desescombro para llegar a encontrar algún texto sin heridas, si los hubiera. El rey cabeceó con disgusto.

—Tiene mal aspecto, sí —asintió—. No sé si habrá algo merecedor de ser salvado.

—Nada, mi señor —se apresuró a replicar la abadesa—. Un auténtico desastre.

—¿Y esto?

El rey removió un madero con el pie y se encontró con un pequeño libro encuadernado en piel de vaca que, a primera vista, parecía haber sobrevivido al naufragio. Se agachó para recogerlo y leyó el título en el lomo.

—*Elogio de la calvicie*, de Sinesio, obispo de Ptolemaida. ¡Mira qué libro se ha salvado! Curioso, ¿no?

—Sí, en efecto —la abadesa aparentó sorprenderse—. Un libro tan poco importante y ha sabido protegerse. Los caminos del Señor...

—¿Trabajabais con esta clase de libros? —se extrañó el rey—. No parece la lectura más recomendable en un lugar como éste.

—Ay, mi señor. A veces trabajamos por encargo —explicó la abadesa—. Mis amanuenses y dibujantes copian algunos textos que...

—¡Mira! —El rey terminó de levantar con el pie el madero y lo desplazó—. Aquí hay más libros en buen estado. A ver...

Se agachó y recogió dos más. La abadesa se inclinó también y levantó otros tres.

—Es cierto —exclamó—. Puede que haya más por aquí. Veamos.

El rey miró los dos libros que tenía en las manos y leyó sus títulos.

—*Testamento del cochinillo Grunnio Corocotta*.

—Sí, sí... —la abadesa se apresuró a decir—. Un libro

anónimo del siglo III que menciona san Jerónimo en su Vulgata. Raro ejemplar.

—*Appendix virgiliana*, de Virgilio Marón —leyó don Jaime.

—Bueno, este libro no es muy interesante... Son poemas de Virgilio... Recuerdo uno titulado *Culex*, que está dedicado a los mosquitos, y otro titulado *Moretum*, que dedica al almodrote.

—Permíteme que me sorprenda, doña Inés —comentó el rey—. Imaginaba que vuestro trabajo en el cenobio abordaría textos de otro carácter. Me parece que estos libros... ¿Qué has recogido tú?

—Bueno, nada de interés tampoco... —la abadesa trató de escamotearlos.

—Muéstramelos. —El rey fue tomándolos de uno en uno y leyendo los títulos en voz alta—. *Nux*, de Ovidio...

—Un poemilla dedicado a las nueces —la superiora le quitó importancia.

—Y éste..., *Apoteosis de Claudio*, por Séneca.

—Un pequeño libro para ejercitarse en el buen latín...

—Y este otro..., *Sátiras*, de Horacio.

—Sí. Sin importancia.

El rey devolvió los libros a la abadesa, que los depositó sobre una tabla que quedaba a su lado, y siguió moviendo escombros con el pie.

—Según tú, doña Inés, todo parece carecer de importancia. Lo que no comprendo, en tal caso, es por qué estaban en el *scriptorium* y cuál era la misión que les habías encomendado a tales libros.

La abadesa guardó silencio. Se entretuvo en cuadrar y retocar los libros que había depositado sobre el madero y tardó tiempo en responder. Al cabo, ante la mirada fija del rey, tomó aire y dijo:

—Señor, no tienen misión ninguna, sólo atender las solicitudes de algunos nobles de vuestra corte que nos piden un ejemplar para su deleite. Preguntadles a ellos por qué pagan tan bien nuestros servicios. La abadía es pobre y necesita todos los recursos que puedan aflorar. Pero no penséis que todas son obras impías. Precisamente en estos días la hermana Lucinda estaba poniendo fin a la *Disciplina clericalis*, de vuestro escritor aragonés Pedro Alfonso, y no por mi gusto, porque no sé si sabéis que se trata de un libro que desapruebo personalmente por sus afirmaciones injustificadas contra la mujer, sea cual sea su condición, naturaleza y carácter. Y nuestra hermana Sofía de Manresa copiaba las *Digesta*, las llamadas *Pandectas* en griego, un importante libro de leyes que, como sabéis, se dio a conocer en el año del Señor de 533 por Justiniano I, emperador de Bizancio. O la Compilación justinianea. La mayor parte de nuestro trabajo consiste en...

El rey se agachó, mientras oía las explicaciones de la abadesa sin prestar mucha atención, y recogió dos libros más del suelo. La interrumpió:

—Vuestro trabajo consiste en copiar libros como éstos: el *Cantar de la condesa traidora*, que conozco muy bien porque da cuenta de la mala vida que dio su esposa al conde de Burgos, don García Fernández. O este otro, *Los amores de Majnún y Layla*, un antiguo libro persa que también conozco sobradamente porque ha sido prohibido por la Santa Madre Iglesia, un texto impuro y peligroso para nuestras almas. ¿Acaso no lo has leído? Porque narra con gran lujo de detalles todas las delicias del amor.

—Yo, mi señor...

—No sé, doña Inés. Me sorprende mucho el contenido de tu biblioteca. No pensaba que Dios y el diablo convivieran tan cómodamente entre estos muros.

—¡Señor! ¿Cómo podéis...?

—¡Y más vale no seguir averiguando! Porque... —El rey

se agachó y rescató las tapas de un libro, esta vez sin sus páginas encuadernadas—. Mira este otro: el *Grilo* de Plutarco. ¿Recuerdas lo que se lee en él?

—Creo que Grilo, transformado en cerdo por la maga Circe, pretendía convencer a Ulises de que es mejor ser animal que hombre, me parece recordar.

—En efecto. Un pensamiento altamente instructivo para la novicia que esté trabajando en su copia, ¿no te parece?

—Sí, mi señor —la abadesa inclinó la cabeza en señal de pesadumbre y sumisión—. Tal vez, pobre pecadora, he cometido un gran error aceptando encargos de algunos de vuestros nobles, mi señor...

—Mis nobles. Sigue repitiendo que toda la culpa es de mis nobles hasta que yo termine de comprender que, al final, lo que quieres decir es que la responsabilidad es sólo mía. ¿Es que nunca vas a asumir tus culpas, doña Inés de Osona? ¿Siempre serán culpas de otros? Anda, sígueme —ordenó don Jaime.

El rey y la abadesa abandonaron las ruinas del *scriptorium* y salieron al corredor. Después bajaron por la angosta escalera en silencio y, tras descender una planta más, iniciaron un paseo por el corredor que rodeaba el jardín del claustro. Don Jaime iba pensativo; doña Inés, amedrentada. No sabía si le esperaba una reprimenda o el monarca olvidaría pronto lo visto. Por si acaso, rompió el silencio para preguntar:

—No me he sabido explicar bien, mi señor. Lo que quería deciros es que la abadía... ¿Os habéis fijado en el estado de nuestro monasterio, señor?

—Me he fijado.

—¿No creéis que necesita alguna reparación?

—Desde luego.

—Pues de eso quería hablaros —la abadesa pareció relajarse—. La escalera de acceso a la segunda planta precisa urgente remozo. Las hermanas, sustento; la capilla, iluminación; la sacramental, cuidados, y el *scriptorium*, bueno, ya lo habéis visto: necesita una completa reconstrucción.

—En efecto.

La abadesa se detuvo para observar el gesto del rey. Al no encontrar señal alguna de enfado, se atrevió a decir:

—¿Sería posible que, de vuestra generosidad, obtuviese el monasterio de San Benito alguna gracia?

—No te entiendo.

—Algún estipendio, algunos dineros, algo de oro, mi señor.

—¿Cómo dices?

El rey, entonces, puso sus ojos en los de doña Inés, con la ferocidad de un ultrajado, y sostuvo la mirada por largo rato. La abadesa comprendió, en ese momento, que puede detenerse el golpe de un sable, pero es imposible esquivar la mordedura de una mirada. Bajó los ojos, rendida, y se limitó a decir:

—Con unos pocos miles de sueldos barceloneses...

El rey sacudió la cabeza, incrédulo.

—Pero ¿cómo puedes pedirme algo así? No veo más que muertes, violaciones y libros impuros en tu abadía, y encima quieres que colabore en el desorden, en este camino derecho al infierno en que parece haberse convertido tu casa. Antes de solicitar mis bienes, deberías poner orden en tu morada, doña Inés. ¡La Corona de Aragón no gasta oro en el culto a la lujuria y a la muerte!

—¿Lujuria, mi señor? ¿De qué manera veis lujuria en esta humilde abadía?

—En primer lugar, permíteme dudar de esa humildad. Y en segundo lugar, te contestaré con algo que aprendí con la lectura de *Vicios y virtudes*, libro que, por otra parte, no te vendría nada mal leer. Y ahí aprendí que «luxuria, que es contrario vicio de la virtud de castidat, asy como se lee en la "Suma de los Vicios", es de quatro maneras: la primera es en el mirar, en el tentar e en el besar, e quando el honbre se ayunta con la muger carnalmente; la segunda es adulterio, esto es quando el honbre y la fembra non son sueltos; la tercera, quando el honbre se ayunta con alguna parienta; la quarta manera es el pecado contra la natura, al qual no es de nombrar, tanto es la su esceleracion».

—No os comprendo, mi señor —replicó la abadesa—. En este cenobio femenino...

—¡Pues eso es lo peor! ¿No sabes qué dijo Salomón acerca de las mujeres?

—Señor, yo...

—Pues dijo que «asy como non es aspereza sobre aquella del tosygo del esturcon, todo asy es malicia sobre aquello de la fembra. Por mala muger fue nascido el primero pecado, por el qual todos morimos. Y asy entre mill honbres yo bien he fallado uno puro e bueno, mas de las mugeres jamas he fallado una buena. Mejor es la yniquidat del honbre, que non la bondad de la muger».

—Como comprenderéis, mi señor, no puedo estar de acuerdo con...

—¡Pues envía tus quejas al papa, mujer! —se irritó don Jaime—. Es un libro santo, una lectura católica de nuestra Iglesia. Si no estás de acuerdo, alza la voz contra quien lo propaga como dogma de fe, no contra mí. Y, por lo que respecta a esos dineros que pides, nada más he de decir. ¡Bastantes cargas tengo ya con la expedición sobre Mallorca para que trates tú de menguar mis cuentas! Y ahora, déjame. Otros menesteres me aguardan.

—Como deseéis, mi señor —se apartó la monja un paso e hizo una reverencia.

—Te recomiendo, ya que tanto se disfruta en esta casa con burlas y lecturas frágiles, que rebusques las malas hierbas entre los restos de ese *scriptorium* —ironizó don Jaime—. Seguro que hallarás esos sorites de Quintiliano y Cicerón que, como razonamientos erróneos, divertirán mucho a tu comunidad. Adiós, doña Inés.

—Señor... —volvió a inclinarse la monja sin atreverse a dar la réplica.

—¡Y cuídate mucho, abadesa, que tengo entendido que Constanza ronda muchas respuestas y ninguna te favorece!

3

Sentada en un taburete de madera sin pulir, Constanza de Jesús observaba los dos cuerpos que, tras su exhumación, las viejas monjas habían depositado, entre arcadas, sobre las mesas habilitadas en la capilla abandonada del camposanto para que fueran diseccionados por la, en su opinión, intrusa y desvergonzada hermana navarra. Uno de los cuerpos conservaba, milagrosamente, un estado casi intacto, a pesar de llevar diecinueve días sin vida; el otro, aun siendo de los recientes, había iniciado un proceso acelerado de putrefacción. A pesar de ello Constanza los observaba con esmero y no terminaba de comprender lo que veía.

Que uno de ellos presentase una herida profunda en el pecho, no le sorprendió: la propia abadesa le había dicho que la hermana Úrsula había sido asesinada con un cuchillo robado de las cocinas. El otro cuerpo, perteneciente a doña Urraca de Jaulín, mostraba huellas de hematomas en la espalda y unos daños inconfundibles en el cuello, consecuencia de su estrangulamiento. Constanza estaba avisada y tampoco le sorprendió. Lo único con lo que no contaba era con que ambas tuvieran en las muñecas señales de desgarros y moraduras. Carecía de explicación para ello. Quizá hubieran sido maniatadas con brusquedad, pensó.

En todo caso, lo que no alcanzaba a comprender, a la vista de lo que todavía podía colegirse de los restos de aquellas mujeres, era por qué habían sido calificadas de poco agraciadas, cuando no hacía falta verlas en su integridad para deducir que era evidente su gracia. Por si fuera poco, si a ello se añadía su condición de aragonesas y que, tras el detenido examen, ambas conservaban restos de un fluido igual al encontrado en el cuerpo de doña Isabel de Tarazona, el desconcierto resultaba abrumador.

Jamás se había encontrado, en su larga experiencia investigadora, un caso tan evidente de muertes inexplicables, con tantos nexos y coincidencias en el procedimiento. Carecía de dudas acerca de varios aspectos: que su autor era siempre la misma persona, que seguía un ritual idéntico, que escogía a sus víctimas por su origen y que, antes o después de muertas, satisfacía siempre su apetito sexual, claramente desordenado. Podía tratarse de una casualidad, pero no lo creía. De hecho, tenía que excluir esa posibilidad si no quería andar desenterrando a todas las víctimas, lo que sin duda le conduciría a idéntica conclusión. Así pues, decidió apuntar entre sus notas que el asesino era una misma persona, que se trataba de un hombre, que tardaba en ejecutar su acción el tiempo que necesitaba para escoger la siguiente víctima por su origen aragonés, y que, por lo descubierto, el modo de actuar, siempre sin dejar rastro y al abrigo de la noche, significaba que conocía muy bien los horarios, costumbres y celdas del monasterio.

Tal vez, pensó, podía tratarse de un hombre de los que vivieron en la abadía antes de convertirse en un cenobio exclusivo de mujeres, y que por alguna razón dispusiera de llaves y su motivación fuera la venganza o la locura.

Sí. Podía tratarse de un loco. Y, pensando en ello, recordó los nueve componentes de la locura para dilucidar si en alguno de ellos pudiera encontrarse el móvil de su comportamiento asesino. Eran *Filautia, Kolakia, Lethe, Misoponia, Hedone, Anoia, Tryfe, Komos* y *Eegretos Hypnos*, es decir, el amor

181

propio, la adulación, el olvido, la pereza, la voluptuosidad, la demencia, la molicie, el festín y el sueño profundo. Sólo la voluptuosidad, y con reservas, se aproximaba a lo que buscaba. O la demencia, sin más. Pero tal vez no fuera así, concluyó; tal vez no se tratara de un loco, sino de alguien que quisiera manifestarse de ese modo para dar cumplida satisfacción a una venganza. A una siniestra venganza.

Si era así, la cosa se complicaba cada vez más. Al igual que ocurría con la Hidra de Lerna, el monstruo de nueve cabezas que, cada vez que Hércules le sajaba una, crecía de nuevo en cuanto era cortada, en ese caso, cada vez que Constanza creía haber descubierto algo nuevo, del descubrimiento surgía un nuevo enigma. Hércules acabó de matar a la hidra aplicando una antorcha prendida a cada decapitación para impedir el interminable resurgir de las nuevas fauces, pero ella no tenía modo de cauterizar sus conclusiones para que de ellas no brotaran nuevos misterios.

Constanza permanecía inmóvil, en el taburete, con la mirada perdida en los cuerpos descompuestos y buscando caminos que condujeran a una solución, a desentrañar el enigma, abstraída en conjeturas y recuerdos; y, así, el tiempo caía sobre ella como la lluvia sobre el mar: inútilmente.

Afuera, las cuatro monjas rezaban oración tras oración, interrumpiéndose sólo para orar en la hora tercia y el ángelus, no sólo por el alma de las hermanas exhumadas sino, sobre todo, por sus propias almas, convencidas del gran pecado que cometían alterando la paz de los muertos. Y, cada cuatro oraciones, una quinta para que la monja navarra acabase cuanto antes con su profanación y permitiese volver a dar tierra a aquellas mujeres en las humedades de sus sepulturas, lo que harían a toda prisa en cuanto así se les permitiese.

El tiempo es la mejor oración: atiende todas las peticiones, aunque a su debido momento. Y así fue que, pasado el rezo de la hora sexta, salió a la puerta Constanza, dio señal de que su trabajo había concluido y, tras formarse el fúnebre cortejo, los cuerpos de las novicias Úrsula y Urraca fueron trasladados en andas a sus respectivas sepulturas, inhumados otra vez y sellados los sepulcros con la toca de sus lápidas para que siguieran regando las entrañas de la tierra con el fértil zumo de su juventud.

—¿Algún otro requerimiento precisa su señoría? —inquirió con malos modos la mayor de las monjas, acabada la faena y tras rezar otro rosario de oraciones fúnebres.

—Nada por ahora —encajó bien Constanza el exabrupto—. Si es menester tratar de algo nuevo, la abadesa os lo hará saber. Pero serán oficios menos penosos, espero, aunque en ocasiones los cuerpos de los muertos son las voces más disimuladas en la hora de la corrupción.

—Buenos días —se despidió la mayor, sin detenerse a entender a qué se refería la navarra.

—Gracias —sonrió Constanza—. Ruego a Dios por no necesitar más de vuestro auxilio.

—Amén —dijeron todas.

Y se alejaron formadas de dos en dos con la cabeza humillada y las manos cruzadas sobre el vientre.

Constanza no las siguió. Se entretuvo dando paseos por el laberinto de tumbas del cementerio y tratando de poner en orden sus descubrimientos para encontrar alguna explicación que le permitiera resolver los crímenes. Por un momento pensó que tendría que ir descartando posibilidades para acotar la identidad del culpable, y entonces trató de poner rostro al asesino. Lo primero que se preguntó fue si sería cristiano o infiel, y aunque recordó que el Corán dice que los pecados de la carne son agradables a Dios, pues son conformes con la constitución que al hombre se le ha dado, descartó que tras ello les fuera permitido a los infieles dar la muerte a sus mujeres, lo que, añadido al hecho de que un infiel en tierras cristianas sería fácilmente descubierto, descartó que se tratara de uno de ellos. Por tanto, ya tenía dos trazos para dibujar el mapa del criminal: hombre y cristiano. Y joven, se dijo. Lo de su juventud lo dedujo de la agilidad y fuerza necesarias para introducirse en el convento, escalar hasta las celdas y, tras los esfuerzos necesarios para doblegar la voluntad de las víctimas, quedarle bastante ímpetu para asesinar y fornicar, trasladar los cuerpos en muchos casos fuera de sus habitaciones y culminar la fechoría sin dejar rastro. Para ello era precisa una fortaleza de la que, por lo común, carecen los viejos, concluyó.

Constanza avanzaba poco a poco en sus razonamientos. Pensaba y paseaba por la sacramental, mirando sin ver, ensimismada en sus elucubraciones. En ocasiones descubría pensamientos que le distraían, como que empezamos a envejecer cuando nacemos, pero de inmediato los apartaba para volver a recomponer cuanto había aprendido de los hechos e intentaba reconstruir uno de los crímenes, al menos uno, lo que le permitiría dar con un cabo del que tirar para así desmadejar el ovillo.

De pronto se le cruzó una pregunta por la cabeza, una idea absurda que, además, quizá no pudiera responder nunca: ¿y si alguna de aquellas monjas del convento no fuera una mujer, sino un hombre enfundado en hábitos que, por sus rasgos, nadie, ni la abadesa, hubiera descubierto en su naturaleza? Si fuera así, tampoco ella lo sabría, pues tendría aspecto y ademanes femeninos e, incluso, de no tenerlos, nada podría demostrar. ¿Cuántas de aquellas mujeres, sobre todo las de mediana edad, tenían aspecto masculino o, al menos, podía prestarse a tales conjeturas? Seguramente más de una. Y no podía andar con peticiones a la abadesa de desnudarlas en público si no quería que el mismo rey la tomase por una extravagante o algo peor. Así pues tenía que dar por bueno que ninguna de ellas fuera un hombre, o al menos permanecer en la ignorancia del hecho y buscar el culpable en otra dirección.

Hombre, cristiano, joven... Y listo. No sólo para salir bien librado de sus crímenes, una vez cometidos, sino sobre todo para elegir el modo de actuar dentro de aquellos muros en los asesinatos y también en las violaciones, porque las monjas y novicias violadas, al decir de la abadesa, aseguraban que nunca lograron ver a su agresor ni eran capaces de declarar algún rasgo de su identidad. Al ser así, no podía dudarse de que actuaba en la más absoluta oscuridad, con precisión y sin dejar rastro, olor, tono de voz ni huella alguna. Demasiado inverosímil. Constanza sacudió la cabeza para negarlo y sospechó que tanto esmero no era posible. Y algo le hizo, de inmediato, empezar a abrigar una sospecha general, sin saber por qué ni sobre quién, pero las sospechas son como los presentimientos, que cuando se empeñan en abrir las alas, no hay manera de escapar de las sombras que producen.

Mihi amiticia cum Deus erat, se dijo, pero en vez de ser amiga del Señor tal vez debería hacerse amiga del diablo para alcanzar a ver lo que se le ocultaba. ¡Dios me perdone por esa idea maligna!, se santiguó a toda prisa, pero lo cierto era que el caso se estaba volviendo cada vez más enrevesado y nada parecía ayudar a dar con una luz que alumbrase el camino en la búsqueda de una respuesta para su misión. Con lo poco que sabía, nada nuevo podía decirle a don Jaime a la hora de la comida, cuando le tocase rendir cuentas, y no era descabellado deducir que el rey empezara a estar harto de la situación e iniciase un proceso de desconfianza hacia ella que le hiciera perder su fama y sus privilegios. Enrabietada, dio una patada al suelo y del golpe salió despedida una pequeña piedra que fue a estrellarse contra una lápida y rebotó hasta caer justo encima de una tumba: precisamente la que la noche anterior había descubierto sin habitar, pero con la tierra recientemente removida.

Aquello le hizo recordar que tenía pendiente curiosear sobre la fosa para ver por qué y para qué se había trabajado sobre aquella parcela de tierra. Sin muchos ánimos, ni pensando que tuviera nada que ver con el caso, pero buscando un rato de distracción antes de volver a sus conjeturas, se acercó a la sepultura, inició con la punta del pie un juego de retirar montoncitos de tierra por los bordes y, al poco, comprobó que allí había algo enterrado, a poca profundidad y sin mucho cuidado. Siguió su labor de desenterramiento cada vez con mayor interés y, antes de darse cuenta, descubrió algo sorprendente: una pata, un cuerpo y, de inmediato, el cadáver completo de un perro. Un perro de pelaje blanco, cabeza marrón y larga cola, de pocos años y gran corpulencia, de la raza de los mastines pirenaicos.

Pero ¿qué hacía un perro enterrado en sagrado, en el cementerio de la abadía? Un perro muerto hacía muy poco, dos o tres días como máximo, en un estado de conservación todavía perfecto. Y con una gran herida en el cuello, sajado de lado a lado, señal inequívoca de que se le había dado muerte. Un perro muerto, nada más. Pero ¿tenía algo que ver con lo que estaba investigando?

Lo más probable fuera que no. Al fin y al cabo no se trataba más que de un perro y, si en el convento habían decidido acabar con él para no soportar los gastos de su alimentación o resultaba incómodo por sus ladridos, el hecho carecía de importancia. También era cierto que podían haberlo dejado suelto o regalarlo a algún vecino, pero quizá hubiera enfermado y lo más cristiano era permitir que dejara de sufrir y sacrificarlo. No tenía, pues, mayor importancia el hallazgo, por mucho que su enterramiento en el camposanto resultara sorprendente. Constanza de Jesús, quitándose de la cabeza el hallazgo, volvió a cubrir el enterramiento y se dispuso a salir de allí justo en el momento que las campanas del monasterio llamaban al ángelus.

Se detuvo a rezarlo, con recogimiento, y recitó la oración del mediodía. Pero, antes de acabarla, una idea le obligó a volver la cabeza para fijar los ojos en la sepultura del perro. Sí, puede que aquello fuera una locura; era posible que estuviera enloqueciendo o que las alas del presentimiento la hubieran atrapado bajo sus sombras y le hicieran sospechar algo inconcebible, pero tal vez bajo aquella tierra removida se encontrara la primera de las respuestas.

4

Repicaban las campanas anunciando el ángelus cuando el rey don Jaime golpeaba la puerta del aposento de su esposa doña Leonor y entraba en él sin esperar el permiso para hacerlo. Las damas, de rodillas, recitaban sus oraciones rodeando a la reina, que permanecía también recogida en sus salmos. Ni siquiera se volvieron para verlo entrar y, contrariado, el rey cerró la puerta de un empellón, provocando un sordo estampido. Entonces, sí, todas ellas se volvieron hacia él, sobresaltadas.

—¿Acabaste tus rezos, mi señora? —preguntó don Jaime, irritado.

—Vuestra presencia así lo exige, mi señor —respondió la reina y, levantándose, fue a besar la mano de su esposo—. Se me alegra el espíritu con vuestra visita.

—¿Por qué no acudís al comedor a las horas fijadas? —inquirió el rey con el gesto agrio—. ¿Acaso buscáis un oleaje de murmullos en la corte?

La reina hizo un gesto a sus damas para que salieran de la estancia y esperó a quedar a solas con su esposo para replicar. Entre tanto, con mucha calma, volvió a su bastidor y tomó asiento. Cuando doña Berenguela cerró la puerta tras ella, después de rogar con la mirada a su señora que no se alterase, doña Leonor dijo:

—La corte murmurará pronto de esa húngara que os

calienta la cama, mi señor. Y se diría que vos no pensáis en qué lugar me deja esa circunstancia a mí.

A veces la razón es una luz que se apaga sola. Y en ese momento las luces del rey se cegaron, llenándose de rabia. No concebía la insolencia de quien pronto dejaría de ser su esposa, de una mujer que, en realidad, hacía tiempo que había dejado de serlo: sólo lo era de derecho y a los ojos de los súbditos. Desconcertado al no esperar semejante afrenta, excitado y lleno de ira, el rey balbució una frase sin pensarlo:

—No es cierto.

—Lo es —respondió la reina sin alterarse—. Pero no espero de su majestad que lo admita. Os conozco bien, mi señor, y no os censuro por ser como sois. Al fin y al cabo la terquedad tiene un precio alto que es preciso pagar por contradecir la realidad, y algún día vos también lo pagaréis. Por mi parte, no he de opinar sobre vuestros gustos a la hora de dormir. Pero os ruego que...

—¡No deseo hablar más sobre ello, doña Leonor! —El rey no tuvo ánimos para retractarse y responder que él ya se había ganado el derecho de usar la libertad a su antojo—. Son maledicencias y embustes que...

—Basta ya, mi señor. No insistáis, por favor. —La reina inició su costura sin alterarse—. Os amo, sabéis que os amo, y de sobra sé que doña Violante de Hungría se ha amancebado en vuestro lecho. Pensé que su juventud, al tratarse apenas de una niña, le protegería de la lujuria de vuestra majestad, pero erré. Ya no tiene importancia.

La reina pensó que aquellas palabras le dolerían, pero no se arrepintió de pronunciarlas. Al fin y al cabo sabía que quererle era una venganza, la más sofisticada manera de hacerle sentir culpable, porque él ya no la quería ni deseaba volver a quererla jamás. Esa idea de venganza le hizo más fuerte para conversar con su esposo. En cambio, el rey, por el contrario, estaba cada vez más indignado y por tanto más débil. Se dio cuenta de que la temía, como a todas las mujeres. Eran seres fuertes, seguros. Boyas que flotan día y noche por violento que sea el oleaje. Pero tenía que mantenerse erguido, y si el hecho de que su esposa dudase de su palabra le parecía una afrenta, que le insultase de ese modo, tachándolo de mentiroso, era intolerable. No dudó en alzar la voz:

—¡Os he dicho que no es cierto y que no deseo que se siga dando pábulo a tales embustes! ¿Me vais a decir quién os ha podido hablar de ese modo?

—No os incomodéis, mi señor. —La calma de doña Leonor lo exasperaba, más y más—. He sabido que Violante no ha deshecho su cama estas dos últimas noches ni ha dormido en ninguna otra más que en la vuestra. Tal vez no haya sido por su voluntad sino por imperativo regio, pero aun así...

—¿Quién os trajo ese cuento, por todos los santos? ¿Se puede saber quién...?

—Águeda lo ha sabido por la hermana que atiende el servicio de nuestras celdas, don Jaime. ¿Acaso he de dudar de una santa hermana benedictina y de mi buena amiga Águeda?

—¿Y en su lugar dudáis de mí? —el rey fingió un mayor agravio del que sentía—. ¡La maledicencia es siempre hija de la envidia y no pienso tolerarla! ¡Sea! ¡No admito injurias tales contra mi persona!

La reina guardó silencio durante unos instantes, los mismos que tardó el rey en fingir una gran indignación. Hasta que no pudo sostener por más tiempo el fingimiento y tuvo que ir a la ventana para dar la espalda a su esposa y que no viera la hipocresía en sus ojos. Doña Leonor, entonces, respiró profundamente y exhaló un suspiro.

—Tranquilizaos, esposo mío. —La reina moderó su

tono de voz y lo convirtió en acariciador, comprensivo—. Sólo os ruego que me permitáis abandonar esta abadía y volver junto a nuestro hijo, el príncipe Alfonso. Os suplico que...

El rey sintió la necesidad de huir de la estancia para no seguir manteniendo una disputa en la que tenía todas las posibilidades de acabar derrotado. Se alejó de la ventana, se acercó a la reina y se volvió dos veces hacia la puerta de salida. Y otras tantas retrocedió en sus pasos para enfrentarse de nuevo a doña Leonor. Las mejillas se le habían encendido por el rubor y los ojos se le habían velado por la sangre de la duda. Al fin, gritó:

—¡No hay súplica que me conmueva, señora! ¡Resignaos!

La reina bajó la cabeza sin alterarse. De inmediato sintió lástima por sí misma, pero no permitió que él contemplara su dolor. Sólo dijo, en voz queda:

—La resignación es un susurro, pero a veces también un grito que no se quiere escuchar.

—¡No os entiendo!

—Y se convertirá en un grito enloquecedor, mi señor —añadió—. Espero que no os aturda.

—¡Basta de quejas y de reproches, mi señora! —concluyó el rey—. ¡Vos deberíais ser la primera en exigir el respeto que se nos debe a la Corona! Esa insolente de Águeda pagará por su maledicencia. Ordeno que se le corte la lengua. ¡Quiero verla servida sobre mi mesa a la hora de comer! ¿Habéis oído bien?

—Pero... mi señor... —la reina doña Leonor se sobresaltó y de un brinco se puso en pie, fue hasta don Jaime y, aterrada, cayó de rodillas ante él—. ¿Cómo podéis...?

—Quedad con Dios, mi señora.

—Indulgencia, mi señor...

El rey abandonó la sala redoblando su energía con un

golpe seco a la puerta. Las damas, que sólo habían oído voces en la celda, pero sin poder escuchar cuanto allí dentro se había hablado, entraron con prisas en el aposento de la reina y la encontraron aún de rodillas, frente a la puerta, con la mirada absorta y el rostro demudado.

—¿Estáis bien, mi señora? —preguntó Berenguela, acercándose y ayudándola a incorporarse.

Las otras damas se arremolinaron para escuchar lo que la reina decidiese contar de su entrevista con don Jaime, pero tardaron en satisfacer su curiosidad. Sólo al cabo de un rato, sin dejar de tener la vista perdida, susurró:

—Tengo que mandar que te corten la lengua, Águeda. Es orden real.

La dama se llevó la mano a la boca y ahogó un grito de horror. Unas lágrimas llenaron sus ojos antes de seguir los senderos de sus mejillas.

—¿Lo vais a permitir, señora? —preguntó Berenguela, perpleja.

—¡No! ¡Águeda, no! —sollozó Teresa.

—¡Águeda! —se le abrazó Sancha, llorando también—. ¿Por qué, mi señora, por qué?

—Por propagar su lujuria, Sancha. Y yo no puedo desobedecer —se excusó doña Leonor—. Es el rey.

—¡Pero puedes huir! —insinuó Juana, dirigiéndose a Águeda.

—Eso es —afirmó Teresa—. ¿Verdad, mi señora?

—Tampoco puedo permitirlo —se negó la reina—. Pero, por favor, tranquilizaos todas. Por ahora no permitiré que se cumpla la orden. Luego, durante la comida, pediré clemencia a su majestad. Es un hombre bueno y será indulgente, os lo aseguro.

—¿Y si no lo es?

La reina no respondió. Se sentó ante el bastidor y empezó a bordar la pluma de pavo real que había dejado a medias. Águeda lloraba en silencio. Teresa sollozaba a su lado y la dueña Berenguela, con el gesto tan arrugado como el brazo de un olivo, empezó a saborear la hiel del odio y a dar forma a una idea roja, como un atardecer de vísperas.

—Él no precisa ser amado; lo que quiere es hacerse con el respeto de todos —dijo.

La reina la miró con la saña con que una víbora se lanza sobre su víctima.

—¡Calla, Berenguela!

—Perdón, mi señora.

Sancha, tomando la mano de Águeda, acercó los labios hasta su oído.

—Ten confianza, mi querida amiga. Si hasta la luna, tan lejana, no hace sino cambiar, no hay que perder nunca la esperanza de que también se mude todo en nuestras vidas. Rezaré por ti.

La reina doña Leonor daba puntada tras puntada sin fijarse en lo que estaba haciendo. Su cabeza volaba lejos, muy lejos, allá donde una vez quiso ser feliz y a punto estuvo de lograrlo. Pero aquellos días habían pasado, se habían perdido como se pierde el grano en la turbulencia de una granizada a destiempo y sólo quedaba lo que no podía eludir: un intenso amor hacia aquel hombre al que a veces quería odiar sin conseguirlo y un inmenso miedo a que se marchara definitivamente de su lado, lo que sin duda ocurriría un día cada vez más próximo.

El silencio en el aposento, y en toda la abadía, se había vuelto, de pronto, sepulcral. Ni el zureo de las palomas alteraba el doloroso mutismo del mundo. Silencio de palomas, presagio de luto, se dijo. Y en aquella orfandad sin repique de campanas, ni la respiración de sus damas era perceptible. ¡Cuánta soledad, Dios mío, cuánta soledad!

Volvió la cabeza y vio a sus acompañantes coser, mudas de espanto. Ni las agujas osaban murmurar su paso por el entretejido de hilos de sus telares. Silencio. Soledad. Nada. El alma pesa lo que pesan los recuerdos, pensó, y trató de medir la felicidad del pasado, pero sólo se topó con el dolor del presente. ¿Qué había ocurrido en esos años para que su esposo cambiase de aquella manera? ¿Acaso nunca había comprendido que no hay hombre más incompleto que el que fue amado y ya no lo es? No; él no necesitaba ser amado para mostrarse completo, pobre juglar del destino que cree que la guerra hace de un hombre un dios. O quizá se sintiera completo porque seguía convencido de ser amado, y en eso no se equivocaba. Tal vez ella debiera mostrarle que no era así, fingiendo no sentir lo que sentía, y de ese modo puede que recobrara el interés que alguna vez tuvo por ella. Pero lo amaba de ese modo en el que no cabe mentira ni fingimiento, de esa manera en que incluso la venganza se convierte en inconcebible. Doña Leonor sabía que el odio es más tenaz que el amor, la venganza más fuerte que el cariño; pero cuando estaba ante él, cuando lo veía en toda su majestuosidad y hermosura, resultaba imposible odiarlo o buscar vengarse. Ella no sabía mentir, con él nunca supo. Y él lo había descubierto hacía mucho tiempo, cuando empezó a desairarla.

Puede que don Jaime jamás llegara a saber que la esencia del amor es la necesidad de salir de uno mismo para brindarse al otro y por eso el afecto entre ellos hubiera estado siempre descompensado. Ella había amado mucho, como mucho seguía queriendo; él nunca la quiso de verdad, sólo fue su esposo por imperativo del Consejo de Regencia y mientras la edad no le permitió aún la lucidez del discernimiento. El de su esposo había sido un amor matemático, mientras que el suyo se había sublimado en lo poético. Un guarismo frente a una jarcha; una cifra contra un cántico de bardo enamorado. Una entelequia.

Y esa misma mañana, con la irrupción del rey en su aposento, con esa frialdad, esas miradas esquivas y esa altivez, se habían abierto nuevas heridas que empezaban a sangrar. Y las nuevas heridas duelen siempre más que las que ya cicatrizaron. Qué dolor tan intenso. Qué ganas de morir. Pero de morir en sus brazos... Sólo merecía la pena morir si era entre el calor de sus abrazos antiguos, aquellos que un día parecieron de hierro y el tiempo convirtió en caricias de hielo, deshaciéndose en un fuego que sólo ella alimentaba. Doña Leonor sabía cómo adorarle, pero no sabía cómo hacer para que lo supiera. Qué lejos vivía el rey de su reina, incluso compartiendo la misma morada.

Ningún ruido. Ni el viento, ni las palomas, ni las campanas, ni lágrima alguna. Cómo era posible aquel silencio ensordecedor, aquel vacío que empezaba a devorarla desde el estómago y que le impedía llorar. Doña Leonor tenía prisionera su aguja entre los dedos, los dedos eran prisioneros del telar, y el telar, del bastidor. Y ella permanecía prisionera del silencio exterior y del amor interior que le impedían seguir viva. Puede que aquella inmovilidad, aquel silencio, aquel frío..., puede que ya estuviera muerta y no lo supiera, pensó. Y no pudo reprimir un grito de pánico.

Las damas, sobresaltadas, rompieron el mutismo con diferentes exclamaciones de sorpresa y miedo.

—¿Qué tenéis, mi señora? —preguntó Berenguela.

Doña Leonor tardó en responder. Las miró una a una, sonrió a cada una de sus damas y, al final, recuperada del miedo que se había producido en su imaginación, dijo:

—Gracias.

—¿Por qué? —quiso saber la dueña.

—Porque, con tanta quietud, llegué a creer que se me había olvidado vivir —suspiró. Y después sonrió y, con su voz más dulce, preguntó—: ¿Hoy no tienes apetito, Juana? Porque estoy deseando que se llegue el tiempo de comer y no sé qué hacer para meter más prisa al andar de las horas.

—Aún queda rato largo, mi señora —Juana simuló lamentarlo—. Añoro aquellos tiempos en que la comida se servía a cualquier hora, tan sólo solicitándolo.

—Pues no calléis, por favor —dijo doña Leonor—. Que el silencio ahoga y hoy no tengo ánimos ni para respirar. Esperemos impacientes la hora nona, cuando nos sirvan de comer, que ya se sabe que el amor alimenta el corazón, pero no las tripas. Y, además, ¿sabéis una cosa? Hoy tengo pleito con el rey, nuestro señor, y creo que ha aflorado la sangre castellana de mi linaje. Presiento que ha llegado el momento de que aúllen los lobos...

5

—¡Un caballo, doña Inés de Osona! ¡Necesito con urgencia un caballo!

El rey alzó la voz para que la abadesa pudiera oír la exigencia desde su estancia. Doña Inés, incómoda por el alboroto de su voz en un recinto tan desacostumbrado a gritos, y aún menos tan escandalosos, corrió a asomarse a la ventana y a rogar a don Jaime que se tranquilizara.

—Presto os ensillan uno, mi señor. Pero, por Dios Nuestro Señor, contened esas voces.

—¡Sin demora!

—Al instante, mi señor.

Don Jaime, harto de recorrer el claustro del convento, sus galerías, corredores y estancias una y otra vez, irritado por la actitud de la reina y deseoso de cambiar de aires, sintió urgencia en salir de allí y pensó que sería grato visitar a sus tropas acampadas frente al monasterio, intercambiar palabras de hombre con sus súbditos y recibir las noticias que pudiera proporcionarle el Alférez Real. El rey ya no aguantaba más el presidio de aquellos muros consagrados al silencio en los que sólo había lugar para el paseo o la oración, y de unos y otras estaba, más que cansado, ahíto. Una visita a sus huestes entretendría las horas y le permitiría respirar un poco del frescor de la intemperie. Por eso se enfureció y pidió a voces una cabalgadura.

—¿Dónde aguarda mi caballo?

—A la puerta de la abadía, señor.

El olor de la primavera, la luz del cielo abierto, los horizontes de cumbres nevadas y pinos desperezándose, el verdor de los campos y el vuelo largo de las golondrinas devolvieron a don Jaime el ansiado bien de la libertad. Y allá al frente, en la pradera más extensa del valle, la arquitectura romboidal de las tiendas de campaña, el vaivén sereno de los pendones reales y el revuelo habitual de sus huestes, ejercitándose o afanándose en la limpieza y la cocina, le proporcionaron la sensación de estar de regreso en casa. Picó espuelas al caballo de cabeza altiva, crines salvajes, patas de acero y grupa rotunda que habían puesto a su disposición y trotó con gran ánimo la distancia que le separaba de sus tropas.

No le esperaban en el asentamiento, pero su inconfundible figura alertó a todos al instante de la llegada de su majestad el rey y se corrieron por doquier, como un oleaje, las reverencias, las sonrisas y los saludos de bienvenida. Tronó la trompetería del protocolo. Don Jaime correspondió mano en alto a cuantos se cruzaron ante él y llegó al paso, solemne y erguido, hasta la sombra del pendón real que señalaba su tienda. Nada tardó su Campeón, el Alférez Real don Blasco de Alagón, en llegar hasta sus pies y rendirle pleitesía.

—Bienvenido, mi señor —dijo mientras inclinaba la cabeza. Y luego añadió—: Sin vos, el campamento estaba huérfano. Desde ahora todos respiraremos mejor.

—Bien hallado, don Blasco. Pero no dilapidéis vuestros fastos porque sólo estaré un instante entre vosotros. Por desgracia todavía no he dado fin a los asuntos que me han traído a este monasterio de San Benito.

—Lamento oír eso, majestad.

El rey descendió del caballo con prisa, se acercó para saludar a algunos condes y damas de corte que se habían aproximado a contemplar de cerca a su rey y miró en derredor, aspirando profundamente aquel aire tan grato y familiar del campamento real. Después se introdujo en su tienda, seguido por don Blasco.

—Espero que pronto podamos seguir camino. —El rey tomó asiento en su silla e hizo un gesto al Alférez para que se sentara junto a él. Levantó los ojos para disfrutar de lo acogedora que le resultaba su tienda y, de pronto, lo observó—. ¿Qué es eso, don Blasco?

—Ah, mi señor. Disculpad. Se trata de un nido. Una golondrina que, sin atender al respeto que merecéis, está construyendo su nidal en el palo mayor de la tienda. He dado orden de que se derribe de inmediato.

—¡No, no, don Blasco! —se opuso don Jaime—. Ni se te ocurra hacer algo así. Dejad que la golondrina haga de mi tienda su hogar. Me parece un buen augurio.

—Pero, señor... Cuando se levante el campamento no podrá...

—Cuando partamos, dejaremos instalada la tienda. O al menos el palo mayor, para que la naturaleza cumpla con su deber. No me perdonaría privar a esa criatura de Dios de su morada. ¡Mira! ¡Casi ha completado el nido! Puede que hoy mismo, o mañana, deposite sus huevos. ¿No te parece un milagro del Señor?

Don Blasco cabeceó dubitativo, pero no contradijo al rey y afirmó sin gran convencimiento:

—Se hará como ordenáis, señor.

—Me place. —El rey observó durante unos segundos el afanoso ir y venir de la golondrina construyendo su ponedero y luego volvió a recobrar su actitud de monarca—. Y ahora, dime, don Blasco, ¿hay nuevas que deba conocer?

—Sí, mi señor. Las hay —afirmó el Campeón, y dio dos palmadas para que entrara un sirviente—. Trae vino y frutas, Froilán.

—Señor —se inclinó el criado en una reverencia.

El sirviente corrió en su busca y, al quedarse solos, el primer caballero compuso un gesto pesimista.

—Cuenta y no te andes con rodeos, don Blasco, que ya te he dicho que no dispongo de mucho tiempo.

El Alférez Real tomó aliento, puso su mano sobre el brazo del rey y dijo:

—Confío en que pronto encontraremos la solución, señor, pero de nuevo vuestros nobles catalanes pretenden adentrarse por caminos inapropiados. Saben que la riqueza es como el poder: tiene la virtud de hacer que parezcan más grandes las personas. Y ellos, en cuanto repican las campanas llamando a rebato, acuden tan veloces como voraces.

—¿Qué quieren ahora?

—El botín.

El rey negó con la cabeza, disgustado. Esperó a que el sirviente, que había regresado, llenase las copas de vino y saliera de la tienda para tomar la palabra.

—Me rompen el corazón, don Blasco. Consiguen entristecerme una vez tras otra. —El rey se pasó la mano por la barba, se la mesó y entrecerró los ojos—. Cuando hace cuatro años acordamos en Tortosa iniciar la conquista de tierras dominadas por los andalusíes, me reprocharon que fracasáramos al tomar Peñíscola por la ausencia de los nobles aragoneses, lo sé, pero sus razones fueron las ideas y no el oro, y yo lo acepté porque nunca demostraron falta de lealtad. Son de ideas firmes los aragoneses, bien lo sabes; pero a leales no les gana nadie. Por eso no cejé en mi empeño de volver a ir sobre Valencia; y cuando luego en Teruel acordamos una nueva cruzada sobre el Islam, Aragón de nuevo estuvo a mi lado, sin condiciones. Y mira si fue rentable el intento que hasta el propio Zayd Abu Zayd aceptó el pago de una quinta parte de sus rentas de Valencia y Murcia a cambio de la paz, sólo al tener noticias de nuestras intenciones.

—Fue buena prenda, vive Dios —asintió don Blasco.

—Y nuestro triunfo supuso además un rosario de pleitos en al-Andalus que está convirtiendo sus tierras en ingobernables.

—Lo cual nos favorece, mi señor.

—Por ahora sí. —Bebió don Jaime de su copa—. Y es que toda fragmentación debilita a los reinos, don Blasco. Deberían aprenderlo mis caballeros de estas tierras. Cuanto más limitado es un reino, más expuesto está al invasor. Los árabes se están dividiendo y sus taifas son cada vez más débiles, por ahora. En todo caso, no hay que fiarse. Si no marchamos pronto sobre Mallorca, estaremos dando tiempo al enemigo para reagruparse y cambiar de opinión. Son listos nuestros enemigos y pronto comprenderán que necesitan unirse para ser fuertes. Recuerda lo que pasó con Ibn Hud, proclamado emir de Murcia y reconocido como tal por los arraeces de Alcira, Denia y Játiva, arrebatados al mismo Zayd Abu Zayd.

—Es cierto, señor. Dejaba para más tarde deciros que Abu Zayd está ahora en Segorbe —comentó el Alférez Real—. Como suponíamos, Zayd pide vuestra ayuda. Ha enviado un emisario suplicando que le aceptéis como vasallo de la Corona de Aragón.

—Bien me parece —aceptó el rey.

—Sólo pide a cambio —continuó don Blasco— que obliguéis a Zayyan a devolverle Valencia y él ofrece en agradecimiento la cuarta parte de sus rentas y además os entrega Peñíscola, Alpuente, Segorbe, Culla y Morella. Sólo suplica, con humildad, que se le permita conservar los castillos de Castielfabib y Ademuz.

—¡Es una gran noticia, don Blasco! —El rey se incorporó en su silla y alzó la copa—. ¡Acepta su ofrecimiento, sin duda! Que acuda el próximo 20 de abril a la ciudad de Calatayud y sellaremos el acuerdo. ¡Me parece magnífico!

—Hoy mismo ordenaré que se le haga saber, mi señor.

Don Jaime y don Blasco alzaron sus copas y bebieron. El rey estaba satisfecho: había ganado otra batalla sin necesidad de librarla, y por un momento se le olvidó la contrariedad producida por los nobles catalanes. Pero a don Blasco no se le había olvidado y, recobrando la seriedad, volvió a endurecer el gesto.

—Otras batallas más difíciles tendremos que librar ahora, mi señor.

—Ah, ya —recapacitó el rey—. Había desatendido la avaricia de mis nobles. Y no consigo comprender sus aspiraciones, don Blasco; ¡no lo consigo! Sé que critican mi anhelo de extender el reino de la cristiandad, acusándome de mojigato; dicen que busco aprovecharme de la debilidad de los ejércitos infieles y de su incapacidad para gobernarse; murmuran que sólo busco reafirmar mi poder y recuperar autoridad y prestigio para la Corona de Aragón... Pero lo único cierto es que estoy pensando en mi Dios y en mis súbditos: en que mi Dios tenga más fieles y en que mis nobles incrementen sus rentas y posesiones mediante la conquista y la guerra contra los árabes. Siendo así, ¿por qué los catalanes se muestran tan esquivos? No lo comprendo.

—En mi opinión sólo se elude lo que se busca o lo que se teme, mi señor —comentó don Blasco.

—¿Qué quieres decir? —inquirió el rey.

—Que buscan más rentas y, a la vez, temen gastar parte de sus bienes en la guerra. Han cerrado el puño y en él guardan su oro. Para arriesgar en la empresa piden a cambio...

—¿Arriesgar en la empresa? ¡Pero si Mallorca fue idea suya! —el rey se levantó airado y vociferó mientras daba zancadas por la tienda—. ¿Acaso no lo decidieron ellos mismos el pasado diciembre en las Cortes catalanas, cuando se reunieron en Barcelona? Y si no lo querían así, ¿para qué diablos me concedieron el subsidio correspondiente a la recaudación del impuesto del bovaje? ¡No hay quien los entienda! Primero se quejan de las continuas agresiones de los musulmanes mallorquines a los mercaderes de Tortosa, de Barcelona y de Tarragona, calificándolos de piratas, y entonces, como adolescentes amedrentados, corren hacia mí en busca de ayuda. Luego los mercaderes ponen a mi disposición no sé cuántos navíos...

—Ciento cincuenta, mi señor.

—Eso es. Los mercaderes me proporcionan ciento cincuenta naves para la expedición, que acepto a pesar de que los caballeros aragoneses me la desaconsejan y me solicitan, en cambio, iniciar la conquista de Valencia. Y ahora, ahora... ¿se puede saber qué demonios piden ahora los catalanes?

Don Blasco temió la irritación del rey y se sirvió otra copa de vino para pensar la respuesta. Don Jaime, plantado ante él, pareció exigirle una pronta respuesta.

—Los nobles de Cataluña aceptan participar en la conquista de Mallorca sólo si la reconocéis como una empresa catalana y son sólo ellos quienes se repartan después el botín y las tierras.

—¿Cómo dices? —el rey desorbitó los ojos.

—Lo siento, mi señor. Eso es lo que exigen.

Don Jaime soltó una gran carcajada que se pareció mucho a un gruñido. Después dio dos grandes palmadas y, con la rapidez de un disparo de ballesta, se dibujó en su rostro el mapa de la fiereza.

—¡Mis tropas, encabezadas por mí, embarcarán el 5 de septiembre en Cambrils, Tarragona y Salou con o sin las huestes de esos caballeros catalanes a bordo! ¡Puedes decírselo! Y añade que ya he dado palabra a los aragoneses de que participarán en los beneficios, sea en botín o en tierras. Así que ya saben a qué atenerse. Con ellos o sin ellos, Mallorca pertenecerá a la Corona de Aragón, ¿entendido?

—Lo aceptarán, mi señor. Estoy seguro.

—¡Mejor que sea así!

El rey se dispuso a salir con la ira encendiéndole el rostro. Se volvió hacia don Blasco y dijo:

—A los cínicos se les ama o se les odia, don Blasco. Muchos hombres son así: creen que alcanzan nombre y riqueza porque el camino ha sido fácil y no reparan en que ese atajo sólo conduce a la perdición. No sé por qué guardo tanto afecto a esos nobles, no lo sé...

El Alférez Real no respondió, se limitó a seguir al rey hasta el pie de su caballo. Y cuando don Jaime ya había montado, hizo una reverencia y se despidió diciendo:

—Les hablaré tal y como me encomendáis, señor. Y esperaremos ansiosos vuestro regreso.

—Bien está. Y otra cosa, don Blasco —añadió el rey—. Avisa a cualquiera de nuestros médicos, quiero que me acompañe.

—Don Martín está ahí mismo, señor.

—Toma un caballo y acompáñame, don Martín —don Jaime se volvió hacia el médico real—. Y tú, don Blasco, cuida bien de mi golondrina.

Una reverencia del Alférez Real fue la respuesta.

El rey, acompañado por don Martín, se despidió de sus leales y ambos marcharon cabalgando despacio, al paso, en dirección al monasterio de San Benito, uno con la tristeza de tener que volver a dejar el campamento de sus huestes y otro con la intriga de saber cuál era la misión que le aguardaba. Cabalgaban en silencio, uno al lado del otro, dejándose envolver por la tibieza del sol de marzo y la suave brisa que esa mañana animaría a los campos a mostrar los primeros brotes coloristas de la primavera.

—Muy callado vas, don Martín —dijo el rey cuando ya habían recorrido la mitad del camino—. ¿Te preocupa algo?

—Nada, mi señor. Sólo se enredaba mi sesera con pensamientos fugaces. Acerca de la vida y la muerte, ya sabéis...

—¡Bendita sea la fugacidad de tales pensamientos! —replicó el rey, irónico—. ¡Te aseguro que si para un médico se trata de pensamientos con tan escasa enjundia, muy capaz soy de renunciar a la corona y seguirte como discípulo!

—Es que no hay que pleitear con la naturaleza, señor. Tiene tanta experiencia que en raras ocasiones se equivoca. Es necedad temer a la muerte...

—Sabias palabras, vive Dios. Y muy firmes.

—Porque, en mi opinión, la seguridad es el lecho donde la razón descansa.

El rey se lo quedó mirando a los ojos rebosando curiosidad y después sonrió abiertamente.

—¡Bravo, don Martín! ¡Por fin encuentro un hombre pausado y sesudo! Estaba empezando a creer, preso en ese cenobio, que había sido condenado a oír simplezas durante todos estos días. ¿Y se puede saber en qué clase de estrellas lees esas reflexiones para rezumar tanta sabiduría?

Don Martín pensó que don Jaime se burlaba y compuso un mohín de desagrado que trató de disimular. Se limitó a decir:

—Pasear en soledad es el mejor libro, mi señor; y observar cuanto nos rodea, un gran aprendizaje. Si uno se fija bien, todo está escrito en la naturaleza.

—¿También el amor y la muerte?

—Todo. Lo que sucede es que los ojos no siempre ven lo que miran: a veces, creen ver lo que se desea.

—Pues tendrás que enseñarme a mirar, don Martín.

—El propio corazón es el único maestro, mi señor.

—Tal vez...

El rey se quedó pensativo. De repente se le vino a la cabeza la disputa con la reina y no supo si veía en ella sólo lo que deseaba ver. Quizá estuviera confundiéndose y mereciera su amor; o algo peor: mereciera ser odiada. Pero aquella indiferencia que sentía por doña Leonor desde hacía tanto tiempo no era lo más agradable. Puede que fuera el momento de hablar de ello con don Martín, que tan sensato se mostraba, pero no se atrevió. A fin de cuentas, se dijo, los afectos crecen entre las carnes del cuerpo como los huesos y la sabiduría, y si no se van gastando día a día, como se deslucen los brillos de un castillo viejo, con el paso de los años se vuelven tumores que un día explotan y consumen a quien los conserva, a veces destruyéndolo. Él había gastado todos sus afectos con la reina y ya, deslucidos del todo, se habían apagado. Mejor así: la indiferencia. Porque la muerte es cálida y las pasiones, ardientes; pero el odio es frío. Y él no quería sentir las agujas del frío aguijoneándole la vida.

—¿Se encuentra bien de salud nuestra señora doña Leonor? —don Martín interrumpió los pensamientos del rey.

—Sí, perfectamente —don Jaime se sorprendió por el momento en que el médico hizo la pregunta—. Pero ¿cómo sabes...? Justo en este momento estaba pensando en ella. ¿Eres brujo, acaso?

—No, mi señor. Dios me libre...

—Entonces ha sido la casualidad —alzó las cejas el rey, admirado de la coincidencia.

—¿Casualidad? No creo en ella, mi señor. Más bien opino que el azar no es más que una burla a la inteligencia y una jugarreta al destino... Os preguntaba por la salud de la reina porque aún no me habéis dicho la misión que me encomendáis y temía que...

—No, no, tranquilízate. No se trata de doña Leonor,

sino de una novicia de la abadía. Creo que está muy enferma y el médico que la asiste, un tal don Fáñez, me parece un mentecato.

—Veremos qué se puede hacer —aceptó don Martín.

Cuando llegaron a las puertas de la sala habilitada para la curación de las benedictinas enfermas, el rey y su médico descendieron de los caballos y, sin asegurar las bridas, entraron en ella. La monja seguía tendida en el lecho, inconsciente y sudorosa, con un continuo temblor en los labios y el cuerpo inquieto, sacudido por pequeños espasmos. Don Fáñez permanecía sentado al otro lado de la sala, indiferente, como si lo único que esperara fuera la muerte de Catalina para cumplir el encargo, y al ver entrar al rey se apresuró a levantarse, de un brinco, y corrió a hacerle cinco reverencias seguidas.

—La... la enferma mejora, mi señor —tartamudeó—. Creo que la fiebre...

—Anda y compruébalo, don Martín —ordenó el rey.

—Desde luego —aceptó el médico con gesto solemne.

El médico real se acercó a la novicia, observó el interior de sus ojos levantándole los párpados, tomó su fiebre con el dorso de su mano y le abrió la boca para oler su aliento. La novicia Catalina gimió, pero sin recuperar la conciencia.

—¡Qué extraño! —comentó don Martín.

—Ha sufrido un aborto —dijo el rey—. Anoche sangraba como un gorrino en matanza y ya era presa de temblores y fiebres.

Don Martín levantó la sábana y observó la sangre que todavía empapaba el camastro. Examinó sus partes íntimas y procedió a palpar su interior.

—Haced el favor de acercar mis alforjas, don Fáñez —requirió—. En mi caballo...

—Sí..., sí... Enseguida...

Con el contenido de sus alforjas don Martín preparó un paño empapado con un ungüento y procedió a cortar la pequeña hemorragia que aún sufría la novicia. Una vez contenida, la tomó en brazos y ordenó a su colega que cambiara la sábana y adecentara la cama donde iba a depositar a la paciente. Terminada la higiene, volvió a medir la temperatura de la novicia y trató de que recobrara el sentido, haciéndola oler de un frasco que contenía un líquido verde, tal vez compuesto a base de miel de menta y láudano.

—¿Qué opinas, don Martín? —quiso saber el rey.

—En efecto —respondió el médico—, esta mujer ha padecido un aborto provocado por un brebaje que no conozco, y su aliento y el color de su lengua indican que a punto ha estado de causarle también la muerte. Es joven y fuerte, y por eso creo que sobrevivirá. Pero hay que bajarle la fiebre. Señor don Fáñez: traiga su merced agua y vendajes.

—Sí, sí...

Don Martín empapó vendas y durante varios minutos estuvo dando friegas de agua fría por todo el cuerpo de la novicia, hasta que la muchacha fue recuperando un ritmo más pausado en su respiración, fue expulsando la calentura y, al fin, recobró la conciencia.

—¿Dónde estoy? ¿Quién sois?

—Sosegaos, señora —la tranquilizó don Martín—. Soy el médico del rey, nuestro señor, y pronto recuperaréis la salud. No temáis.

La religiosa pareció serenarse y se pasó la lengua por los labios cortados y resecos.

—Agua, por favor.

—Mojad sus labios con agua —ordenó don Martín—. Pero que no beba todavía.

La joven buscó la humedad del paño mojado que le acercó don Fáñez con ansia. Después, apenas con un hilo de voz, preguntó:

—¿Y mi hijo? ¿Cómo está mi hijo?

Los médicos se miraron y guardaron silencio. Catalina, comprendiendo lo sucedido, empezó a sollozar.

—Bien —concluyó don Martín dirigiéndose a don Fáñez—. Que beba unos pequeños sorbos de agua cada cinco minutos. Y dentro de una hora ha de tomar una taza de caldo de gallina, templado. Cambiadle la venda de la entrepierna a media tarde y esta noche, a vísperas, volveré a visitarla. Cenará otra buena taza de caldo de gallina. Os ruego que permanezca bien abrigada y que tenga siempre sobre la frente un paño de agua fresca que debe renovarse tantas veces como sea preciso. Si hacéis lo que receto, señor don Fáñez, dentro de dos días esta joven empezará a mejorar. ¿Estáis de acuerdo con mi opinión?

—Por supuesto, señor.

—Bien. Nos volveremos a ver esta tarde.

Don Martín procedió a recolocar sus usos de oficio en las alforjas y se dispuso a salir. El rey salió con él entre las reverencias de don Fáñez. A las puertas de la nave, en busca de sus caballos, don Jaime preguntó su opinión.

—Me temo que, a la vista del trato dispensado, a nadie le interesa que esta joven siga con vida —reflexionó don Martín—. Sólo a vos, mi señor. No sé cuáles serán las intenciones que se albergan para las enfermas del cenobio, pero...

—En este convento..., no sé. Todo lo que sucede es muy extraño, don Martín —interrumpió el rey.

—A veces la oscuridad es la cuna donde se mecen todas las respuestas, mi señor. ¿Quién gobierna el monasterio?

—Doña Inés de Osona, su abadesa.

—¿Y consiente que sus hermanas enfermas purguen sus males en lugar tan inhóspito? —señaló hacia el interior del cobertizo—. Desengañaos, mi señor, presiento que aquí se viene a morir, no a sanarse.

—No puedo creer en ello, don Martín. Sería...

—La realidad, cuando se llega a conocer, es mucho más cruel que los presentimientos, por atrevidos que se sospechen —sentenció el médico—. Y en esta abadía, señor, os aseguro que no se vela por la buena salud de sus moradores.

Y entonces don Martín tomó con fuerza las bridas de su caballo para sacarlo de la especie de huerto situado a las afueras del cobertizo, en donde se había metido, y el animal, al arrastrar las pezuñas, removió uno de los montículos de tierra que, como frutos de siembra, cubrían sus secretos.

—¿Qué es eso? —exclamó el médico echándose hacia atrás y con los ojos espantados.

El rey vio también aquel revoltijo de lo que parecían ser pequeños maderos ennegrecidos imposibles de identificar y preguntó:

—¿A qué te refieres, don Martín?

El médico corrió a desenterrarlos con las manos y extrajo, uno a uno, lo que parecían restos de huesos de ratas, conejos o pajarillos en descomposición. Luego removió otro montículo, y otro más, y, fuera de sí, mientras pronunciaba frases de incredulidad, fue extrayendo la cosecha de aquella tierra macabra.

—¡Son niños, mi señor! ¡Restos de niños nacidos y de otros que nunca llegaron a nacer! ¡Mirad éste! ¡Y éste! ¡Y este otro también! ¡Qué espanto, mi señor don Jaime, qué espanto!

6

Don Jaime entró en el comedor sin el brío de costumbre, caminando despacio y con la mirada ausente. Sus mejillas habían empalidecido aún más y la boca, entreabierta, no acertó a pronunciar saludo alguno. A las claras se comprendía que algo le había producido una honda impresión y ni la reina, ni la abadesa, ni siquiera Constanza, se atrevieron a preguntar la razón de su estado. Lo siguieron con la mirada hasta que se desplomó en su asiento y todos los comensales dieron principio a la comida sin rasgar el silencio que su presencia imponía. El ruido de fuentes y platos al ser depositados sobre la mesa y el escanciado del vino en las copas fueron los únicos murmullos que se atrevieron a romper la quietud de la sala.

El rey se llevó la copa a los labios y apuró el vino de un solo trago. Le volvieron a servir y de nuevo vació la copa sin decir palabra. A la tercera copa servida, la reina doña Leonor observó a su esposo y una imperceptible sonrisa se dibujó en sus labios.

Pensaba que el rey se mostraba atemorizado al haber sido descubierto en su infidelidad y le aterraba enfrentarse al reproche público de su esposa en el interior de un convento, en un lugar sagrado. Era el momento, pensó, de pactar disimuladamente con él guardar el secreto de su lujuria a cambio de respetar la integridad de Águeda. Tendría que avenirse a lo que le propusiera porque, siendo tan devoto de la Virgen María y tan firme en la defensa de la cristiandad, nada de cuanto pudiera ofender a Dios querría hacer público. Al rey no le dolía el pecado de la lujuria, bien lo sabía, pero una cosa era pecar en el silencio de la noche y otra gritarlo a las luces del día, mancillando los mandamientos de Dios Nuestro Señor, que tan bien conocían ambos. Como el sexto, que mandaba que no harás fornicio. Y que «en este peca qui jace con muller de so vecino, o si la besó o travó d'ela desonestamente, o fizo su poder en averla...». Al igual que ambos conocían el mandato del décimo mandamiento, en el que se ordenaba «non cobdiciarás de to cristiano la muller, ni la filla, ni el servo, ni la serva, ni el buey, ni el asno, ni ren que alma aya ... Et deve demandar el preste al pecador si va vender fornicaciones o las mulleres ... odir de los cantares de las caçurias... e beven el vino puro e las carnes calentes e muytas por razon de luxuria, ed es maor pecado que si quebrantas la quaresma; del tanner: si tocó muller en las tetas o en otro lugar de vergonza...». Y por lo que se refería a Violante, ella debía también saber que «el preste deve demandar, si muller es, si tennién los cabellos o si puso algo de su faz por seder más fermosa...». Lo único de lo que era inocente don Jaime, se lamentó doña Leonor, era de la respuesta que daría su esposo si el clérigo le preguntara «si pecó con su muller velada, que muitas veces los maridos pecan con sus mulleres ... Aqui deve saber el preste quáles casos deven ir al bispe». A ello replicaría, con altivez, que era libre de ese pecado, bien lo sabía ella. Pero para lo que no tendría respuesta era si el confesor le obligaba a declarar sus pecados más graves a los ojos de Dios, que son «tanto si jáce el pecador con su hermana o con virgen, o es sodomita, que es ome que jáce contra natura». Porque Violante era virgen, seguro, y su esposo yacía con ella.

La reina sonreía con disimulo ante el semblante demudado de su esposo porque estaba convencida de que ésa, y no otra, era la razón de su estado. Por eso, sin respetar el silencio de don Jaime, se atrevió a preguntar:

—¿Carecéis de apetito, esposo mío?

El rey alzó los ojos y la miró con indiferencia, como si no comprendiera la pregunta o se la hubiera formulado en un idioma desconocido para él. Pero no se molestó en averiguar de qué le hablaba su esposa. Se limitó a decir:

—Sí.

Era más fácil que responder que no, porque veía en la reina un semblante plácido y había aprendido desde muy joven que a una mujer dichosa no se le debe contradecir. El rey volvió a perder la mirada más allá del infinito.

—¿Os encontráis bien, mi señor?

—Sí.

—¿Puedo solicitar vuestra indulgencia con Águeda, la más amada de mis damas?

—Sí.

—Gracias, esposo mío. Y ahora, ¿concedéis licencia para que vuelva a mis aposentos?

—Sí.

El rey había mantenido una conversación de la que, si le hubieran preguntado, no habría recordado nada. Porque su cabeza estaba todavía en la enfermería del monasterio y sus ojos impregnados por el horror de tantos restos de niños muertos y enterrados, cadáveres que ya no eran sino osamenta y polvo, minúsculos cráneos rotos y huesillos de lo que un día fueron o pudieron llegar a ser vidas humanas. Le habían enseñado que los hombres, desde sus raíces ancestrales, han de esconder su sufrimiento en el silencio porque no pueden mostrar que son débiles, pero en aquellos momentos don Jaime no era capaz de esconder su duelo y, sin importarle lo que llegaran a pensar de él, o probablemente sin darse cuenta de que no estaba solo, se echó a llorar. No fue un llanto aparatoso, ningún gemido salió de sus labios, sino un rocío de lágrimas gruesas posadas en sus ojos entornados y desbordadas por las mejillas hasta perderse en el alboroto de sus barbas, una riada de emociones, una lluvia de incomprensión. No era capaz de entender por qué existía, tirado en las afueras de la abadía como si se tratara de un estercolero, ese gran cofre lleno de reliquias de vida humana indefensa, sin tiempo para haber llegado a ofender a nadie. Precisaba saber que las decisiones habían sido de sus madres, sin imposiciones ni amenazas, para reconciliarse con cuanto le rodeaba. Necesitaba oír que habían sido resoluciones dolorosas pero inevitables, no mandatos injustos como había deducido del dolor de la pobre novicia que yacía agonizante en el cobertizo de las enfermas y que, al saberse robada, tal vez nunca se recuperara del sufrimiento que le había producido la pérdida. Don Jaime lloraba por segunda vez en su vida: la primera fue cuando supo que su padre no había querido su nacimiento, pero aquellas lágrimas fueron de rabia tan solo, sin que ello le restara un ápice del orgullo que sentía por su familia y por su linaje. En cambio, esta vez no lloraba de rabia, sino de compasión, una sensación desconocida que le tomó de sorpresa, como se prende a un enemigo descuidado, y no encontró el modo de liberarse de las ligaduras.

La abadesa, sin apenas comer, intimidada por la congoja del rey, titubeó antes de solicitar licencia real para abandonar la mesa, con la excusa de cumplir con algunos asuntos del monasterio. Frente a ella, Constanza, impresionada también por el desmoronamiento del ánimo del rey de Aragón, apartó el plato de ella y se recogió en una meditación que se parecía mucho a una oración. La joven húngara, inocente y cohibida, sintió tanta pena por las lágrimas de su señor que hizo grandes esfuerzos para contener el temblor de su barbilla y evitar deshacerse en un llanto ruidoso y convulso. Ninguna de las tres sabía los motivos de don Jaime para sumirse en semejante estado, pero las tres desearon no haber estado presentes en aquella desoladora situación. Doña Inés de Osona fue la más atrevida.

—Con vuestro permiso, mi señor, voy a efectuar algunos menesteres. ¿Me dais vuestra venia?

—Ve, sí —tomó aire el rey antes de contestar—. Y tú, Constanza, por favor, dime algo que hayas averiguado.

—En seguida, señor.

Don Jaime se volvió hacia Violante para tomar la toalla que portaba en la mano y se enjugó las lágrimas. Al ver en tal estado a la joven, se compadeció de ella y le dio licencia también para que se fuera a descansar a la celda. Pidió a las monjas del servicio que dejaran las frutas sobre la mesa y que abandonaran la sala. Sólo quedaron Constanza y él cuando fueron cerradas las puertas del comedor.

—No os preguntaré nada, mi señor, pero ruego a Dios para que cuanto os haya sucedido se resuelva lo antes posible.

—Ya no se resolverá, mi querida Constanza. Ahora te narraré lo que me ha sido dado presenciar. Te aseguro que nunca asistí a tan diabólica escena. Acércate. Toma asiento más cerca de mí.

El rey le describió a Constanza el macabro descubrimiento con todo lujo de detalles, sin escatimar puntualizaciones horrendas y sensaciones estremecedoras. Tampoco eludió hacerse preguntas sobre la causa de tales hechos y la responsabilidad de sus autores, que no dudó en dejar caer sobre doña Inés de Osona, la abadesa, a quien habría que preguntarle por semejante matanza.

La monja navarra, perpleja por el relato que escuchaba, hizo notar en repetidas ocasiones que aquél no era el único enigma sobre el que habría que preguntar a la abadesa, porque ella había encontrado un perro enterrado en el cementerio de la abadía sin razón que explicase el insólito lugar escogido para su inhumación y, por otra parte, no era descabellado indagar su opinión acerca del hecho de que todas las víctimas fueran hermosas, habiendo declarado ella lo contrario, y además coincidentes en su origen aragonés, algo que no se le antojaba una mera casualidad. Tanto Constanza como el rey coincidieron, una y otra vez, en que era muy extraño cuanto estaba ocurriendo entre aquellos muros, y que era imposible que la abadesa no hubiera sido consciente de ello ni tuviera alguna respuesta que dar. Todo ello sin excluir el hecho del trato infame que recibían las monjas enfermas, los abortos provocados sin el consentimiento de las novicias y el hecho, más que sorprendente, del derrumbamiento del *scriptorium* en esos mismos días, con la naturaleza de la extraña biblioteca que, por los libros hallados por el rey, había sido puesta en evidencia.

—No sé nada de esa biblioteca, mi señor —se extrañó Constanza, llevándose la uña a la nariz y al pómulo derecho.

—Deberías verla —cabeceó el rey, lamentándolo—. Si algún resto ha quedado, debería ser apartado de la inocencia de las santas cenobitas que habitan este convento. No hallé otra cosa que obras que se burlan y mofan de la bondad, que se hunden en el fango de la lujuria, que atentan contra la virtud y que loan las malas artes; textos latinos y griegos sólo aptos para cristianos curtidos en las más variadas lecturas, y por tanto recios para el escándalo, o para infieles ajenos al servicio de Dios. Y eso que, al decir de la abadesa, apenas han sobrevivido un puñado de obras, aunque no deja de ser una fatalidad más que Lucifer se haya esmerado en que los rescatados sean textos de su agrado.

Constanza de Jesús afirmó dos o tres veces con la cabeza y se quedó pensativa. El rey, entre tanto, fue mordisqueando una manzana y bebió repetidas veces de su copa de vino. Luego se introdujo en la boca un dulce.

—¿Sabéis lo que pienso, mi señor? Que ni preparándolo con todo esmero es posible hacer que converja tal sarta de hechos extraños en un lugar como éste y en tan breve espacio de tiempo.

—Coincido contigo, amiga mía. Hay que iniciar la investigación por el lugar más doloroso de todos: la propia abadesa.

—Mucho me temo que así ha de ser. ¿Y qué proponéis, señor?

Don Jaime quedó pensativo. Desconfiar de doña Inés sin que ella lo sospechase era ardua labor; y encontrar el modo de tenderle una celada para descubrir sus pecados, un juego demasiado complicado en el interior de la propia abadía, en la que, unas por afinidad y otras por temor, ninguna monja se atrevería a ser cómplice de alguna emboscada. Tampoco era sencillo alejarla de su convento con alguna excusa, pues de ello deduciría que estaba siendo investigada y dejaría sin valor cualquier acción que sobre ella se emprendiese.

—No sé qué podría hacerse, Constanza. No lo sé.

La navarra tamborileó con los dedos sobre la mesa y empezó a rascarse, sin motivo, orejas, papada y cuello. Y de repente, igual que si el Espíritu Santo le hubiese iluminado y ella no diese crédito al fenómeno, abrió los ojos con desmesura y exclamó:

—¡Ya lo sé, majestad! Se me acaba de ocurrir que... Sí, eso es... Puede dar buen resultado... ¿Cómo no lo habré pensado antes?

7

—El rey, nuestro señor, se ha comportado de un modo muy extraño. ¿No opináis igual, mi señora?

La reina intentó descubrir las intenciones de la pregunta de su dueña Berenguela y tardó en responder. Ella, que había regresado a sus aposentos tan contenta después de salvar la integridad de Águeda, achacándolo a la bondad de su esposo don Jaime, de pronto se olvidó del indulto de la lengua de su dama y reflexionó sobre lo que expresaba la dueña. Y si Berenguela había encontrado algo extraño en el comportamiento del rey, había que atenderlo, porque no era mujer que hablara a tontas y a locas.

Era cierto que don Jaime se había presentado en el comedor como si regresara de haber perdido una buena pieza de caza o tras haberse informado de que su halcón preferido había sido muerto por un descuido de su maestro cetrero. O de que su Alférez Real se había pasado al enemigo. Pero la reina sabía que su esposo, de vez en cuando, perdía sus pensamientos en asuntos del reino y no atendía ninguna otra razón. Aunque ella había pensado y continuaba persuadida de que el verdadero motivo del amohinamiento del rey tenía que ver con el descubrimiento de su infidelidad, practicando adulterio con la joven húngara, y por ello se había presentado en el comedor atemorizado ante la previsible indignación de su esposa y la recriminación silenciosa de todos los presentes, la pregunta de la dueña le hizo buscar otros motivos.

—Un poco extraño, sí —respondió al fin doña Leonor—. Pero creo que tenía razones para comportarse así.

—¿Razones? —se sorprendió la dueña—. No imagino qué razones pueden haber influido en su ánimo, con las escasas posibilidades que ofrece la vida monacal de esta abadía.

—Hazme caso, Berenguela —la reina trató de reafirmarse en su idea—. Conozco bien a mi esposo y sospecho que su comportamiento, más que extraño, habría de calificarse de arrepentido.

Las damas, todas, volvieron sus ojos hacia su señora para ver si lograban entender a qué se refería. Berenguela, en cambio, negó con la cabeza, resopló y, volviendo a dar algunas puntadas sobre su bastidor circular, rezongó:

—Mi reina es una ingenua. ¡Bendita sea!

—¿Por qué dices eso, dueña? —endureció su gesto doña Leonor—. ¿Ingenua yo?

—Sí, mi señora —alzó los ojos Berenguela, desafiante—. Estáis pensando que al rey le preocupa que se hayan levantado sospechas sobre él y la dama Violante, y os aseguro que jamás, desde que le conozco, ha tratado de disimular sus correrías de faldas, ni mucho menos se ha alterado ante la posibilidad de que os enojéis u os sintáis ofendida por ello. Y si no lo ha ocultado en los últimos años, imaginar que lo hace ahora, cuando es público su deseo de anular vuestro matrimonio, se me antoja de gran ingenuidad.

—En eso tienes razón, Berenguela —aceptó la reina—. Pero una cosa es distraerse en las estancias apartadas de alguno de sus castillos y otra venir a pecar en los adentros de un santo convento. Su concepto de la moral...

—Perdonad, mi señora —interrumpió la dueña, con energía—, pero a nuestro señor, el rey, no le place disimular. Nunca lo hace. Sólo ha de disimularse cuando la tras-tienda de los pensamientos almacena cerezas de malicia, y el rey no tiene malicia a la hora de satisfacer sus deseos: los satisface con gran naturalidad, convencido de que tiene derecho a hacerlo y que por su condición real le corresponde.

Doña Leonor calló ante la gran verdad que escuchaba de labios de su dueña, una verdad de la que ella se había olvidado o nunca había llegado a descubrir con tanta claridad. Tal vez fuera cierto que, después de todo, fuese una gran ingenua. De pronto se dijo que la vida la había convertido en una vulgar imitación de lo que quiso ser, de aquello a lo que le habría gustado parecerse, que no era otra cosa que una esposa amada por un hombre sincero que, a cada falta cometida, le siguiera un arrepentimiento profundo. Y el rey no era así: ni la amaba ni se arrepentía de hacer cuanto le complacía. Las damas volvieron a su labor, tristes, y Berenguela a su bastidor, apenándose de su señora. La reina, entonces, se levantó y fue a asomarse a la ventana para contemplar la amplitud de los campos y depositar allá, al fondo, donde el horizonte se dibujaba, su mirada perdida, abatida y desmayada, para no ver nada y poder leer con mayor claridad los pensamientos que se iban escribiendo dentro de ella.

Los malos pensamientos, como las ideas, se escriben en la cabeza; las emociones, sean alegres o tristes, se escriben en el corazón. Pero en ese momento confuso, la reina encontró mezclados unos y otras y, como si de un amasijo se tratara, los pensamientos y las emociones se le quedaron grabados en el estómago, arañándolo y produciéndole un intenso dolor que soportó sin gesto alguno ni verter una lágrima.

Silencio. Dolor. Humillación.

Miedo.

—En tal caso, ¿a qué responde, según tú, el comportamiento del rey, Berenguela? —la reina hizo la pregunta sin apartar la mirada del horizonte.

—Prefiero no pensarlo, mi señora.

—¿Qué quieres decir? —en ese momento doña Leonor volvió veloz la cabeza y miró intrigada a su dueña.

—Dios me perdone —se santiguó la mujer, y guardó silencio.

Sancha dejó de hilar, se levantó y se acercó a Berenguela.

—¡Me estás asustando, dueña!

—Y a mí también —añadió Teresa.

—A todas —concluyó Juana.

—Tienen razón —afirmó doña Leonor—. Esas palabras, y sobre todo esos silencios son armas cargadas de malos presagios y te exijo que dispares pronto las flechas para que yerren el blanco de nuestros temores.

—Serían disparos certeros, mi señora —lamentó Berenguela. Y susurró—: Por desgracia.

—¿Quieres decir...? —inició la reina una frase que no acabó.

Berenguela dejó bruscamente sus utensilios de costura sobre el bastidor y, con la dureza de su avanzada edad cuarteando su rostro, las miró a todas ellas, deteniéndose finalmente en doña Leonor.

—¡No! ¡No, mi señora! ¡Yo no digo que corramos peligro alguno ni afirmo que esté pasando por la mente del rey la idea del asesinato! ¡De vuestro asesinato y, si menester fuera, el de todas nosotras! ¡No, no soy yo quien lo dice!

—¿Entonces...? —se sorprendió la reina.

—¡Lo decís vos, mi señora! ¡Vos! Nos lo dijisteis por el camino, antes de llegar al convento; y en estos días cualquiera lo puede leer en vuestros ojos, oír en vuestras pesadillas y sentir en vuestra inquietud. ¡Y no quiero veros sufrir, mi señora! ¡No puedo...! ¡No... puedo...! —La dueña se abrazó a la reina y se hundió en un llanto desconsolado.

—Vamos, vamos... —trató de calmarla doña Leonor—. Serénate, por el amor de Dios, serénate...

En el silencio de la sobremesa sólo se oían los gemidos de la dueña Berenguela entre el gran desbordamiento de sus ojos, desaguándose. Un zureo de palomas torcaces y el chasquido de sus aleteos, reemprendiendo el vuelo, llegaron del exterior igual que un aplauso al final de un drama. El miedo se extendió por la sala real como se reparten mendrugos a los mendicantes y cada una de las mujeres mordisqueó su trozo por obligación, con codicia, aunque no tuvieran esas hambres. Fue como si, de pronto, se hiciera de noche.

Y una mayor oscuridad nubló la estancia cuando Teresa, tal vez sin pensarlo, pronunció aquellas palabras:

—Dar muerte al rey.

La reina no debió de oír bien el murmullo porque siguió abrazada a la dueña en su labor de compasión y consuelo. Pero las otras damas, Juana, Sancha y Águeda, incluso la propia Berenguela, oyeron tan limpiamente la frase que sintieron un escalofrío. La voz de Teresa, musitada sin pudor, se convirtió en un eco que fue repitiéndose muy dentro de sus cabezas, con tal fuerza que muchas de ellas creyeron estar susurrándola con sus labios. Sus gestos se convirtieron en hieráticos; sus ojos se abrieron como amaneceres; sus manos se crisparon hasta mostrar el mapa de sus venas en el dorso, como si estuvieran ansiosas de sostener el puñal de la traición. Anocheció en sus cabezas y las invadió el miedo.

Nunca debería haberse pronunciado tal frase.

La reina, ocupada en el abrazo a Berenguela, no oyó lo que se había dicho pero, de inmediato, notó que el aire se congelaba y que en la estancia algo se había detenido. Sorprendida, se apartó un poco de la dueña y miró en derredor. Sus damas, petrificadas, se habían convertido en estatuas. Parecía como si se les hubiera olvidado respirar, de lo inmóviles que se quedaron.

—¿Qué os sucede? —preguntó, intrigada—. ¿Ha ocurrido algo que deba saber?

Las damas recobraron algún movimiento espasmódico, iguales que convulsiones febriles, y entrecruzaron miradas por ver si alguna de ellas se atrevía a repetir lo dicho. Teresa bajó los ojos; Sancha se llevó las manos a la cara, cubriéndosela; Juana sintió que perdía el sentido y se apoyó en el reclinatorio para no caer, y Berenguela, apartándose de su señora, afirmó dos o tres veces con la cabeza.

—Dar muerte al rey —pronunció.

—¿Qué dices, mujer? —la reina creyó no haber oído bien.

—Así lo ha dicho Teresa y así os lo digo yo, mi señora —insistió la dueña—. Si es menester esperar la muerte, la aguardaremos como corderillos en vísperas de un banquete; pero si no es forzoso morir, cabe la posibilidad de matar.

—¡No te entiendo! —exclamó airada doña Leonor—. ¡A fe que no entiendo lo que queréis decir!

Las fue mirando una a una y terminó el viaje de su mirada otra vez sobre la dueña. Su severidad era mucha, pero poco a poco, asistiendo al rostro atemorizado de sus amigas, fue masticando la frase y ya no le supo tan agria. Cuando, al fin, terminó de observarlas y bajó los ojos, se volvió hacia la ventana y se quedó presa del horizonte, del mismo lugar al que poco antes había entregado sus pensamientos, sus emociones y su ingenuidad.

—Creo que lo que Teresa ha querido decir... —empezó a explicar Berenguela.

—¡Lo sé muy bien! —replicó la reina—. Por desgracia, lo he entendido muy bien. ¡Y me avergüenzo de que en mi presencia se haya pronunciado el nombre del rey unido a la idea de la muerte!

—Señora, yo... —trató de justificarse Teresa.

La reina levantó la mano para indicarle que no precisaba excusarse. Luego inició un breve paseo por el aposento, barriendo con la mirada las frías baldosas del suelo.

—Si yo estuviera segura de que el rey, nuestro señor, planea asesinarnos; si albergara alguna duda de la bondad de don Jaime; si supiera que la partida se juega entre su vida y la nuestra; si, al menos, conociera que se juega esa partida; si, en definitiva, el diablo se hubiera adueñado del espíritu de su majestad, estad seguras, oíd bien, estad absolutamente seguras de que no aguardaría, como un corderillo en vísperas, la consumación del regicidio. ¡No consentiría ni mi muerte ni la vuestra! Pero nada hay que me haga pensar en ello y sí hay mucho por lo que pienso en contrario.

—Señora, ¿tan descabellado es? —preguntó Berenguela.

—Mucho, dueña.

—Bien —se conformó—. Si vos lo pensáis así...

—Pero ¿cómo no he de pensarlo? —doña Leonor tomó las manos de la principal dama y clavó la mirada en sus ojos—. ¡El rey don Jaime es bueno! ¡Un buen hombre! No sólo es un gran rey, mi dueña, sino un hombre con un corazón repleto de generosidad y de religiosidad. Su vida toda es una cruzada por la cristiandad. Su ánimo sólo busca la devoción mariana. Su espíritu es grande y generoso y su única voluntad es...

—Anular vuestro matrimonio, mi señora —Berenguela se soltó de las manos de la reina y afrontó la mirada con más fuerza que la que imponía su señora.

—¡Eso no tiene nada que ver! —exclamó doña Leonor.

—¿Cómo que no tiene nada que ver? —se indignó la dueña—. Busca abandonaros, y si la Santa Madre Iglesia no concede lo que exige, no hay desatino en pensar que halle otra solución para cumplir su voluntad.

—¡No! ¡Eso no lo haría nunca! —gritó la reina.

—¿Nunca? ¿De verdad lo pensáis así, mi señora? Entonces, ¿podéis explicar a qué viene que se haya hecho acompañar por vos a este monasterio, precisamente a un lugar donde han muerto asesinadas ocho mujeres sin que se conozcan causas ni culpables? ¡No me digáis que no os lo habéis preguntado todavía!

Doña Leonor empalideció. La verdad era que todavía no se lo había preguntado. Ni siquiera había pensado en la razón del viaje, de tantos como había realizado acompañando a su esposo. Pero era cierto que llevaba casi dos años sin viajar a su lado, quedándose al cuidado del príncipe Alfonso en la corte, y que cuando don Jaime le ordenó que se preparase para éste, no pensó que escondiera intenciones torticeras, sino un repentino deseo de no caminar solo por tierras catalanas cuando, en aquellos días, tanto empeño tenía en contentar a sus súbditos para lograr sin esfuerzo la conquista de Mallorca. No, no se lo había preguntado. Y cuando en los preparativos le anunció que visitarían el monasterio de San Benito para poner fin a una oleada de crímenes sin esclarecer, ella supuso que quería que conociese la abadía y tomara afecto a su abadesa, doña Inés de Osona, de quien se hablaba con alabanzas en toda la Corona de Aragón. No pensó ninguna otra cosa. Que estuviera previsto que el viaje, después, continuara hasta Lérida y Barcelona era natural: desde algún lugar de aquellas tierras, a orillas del mar, partiría en septiembre la empresa de extender la cristiandad al otro lado del Mediterráneo y a don Jaime le complacía que la reina estuviera presente en tan solemne partida. Eso era todo cuanto pensó. Ni por un momento se preguntó otra cosa ni creyó necesario hacerlo.

—No —respondió a la dueña Berenguela—. Nunca me lo he preguntado. Y si vas a hablar otra vez de mi ingenuidad, te ruego que cosas tus labios con un cordel de hierro para que los diablos no vuelvan a bailar en tu lengua.

—Como deseéis, señora —afirmó la dueña.

—Y no te enfades conmigo, Berenguela —añadió la reina, cambiando el tono en demanda de comprensión—, porque no soportaría tu enojo. Pero has de entender que no puedo permitir falta de lealtad al rey, ni falta alguna de respeto a su persona porque esa falta, al producirse, no es contra el hombre, sino contra la Corona, y por lo tanto se me ofende de igual manera a mí hasta que Dios quiera que siga siendo la reina.

—Lo lamento, mi señora —se arrepintió de corazón la dueña—. Os ruego vuestro perdón.

—Y para nosotras también —Teresa se acercó a besar su mano.

—Todas deseamos vuestro amor, mi señora —añadió Sancha.

—Gracias, amigas mías, lo tenéis —aceptó doña Leonor las disculpas de sus damas—. Y además os aseguro, a ti y a todas vosotras, que podemos estar orgullosas de nuestro rey por su firmeza moral. Siempre fue fiel a la palabra empeñada y siempre fue de una nobleza tan incomparable como lo son su valentía y su orgullo. Puede que sea tan gran pecador como gran creyente, Dios es quien podrá juzgarlo y no yo, pero también os aseguro que es un hombre sensible y tierno. Tantas veces he contemplado su llanto que sé de sus buenos sentimientos. Valiente, noble, fiel y veraz. Y si a la salida de Caspe me declaró que estaríamos juntos en Barcelona, no hay fuerza en el mundo que le haga romper su palabra. Lo sé.

La reina, al terminar de hablar, dio por concluida la conversación y tomó asiento ante su bastidor rectangular para volver a su labor de costura. Las damas, sosegadas con las palabras de su reina y satisfechas por no haber perdido su confianza y cariño, la imitaron sin perder la seriedad pero con el ánimo reconfortado.

Sin saber que, en esos mismos momentos, la reina echaba cuentas y se decía, sin palabras, que el precio a pagar por adornar una corona era tan elevado que cuando la mentira era razón de Estado había que pronunciarla sin que temblaran los labios.

Como no le habían temblado a ella.

Aunque en su pecho palpitara el miedo como cuando una pesadilla clava sus garras en la garganta e impide volver a conciliar el sueño durante el resto de la noche.

8

—Esa monja navarra debe irse cuanto antes.

—No tiene nada. No hay motivos para preocuparse.

—Si sigue buscando, lo encontrará. E impedirá nuestros propósitos.

—Entonces nos preocuparemos, hermana Lucía. Antes no.

La abadesa, doña Inés de Osona, cruzó las manos sobre su regazo e inclinó la cabeza, como si se dispusiera a orar. Las monjas Lucía y Petronila se miraron, negaron con la cabeza para desaprobar la pasividad de la superiora y reiniciaron la discusión.

—No podemos permitir que...

—Podemos —replicó la abadesa—. Es más, no hay alternativa. El rey está de su parte.

—Eso no es importante —renegó Petronila—. El rey no sabe nada y, sin ella, seguirá ignorándolo todo. Es lo que conviene a nuestros planes.

La abadesa levantó los ojos de sus manos y los posó en la hermana Petronila. La mecha estaba encendida, consumiéndose a gran velocidad, y la explosión no se hizo esperar.

—¿Nos conviene? ¿Eso es lo que nos conviene, dices? Entonces, ¿a qué vino esa urgencia en escribir a esa monja, contarle lo que sucedía en la abadía e informarle del deseo del rey para que se llegara hasta aquí? ¡Os empeñasteis las dos! ¡Las dos!

—Nos amedrentó la apresurada demanda del rey para que llamáramos a sor Constanza de Jesús —replicó Lucía.

—Y no contábamos con el hecho de que pudiera acudir tan pronto —respondió Petronila—. Imaginábamos que tardaría en llegar.

—¡Imaginábamos, imaginábamos...! ¿Acaso vosotras tenéis en la cabeza algo que se parezca a la imaginación? —La abadesa se puso de pie y apoyó los puños en su mesa, sosteniéndoles la mirada—. ¡Qué equivocada estuve atendiendo vuestra demanda!

Petronila y Lucía guardaron silencio. La irritación de la abadesa parecía justificada y no se atrevieron a contradecirle, pero ellas recordaban sus motivos y sabían que las razones por las que solicitaron la presencia del monarca habían sido otras. Petronila trató de explicarse:

—No os alteréis, madre superiora, pero recordad que al morir la hermana Oria su familia exigió cuentas y luego, al morir Sofía de la Caridad, su hermano don Juan Medinillas, desde los Campos de Montiel, nos amenazó con pedir una investigación real. Era la excusa perfecta para dar cuentas al rey e invitarle a venir.

—Ya, ya, lo recuerdo perfectamente —la abadesa abanicó el aire con la mano, desatendiendo la explicación—. ¡Porque fue idea mía! ¡La vuestra fue apresuraros en escribir a Constanza!

—En cuanto lo exigió el rey, sí. La verdad es que pensábamos que esa monja no atendería la llamada y, así, complaceríamos a nuestro rey —remachó Lucía.

—Pues da la casualidad de que ha venido. ¿Y ahora qué se os ocurre, ya que poseéis tan gran imaginación?

Lucía no acertó a dar una respuesta. Pero, tal vez sin pensarlo, Petronila corrió a responder:

—Juro que si Constanza descubre algo, yo misma le daré muerte en su celda antes de que pueda hablar con el rey.

—¡Dios santo! —la abadesa se santiguó y desorbitó los ojos. Luego se sentó otra vez en su silla y entrelazó las manos—. Recemos, hermanas: *Pater Noster, qui es in caelis, sanctificetur nomen Tuum, adveniat Regnum Tuum, fiat voluntas tua, sicut in caelo et in terra. Panem nostrum cotidianum da nobis hodie, et dimitte nobis debita nostra, sicut et nos...* ¡Pues tal vez sea la única solución! —doña Inés interrumpió el padrenuestro y miró a Petronila—. Sí, es posible que, con discreción y de noche... Al fin y al cabo, a nadie sorprendería una muerte más en el convento. Una más. En fin, sigamos: *Panem nostrum cotidianum da nobis hodie, et dimitte nobis debita nostra, sicut et nos dimittimus debitoribus nostris; et ne nos inducas in tentationem, sed libera nos a malo. Amen.*

—Amén.

—Bueno, no nos preocupemos por ahora —recapacitó la abadesa—. La vida en el monasterio debe seguir su curso con normalidad, atendiendo la manera de reconstruir el *scriptorium,* velando por la salud de nuestra hermana Catalina y procurando que los usos y costumbres no se alteren por nada. ¿Qué lecturas hay previstas para la hora de vísperas, Lucía?

—Lo preceptivo del jueves, madre abadesa: el himno del Gloria, los salmos 117 al 138 del rey David, el cántico 11 del Cantar de los Cantares, la lectura de la primera carta de san Pablo a los tesalonicenses, el Magníficat de la Santísima Virgen, los responsorios del día, las intercesiones por nuestras hermanas fallecidas y las demás de rigor, un padrenuestro y una oración conclusiva, que hoy será escogida del tercer libro de san Juan.

—Bien —aceptó la abadesa—. Podéis marcharos.

Lucía y Petronila abandonaron la celda de doña Inés con la misma preocupación con que habían llegado poco antes, y además sin comprender la escasa importancia que la superiora daba al asunto, habida cuenta de lo que se ponía en juego. Salieron a la galería y caminaron un trecho en silencio. Las hermanas cenobitas, liberadas de toda preocupación, continuaban con sus labores en el huerto, con la limpieza del establo y con el cuidado del jardín del claustro. Lucía y Petronila se dirigieron a la capilla.

A esa hora no había nadie en ella. Se santiguaron, se arrodillaron para rezar algunas oraciones y al terminar tomaron asiento en la última bancada de la iglesia. Estaban preocupadas y necesitaban conjurarse. La primera que habló fue Petronila.

—Nada ha descubierto Constanza exhumando cadáveres. Tampoco ha visitado la torre. Ni siquiera ha pasado por el *scriptorium*. ¿Tenemos algo que temer, Lucía?

—Sólo hay que temer a Dios, Petronila.

—Entonces, ¿por qué siento esta inquietud, esta angustia que me roba la serenidad durante el día y el sueño en la noche? ¿Por qué?

—Porque no tenemos apaciguada el alma, hermana.

—Entonces, apacigüémosla.

—No encuentro medicina, Petronila.

Volvieron a callar. Pero ambas sabían que, de seguir con su oficio de investigadora, Constanza de Jesús terminaría encontrando el modo de ver la luz y ellas quedarían deslumbradas.

—Tengo miedo de que sospeche de mí, Lucía.

—Sospecha de todas, Petronila.

—No tiene motivos.

—Tampoco los tiene para no sospechar.

El miedo es un ratón anidado en las tripas que roe, roe, y no se sacia jamás.

Y el miedo tuvo la culpa de que, paradójicamente, como tantas veces sucede, Petronila se armara de valor, respirara hondo y dijese, sin temer ser oída por Dios en su sagrado recinto:

—No voy a permitir que caiga sobre mí el alud de la sospecha, Lucía. Tampoco correré el riesgo de que se desmoronen sobre mi espalda mil y un castigos por mis actos, así que esta noche iré a la celda de esa navarra entrometida y pondré fin a su vida.

—Amén —aceptó Lucía.

—¿Me acompañarás?

—Puede ser.

—En ese caso, sólo necesito que me indiques cómo hacerlo. La abadesa no me prestará ninguna de sus pócimas adormecedoras para andar por caminos más llevaderos, ni va a ser fácil un asalto al descubierto. ¿Qué me aconsejas?

—Rezar.

—Hablo en serio, Lucía.

—Yo también...

Petronila vio que Lucía lo decía con la mayor seriedad. Así es que afirmó con la cabeza y mostró humildad. Entonces las dos monjas se arrodillaron en el reclinatorio y se dejaron llevar por oraciones aprendidas a las que no necesitaban prestar atención para pronunciar, en tanto que por sus cabezas discurrían opciones para cumplir sus deseos. Lucía descartó el estrangulamiento; Petronila la puñalada. Lucía sopesó y descartó la defenestración y Petronila no se atrevió con el envenenamiento de la cena de Constanza, por si el azar ponía en peligro otras vidas. Lucía elevó su murmullo para recitar:

—*Deus, cujus Unigenitus per vitam mortem et resurrectionem suam nobis salutis aeterne praemia comparavit: concede, quaesumus; ut, haec mysteria sanctissimo beatae Mariae Virginis Rosario recolentes, et imitemur quor continent, et quod promittunt, assequamur. Per eumdem Dominum. Amen.*

—¿Cómo te atreves a rogar a Dios que nos conceda la gracia que le pedimos, Lucía?

—Calla, hermana Petronila, y reza tú también las oraciones que nos enseñó el Señor. Estoy persuadida de que nos escuchará: *Ideo precor beatam Mariam semper Virginem, beatum Michaelem Archangelum, beatum Ioannem Baptistam, sanctos Apostolos Petrum et Paulum, omnes Sanctos, et vos, fratres, orare pro me ad Dominum Deum nostrum.*

—*Agnus Dei, qui tollis peccata mundi, miserere nobis.*

—Amén.

Lucía terminó de rezar y volvió a sentarse en el banco. Petronila la imitó. Y al cabo de unos instantes, se le iluminó la cara.

—¡Dios nos ha escuchado, hermana! ¡Y Él me ha dicho cómo hacer lo que te propones!

Petronila abrió los ojos con desmesura y un brillo de esperanza refulgió como una luciérnaga en una gruta.

—¡Habla, por lo que más quieras!

—Simple —sonrió Lucía—. Le hacemos una visita agitada en la medianoche, le indicamos que creemos que han asesinado a una de nuestras hermanas, la urgimos para que nos acompañe y, a toda prisa, la conducimos a la torre. Después, una vez allí, ya sabes lo que hay que hacer. ¿No es acaso el mejor camino?

—Lo es, hermana Lucía. Lo es. *Laus Deo.*

—*Laus Deo. Gloria Patri, et Filio, et Spiritui Sancto. Sicut erat in principio, et nunc, et semper, et in saecula saeculorum. Amen.*

9

Cuando el rey don Jaime, acompañado por Constanza de Jesús, entró en la celda de la abadesa, volvió a sorprenderla en sus menesteres y de nuevo ella sintió que se le detenía el corazón por el ímpetu del monarca y la sorpresa de su presencia. Fingió de nuevo el rey su abatimiento por no haber recordado el forzoso hábito de llamar a la puerta, pero de inmediato se asomó el sarcasmo a sus labios en la excusa que improvisó:

—Ser rey me tiene mal acostumbrado. No recordaba que la tuya es la única puerta de la Corona de Aragón a la que debo llamar antes de entrar.

—¡Señor, por piedad! —llegó a balbucir la abadesa—. ¡Me mataréis de un susto!

—Tomaré nota. Tal vez evite muchas guerras si logro causar igual efecto sobre mis enemigos...

El rey sonrió, se olvidó pronto de aquello y tomó asiento. Constanza, a su vez, hizo una reverencia a doña Inés antes de sentarse en el banco del fondo, junto a la puerta. Cuando la abadesa recuperó el aliento y calmó la agitación de su pecho, aún de pie, se inclinó ante el rey.

—¿Queríais hablar conmigo, mi señor?

—Conversar, sí —respondió don Jaime—. He pensado que llevo aquí casi dos días y todavía no hemos sostenido una entrevista en profundidad sobre los hechos acaecidos en esta abadía, que ésa y no otra es la razón de mi visita. Estoy seguro de que ahora dispones de tiempo para ello, ¿no es así?

—Bueno, será un placer, señor. Aunque lo cierto es que andaba calculando los gastos que serán precisos para reconstruir el *scriptorium* y no he podido llegar todavía a conclusión alguna. De hecho, pensaba solicitar vuestra ayuda.

—Desde luego, desde luego —afirmó el rey—. Pero creo que todo eso puede esperar. Al fin y al cabo primero habrás de desescombrar, hacer inventario de los libros salvados, comprobar el estado de los cimientos y menudencias así. Tiempo habrá para todo lo demás. ¿Te parece que en lugar de asfixiarnos en esta estancia salgamos a pasear, doña Inés? Hablaremos mientras disfrutamos de la luz del atardecer en este hermoso día casi primaveral.

—Como deseéis.

—Constanza nos acompañará —indicó don Jaime—. Está encargada de dar respuesta a nuestras preocupaciones y tendrá preguntas que hacer, ¿verdad?

—No muchas, mi señor —fingió excusarse la navarra.

—Bueno, bueno, ya irán saliendo. ¿Nos vamos?

La tarde estaba realmente hermosa. El cielo se había limpiado de nubes y las pocas que se dibujaban en la lejanía eran altas y deshilachadas, igual que trazos recién pintados. El azul era intenso, como si ya nunca más fuera a hacer frío, y el sol empezaba a notarse cálido y reconfortante después del largo invierno. En el jardín del claustro, en el que ocho monjas con delantal gris trabajaban en labores de poda y riego, nacían minúsculos brotes de flores que contrastaban con el gris de las paredes de piedra, rosas, azucenas, dientes de león, narcisos y tulipanes, resurgiendo entre los setos de hoja menuda que brillaban con un renovado verdor. El olor de la lluvia había quedado atrás y en el claustro sólo se percibían aromas suaves de perfumes mezclados. Podía respirarse bien, con regocijo, igual que cuando se le arranca a un niño una sonrisa.

Caminaron en silencio por el corredor del claustro al amparo de la magia de la tarde. El rey en el centro y las dos mujeres a sus lados. Constanza lo miraba y remiraba todo, como si hubiera perdido algo y tratara de encontrarlo, mientras doña Inés andaba erguida, con la mirada al frente y la barbilla altiva. Las monjas y novicias que se les cruzaban, paseando de dos en dos con un breviario en las manos, inclinaban la cabeza a su paso en señal de sumisión. Don Jaime, sin volver la cabeza en ningún momento, buscaba el modo de retrasar un poco el paso para observar con disimulo a las mujeres que lo acompañaban por ver cuál era su actitud. Eran dos mujeres muy diferentes, sin duda. Constanza era viva y jovial; la abadesa, solemne y severa.

Al llegar a la puerta de salida, después de atravesar el huerto en el que trabajaban una veintena de monjas con azadas, rastrillos, palas y sus propias manos, el rey enfiló el camino de la sacramental sin dar ninguna explicación. Sólo dijo:

—Me agrada la limpieza del convento y el silencio que se disfruta en todas partes. Debe de ser agradable la vida aquí.

—Lo es, mi señor —respondió la abadesa—. Servir a Dios es grato en cualquier lugar, pero lo cierto es que me siento muy orgullosa del monasterio, os lo aseguro.

—El orgullo no es pecado, doña Inés.

—Sólo si se sabe administrar —apostilló Constanza—. Ya se sabe que los cántaros, cuanto más vacíos, más ruido hacen.

—No te entiendo —frunció el ceño la abadesa—. El voto de silencio...

—Pensaba en el orgullo, nada más —sonrió Constanza—. Suele decirse que cuanto más se tiene, menos se justifica.

—¿Acaso no te complace cuanto ves en esta morada, sor Constanza? —inquirió la abadesa.

—Mucho —replicó la navarra—. Lo que me perturba es lo que no veo.

—Sigamos nuestro paseo, señoras —interrumpió el rey lo que parecía que iba a convertirse en una disputa—. Y no olvidemos que ni es bueno ser como el navío que piensa que el mar sólo existe para verlo navegar, ni tampoco la falsa modestia, cual sería ignorar la serenidad de este cenobio. Mirad: hasta el cementerio parece hoy menos lúgubre. ¿Entramos?

—Sea —aceptó la abadesa no sin antes enviar a la nuca de Constanza una mirada por la que luego debería confesarse.

Se adentraron en el camposanto entre los dibujos de sombras y los claros al sol, contemplando la alternancia de sepulturas y hierbas descuidadas. Fue, al cabo de un rato, cuando Constanza hizo notar la abundancia de tumbas.

—Muy grande es vuestra sacramental, señora abadesa. Sorprende su magnitud...

—No te sorprendería si conocieras la vejez del monasterio de San Benito y el hecho de que han sido muchos los moradores que acabaron aquí sus días. Con el tiempo he llegado a aprender que todos tenemos una razón para morir: haber nacido.

—Muy cierto —afirmó don Jaime.

—Y, no obstante, me he fijado en las fechas escritas en sus lápidas —insistió la navarra—. En comparación con Santa María, la mortandad en San Benito es muy alta. ¿No es saludable este clima, doña Inés?

—El clima es bueno, hermana; en todo caso fueron sus habitantes quienes no gozaron de buena salud al llegarse hasta aquí —aclaró la abadesa—. En efecto, Constanza: muchas hermanas se acogen a la clausura de este cenobio cuando sus fuerzas flaquean. Ésa es la razón de lo que tanto te sorprende. Sabed, mi señor —se dirigió al rey—, que nuestra misión consiste también en recoger a toda clase de mujeres que, por uno u otro motivo, han caído enfermas y que, por falta de medios, no pueden ser atendidas como merecen en sus casas. Es algo que no complace a muchas familias nobles, que querrían que yo fuera más estricta en la acogida de siervas del Señor, pero sé que Dios Nuestro Señor no hace distingos a la hora de abrir las puertas del Cielo, así es que no comprendería que yo los hiciera en la Tierra.

—Lo entiendo —asintió el rey.

—Algunos nombres..., mirad: son tan jóvenes —se detuvo Constanza ante una lápida.

—Raimunda de Tauste, sí, la recuerdo... —comentó la abadesa—. Llegó con apenas dieciséis años y murió unos meses después al dar a luz. También su hijo nació muerto. Pobrecilla...

Ni don Jaime ni Constanza hicieron comentario alguno, pero entrecruzaron sus miradas. Y siguieron el paseo con toda la naturalidad que pudieron por los caminos de tierra del cementerio hasta que llegaron a la sepultura que buscaban.

—¿No hay lápida para esta tumba? —preguntó Constanza.

—¿Por qué habría de haberla? —preguntó a su vez la abadesa—. No hay cristiano enterrado en ella.

—Ah, claro —disimuló Constanza—. Al ver removido el terreno pensé que...

—¿Removido? —se extrañó la abadesa—. ¿Por qué lo dices? Aquí no hay enterramiento.

—Me había parecido —fingió conformarse la monja navarra, que volvió a encontrarse con la mirada cómplice de don Jaime.

—Salgamos de aquí —ordenó el rey—. Busquemos otros lugares más alegres. Por cierto, doña Inés, ahora que me acuerdo: esta mañana estuvo mi médico atendiendo a esa joven novicia en la enfermería e intercambió consejos y remedios con don Fáñez. Vamos a ver qué tal se encuentra..., ¿cuál es su nombre?

—Catalina.

—Eso es, Catalina. Vayamos a visitarla.

La abadesa no puso objeción, pero se notó que no le hacía ninguna gracia regresar al lugar que tanto había criticado el monarca la tarde anterior, cuando la acompañó a internar en el cobertizo a la enferma y se quedó a esperar la llegada del médico del cenobio. No le gustó la idea, pero de pronto sospechó que algo se traían entre manos la monja navarra y el rey, por lo que se limitó a aceptar la orden real y conducir a ambos al lado de la enferma.

Por una vez, el médico Fáñez fue sorprendido por los visitantes atendiendo con esmero a la joven Catalina. Estaba reponiendo un trapo mojado sobre su frente y dispuesto a llevar a cabo la cura que había prescrito don Martín. Al ver entrar al rey y a la abadesa se limitó a inclinarse en una sola reverencia sin perder la sonrisa y luego anunció contento:

—Está mejor. Esta joven se va a recuperar, mi señor. Los remedios de vuestro médico han dado un magnífico resultado.

En efecto, Catalina había recuperado la consciencia y tuvo fuerzas bastantes para volver la cabeza hacia el rey y sonreír. Don Jaime se acercó hasta su lecho y le tomó la mano.

—Me alegra observar tu mejoría —dijo—. ¿Te sientes aliviada?

—Sí, mi señor —respondió con un hilo de voz, haciendo un gran esfuerzo—. Os estaré eternamente agradecida.

—No hables.

—Me ha hablado el médico de vuestra intervención —añadió en un susurro—. Gracias, señor, muchas gracias.

—Descansa ahora.

Don Fáñez explicó al rey que había tomado el caldo de gallina a la hora fijada, que el efecto de las vendas frías sobre la frente había contenido el aumento de la fiebre y que en ese momento se disponía a cambiar la cataplasma de su entrepierna, tal y como había ordenado don Martín. La abadesa mostró su satisfacción por el informe de don Fáñez y miró al rey con la esperanza de recibir de él una felicitación. En cambio, se encontró con una reprimenda.

—Has de saber que no puede mantenerse esta situación. Antes de hacer cálculos para reconstruir el *scriptorium*, ordeno que dispongas la construcción de una enfermería digna de tu monasterio, doña Inés. Si necesitas sueldos para ello, te ayudaré a colectarlos. Pero tus enfermas no pueden ser atendidas en esta... esta... no sé ni cómo calificar a este cobertizo inmundo.

—Se hará, señor —la abadesa bajó los ojos, humillada.

—Eso espero.

Mientras hablaban, Constanza salió de la nave en busca del tétrico huerto del que le había hablado el rey. Y al verlo, justo al lado de la puerta, se echó las manos a la cara y gritó:

—Venid, mi señor.

—¿Qué deseas? —preguntó el rey, simulando indiferencia.

—Tenéis que ver esto.

Don Jaime salió al exterior y volvió a sentir el abatimiento que le había demudado el rostro al mediodía. No tardó en dirigirse a la abadesa.

—¿Qué es esto, doña Inés?

La superiora salió a mirar y, componiendo un rostro indescifrable de repugnancia, se cubrió la boca con una mano.

—Lo ignoro, mi señor. Parecen...

—Son restos humanos, doña Inés —dijo el rey.

—De niños recién nacidos y otros..., otros... sin nacer —describió Constanza—. Por el tamaño de estos minúsculos cráneos, yo diría...

—¿Qué tienes que decir a esto, abadesa? —inquirió don Jaime.

La superiora tardó en responder. Por su expresión de espanto podía deducirse que era la primera vez que se enfrentaba al terrible espectáculo del osario desenterrado y que la visión le resultaba estremecedora.

—No lo sabía... Os juro que no lo sabía, mi señor.

—No te creo, Inés...

La abadesa quedó paralizada. Miró de modo desafiante al rey y calculó si debía o no decir lo que estaba pensando. Sintió que el cuerpo le ardía por la rabia, que el aire no llegaba bien a sus pulmones y que la garganta se le empedraba. Rápidamente sopesó expresar lo que tenía necesidad de decir y lo que le convenía; y aunque la cabeza dictaba prudencia, el corazón exigía dignidad. Fue un debate corto y nada limpio. No podía contener la ira, aun sabiendo que era el peor camino, pero tampoco sabía apaciguarla; y de pronto se impuso con fuerza la idea de que ella era libre, que podía hablar como le viniera en gana y que las consecuencias, cuando se produjeran, las afrontaría. Ya no le importaba lo que pudiese ocurrir. Se dijo que, fuera lo que fuese, le daba exactamente igual.

—Escuchad, mi señor don Jaime. En primer lugar estáis en mi casa, y mi casa dispone de un fuero dictado por vos mismo por el que se me permite autorizar vuestra presencia o negárosla. Así es que cuando yo juro en mi casa, es menester creerme. Y si no estáis dispuesto a hacerlo así, decidlo ahora mismo y tomad de inmediato vuestro equipaje, porque no sois bienvenido.

El rey, que no esperaba semejante reacción, se amedrentó durante unos instantes por la energía de aquella mujer. Constanza, sin dar crédito a lo oído, se quedó perpleja y no pudo dejar de mirar la altanería de la superiora. La abadesa, con la barbilla apuntando al horizonte, sostuvo la mirada al rey, retadora. Don Jaime, una vez encajado el golpe, en lo que tardó algunos segundos, se ajustó de manera innecesaria la corona, apretó los ojos, apoyó la mano en la empuñadura de su daga y, después de dar dos pasos a un lado y a otro, dijo en voz baja:

—Jurar en falso ante el rey, abadesa, se castiga con la muerte. Es traición.

—Yo no hago tal: juro verdad.

—¿Ves ese osario? —continuó el rey sin escucharla—. Es una fosa común donde duermen la eternidad infantes que, por lo que se ve, se sienten muy solos. Necesitan alguien que les cuide en su largo viaje y tú, adulta e inteligente, serías una excelente guía en su camino hacia los brazos de Dios. ¡Así es que en este mismo instante pon tus rodillas en tierra, besa mi mano, júrame lealtad y suplica mi perdón o antes de que doña Constanza de Jesús parpadee dos veces seguidas estarás acompañándolos! ¿Has atendido a cuanto el rey ha dicho?

La abadesa trató de descubrir en los ojos de don Jaime su determinación. Y al convencerse de la firmeza de sus palabras se le llenaron los ojos de lágrimas, no a causa del arrepentimiento sino por la rabia que carcomía su pecho, se agolpó la sangre en sus mejillas y de inmediato cayó de hinojos ante él, tomó su mano, la besó y, sollozando, dijo:

—No encontraréis a nadie más leal que yo en toda la Corona de Aragón, mi señor. Os ruego que me disculpéis. No sé qué me ha podido pasar.

Doña Inés, una vez acabada la disculpa, trató de levantarse. Pero don Jaime, sosteniéndole la mano con fuerza, impidió que se pusiera de pie.

—Permanece así, abadesa. Te alzarás cuando yo te lo ordene. Y ahora explícame qué es todo eso. El osario pertenece a tus dominios y por fuerza tienes que saber por qué razón está ahí.

La abadesa bajó la cabeza y repitió:

—No lo sé, mi señor.

—Intenta recordarlo —insistió don Jaime.

—¡No lo sé, señor! Os juro que no lo sé... A su regreso —intentó explicar doña Inés entre lágrimas—, preguntaré a Yousseff-Karim Bassir y obtendré de él la respuesta. Él mismo escogió este huerto y lo sembró de cadáveres.

—¿Por propia decisión? —interrogó Constanza.

—Está fuera de los lindes del monasterio, sor Constanza —se excusó la abadesa.

—No os he preguntado por su ubicación geográfica, sino por su incalificable cosecha. ¿Acaso no sabíais...?

—No, no lo sabía —volvió a negar doña Inés.

—Así que, según tú —insistió el rey—, Bassir es un asesino desalmado que, sin piedad de ninguna clase, se dedica por cuenta propia a acabar con la vida de seres indefensos y los entierra en este huerto sin propiedad para abonar la tierra con sangre infantil. ¿Es eso lo que he escuchado de tus labios?

Doña Inés se derrumbó con el estrépito con que había caído el *scriptorium* la noche anterior, se deshizo en lágrimas y apoyó sus manos en el suelo de tierra, en actitud mendicante.

—Señor, mi señor don Jaime... Perdonadme, mi rey... Perdonadme... Tenéis que comprenderlo. ¡Tenéis que comprenderlo! —la abadesa alzó la cabeza, suplicante—. Son muchas las familias que nos envían a sus hijas mancilladas para ocultar el pecado de su lujuria y muchos son también los nobles que nos encomiendan resolver las consecuencias del drama de la concupiscencia de manera discreta. Es lo único que le ordeno a Yousseff-Karim Bassir: lo mismo que sus familias me piden. El modo en que lo hace, o cómo resuelve lo solicitado, no es de mi incumbencia ni nunca le pedí cuentas de ello. El aborto es una práctica en la que está muy experimentado Bassir, y apenas ha habido víctimas entre las damas que fueron libradas del fruto de su pecado. ¡Tenéis que comprenderlo! ¡Yo no sabía nada de esto, ni de cómo cumplía Yousseff-Karim el encargo! ¡Os lo juro!

El rey miró a Constanza y la monja navarra alzó los hombros, sin comprenderlo. Don Jaime negó con la cabeza.

—Me cuesta creer que nunca te hayas preguntado cómo cumplía tus mandatos Bassir ni lo que después sucedía. Porque aquí hay restos de fetos y de niños que ya nacieron...

—Sí, supongo que es así —aceptó la abadesa—. Algunas damas nobles llegaron en un avanzado estado de gestación y hubo que esperar al nacimiento de la criatura para ocultar la descendencia. Bassir siempre me dijo que los hijos nacían muertos. Y debía de ser así porque también ha habido algunos partos difíciles y algunas hermanas no sobrevivieron. Allí quedaron enterradas, en nuestra sacramental.

—Lo cual explica la abundancia de sepulturas... —Constanza no pudo evitar el comentario.

—Tal vez —reconoció la abadesa.

El rey don Jaime no quiso oír más. Dio media vuelta y caminó cabizbajo por los alrededores, con el corazón destrozado por cuanto acababa de oír. Tan culpable era el médico del monasterio como su abadesa, y por ninguno de los dos sentía un ápice de compasión. Tendría que pensar en el castigo que debía imponerles pero, para ello, era preciso acabar de descubrir cuanto sucedía en aquel cenobio que cada vez le parecía más podrido.

—Ahora me voy, doña Inés. Necesito meditar sobre todo ello y, cuando tome una decisión, te lo haré saber. Y reza, reza mucho, porque por severo que me muestre contigo no será nada en comparación con lo que te tiene reservado Dios para el día del Juicio Final.

10

Empezaba a caer el sol de la tarde cuando unos nudillos llamaron a la puerta de doña Leonor.

—Ve a abrir, Águeda.

—Voy, señora.

Doña Leonor miró la puesta del sol que agonizaba al otro lado de la ventana y pensó en él, otra vez. Estaba segura de que si ella se abriera la camisa para que él contemplara lo que sentía, a don Jaime no le iba a gustar lo que iba a ver. Se agolpaban en su pecho sentimientos entrelazados de rencor y de cariño, de lealtad y de odio. De vida y de muerte. Qué difícil vivir sintiendo así, se dijo. Y a punto estuvo de derramarse en lágrimas.

Águeda le robó su incipiente congoja llegando hasta su lado y diciendo:

—Don Teodoro, el capellán real, os espera en la capilla. Dice que desea ser recibido por su majestad.

—¿No viene a ver al rey?

—Pregunta por vos.

Doña Leonor apresuró a sus damas para que la vistieran como correspondía y se hizo acompañar de la dueña Berenguela. Salió al corredor, bajó a la galería, cruzó el claustro y se adentró por el paso que conducía a la capilla. Una vez en la iglesia se arrodilló y se santiguó, oró en recogimiento unos instantes y, tras responder a las reverencias que le dispensaron las hermanas que limpiaban candeleros, iconos, bancadas y suelos, se dirigió a la verja de hierro que separaba el confesionario de donde le esperaba el capellán, al otro lado de la clausura. Tomó asiento antes de decir:

—*Laus Deo*, don Teodoro.

—*Laus Deo*, majestad. ¿Os encontráis bien de salud?

—Muy bien, gracias. ¿Y tú?

—Ay, mi señora... —el capellán dejó escapar un suspiro.

La reina se turbó. Se le pasaron por la cabeza ideas negras, de luto, y se sobresaltó.

—¿Qué ha sucedido, don Teodoro? —El capellán, apenas entrevisto por la celosía que los separaba, tenía la cabeza humillada, las manos unidas, el cuerpo encorvado y la faz triste, como si fuera portavoz de un drama. La inquietud de la reina aumentó un poco más—. ¡Dime, por el amor de Dios! ¿Qué sucede?

—Algo espantoso, mi señora —el clérigo volvió a suspirar, abatido—. No os podéis figurar mi sufrimiento.

—¿Por qué motivo, buen capellán? ¡Habla, por lo que más quieras!

—Estos huesos, que no me dan sosiego.

—¿Tus huesos?

—Así es, majestad —siguió el confesor redoblando su actitud de tragedia—. Llevo dos noches, dos noches ya, a la intemperie de mi tienda, y por muchas que han sido las medidas que se han tomado, la humedad de estas tierras está acabando conmigo. Mi propósito era hablar con el rey, nuestro señor, pero no ha sido posible. Cuando esta mañana ha visitado el campamento, andaba yo dando un paseo por esos campos del Señor y no he sabido de su presencia hasta después de su partida.

La reina doña Leonor respiró aliviada, pero no pudo

olvidar el enojo que le había causado el clérigo con su pesadumbre.

—¿Y qué quieres que haga yo, don Teodoro, si puede saberse?

—Vengo a rogaros que habléis con su majestad y le supliquéis, en mi nombre y en el vuestro, que se me permita pernoctar en una de las celdas de este cenobio.

—No está permitido, ya lo sabes.

—Pero él es el rey, y si intercede... Además, tiene que conmoverse ante mi situación. Soy viejo ya, señora. Ningún peligro puedo representar para...

—¿Y esa petición es cuanta justificación traes para visitarme? ¡No lo entiendo, don Teodoro! Vienes a mí con el drama dibujado en tu rostro, igual que si a mi hijo Alfonso le hubiera ocurrido una desgracia o el califato cordobés se hubiera adueñado de Caspe, y todo lo que acontece es el pleito que mantienen tus huesos con la humedad de estas tierras. ¡En verdad que no te entiendo!

El capellán quedó corrido por la reprimenda real y volvió a humillar la cabeza, abatido. Se atrevió a musitar:

—Mis pobres huesos...

—Basta ya, don Teodoro —espetó la reina—. Tus huesos gozan de toda mi simpatía y son para mí de gran importancia, te lo aseguro, pero lamento no poder hacer nada por ellos. Ni siquiera hablar con su majestad en tu favor.

—¿No? —preguntó el capellán dando a su voz un tono de gran ingenuidad.

—¿Acaso no sabes...?

—Ah, eso... —recapacitó el religioso, comprendiéndolo—. Creí que vuestra relación..., en la intimidad de este santo recinto...

La reina respiró hondo para contener una mala respuesta. Luego la suavizó.

—Eres el único súbdito de la Corona de Aragón que no conoce las intenciones de don Jaime. O así me lo parece.

—No, no, mi señora... Bien sé de las intenciones reales y creedme que lo lamento profundamente. No encontrará reina como vos en toda la cristiandad.

—Creo que ya la ha encontrado —suspiró la reina.

—¿Ah, sí? Contad, contad...

A doña Leonor le molestó la curiosidad del capellán pero, por otra parte, recordaba que los reyes no tenían intimidad y, en consecuencia, pronto se harían lenguas en todo el reino de los encuentros de su esposo con la joven princesa húngara. Así es que, sin dudarlo, se plegó a la solicitud de don Teodoro.

—Te ruego confesión.

—¿Ahora mismo?

—Ahora mismo.

—Como deseéis.

El capellán se removió en su sitio, apoyó la cabeza en su mano y adoptó semblante de recogimiento.

—*Ave Maria Sanctissima, Virgo purissima* —comenzó doña Leonor.

—Sin pecado concebida —respondió el capellán—. *Oremus. Concede nos famulos tuos, quaesumus Domine Deus, perpetua mentis et corporis sanitate gaudere; et gloriosa beatae Mariae semper Virginis intercessione, a praesenti liberari tristitia et aeterna perfrui laetitia. Per Christum Dominum Nostrum.*

—Amén. Debo hablarte del rey y de mí. De los malos pensamientos que me asaltan, capellán.

—Decidme, hija mía.

—He deseado la muerte de mi esposo.

—Continuad.

—También he pensado en darle muerte por propia mano.

—Seguid.

—¿Qué más te puedo decir? ¿No te parece grave pecado y causa de condenación eterna?

El capellán alzó los hombros y se acompañó de un gesto de indiferencia. Y replicó:

—Si todos los súbditos que han deseado la muerte de su amo y señor fueran condenados al infierno, la soledad de Dios en el Paraíso sería dolorosa cual corona de espinas.

—No te entiendo, don Teodoro.

—Que pensar en la muerte es natural en el ser humano, y desear la muerte de los enemigos es, además, obligatorio. En otro caso, ¿qué sentido tendrían las guerras? Son consecuencia de la defensa de la religión o del deseo de acrecentar los bienes propios. Y es frecuente, por demás, que nuestra naturaleza, débil y veleidosa, nos haga confundir a nuestros amos con enemigos y a nuestros reyes con tiranos. Que mueran por otra mano o por la nuestra es baladí.

—¡Pero yo he pensado en agredir a mi esposo!

—Menos veces de las que un esposo sueña con agredir a su esposa. Andad, señora, y no os martiricéis por semejante nimiedad. *Ego te absolvo a peccatis tuis in nomine Patris et Filii et Spiritus Sancti.*

—¿Así?

—Así.

—Pues... amén. ¿Y lo de Violante?

—¿Quién es Violante?

La reina relató con detalle la llegada de la hija del rey Andrés II de Hungría con la encomienda de ser acogida en la corte de Aragón durante el periodo de tiempo que se considerara necesario para su formación. El ruego de su padre en la carta que llegó con la princesa era que fuera educada en el seno de una gran corte, y solicitaba que fuera tratada como una simple camarera real o dama de compañía para que, así, se acostumbrara a realizar toda clase de tareas, conociendo sus penalidades, a fin de que, cuando llegara a ser reina, no exigiera de los demás lo que ella no había podido hacer por sí misma. A doña Leonor le parecieron sabias las peticiones del rey húngaro e incorporó a la joven a su corte personal, sin tratarla con mayor deferencia que a las otras damas. Y, en su ingenuidad, le había encomendado ser camarera del rey durante la estancia en la abadía, puesta a su servicio, convencida del respeto de don Jaime por la corta edad de la dama Violante.

—Me equivoqué —se lamentó la reina—. Porque mi esposo se ha amancebado con ella sin reparar en su rango ni pubertad. Y ahora no sé qué he de hacer.

—Bien sencillo —respondió el capellán—. Dejar que el rey se canse de la joven y luego enviarla de regreso a Hungría. Llevará aprendida otra buena lección.

—Pero ¿no comprendes, mi buen amigo, que mi esposo puede acabar encaprichándose de la dama y pretender retenerla a su lado?

Don Teodoro sonrió, benevolente.

—Qué poco conocéis a vuestro esposo, señora. ¿Encapricharse? ¿Acaso se ha encaprichado de otras damas más hechas y experimentadas que esa niña de la que me hablais? ¿Tan hermosa es?

—Pero... si no vale nada. Flacucha, sosa, pálida, sin nada de nada por delante ni por detrás... Una birria, vamos...

—O sea, una adolescente llena de hermosura y juventud —cabeceó el confesor—. Una preciosidad.

—¿Una preciosidad? —refunfuñó la reina—. Pero si hasta tiene un sarpullido de granos en la barbilla.

—Granos que, como imagino, le producen un insufrible desagrado a su majestad...

—¿Te burlas, don Teodoro?

—No —replicó el capellán—. Bueno, sí. No os deseo

mentir. Me burlo porque a buen seguro sabéis que no hay nada que encienda más el deseo de un hombre que esa explosión de naturaleza que se produce en una adolescente cuando brota como un capullo de rosa para empezar a convertirse en mujer. Y, sinceramente, mi señora, cuatro purulencias de más o de menos no menguan ni un ápice ese deseo.

—¿Y qué debo hacer entonces, don Teodoro? ¿Asistir impasible a ese adulterio que se produce cada noche a tres puertas de mi aposento? ¿Eso aconsejas?

—O resignaros. Claro que también podéis enfrentaros a vuestro esposo y exigir la inmediata expulsión de la joven de todas las tierras del reino. En mi opinión, la primera opción casa más con el noble arte de la diplomacia.

—Y lo más discreto, ya lo sé. Pero la resignación es silenciosa y, aun así, se oye cuando cae en los abismos de la conciencia creando un malestar insoportable.

—Deberíais soportarlo.

—Pero la sensación de quien se resigna es que no es merecedor de ello. No es justo.

—No, ya lo sé. Se parece mucho al agobio ante la injusticia que sienten las buenas personas. Y vos lo sois.

—Cada vez creo menos en ello —concluyó doña Leonor.

La reina se quedó pensativa, sin saber qué decisión tomar. Expulsar a la joven Violante era la mejor solución, así el rey comprobaría la fortaleza de su carácter y su indisposición a soportar insultos ante su propia cara, pero por otro lado la partida se jugaba en una cuestión de Estado, y era muy posible que el rey de Hungría tomara la expulsión como una afrenta y las relaciones entre los reinos se vieran afectadas. Ella no sólo era una esposa; antes que nada era una reina y sus decisiones tenían que ser políticas. No, no podía tomar una decisión sin meditarlo con calma y sin ira.

—¿En qué pensáis, mi señora? —la interrumpió don Teodoro.

—En lo difícil que es ser reina, mi capellán. ¿Por qué no hablas tú con su majestad y le aconsejas lo que Dios te ilumine? Eres un hombre tan sabio...

—Tan sabio que la experiencia me ha enseñado a no interferir en asuntos de amores, mucho menos cuando se trata del rey, nuestro señor. Lo siento, doña Leonor, pero entre mis cometidos está confesar al rey de sus pecados cuando él lo decida y, de inmediato, darle la absolución. No soy un consejero político. Y por lo que respecta a esa joven, mi recomendación es esperar a ver el tiempo que se esmera el rey en sus halagos y, si se extiende más allá de los días en que permanezcáis en el monasterio, volver a pensar en ello. Mi opinión, modesta en todo caso, es que se trata de un juego efímero, de algo pasajero. En vuestra situación, por ahora, no le daría mayor importancia.

La reina atendió las explicaciones del capellán y, tras meditarlas, asintió con la cabeza y replicó:

—Puede que tengas razón, don Teodoro. Pero de todos modos lo pensaré. Muchas gracias por tu visita.

—Siempre a vuestro servicio, mi señora doña Leonor.

El capellán derramó su bendición sobre la reina y se dispuso a marcharse.

Pero antes de despedirse, don Teodoro hizo una reverencia a la reina y, terco, insistió:

—¿Me otorgaréis el favor de hablar al rey en favor de mis huesos? Os estaría tan agradecido...

11

Constanza de Jesús andaba dándole vueltas al enigma y, cuanto más lo pensaba, menos lo comprendía. ¿Tendría algo que ver la existencia del osario infantil con la muerte de las ocho novicias? ¿Qué significado tenía el enterramiento de aquel perro, cuya existencia negaba la abadesa, en lugar sagrado? ¿Tendría relevancia el origen de las víctimas y la valoración de su apariencia, o las coincidencias eran fruto de la casualidad? Y, sobre todo, ¿quién podía tener un acceso tan reiterado, libre y oscuro a la abadía para cometer sus crímenes y salir impune de ello? ¿Quién amparaba su presencia y por qué? En todo caso, eran demasiadas preguntas para la sequía de respuestas que se estaba dando en una época de tal lluvia de acontecimientos.

Ella, que había atesorado fama de tener ojos de Linceo, aquel de los argonautas que se caracterizaba por tener una vista muy penetrante, se encontraba ahora sin ningún indicio fiable y le resultaba muy difícil hallar un camino por el que seguir. De lo único que creía estar convencida era de que el autor de las muertes debía de ser el mismo que el de las agresiones sexuales, y fuera quien fuese el hombre que las cometía, de no ser el mismo diablo, debía de haber dejado alguna huella de su presencia, un rastro que se pudiera seguir. Por otra parte, había algo que no había indagado todavía, y era que, si bien los muertos no hablan, los vivos sí, por lo que estaba perdiendo el tiempo al no conversar con las novicias ultrajadas para tratar de obtener de ellas cuanta información quisieran darle. No había excusa para que permanecieran mudas, y si hablaran tal vez hallaría un poco de luz en la senda que hasta entonces permanecía en la más absoluta negritud. Era evidente que necesitaba alguna antorcha en aquella oscuridad y que hasta ese momento sólo disponía de un haz de velones, todos apagados.

En uno de los bolsillos de la faltriquera guardaba la relación de monjas violadas, según la nota escrita por la abadesa. Extrajo la cuartilla y se sorprendió al leerla. Eran tres. Sólo tres. Le parecieron pocas porque, a saber por qué, imaginaba que serían más. Quizá, cuando había estudiado la lista de doña Inés, había prestado tanta atención a la relación de las víctimas fallecidas que le había pasado inadvertido el hecho de que sólo fueran las hermanas catalanas Eulalia, Neus y Cixilona quienes sufrieron las agresiones sexuales sin el desenlace fatal de las hermanas aragonesas. Sea como fuere, al menos se trataba de testigos directos de los hechos, así que tenía que verlas y conversar con las tres, pero para ello antes debía solicitar la venia de la abadesa para que las reuniese y las autorizara a hablar.

Al llamar a la puerta de doña Inés y entrar en su estancia se la encontró de un humor tan agrio que a punto estuvo de dejarlo pasar y esperar al día siguiente para solicitar su demanda. En la sala estaban también Lucía y Petronila, con el rostro demudado y en absoluto silencio, y aunque Constanza ignoraba a qué podía deberse tal actitud, supuso que algo grave las ocupaba y su inoportuna intromisión podía ser mal recibida. Habría salido de la celda sin decir palabra, con cualquier excusa improvisada, de no ser porque doña Inés la apresuró con malos modos a hablar.

—¿Y ahora qué quieres tú, hermana Constanza?

El tono no sólo fue brusco, sino también descortés. Y

fue precisamente esa rudeza, esa desconsideración, la que indujo a la monja navarra a no dejarse avasallar y a contestar con idéntica impostura.

—Quiero que ordenes a las hermanas Eulalia, Neus y Cixilona hablar conmigo.

—¿A santo de qué? —la abadesa no rebajó el tono.

—En primer lugar, porque me parece necesario para seguir con mi investigación —replicó con firmeza—, y en segundo lugar porque os lo pido en nombre del rey. ¿O acaso es preciso molestar en todo momento a su majestad para que se cumpla cualquiera de los requerimientos que os solicito?

—¡Dejemos al rey en paz! —exclamó la superiora de un modo que mostraba a las claras su repentino desprecio por la navarra o por don Jaime, imposible saberlo—. ¡Bastantes disgustos tengo con él para que vengas tú a acrecentarlos!

—No es mi intención, doña Inés.

—Bien. ¿Y se puede saber qué precisas saber de nuestras hermanas? ¿No sabes ya que nada vieron ni en nada pueden servirte? Hablé con ellas personalmente...

—Lo sé. Pero en la relación que me entregasteis figuran como víctimas de acometidas sexuales, y puede que recuerden algo que sea de utilidad para desenmascarar a sus agresores. Quizá si logro acertar en las preguntas adecuadas...

—Ah, ya. ¿Y tiene que ser ahora?

—En cuanto sea posible, sí.

—Bien —la abadesa se deshizo del embrollo con rapidez, como si fuera el menor de sus problemas—. Hermana Lucía, ve en busca de las hermanas Eulalia, Neus y Cixilona y diles que acudan de inmediato ante mí, que...

—Preferiría hablar con ellas en privado —interrumpió Constanza—. Opino que en la soledad de la capilla, antes de los rezos de vísperas, estaría bien.

—¡Pues que vayan a la capilla! —espetó doña Inés a Lucía sin recobrarse de su pésimo humor. Luego miró a Constanza—. ¿Satisfecha?

—Gracias. Allí las espero —dijo haciendo una reverencia y saliendo de la estancia.

Cuando se quedó a solas con Lucía y Petronila, la abadesa se pasó la mano por la frente y, sin elevar la voz, dijo:

—Ya lo veis: no descansa; y así no habrá manera de acabar nunca con esta pesadilla. Hay que hacer algo, hermanas. Pensadlo.

—Ya está pensado, madre abadesa —habló Petronila.

—Descuidad —añadió Lucía.

Constanza de Jesús se dirigió a la capilla para esperar el momento en que acudieran las tres monjas ultrajadas. En el camino fue pensando que algo doloroso estaban sintiendo la abadesa y las dos monjas para mostrar semejante estado de alteración, y le extrañó la irritación mostrada contra ella y, quizá, contra el mismo rey. Sin duda la desavenencia de aquella tarde y la derrota de doña Inés en el pleito habían propiciado su actitud. Las consecuencias de su enfado no las imaginaba; si se traduciría o no en alguna clase de venganza, tampoco. Más bien supuso que estarían buscando argumentos para excusarse ante el rey, si bien algo quedaba claro en todo ello: las tres mujeres eran cómplices y, cuando llegara la hora de responder, las tres tendrían que personarse en la causa.

Sentada en un banco del fondo de la capilla, Constanza rezó algunas oraciones mientras llegaban las monjas citadas. Faltaban pocos minutos para vísperas y temió que, si se retrasaban, tendría escaso tiempo para la conversación antes de que la comunidad al completo acudiera a la llamada del oficio. La capilla estaba escasamente iluminada por velones distribuidos a lo largo de la nave, y la penumbra, anaranjada, envolvía la iglesia en una atmósfera digna de temer, a imagen de las tinieblas de azufre del infierno, un buen escenario presidido por una imagen de Cristo crucificado para que las novicias no se atrevieran a mentir. Constanza se alegró de su buen tino a la hora de escoger el lugar.

Al final no tuvo que esperar mucho hasta que Eulalia, Neus y Cixilona entraron juntas en la capilla. Buscaron a la monja navarra, descubrieron su presencia y, siguiendo las normas, lo primero que hicieron fue arrodillarse y orar durante unos segundos. Luego pusieron fin a los rezos, se persignaron tres veces y se dirigieron hasta donde las esperaba Constanza. La luz era escasa, pero sus rostros temerosos relucían como antorchas y su prevención era tan visible como el más ornamentado de los candelabros.

—Sentaos, hermanas —las invitó Constanza—. Aquí, en esta misma bancada.

—Ave María purísima —respondieron las tres, igual que si asistieran a una confesión.

—Sin pecado concebida —replicó Constanza—. ¿Vuestros nombres?

—Yo soy Nieves de Urgel, hermana, pero aquí todas me llaman Neus.

—Yo Cixilona de Montcada.

—Y tú Eulalia, claro.

—Sí, hermana.

Eran tres muchachas jóvenes también muy atractivas, al igual que lo eran las aragonesas que había podido ver después de muertas. La más bella de las tres era Neus, sin duda, de una elegancia y una gracia muy especiales, además de una perfección de facciones que a buen seguro podría haber servido de modelo para que un artista realizara una acertada imagen de la Virgen María. Bonitas y sumisas, las tres daban la impresión de gozar de gran timidez, y por su tono de voz aparentaban mucha dulzura, aunque también pudiera ser apocamiento o intimidación ante una cita de cuya naturaleza lo ignoraban todo o que, desacostumbradas a hablar, su voz mostrase pereza a la hora de pronunciar palabras.

—Os he mandado llamar porque quiero que hablemos como buenas amigas —empezó Constanza—, y bien es sabido que las buenas amigas han de contárselo todo. ¿Puedo hablaros en confianza?

Todas afirmaron con la cabeza. Sólo Eulalia preguntó:

—¿Nos vas a castigar?

—¿Castigaros? ¿Por qué habría de hacer algo así?

—Yo pequé, hermana —confesó Eulalia.

—¿Cuándo?

—Cuando... aquello —bajó la cabeza y un ligero temblor se adueñó de su barbilla—. Me confesé con el capellán y me dio la absolución, pero no puedo dejar de pensar en que fui una gran pecadora.

—Bueno, bueno..., no hay razón para tal —intentó tranquilizarla la navarra—. No, nada de castigos; yo sólo quiero que me contéis todo lo que sea útil para la investigación que estoy llevando a cabo en la abadía por encargo de vuestra abadesa doña Inés y a petición de su majestad el rey don Jaime I, nuestro señor. ¿Me ayudaréis?

Las monjas, otra vez, afirmaron con la cabeza.

—Cuéntame cuanto recuerdes de ello —se dirigió a Eulalia.

—Pues... —titubeó la novicia—. Apenas recuerdo lo que pasó. Era medianoche. Yo dormía después de haber rezado las completas, y no sé el tiempo que pasó hasta que me despertaron unas manos que me acariciaban el cuerpo... Al principio pensé que se trataba de un sueño, de una mala pesadilla... En aquella absoluta oscuridad no podía ver nada, y las caricias, cada vez más avariciosas, se adentraron por todos los resquicios de mi cuerpo, incluso en los más impúdicos. Traté de defenderme, te lo aseguro, hermana, pero a mi primer impulso siguió una mano que me selló la boca con fuerza. Me hacía daño... Luego él me amordazó con un pañuelo mojado para que no gritara y luego, luego... —los ojos de Eulalia se llenaron de lágrimas.

—¿Y luego? —preguntó Constanza.

—Apenas lo recuerdo porque empecé a sentir una especie de mareo y de pronto tenía mucho sueño: era como si a punto estuviera de perder el sentido. Pero no quedé inconsciente, porque asistí, sin fuerzas para poder evitarlo, a que él me fuera desvistiendo de mi camisa de dormir, que me volviera de espaldas, que me atara las manos y después... Oh, Dios mío... Yo estaba inmóvil, no podía oponer resistencia. Y él, él...

—¿Cómo era el hombre?

—No lo sé, hermana Constanza. No pude verlo. Estaba muy oscuro y apenas podía conservar la consciencia...

—¿Te ultrajó?

—Me acarició y besó todas las partes de mi cuerpo, sí. Por la fuerza al principio... pero luego, oh, Dios santo..., luego ya no ofrecí resistencia... Además estaba muy asustada, unos raros calores se adueñaron de mí... Oh, qué horror...

—¿A vosotras también os robó la voluntad de igual manera? —Constanza se dirigió a Neus y a Cixilona.

Las dos afirmaron con la cabeza.

—Es que era un hombre fuerte, muy fuerte —trató de justificarse Eulalia—. Se impuso. No me fue posible resistir ni tampoco oponer violencia a sus pretensiones, y él me tenía inmovilizada y se mostraba tan insistente en sus acometidas que consiguió... ¡Qué horror, hermana Constanza!

—¿También se comportó igual con vosotras?

—Sí, hermana —respondió Neus—. ¡Fue imposible negarse! Yo llegué a perder el sentido unos instantes...

—¿Y no sabéis si ese hombre ha ultrajado también a otras hermanas? —preguntó Constanza.

—No —respondió Eulalia—. O al menos ninguna lo ha denunciado ante la abadesa, ni la abadesa nos ha informado de ello. ¿Sabes tú si forzaron a las hermanas asesinadas?

—No estoy segura —mintió Constanza—. ¿Con quién más habéis hablado de todo esto?

—Con el confesor —dijeron las tres.

—¿Con ninguna hermana?

—No.

—Es extraño —reflexionó la monja navarra en voz alta—. Parece que es obra del mismo hombre y que a vosotras, por resignaros, os perdonó la vida. Tengo que pensar que las demás hermanas, por no entregarse a él, pagaron su santidad con la muerte. Lo que no comprendo es que no podáis darme ningún detalle sobre él. Su tono de voz por algún gemido que exhalara, su olor, su corpulencia... ¿Era velludo? ¿Usaba barbas? No sé, algo...

—No era corpulento —opinó Neus.

—Creo que sí lo era —contradijo Eulalia.

—Es que tú eres muy bajita, hermana —replicó Neus—. Pero al menos era de mi estatura, o como la hermana Cixilona, ¿verdad?

Cixilona afirmó con la cabeza.

—Y muy silencioso. Su respiración era entrecortada, pero no pronunció palabra.

—Al contacto, me pareció que vestía jubón, sin nada más: ni calzones ni medias.

—Y no usaba barbas ni bigotes. Su cabellera era larga...

—Está bien. Creo que basta por hoy —concluyó Constanza—. Porque, ninguna pudo ver su rostro, ¿verdad?

Eulalia y Neus negaron.

—¿Informarás al rey de nuestro pecado, hermana? —quiso saber Eulalia.

—¿De qué pecado hablas?

—Del abandono...

—De no haber opuesto mayor empeño en resistirme...

—De...

—No, no. Tranquilizaos.

Algunas monjas entraron en la capilla. La hora de vísperas llegaba y acudían al rezo vespertino formadas por parejas y con el libro de oraciones en las manos unidas al pecho. Constanza se puso de pie, dispuesta a dar por acabada la pesquisa, y agradeció a las tres su colaboración. Ellas, más serenas por haber puesto fin a la comparecencia, se santiguaron y pidieron permiso para ir a ocupar sus sitiales en la capilla y poder asistir al oficio vespertino. La monja navarra les dio otra vez las gracias y les indicó que podían marcharse. Pero, antes de abandonar la iglesia, Cixilona se separó de sus compañeras y corrió a encontrarse con Constanza en la salida del recinto sagrado.

—Necesito hablar contigo, hermana.

—Dime —invitó Constanza.

—Aquí no —la novicia se arrodilló y besó su mano—. Disimula. ¿Cuándo puedo verte?

—Ven esta noche a mi celda, luego de la medianoche.

—¿Se lo dirás a alguien?

—Si no quieres, no.

—No quiero —respondió Cixilona—. Ahora les diré que vine a besarte la mano para agradecer tu silencio en lo referente a nuestro pecado, pero a ti he de decirte algo más. Esta noche me deslizaré hasta tu celda.

—Hasta luego, pues.

La monja corrió a reunirse con las demás hermanas de la congregación y Constanza salió de la capilla intrigada. ¿Qué tenía que decir Cixilona que no se atrevía a expresar delante de sus compañeras? ¿Tendría algún secreto que no podía revelar?

Las horas se harían muy largas hasta la medianoche.

12

Aquella noche fue la primera en la que acudieron todos al comedor. Don Jaime empezó declarando que gozaba de buen apetito y atacó una gran pierna de cordero, cuya grasa resbaló por manos y barba con generosidad. La reina doña Leonor se mostró por una vez afable y conversadora, para sorpresa y, en cierta medida, alivio de sus damas, que se situaron tras ella igual que Violante se dispuso junto a la mesa, a las espaldas del rey. Constanza de Jesús, que apareció con la preocupación dibujada en el rostro y la esperanza de que la novicia Cixilona le allanara el camino con alguna noticia realmente importante, se contagió pronto del buen ambiente general y recobró la naturalidad y el buen talante, no despreciando los muslos de pollo que, dorados y crujientes, invitaban desde su fuente de barro. La única que brillaba por su seriedad era la abadesa, doña Inés, pero disimuló cuanto pudo su malestar dirigiéndose muchas veces a las hermanas del servicio de mesa para que no faltara agua en su copa ni vino en las copas de los reyes, pan en los cestos, viandas en las fuentes y frutas en los cuencos. Para no permanecer inmóvil y mostrar la lejanía en que su cabeza se hallaba, pidió más luz en dos ocasiones, haciendo traer dos cornucopias más con seis velas cada una, e incluso, en un rasgo de excentricidad que no casaba con el lugar ni el momento, se disculpó ante don Jaime por la naturaleza del monasterio, pues si se tratara de cualquier otro lugar habría previsto de músicas y juglares que entretuviesen la cena como era costumbre en castillos y moradas de los nobles de los condados vecinos. Fue un lamento tan fuera de lugar que nadie tomó en cuenta la necesidad de responderla. Tan sólo Constanza esbozó una sonrisa piadosa, más cerca de la conmiseración que de la simpatía. Igual que se recibe el babeo de un débil mental.

Por tanto, la primera parte del banquete transcurrió entre comentarios banales y abundante ingesta, sin que faltase un brindis por la primavera que parecía imponerse; unas risas frescas a cuenta de los pobres huesos de don Teodoro, el capellán real, cuando la reina contó la visita que había recibido poco antes; un intercambio de opiniones sobre si era mejor guiso el cordero o el pollo, y una atenta expectación mientras el rey contaba la ocurrencia de una golondrina de haberse construido el nido en lo más alto de la tienda real y su decisión de dejar el mástil cuando abandonaran el valle para que la naturaleza continuara su curso sin intervención de la mano humana. Una velada, en consecuencia, que transcurrió en una armonía desconocida desde hacía mucho tiempo.

Y cuando se produjo un silencio general en la sala, el rey se dirigió a la navarra:

—Constanza, ¿por qué no nos cuentas alguna de las hazañas que te han procurado tanta fama en nuestras tierras?

—Exageraciones, mi señor —replicó la monja navarra, quitándose importancia—. Un poco de buena suerte y nada más. Y si además he contado con la torpeza de pillos y criminales que se delataron solos, ahí tenéis el mérito de toda mi fama. No os dejéis embaucar.

—Pues no es eso lo que se dice de ti —sonrió la reina—. Más bien se habla de agudeza, ingenio, capacidad de deducción, dotes para la lógica...

—Si fuera en verdad así —devolvió la sonrisa Constanza—, solicitaré a vuestro esposo, el rey, algún privilegio. ¿No hay vacante entre vuestros nobles para el honor de disponer de un castillo bien dotado, majestad?

—¿Y para qué quieres tú un castillo, hermana Constanza? —se rió don Jaime de buena gana—. ¿No sirves a Dios y en tal oficio no cabe nobleza mayor?

—Cierto —fingió apesadumbrarse la monja—. Pero como he oído decir que es posible servir a Dios desde cualquier parte, pensaba si desde lo alto de las almenas de un castillo no estaría más cerca de Él.

—Ah, mi buena Constanza —suspiró don Jaime—. Con gusto cambiaría la abadía en que ahora moras en Tulebras por el peso de la corona. Además, no envidies riquezas ni lacayos, que la ambición es una cuna en la que se mecen todas las enemistades.

—Eso es bien cierto, mi señor —afirmó la monja, y empezó su concierto de dedos y uñas en barbilla, orejas, cuello y nuca. Y añadió—: Además, cada persona tiene un objetivo en la vida, sólo uno, y cuando lo alcanza ya no teme a la muerte ni le abruman preocupaciones ni impaciencias, pues ha cumplido el designio para el que fue convocado a habitar entre los mortales. En mi caso, ya he alcanzado el objetivo y no me duelen prendas al decir que me siento bien.

—¡Brindo por ello! —el rey levantó la copa y con gusto se sumaron la reina y la monja. Doña Inés también, pero sin ningún ánimo.

La sonrisa de don Jaime contrastó con la seriedad de la abadesa, que de inmediato pidió permiso para retirarse a su celda. La reina doña Leonor, tras la buena hora de diversión, solicitó también del rey la venia para retirarse con sus damas, y don Jaime se la concedió. En cambio, a la abadesa le pidió que se quedase.

—Tú quédate un rato más, doña Inés. Tenemos algunas cosas de las que me gustaría hablar contigo.

—Como deseéis, mi señor.

El rey indicó a Violante que podía retirarse a dormir y en la sala se quedó a solas con la abadesa y Constanza. El servicio de mesa también abandonó el comedor y se cerraron las puertas. La abadesa adoptó una actitud compungida de espera y Constanza fue a tomar asiento más cerca de don Jaime.

—¿Has pensado algo con respecto a ese macabro hallazgo del osario, doña Inés? —preguntó el rey.

—Nada nuevo, mi señor. Sólo puedo obedecer y decir que ardo en deseos de confesar mis pecados a Dios Nuestro Señor.

—Empieza por confesarlos aquí —ordenó don Jaime—. Oírlos será de provecho.

La abadesa levantó los ojos con desagrado, rabiosa por la demanda real, pero pronto volvió a bajarlos comprendiendo que no tenía modo de justificarse.

—Confieso que soy una gran pecadora —dijo a media voz—. Confieso que he cometido pecado de indolencia por no preguntar a nuestro médico cómo ponía fin a los remedios que yo misma le exigía, siguiendo los deseos de los tutores de mis novicias; confieso que he cometido pecado de pereza por no hacer el esfuerzo de estar más cerca de nuestras hermanas cuando sufrieron sus pérdidas por sí o por provocación, cual era mi obligación; confieso que he pecado contra el quinto mandamiento de la ley de Dios al no imponer que sobrevivieran los frutos del pecado ya nacidos; confieso que he cometido pecado de ira contra vos; confieso que en muchas ocasiones he cometido pecado de soberbia...

—¡Basta ya, doña Inés! —el rey alzó la voz, interrumpiendo la inacabable relación de culpas de la abadesa—.

¡Tienes capellán en el monasterio que escuchará atento cuanto tengas que confesar! Lo que yo espero de tu sinceridad es que me digas todo lo que sepas acerca de la muerte de tus novicias.

—De esa tragedia no sé nada, mi señor.

—Perdonadme, majestad —intervino Constanza—. Antes de continuar con ello quisiera saber si en la abadía ha habido perros en alguna ocasión, doña Inés.

—¿Por qué me preguntas eso, hermana? —respondió la abadesa—. Me extraña la pregunta.

—Bueno... —improvisó Constanza una respuesta—. Quizá sean cosas mías, pero he observado ocultos en los jardines del claustro restos de excrementos que bien pudieran ser de perro.

—De ser así, se habrían limpiado, hermana Constanza —mostró gran dignidad la superiora—. ¡El aseo en esta casa...!

—Claro, comprendo... —siguió improvisando Constanza—. Y también me ha llamado la atención, no sé si por exceso de celo, que algunas paredes del corredor parecen arañadas, y semejan arañazos de perro.

—Exceso de celo, hermana. Esas paredes han sido recientemente pintadas y...

—Y también, puede que por idéntico celo, me doy cuenta de que vuestro hábito tiene siempre algunas manchas secas en los faldones, como las que deja un perro cuando juega con sus instintos.

—¡Demasiado lejos, Constanza! ¡Llegas demasiado lejos! —se enfureció la abadesa—. ¿Estás acusándome de falta de pulcritud? ¿De algo aun más repugnante? ¡No tolero que...!

—¡Tranquilizaos, doña Inés, por favor! —la monja navarra endureció el gesto—. La pregunta concreta que os hago es si hay o no perros en la abadía.

—¡No los hay, no!

—¿Los ha habido?

—¡No!

—Habrá que añadir a los pecados en confesión el de faltar a la verdad. —Constanza se dirigió al rey antes de recostarse en su silla—. Señor: os ruego que salgamos ahora mismo y vayamos a la sacramental. En una sepultura situada a la izquierda de la entrada guarda reposo el cadáver de un gran perro de la raza de los mastines pirenaicos, muerto no hace ni tres días. ¿Nos acompañas a probar esos hechos, hermana abadesa?

Doña Inés desorbitó los ojos y abrió la boca, perpleja. Sus mejillas se tiñeron de rojo.

—¡Eres una bruja, Constanza! ¡No eres sierva de Dios sino súcubo de Satanás! Señor —se dirigió al rey, fuera de sí—, ¡es preciso detener a esta falsa monja y ponerla en manos de su eminencia el señor obispo para que los exorcistas expulsen al demonio de su cuerpo! ¡*Vade retro*, Satanás! ¡*Vade retro!* —La abadesa se puso de pie de un brinco y se pegó a una pared, atemorizada—. ¡*Vade retro!*

—¡Siéntate de inmediato, doña Inés! —ordenó el rey—. ¡Siéntate y déjate de sortilegios! No es preciso de brujerías ni aojos para remover un poco de tierra de una tumba del cementerio y hallarse con la sorpresa del cadáver de un perro. Y ahora, ¿quieres decirnos qué hace ese gran mastín ocupando tan inusual sitio en lugar sagrado?

La abadesa sintió el odio crecer por todos los poros de su piel, desde las profundidades de su vientre, y, tan puesta en evidencia como desarmada, fue poco a poco acercándose a su silla y volvió a tomar asiento. Su tez, otra vez pálida, se había cubierto de una fina pátina de sudor. Temblaban los dedos en sus manos.

—Responded a la pregunta del rey, abadesa —exigió Constanza.

—Murió —acertó a replicar doña Inés secamente.

—¿Cómo murió?

—¡No lo sé! —alzó la voz la abadesa—. De muerte natural, o de viejo, o enfermo, ¡yo qué sé!

—¿Con un tajo de dos palmos en el cuello? —inquirió Constanza—. No parece una muerte muy natural...

—Pero ¿cómo has sabido...?

—Bien, mi señor —Constanza se dirigió al rey—. Queda demostrado que hasta hace unos días hubo un perro en el convento y que doña Inés ha faltado a la verdad.

—Lo que no comprendo es por qué lo has hecho, abadesa —don Jaime se volvió hacia ella—. ¿Qué ocultas? ¿Qué importancia puede tener que hubiera perro o no en la abadía?

—Lo olvidé. Eso es todo, mi señor. Sabed que mi deseo es no ocultaros nada.

—Pero ¿tan poco aprecio has tenido por un animal con el que tanto jugabas, al decir de la hermana Constanza, que en pocos días has olvidado su existencia?

La abadesa no supo qué responder. Se limitó a bajar la cabeza y a guardar silencio. Aunque su orgullo le había permitido recobrar una actitud digna ante el interrogatorio, nada tenía que alegar en su defensa.

—¿No respondes? —insistió Constanza.

—Un osario infantil oculto, una enfermería impropia de un recinto como éste, un perro muerto del que niegas su existencia... —El rey movió la cabeza a un lado y otro, desolado—. ¿Con qué más tendré que encontrarme para que decidas colaborar en la investigación que lleva a cabo Constanza, doña Inés? Porque, si tu deseo es que no se aclare nada, ¿a qué vino pedir la ayuda real? ¿A qué ese empeño en que viniera, hasta el punto de parecerme necesario que se avisara a nuestra hermana Constanza para que te ayudara en tu dolor? ¿A qué tanto interés, abadesa?

—Preciso confesión, mi señor —musitó la superiora—. Me abruman mis pecados y no puedo con su pesada carga. Os ruego permiso para ir en busca de nuestro confesor.

—Ve, doña Inés. Ve y alíviate de tus faltas porque mañana, a buen seguro, nuevas cargas habrás de soportar.

La abadesa no esperó más y salió a toda prisa del comedor. Constanza y el rey se quedaron solos, pensativos, sin comprender la actitud de la superiora ni estar seguros de cuáles podían ser sus intenciones.

—¿Por qué habrá negado algo tan fácil de descubrir? —se preguntó el rey en voz alta—. Aparenta ser culpable de todo sin serlo de nada. ¡Extraña mujer!

—Tal vez sea más culpable de lo que pensamos, mi señor.

—¿Por qué lo dices, Constanza?

—Hoy he hablado con las tres hermanas ultrajadas y nada han podido revelarme de la identidad del criminal, pero estoy pensando que es posible que me hayan ocultado algo. Una de ellas, de nombre Cixilona, ha pedido entrevistarse conmigo en secreto esta misma noche. Acudirá a mi celda cuando duerma el cenobio.

—¿Ni siquiera han sabido decirte qué aspecto tenía el hombre que las agredió?

—Eso es lo más llamativo. Según dicen, parece un hombre fuerte que, a la vez, dispensa cierta piedad a sus víctimas si atienden a sus exigencias. Si no es así, los hechos nos hablan de que asesina antes de deshonrar. Fuerte y compasivo, habilidoso y cruel, sigiloso y contumaz. Es un tipo de hombre difícil de desenmascarar. Es lo que más ha llamado mi atención.

—Pues habrá que saber qué te dice esa novicia —comentó el rey—. ¿Y por lo demás? ¿Hay averiguaciones nuevas? ¿Algo más que deba conocer?

—A ver... Dejadme mirar mis notas... —La monja revolvió sus cuartillas—. Ah, sí. Pero carece de importancia, creo. Es, otra vez, en relación con el criterio estético de nuestra abadesa. Decía en su informe que las hermanas ultrajadas eran de gran belleza, en contraposición con las asesinadas, y después de verlas tengo que afirmar que no puedo coincidir en ello, que tan hermosas son unas como las otras. Pero claro es que, en cuestión de gustos, no hay pleito posible. Lo único que he podido llegar a comprender —sonrió la monja—, es que el gusto catalán dista mucho del navarro. Será que allá gastamos mal ojo para la belleza...

—O que, en estas tierras, todo lo suyo se ornamenta y disfraza para poder presumir de lo bello que es —el rey rubricó su sarcasmo con otra sonrisa—. Pero dejemos eso. ¿Algo más?

—Que sigo dándole vueltas al origen de unas y otras, mi señor.

—De ello hablamos ayer mismo y coincidimos en que se trata de mero azar, ¿no es así?

—Sí, muy cierto —admitió Constanza, resignada—. Pero la verdad es que no dejo de darle vueltas, no puedo apartarlo de mi cabeza... Será que soy de aldea y nací en el arroyo, disculpad mi terquedad.

—Nunca sientas desprecio por el arroyo, mi buena Constanza. No olvides que en el agua es donde se miran las estrellas.

—Gracias, mi señor. Sois muy amable. No lo olvidaré.

13

En los claroscuros de la noche don Jaime entró con un cuidado extremo en su celda, conteniendo la respiración y con el deseo ardiendo en su vientre. Sabía que al otro lado se iba a encontrar con Violante, la princesa húngara que le había devuelto las ganas de amar, y al verla dormida en el lecho, casi desnuda sobre las sábanas, atravesada como una niña en su descuido y ajena al pecado que su mera visión provocaba, quedó paralizado frente a ella, rendido a un enemigo infinitamente superior.

Las breves luces de la luna, nublando la estancia, resaltaban su imagen con la fuerza de un candil en la espesura. La piel de su cuerpo, blanca como la sal, brillaba donde sus pliegues no eran trazos dibujados al carbón, y el hombro, el inicio de su pecho y uno de sus muslos, de pura luminosidad, semejaban faros al final de una travesía. Su rostro, levemente inclinado, quedaba preso dentro de la alborotada cabellera derramada como miel sobre el almohadón, y la puerta de su boca, entreabierta, exageraba unos labios de textura sin madurar que no habían perdido todavía la inocencia.

El deseo se hizo amo de la voluntad del rey. Necesitaba abrazarla, pero a la vez temía que la joven no consintiera y se revolviera contra él. La noche anterior había gozado en sus brazos de caricias y abrazos, pero no se atrevió a profanarla para preservar su cualidad de doncella. Y, no obstante, en esos momentos, viéndola así, el deseo abrió las puertas del sufrimiento hasta anhelar ver el color de su sangre en la transparencia de su piel. Aun así, permaneció inmóvil, observándola con el instinto haciéndosele agua y las manos asidas al temblor.

De repente comprendió que se había enamorado de ella: sólo en el amor se entrelazan la dicha y el temor a partes iguales. Y, al descubrirlo, sin buscarlo se sosegó su espíritu. Entonces procedió a desvestirse despacio, con cuidado de no alterar la paz de su sueño, y con la camisa puesta se sentó frente a ella para seguir deleitándose con su imagen y detenerse a pensar el rumbo que debía seguir.

Él ya tenía veintiún años, pronto empezaría a envejecer, y no deseaba permanecer en su situación. Sabía que la vida es una carga pesada que es preciso compartir para no tener que conocer cuán inmensa puede llegar a ser la soledad. Su amor por la reina era asunto del pasado y, aunque una vez le aseguraron que del primer amor no es posible desenamorarse en todos los días de la vida, ahora, recordando el poco afecto que sentía por doña Leonor, se dijo que, de ser así, nunca la había amado. Desde luego nunca había sentido las turbulencias con que ahora se zarandeaba su pecho, ni con la reina ni con cualquiera de las amantes que habían dado calor a su lecho en los últimos años. Era posible que fuera el embrujo de una noche, el estremecimiento ante una fantasmagoría urdida en su mente por el vino y la lujuria, pero lo que sentía en esos momentos, fuera lo que fuese, deseaba seguir sintiéndolo los restantes días de su vida.

Calculó si debía tumbarse a su lado y respetarla; se preguntó qué sentiría ella si la forzaba; imaginó de qué manera le recibiría y buscó el modo de tenerla o de disculparse según fuera su respuesta: aceptándolo o rechazándolo; cerró los ojos y pidió consejo a su cabeza para acertar en lo que debía hacer. Y la cabeza le respondió que el amor, el dolor y la generosidad son tres sentimientos que hacen al hombre fuerte pero que, a la vez, le debilitan, destruyéndolo. Aun así, don Jaime comprobó que la fuerza de la sangre se imponía a la razón y se engañó pensando que el único don que le concedía la vida era escoger, entre todas las mujeres, aquella a la que tenía que amar, y pasara lo que pasase, ya había tomado la decisión de elegir a Violante, a aquella ilusión angelical que dormía frente a él en su lecho.

O no. Porque Violante no dormía. Inmóvil sobre las sábanas, llevaba más de una hora esperando la llegada de don Jaime a la celda y había tenido tiempo sobrado para buscar la postura más adecuada y la posición exacta de su camisa de dormir para que quedaran a la vista las piernas, los brazos y la suficiente piel de los pechos que, sin gritar, llamasen, y sin delatarse, se convirtieran en apetecible convite. La joven húngara no sabía de cuántos días dispondría para buscar el amor del rey de Aragón y, aunque en la noche anterior se habría prestado a lo que él hubiera querido, su respeto y generosidad terminaron de persuadirla de que no se había equivocado con él y de que era el hombre imaginado que se había incrustado en su corazón desde que había visto la tablilla con su retrato en sus lejanas tierras de Europa. Violante no dormía, esperaba sin moverse, y no comprendía por qué don Jaime, después de haber permanecido un largo rato mirándola, juraría que embelesado, de repente había cambiado de opinión y se había dedicado a desvestirse con toda calma, sentarse lejos de ella y entrecerrar los ojos, sumido en unos pensamientos que a ella se le escapaban.

Se le empezaban a entumecer las piernas de la inmovilidad. Y parecía que él no tenía la menor intención de tenderse junto a ella ni, mucho menos, de abrazarla como la noche anterior. Llevaban tres noches juntos, contando ésa, y no había oído del rey más palabras que las dichas al amanecer, cuando aseguró que había estado muy bien el concierto de caricias y abrazos de la noche pasada; pero una música así no era más que palabras, y ella sabía que sólo las palabras son grandes si son grandes sus contenidos, de igual manera que sólo los castillos son recios si son fuertes sus defensas. Y aquel «estuvo muy bien» no significaba nada para ella; todo lo más, la descripción masculina de una buena comida, de una fructífera jornada de caza o de los juegos ganadores de un torneo, algo que no deja recuerdo pasados unos días y que nada significa para el futuro. Se le entumecían las piernas y moverlas podía delatarla. Aun así, no sostendría por mucho más tiempo la postura, por lo que, exagerando un gemido voluptuoso, cambió de posición con tal cálculo que pudo subirse algo más la camisa por las piernas y descubrir aún más el pecho, hasta que un pezón sonrosado y virginal asomó en el balcón del escote para buscar unos ojos que lo mirasen con deseo.

Violante era corta de edad pero larga de sabiduría. Además traía la sugerencia paterna de buscar el modo de emparentar ambos reinos, y su dueña le había instruido ampliamente en las artes amatorias. Sabía que el amor es un duende al que le gusta jugar a hacerse visible cuando menos se espera y que tiene un carácter tan juguetón que huye cuando se le busca y se muestra cuando se le ignora. Por tanto tenía que ignorar la cercanía real, desentenderse de su presencia y fingir que dormía, y, llegado el momento, rechazar el encuentro en defensa de su honor, no prestándose hasta obtener de él palabras de compromiso que justificaran la rendición a sus exigencias. Violante lo tenía todo calculado, menos por qué don Jaime permanecía en esa silla imperturbable, como si le abrumaran cuitas que, a la vez, le robaran todo ánimo. Y al gemir con tanta exageración estaba segura de que se despertaría en el rey el deseo. Lo que ignoraba era que se encontraba ante un hombre cabal y prudente.

Don Jaime oyó el gemido de la joven Violante, observó su cambio de postura y se excitó aún más al ver descubiertas sus piernas y entrever aquella flor sonrosada que, en la distancia, imaginó que podía ser un pezón, aunque luego no lo creyó posible. El rey se detuvo otra vez a acariciarle el cuerpo con los ojos y a disfrutar de aquella belleza que le producía estremecimiento tal, pero tampoco esa vez se levantó de la silla ni se atrevió a dirigirse al lecho. Pensó que necesitaba encontrar de nuevo a una mujer que le enseñara a pecar y nadie podría hacerlo mejor que aquella que estaba ante él, como una invitación a pasear por las calles del paraíso. Pero por tanto amarla se sintió cohibido, no fuera a ser que ella se disgustara con su osadía, y se quedó en donde estaba, indeciso, deseándola y temiéndola, como sólo se sufre cuando esos sentimientos se hacen trenza.

Violante pensó, malhumorada, que tal vez estuviera confundida y que la actitud del rey respondiera a que ella no era de su agrado. Tal vez no debería haber mostrado sus piernas, de muslos tan gruesos; ni mucho menos haber puesto en evidencia la pequeñez de sus pechos sin conocer los gustos del rey, a quien, seguramente, le apetecieran más unas ubres de matrona. Intentó recordar los pechos de doña Leonor y le pareció que no eran más grandes que los suyos, y que en lo referente a la piel de las piernas, las de la reina semejaban bastante más a la corteza de una naranja que las suyas. Además, ella tenía trece años y la reina el doble por lo menos, demasiado vieja ya, aunque era posible que don Jaime prefiriera mujeres mayores y ella fuera para él una niña sin ningún atractivo. Pero, si era así, ¿a qué venían los abrazos de anoche, aquellas caricias impúdicas, tan repetidas, y el buscar con tal ahínco la miel de sus pechos para besarlos? Ese comportamiento mostraba a las claras que se había prendado de ella, a ver si no por qué se había mostrado tan galante y solícito. Aunque también le habían avisado de que los hombres estaban carcomidos por la lujuria y tal vez eso, y no otra cosa, había empujado a su majestad a tanta embestida. Qué difícil es entender a los hombres, se dijo, ya fueran campesinos, ya reyes; porque ella no podía hacer más.

Ni él menos.

A no ser, pensó, que se viera obligada a jugar el naipe del atrevimiento.

Un naipe, por cierto, que don Jaime no tuvo el valor de tirar sobre la mesa de juegos porque empezó a convencerse de que es más fácil ser feliz si no se ama, y que alimentando ese amor se buscaría dificultades con su amigo el rey Andrés II de Hungría, con su corte de Aragón y hasta con el mismo papa, quien quizás, al saberlo, se negara a sentenciar la anulación de su matrimonio.

Y a punto estaba de encontrar la perfecta excusa que explicara su cobardía ante el delito de amor cuando, para su sorpresa, oyó la voz de Violante.

—Ah, ¿sois vos? —la joven se removió en la cama y se desperezó—. ¿Ya habéis regresado?

—Hace... hace un rato ya —tartamudeó el rey, sorprendido—. ¿Te he despertado?

—No, en absoluto —sonrió Violante—. He debido de dormir cien años porque me siento tan descansada que ya no tengo sueño.

—Todavía no es medianoche —informó don Jaime—. Deberías...

—¿Y vos? ¿No vais a acostaros?

—Sí..., sí... Ya voy.

El encuentro sobre la cama fue tan tímido como si, en vez de estar separados por apenas un palmo, habitaran sus almas en dos países distintos. Tendidos boca arriba, mirando el techado del dosel, no dijeron palabra. Tampoco se miraron. Los dos cuerpos, rígidos, inmóviles, como esculturas de un sepulcro real que atravesara los siglos en la cripta de una iglesia, esperaban a que la nada se disolviera para que una brizna de calor les devolviera a la vida. A ambos les costaba trabajo parpadear y temían hacerlo, como si en el vaivén del pestañeo fueran a perderse algo.

Ella fue quien deslizó la mano hasta rozar las yemas de los dedos de él. Después, él se dejó rozar y alzó los dedos para posarlos sobre los de ella. Al cabo de un rato, imposible de medir, ya se abrazaban y se besaban como si les faltara el aire. Querer era eso. ¿Qué otra cosa podía significar estar tan cerca y que sus cuerpos continuaran el uno en el otro como se unen el río y el mar?

El amor fue para ellos fuego eterno. La pasión, orilla: ola tras ola, beso tras beso, sin repetirse jamás.

Y al ser interrumpidos mucho después por la algarabía de las campanas, llamando a maitines, comprendieron que era la voz de Dios interponiéndose en el pecado, por estar amándose dos seres que no podían hacerlo, que no eran libres: uno por estar unido a su esposa; otra por estar apropiándose de algo que no le pertenecía.

No reconocieron el pecado. Y ambos pensaron que, si la Iglesia les impedía el amor, sería más fácil derribar sus muros que enfriar aquellas pasiones.

Callaron, nada se dijeron, pero sentían que se querían y que no necesitaban oírlo de labios del otro.

El alba les sorprendió sin dormir.

No se acordaban de cómo se hacía.

14

En la soledad de la medianoche, cuando el silencio era tan profundo que los murciélagos temían alterarlo al batir de sus alas, los pasos empinados de los pies desnudos de la hermana Cixilona por el corredor, en busca de la puerta de la monja Constanza, podían oírse sin necesidad de aguzar el oído. Por eso supo la navarra que la novicia cumplía su promesa y se acercaba a contar lo que no se había atrevido a decir ante sus hermanas del cenobio. Al oír su llegada encendió una vela, abrió la puerta para que no dudara a la hora de elegir la celda correcta y esperó a que entrara.

La joven Cixilona se adentró en la estancia santiguándose, sin decir nada. Luego se quedó de pie en mitad de la habitación, con la mirada en el suelo, esperó a que Constanza cerrara la puerta y corrió a echarse ante ella, de rodillas, besándole la mano.

—Yo, pecadora —gimió la novicia.

—Vamos, vamos, levántate —le indicó Constanza en un susurro—. Y habla todo lo bajo que puedas, que la noche se ha hecho tumba y hasta los suspiros resuenan como las trompetas de Jericó.

Cixilona afirmó dos veces con la cabeza y se dejó guiar de la mano hasta el borde del camastro, en donde se sentaron las dos. La estancia, a oscuras, sólo amarilleaba por las cercanías de la vela, dejando percibir apenas las siluetas de las dos monjas y el brillo de los ojos de la novicia, un resplandor nacido del arrepentimiento o del miedo. O de ambos sentimientos a la vez.

—Ave María purísima —dijo.

—Esto no es una confesión, hermana —respondió Constanza.

—Prefiero pensar que lo es —replicó Cixilona, mohína—. O al menos necesito que me des promesa de que nada dirás de cuanto te voy a revelar esta noche.

—Palabra —aceptó la navarra—. Habla sin miedo. ¿Qué querías decirme que no pudieras compartir con tus hermanas en la capilla?

La novicia empezó a sollozar, tapándose la cara con las manos.

—¡Es horroroso, hermana! ¡Horroroso! —Apretó las manos de Constanza y le clavó la luciérnaga de sus ojos. Sus lamentos, aun siendo leves, se convertían en estruendosos en el silencio de la noche—. ¡Todas van a morir!

—Silencio, Cixilona —Constanza le tapó la boca con la mano—. Tendrás que hablar mucho más bajo o nos oirán hasta en Roma. Serénate, por favor, y habla a mi oído. ¿Quiénes van a morir?

—¡Todas!

La novicia estaba muy nerviosa. Tan pronto metía los ojos en los de Constanza como los dejaba caer a su regazo; o apretaba con sus manos las de la monja y de inmediato las soltaba y se las frotaba, retorciéndolas. Repetía:

—Van a morir...

Constanza no sabía qué hacer para que se sosegara. Buscó un poco de agua y se la hizo beber; después le tomó la cabeza y la estrechó contra su pecho para que recobrara la calma; y luego, cuando volvió a repetir que iban a morir, Constanza decidió cambiar su actitud: le separó la cara y le dio una bofetada que retumbó en la abadía como el restallido de un látigo.

—¡Haz el favor de callarte!

Cixilona se quedó inmóvil, sorprendida por la agresión y, al mismo tiempo, conforme con el correctivo que necesitaba para recuperar la calma y ordenar las ideas. Tardó en reaccionar y, cuando lo hizo, dijo solamente:

—Gracias.

Constanza, entonces, respiró profundamente y volvió a empezar.

—Dime de qué querías hablarme.

—Sí, sí... —reaccionó la novicia—. En la capilla no me atreví a hablar, pero el rey tiene que saber que entre estos muros sucede algo horroroso.

—Que os van a matar a todas —suspiró Constanza, fatigada—. Ya lo dijiste...

—No, a todas no. Sólo a las hermanas aragonesas —Cixilona se puso la mano en la boca al decirlo en un susurro—. Nuestra madre abadesa no las quiere aquí. Para ellas son las faenas más penosas, los castigos también; los castigos... Nadie dice nada, pero yo sé que la abadesa las odia. Y poco a poco las están asesinando... Las ocho eran aragonesas. Todas lo eran...

—Sí, ya lo sé. —Constanza tenía otras preguntas en la cabeza, pero esperó a que la novicia hablase—. ¿Y quién causa su muerte?

—No lo sé, hermana.

—Sería lógico pensar que el mismo que te ultrajó, ¿no es así?

—Claro —Cixilona afirmó con la cabeza—. Tiene que ser él... Un hombre que hace daño...

Constanza pensó que todos los hombres hacen daño, pero no lo dijo. Sólo requirió una aclaración:

—¿Hace daño? ¿Qué quieres decir?

La novicia bajó la cabeza y negó, como si no quisiera hablar de ello. Repitió:

—Yo, pecadora...

—Deja ya de repetirlo, hermana. Ya sé que te adormiló primero y que no te resististe después, como las otras hermanas, pero eso no me ayuda en nada. Necesito que me digas algo más... Tienes que ayudarme, Cixilona.

La novicia la miró suplicante, rogándole que no le obligara a decir más, pero la mirada de la monja navarra, intimidatoria, se impuso.

—Me hizo daño. Su mano era grande y él fue brusco, un hombre muy brusco.

—¿Te refieres a cuando te violó?

—Sí...

—¿Quieres decir que su arma masculina era grande?

—Su mano...

—¿Viste su cara?

—No.

—¿Dijo algo?

—No. Sólo jadeaba y se agitaba.

Parecía que el único secreto que Constanza podía esperar de aquella visita nocturna era la opinión de una novicia de que a la abadesa no le gustaban las monjas de Aragón. Y si para oír semejante conjetura había tenido que aguardar varias horas la llegada de la novicia, la espera había sido baldía.

—Todo eso podrías habérmelo dicho en la capilla. No comprendo cuál era el secreto que te imponía tanto disimulo...

La novicia Cixilona la miró, sorprendida.

—¡Es horroroso! Tengo amigas entre ellas... Tenía una amiga que ya ha muerto... —la novicia volvió a echarse a llorar—. ¡Las van a matar a todas!

—Eso ya lo has dicho, hermana —respondió Constanza—. Y tu opinión sobre las antipatías de doña Inés, aunque tuvieras razón, no me sirve de nada.

Constanza la dejó llorar. Se levantó y dio un paseo por la celda, con la convicción de que tampoco sacaría agua de aquella fuente, con lo sedienta que estaba su investigación. De todos modos, la novicia Cixilona era la única moradora del cenobio que se confesaba con ella, por lo que tenía que recabar alguna información que fuera realmente útil. Intentó obtener otras respuestas.

—Y dime, hermana: ¿hubo algún perro en la abadía?

—Lo hay, hermana. *Pilós.* Bien cariñoso es... Es de la abadesa y siempre revolotea a su alrededor. ¡Es de juguetón...!

—¿Dónde está?

—No lo sé..., por todas partes. —Cixilona, de pronto, pareció reflexionar, recomponiéndose de sus lágrimas—. La verdad es que hace días que no lo veo. Claro que, como me ha tocado turno de cocina, he salido poco...

—¿Cuándo lo viste por última vez?

—Pues... hace dos o tres días que... No recuerdo. Siempre tan alegre, tan... Hace días que... Es extraño.

—¿Por qué es extraño?

Cixilona se quedó pensativa.

—No sé. Siempre va con la abadesa... Y algunas veces con la hermana Lucía... Hoy no lo he visto, no. Ni ayer. No lo sé, hermana Constanza, puede que ande escondido por ahí.

—Sí, seguramente —afirmó la monja navarra, sin querer dar noticia de su muerte a la joven—. Y dime, hermana, ¿por qué crees que os ultrajan a vosotras y luego no os dan muerte, como a las otras?

Cixilona volvió a su tristeza.

—Porque nos dejamos hacer, hermana... Dios mío, perdóname.

—Entonces nada tiene que ver si sois aragonesas o no, hermana Cixilona. Pues vaya ayuda... —Constanza continuó su paseo por la celda, intentando encontrar alguna utilidad a la novicia—. Dime otra cosa, ¿qué opinión tienes de las hermanas Lucía y Petronila?

—¿Por qué me lo preguntas? —Cixilona arrugó el ceño—. Se dice que llevan mucho tiempo en el monasterio y por eso tienen el favor de la madre abadesa, no sé... Las tres son buenas amigas; y ambas gozan de su confianza...

—¿Qué clase de confianza?

—Bueno, no puedo hablar de lo que no sé, pero comprobé que ya era así cuando vine al monasterio, hará de ello más de año y medio. Están siempre juntas, comen a los lados de la abadesa, también rezan juntas en la capilla y, sobre todo, son las hermanas que custodian la torre.

—¿La torre necesita custodia?

—Oh, sí. Claro que es preciso.

—¿Por qué?

En el rostro de Cixilona se dibujó el miedo. Torció el gesto y enmudeció. Por su reacción, Constanza supo que ocultaba algo. Puso la mano en su hombro y la impelió a hablar.

—Tenemos prohibido hablar de ello, hermana —se excusó la novicia—. Es una norma que, si se infringe, se castiga con severidad.

—En ese caso necesito saber por qué.

Cixilona se cubrió la cara con las manos. Negó con la cabeza varias veces y sollozó.

—No puedo. No puedo hablar, hermana.

Constanza aceptó a regañadientes.

—Está bien. Entonces, iré yo misma a comprobar qué es lo que no puedes decirme. ¿Quién tiene las llaves de acceso a la torre?

—No lo sé. Las hermanas Lucía y Petronila y... ¡Pero no digas que te hablé yo de la torre, por favor! —suplicó la novicia.

—¿Por qué?

—¡Me encerrarían en ella! —le interrumpió Cixilona—. ¡Como a las aragonesas cuando las castigan! Y luego, luego...

—¿Qué más? ¿Qué pasa luego?

—¡No puedo hablar!

La novicia se puso de pie de un salto y salió corriendo de la celda. A Constanza no le dio tiempo a detenerla. Al asomarse a la puerta, ya había desaparecido por el fondo de la galería.

La torre. Algo había en la torre que la atemorizaba hasta el punto de ser incapaz de hablar de ello. El miedo se había vestido de pánico cuando la navarra trató de saber qué ocurría allí. Al menos, se confortó Constanza, había sacado algo en claro de la entrevista, pero nada sería de utilidad si no descubría de inmediato lo que se ocultaba en ese lugar.

Sin dudarlo, se abrigó con una toquilla de lana, tomó la lámpara y, protegiendo la llama con una mano para que el aire de la noche no apagase la vela, salió de la celda para encontrarse con el secreto de la torre maldita.

Un claro de luna le permitió caminar deprisa por el corredor, salir al claustro, cruzar el jardín y dirigirse a la torre que, en esos momentos, recortaba el lento cortejo de nubes hacia el este, procesión de caprichosas formas blancas bajo un enjambre de estrellas en el cristalino del cielo. La puerta del torreón, de madera sin labrar, estaba cerrada. El tamaño de la cerradura indicaba que sólo podía ser vencida por una llave de gran grosor, pero el inconveniente no le pareció suficiente para detenerla en sus intenciones. Constanza volvió a su celda a toda prisa, extrajo de su baúl los instrumentos que usaba para realizar las autopsias y regresó a la torre con el mayor de los punzones de hierro. Sus pasos resultaban escandalosos; cualquier quejido de una rama al quebrarse bajo sus pies y el vuelo de hojas desplazadas por el viento de sus andares podían oírse con claridad; pero tampoco le detuvo la posibilidad de que alguna monja la oyera en el trasnoche y saliera a su encuentro.

Introdujo el punzón en la cerradura, rebuscó con decisión el mecanismo de apertura hasta toparse con él, giró el punzón con habilidad y empujó la puerta. Los goznes no sólo gimieron: produjeron alaridos, un estrépito que no le importó. Y ni siquiera se detuvo a pensar en las consecuencias que podía ocasionarle el allanamiento. Si en el interior de la torre encontraba alguna explicación, lo demás carecía de importancia.

La vela fue dando luz poco a poco a la estancia y descubriendo sus perfiles. Al fondo se iniciaba la escalera que conducía a lo más alto; pero antes, alrededor de la amplia base de tierra, dos puertas permanecían cerradas.

Era un espacio descuidado y lúgubre, con una única antorcha en la pared, sin encender.

Constanza inició la subida de la escalera, pero al cuarto peldaño lo pensó mejor y eligió ver antes lo que podía encontrar detrás de aquellas dos puertas.

La primera tenía un cerrojo de hierro que descorrió sin esfuerzo y abrió con sólo empujar. Enseñó la vela al interior para que la sala se mostrara a la luz y se encontró con una mazmorra vieja, con argollas y cadenas amarradas a la piedra de las paredes y el suelo cubierto de tierra vieja y pajas sucias. Sin ventanas, lucernas ni tragaluces, carecía de ventilación y olía agrio, a podredumbre y a sangres resecas. Por su aspecto, podría asegurarse que hacía muchos años que no había entrado nadie allí. Se trataría tal vez, pensó, de un espacio inutilizado que se construyó en otros tiempos para el pernocte de alguna cabalgadura o para resguardar una piara de cerdos en las noches del invierno; y a punto estaba de salir de allí, para evitar la arcada, cuando la luz de la vela le hizo fijarse en un montón de paja que conservaba restos de sangre seca pero todavía roja, señal de que era reciente. Se acercó a contemplarla de cerca, tomó un puñado con la mano para comprobar si se trataba de lo que creía y, al removerla, quedó al descubierto un cuchillo de grandes dimensiones con la hoja manchada de sangre seca. Podía ser el que mató a la novicia que, según dijeron, había sido asesinada de una cuchillada en el corazón. Volvió a dejar el arma en el suelo, lo cubrió con la misma paja y salió pronto de la mazmorra.

La puerta de enfrente estaba también sellada por un cerrojo, algo mayor que el anterior, y por una cerradura de grandes proporciones. El cerrojo se dejó descorrer sin alaridos, pero la puerta no se abrió por mucho que Constanza trató de empujarla. De nuevo necesitó usar el punzón para vencer el mecanismo de apertura. Y cuando lo consiguió, después de tantear un rato la palanca del eje, abrió la puerta y se asomó a su interior.

Lo que vio, allí dentro, no podía creerlo.

Tuvo que tomar aire para no desfallecer y sostenerse en el quicio de la puerta.

Y, aun así, sintió que el mundo daba vueltas a su alrededor.

15

Quienes daban vueltas, merodeando cerca de la torre, eran las hermanas Lucía y Petronila, apilando fuerzas para abalanzarse sobre la monja navarra y acabar con su vida. Habían esperado a la medianoche para ir a su celda y cumplir sus propósitos pero, cuando llegaron, se encontraron con la puerta abierta y la estancia vacía. Entonces oyeron pasos en el exterior y los siguieron hasta la torre. Al comprobar que Constanza había profanado su santuario, se miraron horrorizadas.

—¡Lo ha descubierto todo! —susurró Petronila, aterrada.

—Ya es igual —respondió Lucía, resignada—. De todos modos no podrá contarlo a nadie.

—¡Tenemos que terminar con todo esto! —suplicó Petronila—. ¡Los nervios me están matando!

—Calma —pidió Lucía—. Cuando salga, será más fácil. No podemos correr riesgos.

—¿Riesgos? La sorprenderemos y...

—No. No quiero que vea mi rostro. No debemos confiarnos.

—¡Dios santo!

Agazapadas en la noche, las dos monjas esperaron la salida de Constanza sin saber que en ese momento estaba al borde de sufrir un vahído. Lo que había visto al iluminar la estancia protegida por un cerrojo y una llave la había llevado a la conmoción.

Aquella pieza estaba aún más sucia que la mazmorra anterior. Despedía un olor nauseabundo a heces, vómitos, orines y carne podrida, en una mezcolanza indescriptible. Por el suelo correteaban sombras, seguramente ratas, y la luz de la vela apenas llegaba a mostrar una pequeña parte de lo que se guardaba en el interior del habitáculo, amplio y cegado. Constanza venció el asco, pasados unos segundos, se recuperó del desfallecimiento y, tapándose la nariz y la boca con el pañolito que guardaba en su faltriquera, entró en el ergástulo para prender una antorcha de las muchas que había colgadas por las paredes.

Con la abundante luz de la tea descubrió varios instrumentos de tortura diseminados por la mazmorra, muchas cadenas atadas a argollas de la pared, cuerdas y látigos, diversas manoplas y guanteletes y otros utensilios destinados a la vejación y al sometimiento. Las ratas se desplazaban pegadas a los muros sin apresurarse, sabedoras de pasear por sus dominios, y por todas partes quedaban restos de heces, manchas de sangre y residuos infectos. En la pared del fondo, una gran cruz de madera con argollas clavadas en los extremos de los brazos parecía el más cruel de los castigos: allí se podía reproducir una crucifixión durante el tiempo que el verdugo quisiera colgar a sus víctimas. Se trataba, sin duda, de un auténtico ergástulo, un lugar para el suplicio que, con razón, tanto temía la novicia Cixilona.

La pregunta que no supo responderse Constanza era por qué existía un lugar así en un monasterio y para qué, o contra quién, se utilizaba. Porque estaba en uso, de ello no podía dudarse: los residuos no eran antiguos y el hedor se conservaba, así que no haría mucho que alguien había sido confinado allí.

Constanza de Jesús no pudo soportar por más tiempo la pestilente insalubridad de la mazmorra y salió. Dudó si convendría investigar más y descubrir con qué más podía encontrarse, pero creyó haber contemplado lo suficiente para hacerse una idea de los secretos que encerraba la abadía. Subir por la escalera le pareció innecesario; permanecer más tiempo en la torre, superfluo. Se santiguó tres veces seguidas para lavar el horror que había presenciado y salió al frescor de la noche.

Un frío nocturno que no sintió. Sus pies, perezosos, le obligaron a caminar despacio al salir del torreón. Tenía la cabeza llena con las imágenes del terror, sucediéndose visiones de novicias crucificadas, de esclavas al capricho de la abadesa, de torturas inhumanas, de vejaciones sin piedad. Cuadros de la maldad que habrían roto el corazón de cualquier ser humano como sin lugar a dudas se lo rompería al rey don Jaime en cuanto fuera informado de ello, igual que se lo habrían roto a tantos reyes piadosos y honestos que le antecedieron: Alfonso I el Católico, Alfonso II el Casto, Bermudo I el rey-monje, Fernando III el Santo, Alfonso IV el Monje... Imágenes horribles de pobres novicias corregidas con extrema crueldad por grandes que fueran sus faltas en aquella mazmorra del infierno. Y tal vez asesinadas, claro. No podía descartarse que en aquellas condiciones alguna de ellas hubiera muerto y, para disimular el crimen, en la abadía se estuviera dando pábulo a una coartada en forma de masacre de la que se vieron obligadas a dar cuenta al propio rey para que se involucrase y, si nada se descubriese, sosegar a la familia de las víctimas y salvaguardar la virtud del cenobio, escudándose en la Corona.

Caminaba despacio la monja navarra, sin separarse todavía de la torre, cuando las monjas Lucía y Petronila se prepararon para atacarla. El plan era, a su paso, abalanzarse sobre ella en la oscuridad de la noche y ahogar su defensa con repetidas puñaladas certeras, por la espalda. Una vez derrumbada, asegurarse de su muerte produciéndole una última herida en el corazón y después, para alejar sospechas, abandonar sobre ella un guantelete, una de las prendas de hombre que conservaban en la gran mazmorra. La noche las protegía, pero el silencio las obligaba a la cautela. La precisión, en todo caso, se hacía imprescindible.

Petronila preguntó con los ojos a Lucía si se echaban ya sobre la presa, y Lucía le pidió paciencia con las manos, indicando que lo mejor era esperar a que Constanza pasara junto a ellas. Lucía miró a lo alto y observó que pronto la luna se escondería tras una nube. Con suerte, coincidiría la mayor oscuridad con la llegada de la navarra. Ése sería el momento más adecuado.

Pero la situación se alteró cuando, de pronto, unos pasos agitados rompieron el silencio de la noche, una carrera enloquecida por el claustro y el patio en dirección a la torre sin precaución ni medida. Cuando se hizo visible, comprobaron que era la novicia Cixilona que iba en busca de Constanza. La propia navarra oyó la carrera de la joven y se quedó sorprendida al verla.

—¿A qué tantas prisas, hermana Cixilona?

—¡Necesito que me lo prometas, hermana Constanza! —suplicó la novicia—. ¡Por favor!

—¿Qué he de prometer? —se extrañó Constanza.

—No puedo dormir... Vueltas y más vueltas he estado dando en mi cama sin aliviar la inquietud. Tienes que prometerme que nadie sabrá que te he hablado de la torre...

—Ah, es eso —aceptó la navarra—. Lo comprendo. ¿Estuviste allí alguna vez?

—Dios no lo quiera —se santiguó Cixilona—. Sólo es prisión para las hermanas aragonesas, y yo no quiero que me lleven allí.

—¿Y por qué las llevan?

—Para purgar sus pecados.

—¿Qué pecados?

—No lo sé. Eso es lo que he oído. Y, cuando salen, no nos permiten verlas hasta pasadas algunas semanas. Deben de enfermar allí, o sufrir castigos. ¡No me preguntes más, hermana, por el amor de Dios! Sólo prométeme que no dirás a nadie que yo...

—Tranquilízate —Constanza le pasó la mano por la espalda y se alejó con ella de allí—. No se lo diré a nadie. No hace falta. Te aseguro que por mi causa no habrá un solo castigo más en esta abadía maldita. Vamos, tenemos que intentar dormir...

Las monjas Lucía y Petronila escucharon la conversación resguardadas en la oscuridad y se miraron desconcertadas. Sin poder llevar a cabo su plan ni poder explicar todo lo que había visto la monja navarra, no les quedaba más remedio que esperar a sucumbir a la furia real o intentar la huida. Petronila lo dijo con claridad:

—No quiero morir. No. No voy a morir, te lo aseguro, Lucía. Al alba saldré del monasterio para no volver jamás.

—Huiremos juntas —aceptó su amiga—. Pero, mejor, después de vísperas. No debemos levantar sospechas.

—¡No quiero morir!

—El día y la hora es sólo voluntad de Dios Nuestro Señor, hermana Petronila —respondió Lucía sin alterarse—. Recemos: *Pater Noster, qui es in caelis, sanctificetur nomen Tuum...*

ÚLTIMA JORNADA

1

Las horas, aquella noche, transcurrieron despacio. El tiempo se olvidó de toda clase de apresuramientos y el oleaje del miedo se acostó con la joven Cixilona, sin permitirle dormir. Algo similar le ocurrió a Constanza de Jesús, pero embriagada por una sensación bien distinta: no de miedo, sino de ansiedad. Deseaba que la noche se hiciera corta para correr a contar al rey cuanto había contemplado y exponer las conclusiones a las que iba llegando, porque la interminable noche propició que sus reflexiones se alargaran también, y a medida que iba encuadrando sus especulaciones en el tablero de ajedrez tejido en la abadía, sus convicciones se ampliaban más y más, en una espiral a la que tuvo que poner coto para no terminar involucrando en la mugre al mismísimo papa.

Los culpables temen a la noche porque en el fondo se temen a sí mismos, y durante la noche, al igual que durante la muerte, es cuando un ser humano se queda a solas consigo mismo. Las hermanas Lucía y Petronila, así, velaron el curso de las estrellas porque sus conciencias no les permitieron el sosiego, haciendo planes de fuga. Y Petronila, en algunos momentos, sofocando incendios de inmolación. El suicidio no es una solución, pero durante unas horas le pareció la única salida. Luego, con el contrito rezo de maitines y con las primeras luces del alba, la tentación de quitarse la vida cedió para dar paso a la resolución de la huida.

Noche de luna, noche de vela. Así la pasaron el rey y Violante abrazados al amor; Cixilona y Constanza, sumidas en sus inquietudes; Petronila y Lucía, enfangadas en el miedo. Hasta don Fáñez veló, entusiasmado por la mejoría de su enferma, a la novicia Catalina. En cambio la reina doña Leonor durmió bien, al igual que sus damas.

Y doña Inés, la abadesa, lo hizo bien también, después de concretar su último plan, el definitivo, pero gracias a la cotidiana pócima adormidera a la que se había entregado desde mucho tiempo atrás.

Cuando llegó la hora del desayuno, don Jaime entró en el comedor con los ojos distraídos y la sonrisa sin disimular. Violante, despierta como nunca, se exhibió con tanta energía que no dudó en mostrarse altiva al situarse detrás del rey, con la fuerza que el amor le había infundido y la serenidad que da la seguridad de sentirse amada. La abadesa, informada por las hermanas Lucía y Petronila de lo acaecido la noche anterior, parecía meditar mientras las hermanas del servicio se apresuraban a poner ante don Jaime los alimentos matutinos. Constanza, con las mejillas enrojecidas, no dijo nada, pero no dejó un solo momento de rascarse la cabeza, los pómulos, la barbilla y la nariz, lo mismo que si hubiera sido atacada por una bandada de insectos y no pudiera contener el picor.

—¿Hoy tampoco acudirá la reina al desayuno? —preguntó don Jaime a la abadesa—. Tal ausencia de apetito va a terminar enfermándola.

—Lo ignoro, mi señor —replicó doña Inés con la mirada huidiza y el semblante crispado—. Al rezo de maitines acudió puntual.

—En tal caso, no esperemos más —concluyó el rey—. Buenos días, Constanza.

—Ah, sí —pareció despertar la monja navarra—. Sí, claro... Buenos días, señor.

—Pareces cansada...

—¿Cansada? ¿Yo cansada? ¿Eso creéis, señor? ¿Cansada os parezco? ¿Sí, de veras?

Don Jaime interrumpió la ingesta de la leche que bebía y se volvió para observarla.

—Pero ¿se puede saber qué te pasa? —el rey alzó los hombros, desconcertado—. ¿Te encuentras bien?

—¿Bien? Sí, naturalmente... Bien, sí... Estoy bien... ¿No os parece que estoy bien? ¿De veras?

Don Jaime fijó los ojos en ella con el gesto de quien se topa con algo negro con patas que se mueve al levantar una piedra plana y permaneció en esa actitud un rato mientras, abstraído, dejaba su taza y comenzaba a mordisquear una manzana. Trató de descubrir en los ojos de la monja la causa del desvarío, pero sólo asistió a la consabida sinfonía de uñas buscando lugares para rascarse y a una absorta actitud que luchaba por salir de su enajenación, sin conseguirlo. Sumida en un ensimismamiento embobado, no se sabía si meditaba o soñaba con los ojos abiertos, pero en todo caso sus maneras no es que fueran extrañas, es que resultaban incomprensibles. De inmediato el rey se dio cuenta de que algo sucedía y, antes de terminar su manzana, pidió que le dejaran a solas con Constanza, que cerraran bien las puertas de la estancia y que no se le molestase, aunque fuera la reina quien tratara de acudir al desayuno.

—A ver, Constanza, ¿qué has desayunado?

La monja salió de su embelesamiento, sorprendida por una pregunta tan banal, y miró a don Jaime con un rictus muy parecido a la perplejidad.

—¿Desayunado? No sé. Pues... un poco de aquí y otro poco de allá... No lo sé... ¿Os podéis creer que no me acuerdo?

—¿Leche, dulces, frutas, pasteles...? ¿No habrá sido una buena jarra de vino, tal vez?

—¿Vino, mi señor? ¿Vino para desayunar? —Constanza no asimiló la pregunta—. Bueno, es posible que alguna vez, en los días más crudos del invierno, desmigara algo de pan en un tazón de vino para combatir los rigores del clima, pero hoy, mi señor..., no es el caso, no. No creo que sea el caso. ¿Por qué lo preguntáis?

—¡Vamos, Constanza! —el rey se levantó y se acercó a ella—. Dime de inmediato lo que te ocurre porque te conozco lo suficiente para saber que me ocultas algo. Y si no es a causa de la embriaguez...

—No oculto nada, señor.

—¿De verdad?

—Es que... En fin, señor... De tanto como he visto, no sé hasta dónde puedo hablar...

—¡Hasta que se te seque la lengua, vive Dios! —se enojó don Jaime—. ¡Y empieza ya, te lo ordeno!

—Pues no hay mucho... —Constanza negó con la cabeza a la vez que se rascaba la nuca bajo su toca—. Salvo que puedo jurar que estamos hospedados en una habitación del infierno.

—¿Cómo dices?

Constanza, entonces, comenzó a hablar con calma y no ahorró detalles a la hora de describir la visita de la novicia Cixilona en medio de la noche, la noticia de la torre sellada, el allanamiento de su interior, el descubrimiento de sus mazmorras y los instrumentos de tortura y dolor que se almacenaban en ellas... Cuerdas, cadenas, argollas, clavos... Suciedad, hedor, oscuridad, ocultación... Una cruz de madera donde se realizaban crucifixiones reales... No guardó nada para sí. La enumeración de los horrores y el repaso a todo lo observado en la visita, revividos durante la noche, analizados y estudiados para llegar a alguna conclusión, le habían impedido dormir, y todavía se encontraba bajo los efectos de la espeluznante visión. Ello, y no otra razón, dijo, era la causa de las alteraciones que había observado el rey. Al acabar, Constanza se había hecho sangre en el lóbulo de la oreja a fuerza de rascárselo con exageración.

—Es horrible, sí... Primero el osario infantil y ahora esto. Dime, Constanza: ¿qué piensas después de todo lo que me cuentas, mi buena amiga? —preguntó don Jaime tras permanecer un buen rato digiriendo todo lo oído—. Porque, conociéndote, a buen seguro que la noche ha dado mucho de sí en tu cabeza.

—No os lo creeríais, mi señor...

—Pruébame. Veamos.

La hermana Constanza cerró los ojos, se recostó en el sillar, respiró profundamente y tamborileó con los dedos sobre el brazo del asiento. Pensaba que toda idea necesitaba arrasar con las anteriores para hacerse un hueco y florecer, así que convenía explicarle al rey que todo lo concebido hasta entonces, incluida la convicción de que el causante de la matanza era un hombre, había que dejar de considerarlo y dar por bueno que las sucesivas muertes eran sólo un señuelo. Aunque también dedujo que no iba a ser fácil que don Jaime lo aceptara, por lo que tal vez debería ser un pensamiento guardado, por ahora, para sí misma.

También pensó que expresar con crudeza cuanto había deducido podría ser considerado una calumnia, y en consecuencia perder la confianza real al no ser capaz de demostrar sus convicciones. Por ahora no tenía ninguna prueba que las avalase. Por nada querría alejar de ella la confianza de don Jaime y, mucho menos, arriesgarse a ser castigada por pecado de osadía. Pero el rey le pedía que hablara con claridad, que dijese cuanto pensaba, y en ese dilema se entretuvo mientras don Jaime esperaba, con impaciencia, a que iniciase la exhibición de su habilidad y sentido común que fundamentaba su buena fama. Abrió los ojos muy despacio, se rascó la cabeza a través de la toca y dijo:

—Perdonadme, señor, pero carezco de pruebas para afirmar que doña Inés, nuestra abadesa, intenta por todos los medios a su alcance que este monasterio sea un cenobio femenino exclusivo para hijas de la nobleza catalana.

—¿Eso es todo?

Constanza repitió la fórmula, animada por la serenidad mostrada por el rey.

—De nuevo os ruego disculpas, mi señor, pero carezco de pruebas para asegurar que la abadesa, confabulada con las hermanas Lucía y Petronila, han urdido un macabro plan para ahuyentar a las hermanas aragonesas de la abadía y luego...

—¿Qué clase de plan, según tú? —se interesó don Jaime.

—No estoy segura, señor —dudó la navarra—. Porque carezco de pruebas para culparlas de las muertes y violaciones que nos han traído hasta aquí.

—¡Eso es una acusación muy grave, Constanza!

—No acuso, mi señor —Constanza se llevó el dedo meñique a la papada—. Insisto en que carezco de pruebas. Tan sólo he sabido por la novicia que me visitó anoche que las aragonesas son las únicas que sufren castigos, que son confinadas en esas lúgubres mazmorras sin que nadie sepa lo que les ocurre allí dentro, y que, cuando salen, pasan en ocasiones varias semanas sin ser vistas, acaso reponiéndose de sus daños en la enfermería que conocemos. Y me temo, por otra parte, que algunas no salen con vida.

Don Jaime arrugó los ojos. Por una parte confiaba por completo en la agudeza de la monja navarra, y estaba seguro de que, si hablaba de ese modo, no lo hacía sin razones en las que sostenerse. Sus motivos tendría. Pero por otra parte la abadesa doña Inés era un pilar en el seno de la nobleza catalana, un punto de referencia religioso respetado y alabado por todo el reino de la cristiandad, y toparse de lleno con la sospecha de semejantes atrocidades era un risco inexpugnable, muy difícil de conquistar. Exigió más datos de lo que afirmaba.

—Es tan grave cuanto insinúas que necesito seguridad de su certeza, Constanza. Explícate: ¿sólo lo imaginas o tienes manera de demostrar lo que dices?

La monja cabeceó a un lado y otro, lamentándolo, incapaz de encontrar el modo de hacer ver al rey cuanto ella vislumbraba con claridad. Guardó unos segundos de silencio y, sin estar segura de adónde le conduciría el camino, comenzó a transitarlo descalza, sin protección alguna.

—Señor: hace más o menos dos años fui requerida por el señor arcipreste de Lizarra, don Eginardo, para encontrar explicación a un extraño suceso que se llevaba produciendo en su burgo durante parte del otoño y todo el invierno. Y ello no era sino que, en mitad de la noche, en todas y cada una de las noches, las cabras se ponían a chozpar, las ovejas a balar y los cabritos a arruar como jabalíes, con tal alboroto y persistencia que era imposible conciliar el sueño a diez leguas a la redonda. Las primeras noches acudieron los vecinos a comprobar la causa de la algarabía, sin encontrar explicación. El mismo don Eginardo, varias veces, pasó las noches en vela junto a los rebaños para intentar comprender la insólita actitud de la ganadería, pero tampoco encontró motivo para la sublevación. Así es que, sin poder soportar por más tiempo el insomnio a que estaba siendo condenada la comarca, reclamó mi presencia para desentrañar el enigma. Cuando al cabo de unas jornadas llegué a Lizarra, no encontré nada extraño que me alumbrara en la pesquisa, y no fue hasta pasados dos días cuando comprendí que aquellos animales no estaban poseídos por el diablo, sino que balaban y chozpaban porque una de ellas, la mejor cabra del burgo, que ejercía de reina del rebaño, comenzaba su serenata y todas la imitaban sin saber por qué. Yo sabía la influencia que ejerce sobre las manadas y rebaños el ejemplar más poderoso y, al descubrirlo, aparté a aquella cabra del cobertizo y ordené que la llevaran lejos, donde no pudieran oírla sus iguales, y así resultó que nunca más se alteró la madrugada con voces extrañas. No sé si comprendéis lo que os quiero decir, mi señor.

—Si te he de ser sincero —abrió los brazos el rey—, no. En absoluto. Lo único que alcanzo a entender es que has pasado una mala noche, eso es todo.

—Intento decir que, en ocasiones, la manzana podrida que echa a perder los demás frutos del cesto es la más hermosa, la que ornamenta con su presencia a todas las demás por ser la más visible. Y si esta abadía se pudre, no es desatino razonar que pudiera ser a causa de quien todo lo preside y ornamenta.

—¿Doña Inés?

—Doña Inés, sí. Imaginad por un momento que...

—¡Ni quiero ni puedo imaginar, Constanza! —interrumpió el rey, disgustado—. Para llegar a pensar algo así necesitaría pruebas, hechos, seguridad, evidencias. ¿Cómo me pides que dude de una de las más santas mujeres del reino, considerada así por todos en la Corona de Aragón, sin más indicio que lo que imaginas, sospechas o, incluso, fabulas? ¡No me hagas perder la paciencia, Constanza!

—Mi intención, señor, no es tal.

—Pero, ¡por todos los santos! ¿Es que en tres días no has podido llegar más lejos en tus averiguaciones? ¡Necesito una prueba! ¡Me decepcionas, Constanza!

La monja asintió y, para disimular su enojo, arrancó una pera de la fuente y le dio un mordisco rabioso, con el mismo ímpetu que lo habría dado en el cuello de don Jaime por su ceguera. No entendía la estrechez de miras de su rey.

—¡Bien, mi señor! —espetó la monja, airada—. ¡Pruebas! ¡Pedís pruebas! Pues permitidme deciros que los indicios son sospechas razonables y que la acumulación de indicios son algo más que sospechas: suelen ser evidencias. ¿Queréis pruebas? ¡Os las daré! Pero os ruego que recapacitéis un instante.

—¿Acerca de qué? —el rey se amilanó ante la firmeza de la monja navarra y cambió el tono de voz, suavizándolo.

—Sobre los hechos. Sólo sobre los hechos que conocemos. Doña Inés negó que hubiera un perro en la abadía, y lo había; doña Inés se resistió a mi investigación hasta que conoció vuestras órdenes; doña Inés ampara vejaciones y castigos a las hermanas aragonesas...

—Tal vez ignore la existencia de esas mazmorras...

—¿Lo creéis?

—¡Yo sólo creo en Dios y lo demás lo compruebo, Constanza! ¡Y eso es lo que has de hacer tú también!

—Cierto, señor. Lo comprobaré y lo probaré. Muy pronto. Os lo aseguro. Pero el osario infantil, la apresurada marcha del médico del cenobio, la aparición del inútil de don Fáñez, la desconsideración dada a la hermana Catalina, el miedo de la hermana Cixilona, los hallazgos macabros en la torre y, sobre todo, vuestra repetida aseveración de que lo encontrabais todo muy extraño en este monasterio son hechos a los que vos mismo habéis asistido o conocido por mí. Pero ¿qué más necesitáis ver para, por lo menos, sospechar de la hermana abadesa? ¿Queréis oírlo de su propia boca? ¡Si hasta se ha hundido el *scriptorium* para que, casualmente, no tengáis la libertad de comprobar cuanto allí se contenía! Procurad que lo reconozca, mi señor; instadla a que confiese su culpabilidad. ¡Ya veréis el resultado! ¡Lo negará todo! ¿O es que la creéis capaz de declararse culpable?

—Si lo fuera, tal vez... En todo caso prefiero actuar con cautela porque *accipere quam facere praestat iniuriam.*[8]

—Os admiro, señor —suspiró Constanza—. Sois bueno y creéis en la bondad ajena. Yo, en cambio, carezco del don de la ingenuidad. Y además sufro con cuanto sospecho, porque es nuestra sangre la que nos lastima, no las ajenas. Y la abadesa, como yo, somos hermanas en el cuerpo de Cristo. Ojalá estuviera confundida. Ojalá. Pero os lo ruego, mi señor: cuidad de vuestra vida, majestad; cuidadla. O mucho me equivoco, o vos sois el precio.

—Retírate, Constanza. —El rey no quiso seguir escuchándola—. Cuando vuelvas con pruebas, me encontrarás aquí, esperando. Entre tanto, más vale que no calcules mi precio, sino el tuyo...

8. «Más vale ser objeto de una injusticia que cometerla.»

2

En ese momento una hermana del cenobio tocaba a la puerta del aposento de doña Leonor de Castilla porque portaba una carta que acababa de llegar de Caspe. Un mensajero real la había depositado a las puertas del monasterio con el encargo de que se hiciese entrega de la misiva a la reina a la mayor brevedad.

Doña Leonor esperaba noticias porque había dejado ordenado que se le mantuviera informada cada dos días de las novedades de su hijo, el príncipe Alfonso, y se sentó a leerla, con calma, para ver qué nuevas le transmitía el escribano de la corte. Las damas, contentas también por la distracción que suponía recibir noticias del exterior, se sentaron alrededor de la reina para leer, en los gestos de su cara, las sensaciones que la carta le producía. Hasta que dijo:

—¡El príncipe está enfermo!

La voz de la reina, ahogada por la presión de su mano en el pecho, levantó un coro de gemidos y un revuelo de lamentos.

—¡Dios mío!

—¿Qué tiene?

—¿Es de gravedad?

—Decid, señora.

La reina siguió leyendo con atención, buscando más datos de la enfermedad de su hijo, y mantuvo en vilo a las damas, que, expectantes, no se atrevían ni a respirar. Se hizo el silencio en la sala. Se hizo la espera en los corazones. Se hizo la luz en los ojos. Se hizo la quietud en el mundo. Y de pronto el silencio, la luz, la espera y la quietud se alinearon como la hoja de una espada y el aire se cortó con su filo. La reina aproximó el papel a la luz de la ventana para leer con mayor avidez el relato del escribano real y, por los gestos de su rostro, ora contraídos, ora más relajados, era imposible averiguar la verdadera naturaleza del mal que aquejaba al príncipe.

—Señora, por el amor de Dios —suplicó Berenguela, la dueña.

Doña Leonor no atendió el ruego. Ni siquiera lo oyó. Siguió leyendo las líneas escritas con esmerada caligrafía por su remitente hasta que, al fin, concluyendo la carta, estrechó el papel contra su pecho, respiró profundamente y exhaló un suspiro.

—El príncipe se ha resfriado —dijo con la solemnidad del drama.

Las damas permanecieron unos instantes en silencio. Y luego decidieron compartir el dolor de su señora.

—Un fuerte resfriado, seguro.

—En esta época del año son peligrosos.

—¿Qué os proponéis hacer, señora?

—¡Pobre don Alfonso! Con lo pequeño que es...

—Y tan delicado...

La reina, sin separar la carta de su pecho, se levantó y caminó hasta la ventana, pensativa. Las damas deseaban, impacientes, que ella dijera algo, recuperando el silencio, la espera, la luz y la quietud; pero doña Leonor no abrió la boca. Parecía meditar, mirando al infinito, la mejor decisión.

Finalmente se volvió hacia Berenguela y dijo:

—Dueña, prepáralo todo para la marcha. Volvemos a Caspe.

—¿Y el rey, mi señora? —se extrañó la dama—. ¿No vais a esperar a hablar con él?

—Es una decisión de madre, no de reina. Prepáralo todo.

La reina parecía estar mirando una bola de cristal en la que se sucedían imágenes de lo que iba a ser su futuro. En ella podía verse sola con su hijo, sin ser esposa ni reina porque el matrimonio había sido anulado, pero sabiéndose madre de un rey al que, por amor a su hijo y a Aragón, y por lealtad a su sentido del deber, por haber nacido en Castilla, se entregaba hasta dedicar cada minuto de su vida. Veía en el futuro un retiro espiritual en el monasterio de Santa María la Real de Las Huelgas, una confiada espera hasta que llegara la hora de entregar su alma a Dios y una zozobra continua por conocer si su hijo corría algún peligro en las cruzadas contra el Islam o entre las celadas tendidas por sus nobles, hijas de la envidia, de la avaricia o de la traición. Miraba el horizonte como si fuera el mapa de su futuro y se le agitaban las sangres porque no veía en su geografía ni un instante de sosiego. A veces contemplaba en su visión el abrazo al príncipe y sentía el calor del afecto, pero de inmediato alguien o algo se lo arrebataba, y entonces a la serenidad le seguía la ansiedad, y al grito, la gruta, y desde su impotencia sólo se le ocurría llorar, aun sabiendo que nadie lo vería ni habría quien acudiera a secar sus lágrimas. La reina parecía verlo todo, allá en la línea que se dibujaba en el horizonte de su ventana y en el confín de su alma, y respirar se le hacía difícil. Pero había tomado la decisión de ser fuerte, de afrontar lo que el destino le deparase y de dedicar, mientras le dejaran, su vida al cuidado del príncipe. Por eso se pasó la mano por la frente, arrastró las malas ideas y se volvió hacia sus damas.

—Preparadlo todo, amigas mías. Y tú, Berenguela, ve en busca del rey, nuestro señor, y solicita audiencia en mi nombre.

—En seguida, mi señora.

—Ah, y comunica mi decisión a Violante y que se prepare también. Vuelve conmigo a Caspe.

La dueña se quedó inmóvil por un instante. Las otras damas interrumpieron lo que estaban haciendo y miraron también a la reina, que no alteró un músculo de la cara al comunicar la decisión. Se sintió confundida al observar los gestos de sorpresa que leyó en los ojos de sus sirvientas.

—¿De qué os extrañáis?

—No..., de nada, señora —balbució Teresa.

Las damas volvieron a sus quehaceres pero atendiendo de reojo a la reina, intrigadas por lo que se proponía.

—¿Es que acaso debería dejarla junto a mi esposo? —preguntó al fin doña Leonor, airada, al asistir al interés que su mandato había causado—. ¿Lo creéis así?

—No, señora... —replicó Berenguela—. Pero considerad que el rey puede exponer que necesita ayuda de cámara y...

—Si es así, puede solicitarlo a la abadesa, ¿no? —argumentó.

—Claro —afirmó Sancha.

—O reclamar una dama de corte al Alférez Real —dijo Águeda, alzando el hombro, desentendiéndose—. En el campamento pernoctan muchas otras damas.

—Como deseéis, señora —suspiró la dueña—. Pero me temo que al rey no le va a gustar vuestro encargo.

—No te preocupes por ello, Berenguela. —La reina afrontó el comentario de la dueña como si de una agresión del propio don Jaime se tratara—. De los estados de ánimo del rey, al igual que de la compra de sus camisas de dormir, me encargo yo. Ahora lo que importa es la salud del príncipe, no la lascivia real. Además, sabed todas que en estos momentos no me importa nada lo que pueda pensar. El rey debería saber que soy una mujer en el fondo de un callejón sin salida que trata inútilmente de huir de su memoria. Ya se lo haré comprender si lo olvida. Ya lo haré...

Cuando Berenguela iba a abandonar la estancia para cumplir el encargo, la reina indicó a sus damas que prepararan los baúles y enseres para el viaje de retorno, y todas fueron a guardar cosas menudas que se les podían olvidar. Ella se sentó ante el bastidor a ver si antes de partir podía concluir la pluma de ese pavo real al que empezaba a aborrecer por la excesiva variedad de su colorido, dio algunas puntadas antes de cambiar el hilo y dejó que sus pensamientos retomasen el vuelo libre que últimamente acostumbraban. Y sin poder evitarlo se le instaló en la cabeza la idea de que, si el rey muriera en la conquista de Mallorca que preparaba para el otoño, su hijo sería coronado como nuevo monarca y el resto de su vida podría continuar con normalidad, alejada de temores y repudios. Y, al igual que un río arrastra un canto, y otro más, esa idea luctuosa arrastró una nueva idea también de muerte, mostrándole que había otras muchas maneras de que el rey muriera, no sólo en la guerra, sino en la paz; no sólo en el combate con el enemigo, sino en la relajación de sus sueños, mientras durmiera; no sólo a mano enemiga, sino por mano amiga, incluso por mano de esposa. La muerte de un rey nunca deja vacío un trono, expresó su idea inesperada, porque mientras haya un heredero la institución no cae en la orfandad. Y lo había: su propio hijo, el príncipe Alfonso, que sería coronado en las Cortes de Aragón y luego juraría el resto de sus títulos. La idea de la muerte, para su sorpresa, no le causó temor ni dolor; incluso la percibió con un cierto alivio. Precisamente por eso, al darse cuenta de la altura que había tomado el vuelo de sus pensamientos, tan cercano ya a las puertas del infierno, se asustó y dejó de coser, levantándose con brusquedad y pidiendo una copa de agua para lavar el pecado que su corazón estaba cometiendo.

—¿Os encontráis bien, señora? —preguntó Berenguela.

—Sí..., sí. Bien —respondió, pero sus dedos temblaban y un sudor frío empapó su frente.

—Sentaos aquí —la dueña descubrió la inquietud de la reina y la llevó hasta el sillar que había junto a la ventana.

—Gracias —sonrió ella, componiendo una mueca forzada—. No ha sido nada. Temo por mi hijo.

—Se pondrá bien, seguro.

—Lo sé.

En ese momento se abrió la puerta del aposento y entró don Jaime dando grandes zancadas. La reina se sobresaltó, como las damas de su corte, y no tuvieron tiempo de inclinarse en una reverencia cuando el rey ya estaba preguntando, a voces:

—¿Qué le ocurre a mi hijo?

—Tranquilizaos, señor —rogó la reina—. Se ha resfriado. Me lo ha comunicado por carta el escribano real, por eso parto ahora mismo con mis damas a Caspe. Regreso a casa.

—Me parece bien —aceptó el rey—. ¿Qué más escribe don García?

—Detalla que tiene algo de fiebre, toses en la noche y estornudos frecuentes durante el día. —La reina tomó la carta que había depositado sobre la mesa y se la intentó entregar a su esposo, que no la recogió—. El príncipe permanece en cama atendido por los médicos y don García asegura que no hay motivos para preocuparse, pero en esta situación prefiero estar al lado de nuestro hijo. Saldré en cuanto esté dispuesto mi equipaje.

—Como deseéis, señora. Ordenaré una escolta.

—Ah, y me acompañan mis damas, como es natural. La princesa Violante también.

—Lo comprendo —el rey no puso objeción.

—¿No os importa quedaros sin camarera a vuestro servicio, señor? —preguntó con malicia la reina.

—De ningún modo —respondió con la misma malicia don Jaime—. Ardo en deseos de que la conozcáis mejor. Algún día será la reina.

—Ya —se rindió doña Leonor—. Lo comprendo.

—De Hungría —aclaró el rey, sonriendo mientras se doblaba en una reverencia exagerada a su esposa.

—Ya, claro. De Hungría. —Doña Leonor se volvió para que su esposo no descubriera el dolor del golpe—. De Hungría.

Don Jaime salió de la estancia con el mismo paso apresurado con que había llegado y dejó en el aire un viento helado que no hubo manera de caldear. La reina depositó la carta, de nuevo, sobre la mesa y tomó asiento ante su bastidor. Las damas, sin hablar, se afanaron en recoger los ropajes reales e ir acomodándolos en los baúles, y sólo Águeda se atrevió, pasados unos minutos, a romper el silencio preguntando:

—¿Hemos de tratar de alteza a Violante, señora? Perdonadme, pero ¿cómo hay que dirigirse a una futura reina de Hungría?

La reina observó a la dama, intentando descubrir si bromeaba o no.

—Mientras siga a mi lado —respondió al fin—, será una de mis damas, nada más. No hay razón para rendirle honores.

—Qué alivio —sonrió Águeda—. Ya me veía tratándola con exceso de confianza y poniendo en peligro mi lengua...

—Pues tú sigue así, Águeda —le reconvino Berenguela—, que como te oiga el rey, nuestro señor, algún día terminará sirviendo de alimento para los perros...

3

—¡Un caballo!

El rey galopó hasta el campamento donde se habían acuartelado sus tropas y no se cuidó de sortear los charcos al avanzar entre las tiendas hasta llegar a su pabellón, señalado por el pendón real, salpicando de barro y lodo a quienes, sin tiempo para apartarse, tampoco lo tuvieron de rendirle un saludo de bienvenida. Don Blasco, el Campeón, corrió a su encuentro, pero tampoco llegó a tiempo de sujetar las bridas para que el rey descendiera de la cabalgadura. Las trompetas que debían anunciar su presencia guardaron silencio. El rey llegaba con prisas y no dio ocasión a ser recibido como era obligado. Tanto apresuramiento llevaba que ni siquiera él reparó en la ausencia del protocolo.

—Pasa a mi tienda, don Blasco. Tenemos que hablar.

El Alférez Real siguió a don Jaime al interior del tendal y esperó a que el rey tomara asiento para dar dos palmadas y encargar que trajeran vino de inmediato. Luego se sentó cerca de él y observó el techo, hacia lo alto del palo central que sostenía el telar.

—Aún no ha puesto la golondrina, señor —informó—. Estamos a tiempo de deshacer el nido.

—Dejemos eso, don Blasco —negó el rey—. Esa golondrina es mi invitada y ya te dije que vamos a dejar las cosas como están. Ahora necesito que ordenes los preparativos del viaje porque la reina vuelve a Caspe.

—¿Será hoy?

—Hoy mismo, sí. Quiero que se produzca su partida lo antes posible. Y manda que se doble la escolta porque es preciso que realice el viaje con la mayor seguridad que se le pueda procurar.

—¿Teméis por ella?

—Mi hijo está enfermo y necesita a su madre. Eso es todo.

El primer caballero del reino se puso en pie, hizo una reverencia y salió de la carpa para dar las instrucciones precisas al conde don Ramiro de Ejea, que esperaba al otro lado de la entrada. El conde corrió a prepararlo todo en tropas y carros de provisiones y don Blasco volvió al momento junto a su rey.

—Todo estará dispuesto dentro de una hora, señor —informó, a la vez que servía una copa de vino y la ponía en manos de don Jaime—. Os noto preocupado... ¿Es grave la dolencia del príncipe?

—No, en absoluto. No es nada de importancia.

—¿Y en tal caso, vuestro semblante sombrío...?

—Lo único que sucede es que en ese convento se suman las intrigas y ahora me dicen que incluso debo velar por mi vida. Eso es todo. No quiero que la reina pase también por ese riesgo, si fuera cierto.

—¿Creéis en ese peligro, majestad? —se interesó don Blasco—. ¿Es fiable la fuente?

—No. No creo que exista tal peligro. —El rey se quitó la corona y la depositó junto a él, en una mesa—. Pero esa monja navarra, Constanza de Jesús, es una mujer tan tozuda como despierta, tanto que con gusto la nombraría capitán de alguno de mis regimientos. Y es ella la que está preocupada y ha conseguido contagiarme sus suposiciones. Temo que si no está en lo cierto deba acusarla de injurias, y no me gustaría hacerlo.

—¿Puedo ayudaros, señor? —el Alférez Real no pareció tomar en consideración los temores de la monja ni las consecuencias de sus maledicencias, por lo que hizo la pregunta sólo como muestra de buena voluntad hacia el rey.

—No lo creo necesario —respondió don Jaime suspirando y mesándose las barbas, mostrando un cierto agobio—. Pero hagamos una cosa: dispón una guardia en todas las puertas del monasterio. Dos hombres bastarán en cada puesto. Y que se releven cada ocho horas mientras yo permanezca en la abadía, de día y de noche.

—Se hará como decís. Y ahora, bebed, mi señor. Hay buenas noticias.

—¿Ah, sí?

—Sí —sonrió don Blasco, y con un recobrado gesto de satisfacción inició el relato de las novedades con sumo agrado—. No lo esperaba, señor, pero todo ha sucedido con gran rapidez. Ayer, después de vuestra visita, envié a un mensajero a Lérida informando de vuestra decisión de iniciar la expedición sobre Mallorca con o sin ayuda de los nobles catalanes, y esta mañana, a su regreso, el mensajero ya traía una carta de las Cortes catalanas comprometiéndose en la empresa. Sorprendente el cambio de actitud de vuestros súbditos y la celeridad con que se ha tomado la decisión, ¿no os parece?

El rey bebió de su copa de vino mientras sonreía para sus adentros. A él no le sorprendía en absoluto, pero se abstuvo de decir lo que pensaba: que algunos de sus nobles sólo se ponían en pie si oían el tintineo del oro sobre el adoquín, si apreciaban las músicas de la plata repicando en el mármol y si atendían las voces que llamaban a la rapiña y a la riqueza fácil, al botín. Sólo dijo, con los ojos fijos en su copa de vino:

—El enriquecimiento es la más perversa de las aspiraciones, don Blasco, porque no es posible que alguien se enriquezca sin que otro se arruine. La ruina de los mallorquines engordará muchas bolsas. Eso es todo.

Don Blasco intentó terciar en la severidad del monarca.

—En todo caso, preferiría considerar otros motivos, como la lealtad a vos, a la Corona y a la cristiandad, mi señor. Lo preferiría.

—Ah, ¿así lo crees, don Blasco?

—A la fuerza he de pensarlo, señor. No olvidéis que me pondré al frente de las huestes en esta empresa, y sufriría grandes dolores de tripas si pensara que mi única misión es dirigirlas en busca de oro. Necesito pensar que encabezo un ejército caracterizado por la dignidad y la nobleza.

—En ese caso, lo comprendo —don Jaime volvió a beber de la copa.

Luego miró a las alturas, donde la golondrina iba y volvía en su afán de completar el nido y empezó a pensar en la perseverancia del ave y en la meticulosidad de su trabajo. Aquella golondrina tenía que ser catalana, sin duda, porque esa laboriosidad y contumacia eran características de aquel pueblo. Lo que no entendía era que, si tanto empeño ponían sus nobles en su trabajo y en el de sus vasallos, por qué no habían llegado a la conclusión de que un reino era más poderoso cuanto más grandes fueran sus fuerzas, en tierras y en hombres, y que el bienestar de los súbditos de un reino se atendía mejor cuanto más bienes y posesiones tuviera. Si los reinos infieles se estaban desmoronando por la división y el enfrentamiento entre ellos, dando facilidades a la cristiandad para arrebatarles plazas y ciudades, aquella lección debía ser aprendida por sus nobles y buscar, en lugar del conflicto, la unificación de reinos cercanos, la suma de bienes y tropas, el respeto, e incluso el temor, de los reinos vecinos y la consideración en el orbe de la cristiandad. La división crea debilidad y el esfuerzo individual de nada es útil si no se acompaña del de los vecinos. Aquella golondrina trabajaba sola, pero al amparo de la carpa real para que el águila no robara sus huevos. Y si era así el instinto de una simple ave, ¿por qué no era igual el raciocinio de sus nobles?

A las puertas del tendal se fueron reuniendo caballeros y escuderos, capitanes y damas, cortesanos y soldadesca con el fin de rendir pleitesía a su rey cuando abandonara de nuevo la tienda para reverenciarlo en su marcha. El médico don Martín también se situó frente a la jaima, por si de nuevo se solicitaban sus servicios, y hasta don Teodoro, el capellán real, pretendía entrar en la tienda para hablarle al rey de sus pobres huesos, pero no se decidió a hacerlo porque la mañana estaba despejada y el sol lo reconfortaba, por lo que en aquellos momentos no sentía mal alguno y la queja, por intenso que fuera el dramatismo con que la acompañara, no habría resultado convincente.

Don Jaime, ajeno a los murmullos provenientes del exterior, terminó su vaso y se levantó a pasear por la tienda, recogido en sus pensamientos. Su actitud indicaba que necesitaba hablar de alguna otra cosa con su Alférez Real. No obstante, pasaba el tiempo y guardaba silencio.

—¿Os inquieta alguna otra cosa, majestad? —preguntó al fin don Blasco.

—En realidad, sí —aceptó el rey, deteniéndose frente a su amigo—. Pensaba en esa golondrina y..., bueno, hay algunas cosas que no acabo de comprender. Quiero unificar reinos, ganar ciudades para la devoción a la Virgen, Nuestra Señora, y por eso me debato entre mantener mi palabra de marchar sobre Mallorca, como insisten mis leales de Cataluña la Vieja, o en atender a la reiterada petición de mis nobles aragoneses de marchar antes sobre Valencia. No me basta la promesa de vasallaje de Zayd. Estoy convencido de que, asegurando en primer lugar todo el Levante, desde Gerona hasta Murcia, sería más fácil procurar la rendición de Mallorca sin necesidad de iniciar una guerra, ¿no opinas igual?

Don Blasco no esperaba la pregunta y tardó en responder. Bebió vino para ganar tiempo y se rascó sin necesidad la nuca, pensativo. Al cabo de unos segundos, respondió:

—No sé qué deciros, señor. —Don Blasco volvió a quedarse en silencio. Hasta que, al cabo, reflexionó—. Valencia es casi vuestra, ya os rinde vasallaje porque Zayd sabe que le esperáis en Calatayud, y por otra parte vuestra palabra es de oro, majestad, y está dada a la empresa sobre Mallorca. Ignoro qué opinarán vuestros nobles de tal cambio de planes.

—Un rey no debe actuar para satisfacer a unos pocos, sino para lograr el bienestar de todos —replicó el rey, severo—. Lo que me pregunto ahora, don Blasco, es qué sería lo más conveniente para la Corona de Aragón.

—Lo entiendo, señor.

—No. Creo que no lo entiendes —negó don Jaime, continuando su paseo por el tendal, encerrado en sus pensamientos. El Campeón respetó su silencio y lo siguió con la mirada a la espera de que aclarara sus dudas. El rey se detuvo al fin y tomó asiento de nuevo—. No alcanzas a comprender lo que me atormenta, don Blasco. Pienso en los miles de infieles que serán arrojados al mar, en la sangre cristiana que se derramará al tomar la isla, en los pleitos que después surgirán entre catalanes y aragoneses a la hora del reparto de tierras, del botín, con el consiguiente debilitamiento del reino... Pienso, amigo mío, en lo cruenta que será la empresa y me pregunto si no sería preferible ofrecer una paz digna a los musulmanes después de mostrarles nuestra fuerza en la conquista de Valencia, sin duda mucho menos costosa en dineros y en vidas. En ello pienso, don Blasco, sólo en ello...

—Os aseguro que entiendo muy bien vuestra cuita, señor.

—Además, ¿sabes lo que opino? Que nadie tuvo el coraje de enseñar que sin paciencia no hay recompensa, que el pan no se cuece si alguien no suda junto al horno y que sin el esfuerzo de todos no es posible la paz. Me gustaría poder explicárselo a mis nobles... En fin —el rey volvió a levantarse—. Tiempo habrá de decidirlo. Ahora vuelvo a ese monasterio, en donde parece que nunca pondré fin a lo que he venido a hacer. Empiezo a aborrecerlo...

—Si queréis que consulte vuestra propuesta con mis leales... —se ofreció don Blasco.

—No. Por ahora no conviene extender rumores que abran dudas sobre la firmeza de la Corona. Yo mismo pensaré detenidamente en ello cuando acabe todo esto. Por ahora, conformémonos con celebrar la sabia decisión de los nobles y continuemos con los planes previstos. Que se les haga saber la satisfacción y el agradecimiento de su rey con la misma celeridad que han mostrado ellos en ofrecerse.

—De inmediato.

—Y cuida de que la escolta designada busque a su majestad la reina a las puertas de San Benito justo después de la hora del ángelus. Con puntualidad.

A la salida del pabellón se multiplicaron las reverencias y se sumaron los vítores de los cortesanos y soldados agrupados en torno a la tienda real. El capellán don Teodoro se acercó a don Jaime solicitándole hablar, pero el rey, que conocía sus pretensiones, se limitó a responder que no se inquietara, que volvería pronto y a su regreso lo escucharía con atención, a él y a sus huesos.

—Conozco las quejas de tu esqueleto, don Teodoro, no desconfíes de mí. Muy pronto se secarán al sol y tú gozarás de una buena cama, descuida.

—Mis pobres huesos...

—Confía.

El rey montó en su caballo con el semblante sonriente. Buscó por los alrededores hasta encontrar a don Martín y con la mano indicó al médico que se acercara. A media voz le ordenó que lo siguiera. Entre tanto, don Blasco sujetó las bridas del caballo hasta que el rey montó la cabalgadura y se puso en marcha. Esta vez sonaron las trompetas del protocolo y a su llamada se redoblaron los vítores y las reverencias.

Camino del monasterio, don Martín cabalgó al lado del rey. Previsor como era, lo había dispuesto todo para llevar en las alforjas instrumentales y remedios, y tenía dispuesto un caballo vestido con su montura para no demorar la salida del monarca si de nuevo requería su compañía, como sucedió. El médico guardó silencio hasta que don Jaime se dirigió a él.

—Ahora volveremos a visitar a esa novicia enferma, don Martín.

—A vuestro servicio, señor.

Los días de sol habían secado el camino y la tierra se había bebido casi todos los charcos de los días anteriores. En su lugar, las flores silvestres se mostraban altivas, revestidas de diversos colores: amarillos y rojos; violetas y blancos. El cielo estaba tan limpio que ni las aves se atrevían a cruzarlo.

—Y luego —añadió el rey—, me gustaría mostrarte el interior de la torre del convento, por ver qué opinas. La monja navarra que investiga los hechos por mi encargo, Constanza de Jesús, está persuadida de que es una madriguera en donde se urden los crímenes de la abadía. No sé si tendrá razón o no, pero estoy seguro de que tu opinión, en este caso, será de gran utilidad.

El médico asintió y luego alzó su rostro a las alturas. Daba gusto pasear al sol. La primavera parecía haberse instalado definitivamente en los campos de Lérida, y la brisa, aun bajando refrescada por las laderas pirenaicas, se percibía en la cara con agrado. Algunos campesinos trajinaban por los campos cercanos, comprobando el lento florecer de sus cosechas. La mañana era tan plácida que al rey le pareció corto el camino de regreso y de buena gana lo habría alargado de no ser porque quería concluir lo antes posible su estancia en aquel paraje.

Los muros de la abadía se alzaban ante ellos cuando don Martín creyó obligado mostrar su cortesía.

—¿Está bien de salud la reina, nuestra señora?

—Perfectamente. En breve abandonará el monasterio para regresar a Caspe. Nuestro hijo se ha resfriado.

—¿Es un simple resfriado?

—Eso dicen.

—De ser así, no es causa de preocupación, mi señor. Sólo precisa calor y reposo, nada más. Dentro de unos días se sentirá bien.

—Lo sé —respondió el rey sin darle importancia—. Pero lo que me place es que esa leve dolencia sirva de excusa para la marcha inmediata de mi esposa. Sospecho que se avecinan momentos muy desagradables en el cenobio y prefiero que no los presencie.

—¿Tan graves serán?

—La hermana Constanza está convencida de la culpabilidad de la abadesa en crímenes atroces, y yo no sé si creer o no en sus sospechas. ¿Qué harías tú?

—Ignoro el caso, mi señor. Tal vez hablando con ella...

—¿Con quién? ¿Con la abadesa? —se extrañó don Jaime—. ¿Acaso serviría de algo?

—Si os fijáis en lo que sentís cuando os mire, sí. No en lo que veáis en sus ojos ni en lo que os diga, sino en lo que sintáis. No se puede engañar al corazón ni a la piel.

—Veo que sigues tan sabio como siempre, don Martín. Tomaré en cuenta la receta.

Dejaron las cabalgaduras junto al osario infantil, a pesar de la repugnancia que les producía la visión de huerto tan macabro, y entraron en la nave utilizada como enfermería, en donde esperaban que la novicia Catalina estuviera ya en proceso de recuperación. Al ver entrar a don Jaime acompañado por don Martín, don Fáñez, por esta vez, se abstuvo de proceder a doblarse aterrado, con grave riesgo de partirse el espinazo con tantas reverencias como acostumbraba, y en su lugar compensó la sumisión con unas muestras exageradas de alegría, en todo caso inapropiadas para un médico, informando gloriosa y repetidamente la gran mejoría experimentada por la enferma.

—Vuestros consejos, señor don Martín, han sido de una eficacia... ¡ciclópea! Y vuestro interés, majestad, ha dado a la enferma una fuerza titánica. *¡Laus sapientia!* Acercaos, acercaos...

Se aproximaron al lecho donde Catalina, con el rostro sonriente, trató de incorporarse para saludar al rey.

—No te muevas —le ordenó don Jaime—. ¿Qué opinas de su estado, don Martín?

El médico buscó su pulso, olfateó su aliento, midió la calentura en la frente y comprobó el estado de su hemorragia inicial, encontrándolo todo aceptable. La palidez del rostro de la novicia, observó, se debía a la mucha sangre perdida y a las escasas fuerzas que debían de quedarle a la joven, por lo que dio su beneplácito al trabajo que desarrollaba don Fáñez y recomendó, dirigiéndose a su colega, un par de días más de reposo, acompañados de una buena alimentación a base de caldos de ave, carne tierna, abundancia de líquidos y fruta variada.

—¿Coincidís conmigo, colega? —se dirigió a don Fáñez.

—Exactamente lo mismo opinaba yo —don Fáñez se mostraba exultante—. ¡Celebro que los hombres de ciencia estemos siempre tan de acuerdo!

—Sea —concluyó el rey—. Hágase como decís y esperemos su rápida mejoría. Y tú, Catalina, dime, preciso saber algo: ¿te pidió consentimiento doña Inés para provocar tu aborto?

—No, mi señor —respondió la novicia con los ojos entornados y dando muestras de gran tristeza—. A mí no me pidió opinión, pero tampoco era menester hacerlo. Fue una decisión que tomaron ella y mis padres, a buen seguro. Deshonré a mi familia...

—¿Tú deseabas a tu hijo?

La novicia Catalina tardó en responder. Finalmente, dijo:

—No. No deseaba un hijo. En realidad, me daba igual tenerlo o no. A quien amaba con toda mi alma era a don Diego y por eso me entregué a él. Y mil veces más lo habría hecho si...

—¿Y por qué no te desposaste con él? —preguntó don Jaime—. ¿Acaso fue tan indigno y vil que no quiso casar contigo?

—¡Ni indigno ni vil! —se revolvió la novicia, airada—. ¡Era un príncipe de virtudes, majestad! —Catalina se echó a llorar y, en su congoja, acertó a decir—: No hace ni dos meses que murió de una mala puñalada en defensa del honor del señorío de Cardalés, agraviado por un mercenario. Por eso mis padres decidieron enclaustrarme en San Benito y, para limpiar su honor, que se borraran las huellas de mi pecado.

—Está bien.

Don Jaime aceptó la explicación, considerándola a la medida de las tradiciones, y dio por concluida la visita. Se despidió de la joven, deseándole salud, y de don Fáñez, exigiéndole esmero en su trabajo, y luego indicó a don Martín que lo acompañara al interior del monasterio.

—Sígueme, pero espera en esta puerta. Comunicaré a

la abadesa la visita para que no ponga reparos a tu presencia.

El rey se encaminaba hacia los aposentos de doña Inés para obtener el consentimiento para que su médico de corte don Martín de Teruel entrase en la abadía, rompiendo la clausura, cuando en el jardín del claustro se topó con Constanza, que paseaba los corredores y galerías meditando acerca de cuanto estaba deduciendo de los hechos observados en la abadía. El rey le pidió que lo acompañase a ver a la abadesa, para comunicar su decisión, pero la monja navarra trató de disuadirlo.

—No creo que sea una gran idea, señor —dijo con firmeza—. Los fueros del monasterio de San Benito le autorizan a prohibir la entrada de hombres en el cenobio y, si se opone, ni vos ni nadie puede vulnerar la orden sin arriesgarse a ser reconvenido de igual modo por las Cortes aragonesas y catalanas.

—Tanto da si lo consiente como si no —replicó don Jaime, más firme aún—. Si llega el caso, aceptaré esa reconvención, pero ahora es esencial para resolver este endiablado asunto que un experto nos confirme lo que tú misma sospechas.

—Si lo creéis así, no se hable más —argumentó la navarra con desparpajo—. Invitemos a vuestro experto a acompañarnos sin consultarlo con nadie. Cuando la abadesa sea informada de los hechos, se irritará de igual manera, pero al menos nuestro objetivo habrá sido cumplido. ¿No os parece?

Don Jaime lo meditó unos segundos y, considerándolo en razón, afirmó divertido:

—Tienes razón, monja embaucadora. Conduzcamos a don Martín a la torre tan deprisa como sea preciso y que Dios disponga lo que haya de suceder después. Vamos, acompáñame.

Salieron los dos a las puertas en busca de don Martín y sin precisar presentaciones ni muestras de afecto le apresuraron a dirigirse a la torre con ellos. Al cruzar el claustro, varias monjas se llevaron la mano a la boca, sorprendidas y avergonzadas; otras corrieron a esconderse tras las columnas del claustro y alguna, también, se detuvo a observar al caballero recién llegado con una brizna de coquetería en los ojos. Alguna debió de ir a dar cuenta a la abadesa de la presencia del intruso en el cenobio, pero, por cuanto sucedió después, o la abadesa se había resignado a los atrevimientos del rey o ya no le quedaban fuerzas para enfrentarse a él, porque no hizo acto de presencia.

Constanza llegó a paso vivo hasta la puerta de la torre escoltada por don Jaime y don Martín y, empujándola, forzó el portón, que ya no podía cerrarse a causa de los destrozos que ella misma había causado en la cerradura la noche anterior. Y luego abrió de idéntico modo las puertas de las dos mazmorras. La oscuridad de ambas estancias se rompió por el claro de luz que se colaba por la puerta principal y don Martín, tan previsor como acostumbraba, tardó poco en extraer de sus alforjas las dos piedras de pedernal con que prendió las antorchas del ergástulo y pudo observar, detenidamente, cuanto Constanza había descrito al rey durante el desayuno. No se escandalizó; al menos, no mostró la misma repugnancia que sintió al descubrir el osario infantil. Se limitó a tocar con los dedos algunas pajas sanguinolentas del suelo, a repasar la fijación de argollas y cadenas, a tomar en sus manos y oler los instrumentos de dominación y a comprobar los restos de sangre en la gran cruz clavada en la pared del fondo.

Luego se aproximó a la gran mesa donde reposaban clavos, tenazas, estiletes, puñales y dagas, pinzas de hierro y diversos martillos y, revolviéndolo todo, buscó en las herramientas restos de sangre y cabellos humanos.

—¿Y estos frascos? —preguntó a Constanza, observando tres botellitas de cristal resguardadas al fondo de la mesa.

—No lo sé, don Martín —respondió la monja navarra.

El médico tomó uno de ellos, apartó el corcho que lo tapaba y estudió su contenido. Derramó un poco de líquido sobre la palma de su mano y comentó:

—A fe que parece líquido seminal.

Mojó el dedo índice en él y comprobó su textura. Luego lo olió y finalmente se lo llevó a la boca. Chasqueó la lengua y compuso un gesto de intriga.

—¿De qué se trata, don Martín? —quiso saber el rey.

—Olor fuerte y textura muy acuosa, con sabor agrio... No hay duda: se trata de semen. Y no es antiguo, porque conserva sus propiedades.

—¿Diríais cuánto tiempo puede tener? —preguntó Constanza.

—Tres o cuatro días, cinco como máximo —calculó el médico—. ¿Hay hombres en el cenobio?

—No —replicó la monja—. Excepto su majestad —miró al rey, alzó los hombros y sonrió, como si precisara excusarse.

—En todo caso —reflexionó don Martín—, a simple vista, yo diría que, o bien se trata del fruto de la hombría de muchos hombres, o estamos ante el líquido seminal de alguna bestia, porque para reunir la cantidad que contienen estos tres frascos serían precisos al menos cincuenta hombres jóvenes y robustos. No lo creo. Más bien opino que pueda ser, quizá, fluido seminal de asno o caballo...

—¿Podría ser de perro? —Constanza arrugó el entrecejo.

Don Martín tomó el otro frasco y lo miró al trasluz de la antorcha. Luego lo olió con mayor detenimiento. Finalmente se decidió a llevarse el frasco a los labios y probarlo a conciencia. Después de saborearlo y analizarlo, lo escupió y, reparando en el gesto de asco que compuso el rey, dijo:

—Por mi profesión, estoy acostumbrado a probar todo tipo de humores. No lo consideréis una excepción, señor. Eso me ayuda a llegar a algunas conclusiones relacionadas con las enfermedades de mis pacientes.

—Concluye pues, don Martín —indicó el rey, comprensivo y compadecido con el oficio de sanador.

—Su olor es muy fuerte, como el que se deriva del semen de algunos perros. Esos animales disponen de ciertas glándulas en las zonas cercanas al ano y a su prepucio de las que carecen los humanos, y sus secreciones contaminan a su semen de un olor intenso, muy característico. Habréis observado que entre ellos se olfatean, y es que algunas de esas glándulas segregan las sustancias que los ayudan a marcar el territorio y a identificarse entre ellos. Por otra parte, me parece demasiado transparente, lo que indica que contiene mucho fluido acuoso, propio también de los animales. Y por último, su sabor: lo he saboreado bien porque, como sabéis, la lengua sólo reconoce los sabores dulces en su punta, y los ácidos y agrios en la parte de atrás. Y bien saboreado, deduzco que su sabor es más intenso que el del semen humano. Y desde luego mucho más acuoso, por no contar con que el semen humano espesa muy pronto. Creo que sí, que podría tratarse del semen de un perro, pero por la cantidad que se conserva en estos recipientes habría de ser de un perro de gran tamaño.

—¿De un mastín de los Pirineos, por ejemplo? —sugirió Constanza.

—Podría ser.

Constanza y el rey intercambiaron una mirada cómplice. Ella afirmó con la cabeza y el rey la imitó.

—Ya tenemos la respuesta, mi señor.

—Me parece que sí —aceptó don Jaime.

Mientras el rey aún no salía de su asombro con cuanto había visto y comprendido, don Martín dejó los frascos en su sitio, se limpió las manos, salió al exterior para huir de la pestilencia de la mazmorra y expuso sus conclusiones con toda naturalidad.

—En efecto, en estas salas se ha vejado, torturado y, por su naturaleza y el hedor que despide, es posible que también se haya asesinado. Es un lugar de tortura como hacía mucho tiempo que no había visto, un auténtico presidio de los que existen en todos los castillos para poner fin a la vida de ladrones y enemigos. No puedo decir más.

—Así es que, en tu opinión, ¿hay huellas de que se ha asesinado entre estas paredes? —quiso confirmar don Jaime.

—Huellas suficientes de tortura extrema —respondió don Martín—. Si esas prácticas causaron o no la muerte, es imposible decirlo. Pero lo único que os aseguro es que el ergástulo está en uso y, en un lugar santo como éste, no alcanzo a comprender su finalidad.

—Nada más, don Martín —concluyó el rey—. Como imaginaba, tu opinión ha sido de gran utilidad. Ahora te acompañaré a la salida para que nadie ose molestarte. Y tú acompáñanos, Constanza. Creo que se impone una visita a la abadesa. Con urgencia.

—Sin duda —aceptó la monja—. *A verbis ad verbera.*[9]

—Como tú digas...

9. «De las palabras a los golpes.»

4

En el aposento de doña Leonor había un gran trajín y andaba todo revuelto. Las damas recogían ropas, joyas y adornos para ir colocándolos en los baúles de la reina mientras ella esperaba, mirando por la ventana, la hora de partir. Las noticias sobre los males de su hijo, el príncipe Alfonso, no le inquietaban en absoluto, pero la excusa, considerando su levedad, le pareció propicia para abandonar aquella abadía y regresar a casa. Al rey, por otra parte, le había parecido acertada la decisión, sin mostrar atisbo de sospecha en el deseo de marchar con urgencia, por lo que su alegría no podía ser mayor. Sus damas, al parecer, tampoco se sorprendieron de la premura del viaje ni hicieron comentario alguno que tratara de consolarla o de tranquilizarla, lo que dejaba bien a las claras que, aunque un simple resfriado no explicaba la fuga, todas ellas estaban deseándola. Más de una temió que si llegaban a convencerla de que nada grave le sucedía a su hijo y de que tardarían más en llegar a Caspe que el príncipe en reponerse, acaso la reina recapacitaría y anularía un viaje tan penoso. Y en modo alguno estaban dispuestas a seguir aburriéndose en el cenobio ni un día más. Tan sólo Juana, echándose la mano al riñón después de agacharse para colocar un juego de hilos en el fondo de un baúl, refunfuñó:

—Tantas urgencias, tantas urgencias... En mis tiempos, los viajes se preparaban con mucha más calma.

—Pero ¿de qué te quejas, Juana? —le recriminó Sancha—. Viajar es siempre un regalo. Conoces cosas nuevas, disfrutas de los paisajes, gozas de la conversación durante mucho tiempo... Yo no me cansaría de viajar.

—Claro, claro —replicó Juana, despectiva—. Tú es que te crees una jovencita. Pues que sepas que tenemos la misma edad, treinta y tres años casi enteros, Sancha. ¡Unos pocos!

—La misma edad, sí —se rió Sancha—, pero por fortuna muy distinto talante, *laus Deo, laus Deo*. Tú andas siempre hablando de tus tiempos, igual que si fueras una anciana y ya lo tuvieras todo visto en la vida, y para mí la vida no ha hecho nada más que empezar y espero todavía mucho de ella. Que lo sepas.

—Pues deberías saber que ya no eres ninguna niña.

—Pero tampoco una vieja, como tú —afirmó Sancha—. Porque, viéndote, estoy convencida de que la vejez, mientras no ataque la enfermedad, es un estado de ánimo.

—¿Insinúas que estoy enferma? —se encrespó Juana, llevándose el dedo índice a la sien y girándolo en círculos pequeños.

—¡Basta, basta! —terció la reina—. No vais a discutir ahora por eso, ¿verdad?

—Es que me pone triste, señora —argumentó Sancha—. Es verdad que tenemos la misma edad, pero al oír cuanto dice, siempre quejándose, siempre diciendo que si en sus tiempos tal o que en sus tiempos cual, me horroriza pensar que los demás puedan verme también así. ¡Y yo me siento joven todavía!

—Y a mí me encorajina ver cómo te haces la jovencita —se burló Juana apretándose la cintura hasta ceñirla y dando unos pasitos ridículos de baile—. ¡Eres tan vieja como yo!

—Pues ya sabes —espetó Sancha desafiante, usando un dicho popular—: ¡Toma pimpinela y ajo y llegarás joven a viejo!

—Vamos, amigas mías, dejémoslo así —ordenó doña Leonor—. Cada cual tiene su carácter.

Águeda, que había atendido a la confrontación sin decir nada, terminó de doblar y colocar unas camisolas en el baúl y sintió ganas de intervenir en la disputa. Dijo:

—Ya se sabe: cuando se alcanza la cima, se ingresa en la vejez.

—¿Qué quieres decir? —preguntó Juana, dolida.

—Nada —replicó Águeda, con desenfado—. Lo que has oído.

—¿Tú también, Águeda? —la extrañeza de la reina podía conducir a su irritación.

—No, señora —respondió la dama—. Ya me callo.

Juana continuó su trabajo de recoger el equipaje con los ojos llorosos y el alma encogida. Le habían llamado vieja, y la verdad era que se sentía así. Más le habría gustado tener ese talante optimista de Sancha, siempre decidida a conocer cosas nuevas y sin perder las esperanzas de que, un día u otro, llegara marido que la pretendiese; pero hacía ya mucho tiempo que ella había puesto fin a toda clase de expectativas y renunciado a que algo cambiase en su vida. Si a eso lo llamaban envejecer, era cierto que se sentía vieja, porque no aguardaba más del futuro que seguir en el servicio de la reina, acabar sus días a su lado y, cuando doblasen las campanas por ella, ofrecerse a la muerte con la misma serenidad con que ahora se entregaba a la vida. Tal vez por eso hacía años que se había abandonado, que no se privaba de nada y que estar más o menos gruesa no era suerte que le incumbiera. Sancha, por el contrario, se acicalaba y vestía con buen gusto y refinamiento en todas las ocasiones, y procuraba mostrar siempre el rostro cuidado y gracioso, igual que si detrás de cualquier puerta fuera a toparse con un caballero presto para prendarse de sus encantos. Ella, no: Juana se había convencido hacía mucho tiempo de que no existía caballero para ella ni falta que le hacía, con lo placenteramente que pasaba la vida al lado de doña Leonor. Si ello significaba haber alcanzado la cima, cumplir los objetivos buscados en la vida o resignarse al lugar que ocupaba, tal vez fuera cierto que había ingresado en la vejez. Pero oírlo, como lo había oído decir, le dolió tanto que las lágrimas asomaron a sus ojos sin llegar a desbordarse, porque no se lo permitió.

Sancha, en menesteres de recogida de capas y ropas de cama, también se sintió atrapada por el mal de la rabia y empapó sus ojos. De sobra sabía su edad, y lo lejos que habían quedado los tiempos de lozanía y beldad cuando podía pasear por los patios del castillo sintiéndose observada y deseada por caballeros y plebeyos; pero desde entonces había doblado la edad, y con treinta y dos años cada vez iba a resultar más difícil ofrecer algún atractivo para el matrimonio. Pero ello no iba a impedirle asistir a bailes y festejos con el ánimo predispuesto y la actitud receptiva, y si no hubiera quien posara los ojos en ella, tampoco anidaría en ella el desconsuelo. Una mujer podía disfrutar de otros muchos goces además de la vida marital y los hijos; podía viajar, escuchar músicas de trovadores, disfrutar de licores con moderación, conversar con buenas amigas o acompañar a la reina en sus quehaceres. Esas actividades eran sólo algunas a las que no quería renunciar ni aceptaba sentirlas como un deber, sino como una ocasión para que la novedad se tornara placentera. A Sancha le dio rabia que Juana no le comprendiera y le afeara su vitalidad y optimismo, y más aún no haberle sabido responder con mayor convicción y aplomo. Porque ni se sentía vieja ni tenía intención de abrazar con agrado la vejez, por muchos que fueran los años que pasaran.

La reina doña Leonor miró a las dos y las vio muy diferentes de aspecto, pero a ambas las encontró agraciadas.

Más envejecida Juana, sin duda, por la gordura de sus carnes y la predilección por los vestidos de tonos oscuros con que se adornaba, mientras que Sancha elegía colores más vivos y buscaba el modo de que su vestimenta le realzara la figura. A ella, que tenía veintisiete años, las dos le parecieron de edad, pero si no era capaz de calificar a su propia madre como vieja, y ya rondaba los cincuenta, tratar de ese modo a sus damas le resultaba inconcebible. Cuando las miró, observó que ambas tenían los ojos húmedos y le entristeció pensar que estaban disgustadas. Pero se consoló pensando que en breve iniciarían viaje y las dos olvidarían su pleito.

Además, se dijo, ¿por qué tantas mujeres tenían la culpa metida en la cabeza? Incluso muchas veces le sucedía a ella. Se sentían culpables por las más diversas cosas: por decir lo que pensaban, por no sentirse deseadas por sus esposos, por descender de un linaje más noble que el de ellos, por ser halagadas por un caballero, por no cuidar a su padre enfermo... Algunas llegaban a sentirse culpables hasta por ser alta o por ser baja, por estar delgada o gruesa, por ser fea, hasta por ser bella... Era posible que hubiera mujeres que se sintieran culpables incluso por ser mujer. Doña Leonor esperaba que nunca llegara a tanto y que, cuando la hora llamase a la soledad, supiera hacer de ella una aliada, porque nada tenía de lo que arrepentirse ni, mucho menos, de lo que sentirse culpable.

Se acercaba la hora sexta y su equipaje ya estaba preparado. El vestuario de las damas estaba recogido también y sólo esperaban a que fueran a informarles de que los carros estaban dispuestos y la escolta armada. Hasta ese momento, todas ellas tomaron asiento en torno a doña Leonor y guardaron silencio.

Sancha estaba arrepentida por haber regañado a Juana, y Juana mohína por haberse disgustado con Sancha. Siempre habían sido buenas amigas, aunque tuvieran un carácter tan diferente, y sólo la inquietud del viaje inminente podía haber causado semejante controversia. Berenguela, con la sabiduría que le daba la edad, meditaba acerca de las desilusiones que esperaban a ambas y consideraba que las contrariedades atacarían menos a Juana, por su conformismo, que a Sancha, por su predisposición a seguir buscando un futuro que sería difícil alcanzar. A su lado, Teresa sólo pensaba en el hijo mayor del conde de Urgel, don Fernando, y echaba cuentas de cuándo sería el momento más oportuno para recordar a la reina que tenía que escribirle para autorizar que le hablase y, en su caso, intimar con ella. Sus ojos, vestidos de impaciencia, no habían visto el pleito entre sus amigas, porque habría tenido que mirar para ver, que ver no es mirar. Además, estaba segura de que doña Leonor cumpliría su palabra de aportar la dote necesaria, y esa generosidad le llenaba de luciérnagas el alma y de golondrinas el estómago, haciéndole sonreír.

La espera empezaba a ser larga. La reina sabía que su esposo lo organizaría todo con prontitud y el viaje se iniciaría con brevedad, pero no sabía cuándo serían llamadas a la cita y por eso quiso que el silencio que observaba en sus damas no se prolongase mucho, para que la seriedad diera paso a la tristeza y la melancolía enquistase los disgustos entre ellas. Como tantas otras veces, Águeda era la encargada de animar las horas muertas, y doña Leonor pensó que de nuevo tendría que ser ella la que jugase los naipes de los oros y las copas.

—¿Conservas tu lengua, mi querida Águeda?

—Gracias a vos, señora.

—¿Y no te apetece decirnos en qué estás pensando?

La dama adoptó un gesto de duda y se removió en el cojín en que se había sentado. No sabía si a su señora le gustaría lo que pensaba.

—Cuanto más hablo —dijo al fin—, más yerro, mi señora. Tal vez debería moderar mi lengua, ahora que todavía está en su sitio.

—¿Acaso me ofenderían tus palabras, Águeda? —se extrañó la reina.

—No lo sé —respondió—. Imagino que no, pero la prudencia me dice que no debería preguntaros si acaso no nos hemos olvidado de avisar a la joven Violante del viaje.

—¡Violante! —la reina reparó en ella en ese momento—. ¡Qué verdad es! ¿No fuiste a avisarla cuando te lo dije, Berenguela?

—Entonces llegó el rey, nuestro señor, y se me fue el santo al Cielo. Lo siento, señora.

—Está bien —cabeceó la reina, lamentándolo—. Anda, Teresa: acércate a su celda, o a donde esté, y hazla venir enseguida. Dispuesta para el viaje y con su equipaje preparado. ¡Vamos! ¡Apresúrate!

—Voy, señora —se levantó Teresa y corrió a salir de la estancia.

—¿Lo ves, Águeda? —dijo doña Leonor—. Si no es por ti, abandonamos a una princesa húngara a la primera ocasión, y tal descortesía no creo que fuera del agrado del rey Andrés.

—A otro rey, en cambio... —se le escapó a Águeda, y de inmediato se tapó la boca con la mano—. ¿Lo veis, señora? En cuanto no controlo mi lengua, se carga de dardos imprudentes e impertinentes. Perdonadme, por favor.

—Vamos, vamos... —sonrió la reina—. Tu lengua se limita a decir lo que todas las demás hemos pensado. Pero en algo tienes razón; ten cuidado y domestica a esos diablillos que habitan en tu boca porque no habrá muchas ocasiones de salvarla de la ira de don Jaime, nuestro señor.

Juana también sonrió, y Sancha compartió la sonrisa. Y ese gesto, al mirarse entre ellas, fue un bálsamo que las hizo encontrar el camino de la reconciliación. El aire de la sala, de pronto, así, se volvió menos pesado.

—Lo sé, mi señora —aceptó Águeda—. Terminaré por sajarla yo misma de un tajo.

—¿Es que se te ocurren más imprudencias? —preguntó Berenguela, la dueña.

Águeda afirmó con la cabeza, pero su boca dijo lo contrario.

—No, no...

—¿En qué quedamos? —la reina observó la contradicción entre el gesto y la negativa.

—Es que... —dudó Águeda—, bueno, mi señora. Es que hay algo que llevo tres días queriéndoos decir y no me atrevo. Otra vez dudo entre mi corazón y mi razón.

—Dímelo, buena amiga. Casi nunca dices algo que pueda echarse en saco roto.

—Es... tan sólo... que querría pediros perdón.

—¿A causa de qué? —la reina arrugó los ojos—. No recuerdo ningún agravio que...

—Por lo que dije en el viaje, poco antes de llegar. Creo que no debería haber hablado de ese modo porque no es cierto que piense que el infortunio es lo que mantiene unidos a los matrimonios, y desde luego no lo pienso así por lo que se refiere al vuestro. Temo que lo interpretarais así y que por bondad no me hayáis castigado, aun mereciéndolo.

La reina doña Leonor sonrió con mucha bondad, tomó la mano de su dama y se la acarició con todo el cariño que quería transmitirle. Inclinó la cabeza y se acercó a ella, lentamente. Luego alzó su mano y se la besó.

—En modo alguno, Águeda. No me ofendiste porque sé que nunca lo habrías dicho para procurarme ningún daño. Lo único que hace que te sientas así es que fue una gran verdad lo que dijiste, y las verdades son sal sobre heri-

335

das abiertas. Mi matrimonio es desgraciado, todas lo sabéis, y no lo es más ni menos porque muchos de los demás también lo sean. Tú sólo acertaste en un pensamiento atroz en el que no queremos detenernos las mujeres, pues si lo hiciéramos apartaríamos de nuestras cabezas, desde la pubertad, la aspiración a desposarnos. Por eso veo tan feliz a Juana: ha borrado esa idea nupcial de su horizonte. Y, en cierto modo, me apeno por Sancha, porque todavía lo dibuja cada mañana en el paisaje de sus ojos cuando se levanta. Como Teresa. ¿No observáis lo feliz que es desde que hace cálculos de sus amores con don Fernando? Yo, en cambio, tampoco veo amor en el futuro, sino en el pasado, y en el fondo me agrada porque puede que sea mejor así. Ojalá lo fuese —la reina cerró los párpados.

—Pero no os apenéis, señora —rogó Águeda.

—No me apeno, descuida —respondió, abriendo los ojos otra vez—. O en todo caso me entristece saber que la mayoría de las mujeres viven en esa espera interminable en busca de que sus esposos las amen. Vivimos malos tiempos, Águeda.

—Pues en mis tiempos... —inició Juana.

—¡Calla, por favor! —todas las mujeres replicaron a la vez, y lo que empezó siendo un instante de silencio terminó por convertirse en una carcajada que todas compartieron. Incluida Juana.

La aparición de Violante, vestida con ropas de viaje y un pequeño baúl donde guardaba sus enseres, puso fin a la algarabía. La joven llegó ruborizada y algo intimidada, con los ojos desmayados y un ligero temblor en las manos. Traía el cabello escondido en un tocado de copa atado a la barbilla por una gran cinta que cubría también sus orejas.

—Pasa, Violante —indicó la reina—. Entra y siéntate. En cuanto seamos llamadas, iniciaremos el viaje de regreso a casa.

—Gracias, mi señora.

—Hablábamos de las dichas del amor —explicó la reina—. Tú crees en él, ¿verdad? A tu edad...

—No sabría decirle, mi señora —se sonrojó un poco más la húngara.

—¡Pues claro que lo sabes! —afirmó Águeda—. A tu edad, quien no cree en el amor es que no tiene sangre en las venas. Lo difícil es creer a la nuestra, pero ¿sabéis una cosa? —se dirigió a sus amigas—. El amor es una espada de dos filos: por un lado hiere y por el otro da la vida. Aunque aseguremos que no creemos en él, siempre lo andamos buscando, por si un día nos saca del error y nos topamos con él. A Dios y al amor hay que mirarlos con los ojos del alma y con fe en el corazón. Sería muy arduo vivir sin creer en ellos. Muy doloroso...

—Amén —asintió la reina.

—Pues no se hable más —concluyó Berenguela—. Las campanas ya anuncian el ángelus.

—En tal caso, *oremus*... —empezó doña Leonor.

5

Paseando por la galería del claustro, don Jaime esperaba a que alguna de las hermanas cenobitas trajera la noticia de que la abadesa había regresado a su celda. Momentos antes, mientras cruzaba un corredor en su busca, había sido informado de que doña Inés había salido hacía rato del monasterio para atender unos asuntos y que en breve, si era la voluntad de Dios, regresaría a su aposento. Al parecer, le habían dicho a Constanza, la abadesa tenía obligaciones en casa de algunos nobles del condado y debía salir de vez en cuando del convento, aunque ello supusiera la ruptura de la clausura. La monja navarra dio por buena la explicación y convenció al rey de que, en aquella situación, lo que menos tenían era prisa, y un paseo por el claustro les ayudaría a preparar el modo de abordar a la abadesa en la entrevista.

Observándolos desde lo alto de la torre, Lucía y Petronila daban por seguro que la monja navarra lo había descubierto todo y que se imponía la necesidad de huir. Lucía intentaba tranquilizar a su compañera, indicando que lo mejor era esperar al cobijo de la noche para que nadie notara su ausencia y la huida pasara inadvertida hasta maitines, disponiendo así del tiempo necesario para alejarse del convento y ponerse a salvo. Pero Petronila no terminaba de convencerse de ello y, en su angustia, le sudaban las manos, sufría mareos sin cuento que iban y venían y, aunque no había tenido fuerzas para desayunar, sentía arcadas secas que no terminaban de aliviarse ni de expulsar nada que le devolviese el sosiego.

—No puedo soportarlo más, hermana Lucía —repetía sin cesar—. No puedo, te lo aseguro. He de salir de aquí antes del anochecer o mi corazón se romperá en mil pedazos y moriré.

—Calma, hermana, y recemos juntas —Lucía trataba de reconfortar su ánimo, en vano—. Son tus culpas las que te hieren, nada más, y por mucho que huyas, las culpas viajarán contigo por muy lejos que vayas. La culpa es un equipaje que...

—¡Basta, por el amor de Dios! No es hora de sermones ni monsergas, hermana Lucía —replicó, airada—. La culpa me hiere, es cierto, pero no me decapita. En cambio, el rey, en cuanto nos descubra, pondrá mi cabeza en una pica para pasearla por toda la Marca Hispánica. ¡Necesito salir de aquí! —gritó, ahogándose, antes de que le volviera una nueva arcada en la que por fin expulsó una agüilla agria mezclada con bilis.

—¡Calla, por favor! —le rogó Lucía.

Las dos monjas, encumbradas en lo alto de la torre junto a los sacos de hojarasca, piñas y maderas dispuestas para los momentos en que fueran útiles para la alarma, observaban al rey pasear plácidamente junto a Constanza, envueltos en una conversación tan pausada que, desde donde los contemplaban, no podría decirse que se mostraran irritados, vengativos ni decididos a reparar crímenes o injusticias.

—¿De qué hablarán? —se preguntó Petronila mientras le temblaban las manos y su palidez era cada vez más acusada.

—Conversan, nada más —respondió Lucía—. ¿No lo

ves? Tengo para mí que no saben nada, que lo que te amedrenta son fantasmas que sólo habitan en tu imaginación.

—¡Pero si anoche...! ¿No oíste lo que decía? ¡Esa monja lo sabe todo de nosotras!

—No —Lucía se mostró serena—. Sabe lo que vio ahí abajo, al pie de esta torre, pero no tiene motivo alguno para relacionarlo contigo ni conmigo. Haz el favor de tranquilizarte y reza conmigo: *Pater Noster, qui es in caelis, sanctificetur nomen Tuum...*

Don Jaime y Constanza, en efecto, conversaban sin aspavientos de las conclusiones a que habían llegado tanto la monja como el médico don Martín, y el rey intentaba reunir las piezas sueltas para comprender la complejidad de cuanto sucedía en el monasterio. Constanza repetía, una tras otras, las pruebas con que contaba, deduciendo las que faltaban por los hechos que, sin probarse, encajaban en el cuadro hasta mostrar el dibujo completo. Cuando llegó al punto de asegurar que la culpa tendría que repartirse entre doña Inés y las hermanas Lucía y Petronila, don Jaime se detuvo en su paseo y pidió que le ilustrase de cómo había llegado a tan puntual conclusión de involucrar también a las otras dos mujeres.

—En primer lugar —enumeró Constanza—, porque la joven Cixilona me dijo que son sus cenobitas de mayor confianza, de lo que deduzco que las tres han de ser cómplices. En segundo lugar —continuó—, porque son las únicas que disponen de la llave de acceso a la torre y es allí, como sabéis, donde se hallan las salas de tortura. Y, por último —terminó—, porque ellas fueron quienes redactaron la relación de víctimas, sólo ellas con la abadesa, lo que indica que conocían que era otra la verdad y la falsearon sin miramientos.

—A no ser que fueran obligadas por doña Inés —conjeturó el rey.

—Pudiera ser —aceptó Constanza—. Pero reparad en que la abadesa no ha podido cometer sola tanta ignominia, y nada indica que otra cenobita forme parte de su círculo de confianza.

—Comprendo —admitió don Jaime—. ¿Entonces consideras que la razón última de los crímenes es la lujuria?

—En ello pensaba... —Constanza siguió paseando embebida en sus pensamientos—. Ya en el Concilio de Ilíberis, que se celebró a principios del año 300, se aseguró que los clérigos eran los más grandes fornicadores y muchos eran capaces de abandonar antes sus prebendas que separarse de sus amigas. El pecado de lujuria era ya, hace casi mil años, asunto de gran preocupación entre aquellos cristianos que se reunieron en el Concilium Eliberritanum. Pero, si he de ser sincera, os diré que creo que en este caso la razón que les mueve y la causa de tanta crueldad van más lejos de una mera satisfacción del apetito sexual. Tengo para mí que... —la monja tardó en continuar—. Señor, quisiera preguntaros algo.

—Hazlo.

—Intentaré explicarme... —Constanza empezó a rascarse mejilla, lóbulos y papada—. Pero antes, ¿sería posible abusar del tiempo de mi señor don Jaime y rogaros que me alumbréis acerca de un aspecto de estas tierras que no alcanzo a comprender?

—Tiempo tenemos, Constanza —aceptó el rey.

—Pues lo cierto es que me gustaría saber si hay razones profundas para que estas tierras de Cataluña deseen gozar de privilegios que vos les negáis y que, por ello, sus personas principales sean capaces de realizar ciertos actos que...

El rey tardó en comprender el requerimiento de la monja navarra, sobre todo porque no era fácil establecer una relación entre las aspiraciones repetidas de sus nobles, que conocía tan bien, y los sucesos de la abadía, aparentemente tan alejados. Pero de pronto se dio cuenta de que la monja no había preguntado por caballeros ni nobles, sino que había hablado de personas principales al hacer su pregunta, por lo que era evidente que incluía a doña Inés de Osona en cuanto había dicho. Entonces supo a qué se refería y respondió:

—Imagino que estás tratando de buscar en el pasado explicaciones para el presente, ¿no es así?

—Rebusco, mi señor. Una investigación, en muchas ocasiones, obliga a conocer lo que se ignora, e incluso a mancharse las manos, por mucho que trate de evitarse.

El rey afirmó con la cabeza y, tras respirar profundamente, siguió su paseo con las manos entrelazadas a la espalda, mientras lenta y doctoralmente le hablaba a Constanza de cuanto sabía.

—Lo que quieres saber es simple, aunque extenso de explicar porque he de remontarme muchos años atrás, hasta llegar al primer conde de Barcelona, Wifredo el Velloso. Incluso para hablarte de Cataluña, llamada así por ser tierra de castillos, o tal vez por ser tierra de godos,[10] que ahora ha quedado dividida en Cataluña la Vieja y Cataluña la Nueva. Pero no nos remontemos tanto que no quiero agobiarte con viejas historias llenas de confusión.

—No importa —respondió Constanza—. Los cuentos me agradan, mi señor.

—Sí. Como supongo que le agradaría a Wifredo, miembro de una familia del Conflent, ser designado allá por los años finales del 800 conde de Urgel, de Cerdaña, de Barcelona y de Gerona por el monarca carolingio Carlos el Calvo, y que su título fuera por vez primera hereditario, con la trascendencia que ello supuso para los condados y para la

10. El nombre de Cataluña podría proceder del bajo latín *Goth-alonia*, «tierra de godos».

propia ciudad de Barcelona. Pero dejemos eso porque lo que te interesa, según entiendo, empieza hace trescientos años cuando, expulsados los árabes de los condados de la Marca Hispánica, el conde y los otros señores de aquella Cataluña Vieja fueron eludiendo el poder de los antiguos reyes francos y empezaron a vivir libres, actuando a su antojo. Y así los nobles formaron feudos propios, conquistaron tierras hasta las riberas de los ríos Llobregat y Ebro, y a esos nuevos territorios los llamaron Cataluña la Nueva. Poco más hay que saber: sólo que así fueron transcurriendo los años hasta que don Ramón Berenguer IV, conde de Barcelona, casó con doña Petronila de Aragón, dando así lugar a la Corona de Aragón. ¿Te aburro?

—En ningún modo —respondió Constanza—. Así que, por lo que deduzco, vos sois de la estirpe del conde de Barcelona y de doña Petronila de Aragón, ¿no es así?

—Del mismo linaje, sí. De la estirpe de quienes, años después, ampliaron las posesiones de la Corona de Aragón con la conquista de Tortosa en el año del Señor de 1148 y la ciudad de Lérida al año siguiente.

Constanza afirmó varias veces con la cabeza, asimilando cuanto había escuchado. Pero no encontraba respuesta a lo que necesitaba saber y seguía dándole vueltas a algo que no terminaba de comprender.

—En ese caso, la Corona de Aragón, vuestra Corona, ¿tiene origen catalán o aragonés?

—Lo mismo que un hijo lleva sangre de su padre y de su madre, así es la sangre de mi Corona, Constanza. Tu pregunta no tiene respuesta. Lo importante para la paz de mi reino es que, con grandes esfuerzos, he conseguido desterrar esos viejos comportamientos feudales, tan inútiles, para que mis súbditos tengan la convicción de que al amparo monárquico es más seguro construir el futuro. Reconozco que no ha sido fácil hacérselo comprender a los nobles catalanes, pero finalmente la razón se impuso al apego al minúsculo poder de muchos de ellos y a esa rareza de creer que, en vez de sangre, por sus venas corre licor de dioses...

—Ahora lo entiendo, sí.

Constanza lo dijo para no defraudar a don Jaime, pero lo cierto era que no alcanzaba a comprender por qué y con qué argumentos crecían las demandas que tanta irritación producían en el rey, de las que le había oído quejarse en más de una ocasión en aquellos días. Si la Corona de Aragón no era el resultado de una invasión ni de una conquista sangrienta, sino de un acuerdo matrimonial como tantos otros, toda disputa era tan bárbara como las que se habían conocido en las lejanas tierras del norte de Europa y en los tiempos de la antigüedad, cuando la brutalidad se imponía en ausencia de la ley y la sinrazón era enemiga de la concordia entre los pueblos. Constanza deseaba aprender más, pero no sabía cómo preguntarlo para no asistir a una nueva irritación de don Jaime. Y guardó silencio. Hasta que fue el propio rey quien, tras meditarlo también, reflexionó en voz alta:

—De todos modos, ninguna sangre es limpia como agua de manantial —aclaró el monarca—. Ninguna. La nuestra también se nutre de mezclas sin cuento. ¿Sabes que al repoblarse estas tierras, tras la invasión musulmana, llegaron de las profundidades del imperio carolingio la gente más humilde y, por tanto, sin escrúpulos, honradez ni Dios al que temer? Gente nómada y rebelde huida de Carlomagno, emperador de Roma, deseosa de no rendir tributo a su legítimo rey. Del mismo modo que a Castilla llegó la sangre berebere con la que se fundaron los reinos del interior. Y no queda ahí la cosa porque después acudieron hasta aquí otros súbditos, llegados de la Provenza, al norte de las montañas pirenaicas. En fin, mi buena Constanza, que pisamos tierras nuevas pobladas por campesinos que desde el principio de su asentamiento consumían lo que producían, sin relacionarse con sus vecinos. Gentes hurañas y poco sociables, en todo caso.

—Nunca puede generalizarse, señor...

—Cierto. Pero muchos eran... Tantos que a la postre se vieron sometidos a vasallaje por parte de quienes, por linaje o acumulación de posesiones, fueron acrecentando patrimonio y riquezas y, al correr de los tiempos, adquirieron nobleza. Y ya se sabe: la riqueza se desposa con la avaricia y procrea ambiciones.

—¿Y no hubo querellas ni oposición a la imposición del vasallaje? —se sorprendió Constanza.

—Por supuesto —afirmó el rey—. Al final, como era previsible, todas estas tierras se vieron envueltas en una guerra en la que los nobles, con las arcas bien dispuestas para reunir armas y soldadesca, derrotaron a los campesinos y los convirtieron en siervos sometidos. Una victoria tan sanguinaria y cruel que a los nuevos catalanes les acrecentó más aún sus ansias de poder, y esa vanidad les hizo creerse tan suficientes que hasta sus clérigos se alejaron de la sede de Narbona para impartir el culto desde una nueva sede que se erigió en tierras de Tarragona.

Constanza seguía atenta la narración de los hechos históricos que iba desgranando el rey don Jaime sin encontrar motivos para la sorpresa ni hallar el hilo del que quería tirar para que sus conclusiones encontraran amparo.

—Nada extraño hay en ello, si me permitís decirlo.

—Desde luego —asintió don Jaime—. Aunque también es verdad que aquella guerra debilitó el poder de los condes y todo el territorio quedó dividido en señoríos que, por su escasa entidad, aceptaron obedecer al conde de Barcelona, don Ramón Berenguer. Como ves, Constanza, hasta su matrimonio con doña Petronila, hija del rey de Aragón, todo sucedió en estas tierras de un modo nada extraño.

Aunque, quizá, lo que ya no sea tan fácil de entender es por qué don Ramón no llegó a ser el rey portador de la corona de Aragón a pesar del matrimonio contraído. Tan sólo fue considerado *princeps* por todos.

—¿Y eso? ¿A qué fue debido?

—A que don Ramiro entregó a su hija en matrimonio y el reino en custodia, pero con la condición de que tenía que jurarle fidelidad a él y a su hija bajo una curiosa fórmula que especificaba «*dono tibi, Raimundo, barchinonensium comes et marchio, filiam meam in uxorem, cum tocius regni aragonensis integritate, salva fidelitate mihi et filie mee*».[11] A continuación, el rey don Ramiro se retiró a un monasterio, pero nunca cedió su dignidad real ni, por tanto, dejó de ser rey de Aragón («... *sim rex, dominus et pater in prephato regno et in totis comitatibus tuis, dum mihi placuerit*»).[12] El resultado de todo ello es que don Ramón Berenguer IV entró a formar parte de la Corona de Aragón, pero nunca fue rey.

—Así es que, si lo entiendo bien —quiso asegurarse Constanza—, ¿nunca hubo un rey de Cataluña?

—Nunca —afirmó don Jaime—. Aunque bien es cierto que Aragón y Cataluña conservaron desde entonces sus costumbres y sus Cortes, que siempre han sido respetadas por la Corona.

—Comprendo. Ni rey, ni reino, ni soberanía...

—No. Los anteriores condes de Barcelona agrandaron los territorios de la cristiandad desde Besalú y Cerdaña a Ampurias y la Provenza, pero todo ello quedó reunido con aquel casamiento bajo la Corona de Aragón. Así es que el

---

11. Su traducción, libre, podría ser: «Te dono a ti, Raimundo, conductor de los amables barceloneses, a mi hija como esposa, que incluye el préstamo del reino de Aragón. Guárdanos fidelidad a mí y a mi hija.»

12. «... como rey, señor y padre de un reino y de sus muchos órganos de gobierno, a ti, mientras a mí me plazca.»

originario principado de Cataluña, que fue definido en sus Cortes en el año del Señor de 1188 y que se extendía desde Salsea a Tortosa y Lérida, y antes en las actas de consagración de la catedral de Barcelona en el año de 1058, es patrimonio de los condes de Barcelona, por lo que todos los reyes ostentamos la denominación de príncipes de Barcelona, duques de Gerona y marqueses de Osona. Pero el principado de Barcelona no es un título, ¿comprendes? El heredero de la Corona de Aragón es siempre el duque de Gerona. Ésa es la realidad y lo único que puedo decirte. Espero haber complacido tu curiosidad.

—Entonces —reflexionó Constanza—, perdonad que insista, pero, si no he entendido mal, desde su liberación del vasallaje al rey de Francia nunca estas tierras fueron invadidas por la fuerza ni conquistadas por aragoneses ni extranjero alguno que doblegara a sus hombres, ¿no es cierto?

—Nunca, no —aseguró don Jaime. Y añadió—: Pero ¿cómo iban a ser invadidas si yo mismo nací en Montpellier y soy hijo de don Pedro de Aragón y de doña María de Montpellier? Llevo tanta sangre aragonesa como catalana, ya te lo he dicho, Constanza. Lo que no sé es a qué viene tanta insistencia en ello. A buen seguro estás pensando en algo que no quieres decirme.

—Me cuesta explicarlo, mi señor.

—Inténtalo. Con la ayuda de Dios podrás llegar a comprobar que el rey no es tan obtuso como imaginas.

—¡Señor! Yo no me atrevería... Quiero decir que...

—Lo entiendo. Dime.

Constanza cerró los ojos para elaborar mejor su explicación, siguió caminando junto a don Jaime y tardó en responder. Finalmente, sin encontrar modo mejor, optó por decirlo tal y como le salió.

—Lo que opino, señor, es algo que os costará creer, y os ruego que lo consideréis antes de ordenar apresarme por

347

mis conclusiones. No tengo pruebas, sólo intuiciones, pero son tan firmes que...

—Habla de una vez, Constanza. ¡Me pones nervioso!

—Pues ¡lo diré! —La navarra se detuvo ante el rey y lo miró a los ojos sin que le temblara el pulso—. ¿Por qué creéis que fuisteis llamado al monasterio? Yo no dejo de darle vueltas y no le encuentro ninguna justificación. ¿Acaso para apartaros de vuestras preocupaciones a cambio de velar por la causa de unas cuantas novicias asesinadas, aragonesas además, a las que doña Inés desprecia? ¿O para evitar que otras novicias corran peligro? ¡Demasiado banquete para tan pocos comensales! No sería lógico.

—Así se me dijo.

—Pues, en mi opinión, perdonad señor que os lo diga, pero estoy convencida de que quien corréis peligro sois vos. Es vuestra vida la que quiere cobrarse la abadesa, de ello no tengo ninguna duda, aunque ignoro si por propia decisión o con el acuerdo con otros. Lo que no me explico es cómo todavía no habéis sufrido un atentado a vuestra persona.

—Pues no ha sido así —el rey se negó a creer cuanto le decía la navarra—. Creo que este asunto se te ha ido de las manos y ha quebrado tus nervios, Constanza. Tus conclusiones son tan desproporcionadas que... Vamos a ver a la abadesa y acabemos con esto, que de seguir así terminaremos todos por enloquecer.

Don Jaime miró de reojo a Constanza, desconfiado. ¿Por qué habría repetido que su vida corría peligro? ¿Sabría algo que no había dicho aún? ¿De qué atentado a su persona hablaba? Había aprendido a fiarse de la intuición de la monja navarra, consideraba seriamente todo cuanto decía, pero, hasta el momento, nada había sucedido que indicara que sus afirmaciones... Ni amenazas, ni puñales, ni emboscadas, ni venenos... ¿Envenenamiento? Qué cosas...

Pero, de repente, se detuvo en seco y frunció la frente, recordándolo. Aquel frasco con el brebaje que la abadesa le había aconsejado para dormir... Había tomado media medida, disuelto en agua... Sólo media medida... ¿Sería posible que de haberlo bebido todo...?

El rey volvió la cabeza con la intención de contárselo a Constanza, pero de inmediato se arrepintió. No. No podía ser.

En efecto, de seguir así, todos acabarían volviéndose locos...

Desde lo más alto de la torre, las hermanas Lucía y Petronila observaban ocultas la pausada conversación entre el rey y la monja navarra y no alcanzaban a comprender que lo sucedido la noche anterior no les hubiese alterado hasta el punto de dejar ver su crispación en rostro y manos. Pero era tan sosegada la charla, tan pausado el paseo y tan sereno el intercambio de palabras que Lucía respiró profundamente y dijo:

—Tal y como imaginaba, nada hay que temer, hermana Petronila.

—¿Cómo no temer por nuestros pecados, Lucía? —la monja temblaba, sudaba y se moría de frío—. Yo, pecadora...

—¿Pecar? Pero ¿en dónde hubo pecado? —Lucía se enfureció y agarró por el brazo a Petronila, haciéndole daño—. ¡El amor humano simboliza el amor divino y, al amar, nuestro cuerpo participa de una experiencia mística que es agradable a los ojos de Dios! ¡Pecados...! ¡No sabes lo que dices!

Petronila extrañó aquellas palabras y miró a Lucía con una mirada perpleja y, al mismo tiempo, interesada. No comprendía lo que le decía su amiga, y balbució:

—¿Quieres decir que el gozo nos acerca a Dios? ¿Aunque sea a través del sufrimiento?

—¡Eso es! —Lucía abrió mucho los ojos y esbozó una sonrisa al comprobar que su amiga empezaba a comprenderlo—. Nosotras hemos alcanzado la dicha de sentir a Dios muy cerca, e incluso dentro de nosotras mismas. ¿Acaso no somos esposas de Dios al igual que los monjes y clérigos son amantes de la Virgen María?

—Ahora ya no te entiendo, Lucía —negó Petronila.

—Porque estás aterrada y no dejas a tu cabeza razonar. —Lucía se apartó de ella y se recostó en la pared del mirador, fatigada. No obstante, siguió explicándolo porque temía que Petronila empezase a sollozar y a lamentarse y todo el cenobio descubriese su escondite—. Atiende bien: como siervas del Señor, tú y yo somos esposas de Dios, y Él nos exige disfrutar de su elixir sagrado, exige que nuestro cuerpo participe del amor divino en conjunción con otros cuerpos también sagrados. Pero al no haber hombres en el cenobio, tenemos que cumplir su exigencia con lo que nos ha sido dado. Dios no nos pide que pensemos, ni que apartemos unas criaturas de otras como pastores dividiendo sus rebaños en merinas y churras. Él nos exige que amemos, y ese amor también precisa copular, ya sea espiritual o materialmente, pero copular, acariciar a la persona deseada, sentir el sufrimiento del placer y el placer del sufrimiento. En ambos casos, al actuar así, estamos tocadas por el rayo divino. ¿No lo comprendes?

—Lo dices porque tú sólo has amado. Pero ¿yo? —Petronila temía y dudaba aún—, ¿a qué tanto dolor?, ¿por qué tanto gozo al procurarlo? Oh, Dios mío...

Lucía negó con la cabeza, lamentando que Petronila no alcanzase a ver lo que tan evidente le resultaba a ella. Su formación espiritual era corta, y ahora lamentó que fuera así. Si Petronila, en vez de provenir de una aldea leridana, se hubiera cultivado en el *scriptorium* de la abadía, no precisaría de tanta explicación. Pero debía seguir tranquilizándola, y de nuevo tomó aire.

—Gozas procurándolo igual que gozas sintiéndolo —respondió, expresando su convicción con absoluta serenidad—. El amor es un acto fatigoso, hermana, un acto que provoca por igual dolores divinos y placeres corporales. Sentir la herida del amor es, muchas veces, sentir dolor. Y a veces también melancolía. Pero tú no debes sentir miedo ni arrepentimiento porque Dios quiso que fuera así y nosotras le servimos. ¿O acaso no sentías elevarte en un éxtasis turbador cuando procurabas dolor a las hermanas impuras que merecían sufrirlo para purgar sus pecados?

Petronila, con los ojos enrojecidos por el llanto que no se atrevía a desbordarse, trató de recordar aquellos momentos.

—Sentía..., no sé... —dudó la monja—. Un abrazo ardiente, sí; un impulso que me conducía al goce absoluto, puede que fuera al amor divino...

—¡A eso me refiero! —Lucía sonrió y abrazó a su amiga—. Ellas son las locas. Las aragonesas recogidas en nuestra abadía son esos espectros melancólicos enajenados que parecen emisarios de Lucifer. Los nuestros, cuando yo amaba a las hermanas catalanas y tú castigabas a esas satánicas aragonesas, eran deleites sublimes, elixires místicos, árboles que comenzaban a llenarse de savia, braseros interiores, sacudidas de amor, dolores penetrantes y sollozos de alegría infinita. Nuestras almas se escapaban de nuestros cuerpos porque la naturaleza es un reflejo de Dios, un enigma impenetrable tras el que se oculta el mandato divino.

La hermana Petronila, asistiendo a tal explosión de gozo en su amiga Lucía, pareció tranquilizarse. Pensaba en que todo lo sucedido había sido previsto por Dios, y ellas sólo habían sido instrumentos de un plan divino para ordenar las cosas en aquel santuario dedicado a su veneración. Si era así, pensó, de nada podía sentir culpa ni nada tenía que temer. Volvió sus ojos hacia Lucía y dijo:

—Sí, hermana. Soy amante del amor, y el amor es como el fuego: abrasador.

—Y es también el dedo de Dios que escribe en las almas de igual modo que escribe en la naturaleza, hermana Petronila. No puedes arrepentirte por haber sublimado tus instintos, Dios lo quiso así.

—¡Lo quiso! ¡Sí! ¡Él lo quiso! ¡Bendito sea su santo nombre!

—Vamos hermana —Lucía invitó a Petronila a descender de la torre y reintegrarse al cenobio—. Y escucha lo que te digo: el espíritu encierra la pulsión de Eros en plenitud, no lo olvides. —Y mientras descendían la escalera del torreón, tomándola por el hombro, bajó los peldaños diciendo—: Y recuerda que el espíritu y el verbo se hacen carne. Tienes que ser una con tu cuerpo y, así, tratarlo de un modo sutil, porque cuanto en él sucede en ti es sobrenatural. Tus éxtasis son compartidos cada vez por dos cuerpos y dos espíritus: el cuerpo de Cristo y el de esas rameras. Tú simbolizas el amor de Dios; ellas, la personificación de Satanás. Sólo tú puedes participar de la experiencia mística. Disfrútala...

—¿Y nada he de temer, hermana?

—Nada has de temer de Dios. De los hombres, tal vez. Tal vez. Por eso huiremos esta noche...

6

—No esperaré más: voy a la celda de doña Inés —decidió el rey—. Si es preciso, aguardaré todo el día su regreso. ¿Vienes?

—Sí —dudó Constanza—. Pero antes... permitidme que compruebe algo, mi señor. Estaré allí dentro de unos momentos.

—Está bien.

Constanza se despidió de don Jaime y buscó a la hermana Cixilona por todo el monasterio. Necesitaba preguntarle quiénes eran los nobles a los que acudía a visitar con frecuencia la abadesa y si conocía el objeto de sus ausencias del cenobio. Buscándola, fue al huerto y a la capilla, al establo y al gallinero, a la enfermería y a las ruinas del *scriptorium*, preguntando por ella a las hermanas que trabajaban en unos oficios y otros, sin obtener respuesta ni encontrarla por ningún sitio. Hasta que de repente recordó, al entrar en el cementerio y acordarse del perro enterrado, que la novicia le dijo que no había visto a *Pilós* desde hacía días porque estaba atendiendo los servicios de la cocina. Sin detenerse, corrió por las galerías en dirección a las cocinas del convento y entró en ellas desbocada, tratando de dar con ella.

Pero tampoco la encontró allí. Preguntó a otras hermanas si sabían en dónde podía hallarla y le dijeron que lo ignoraban, aunque había estado en su puesto hasta la hora del desayuno, cuando la abadesa doña Inés había ido en su busca y, tras hablar en secreto con ella, Cixilona había salido en dirección al comedor real con un cuenco de leche tibia en una bandeja. Después, no había regresado. Todas extrañaban su ausencia, pero no sabían adónde podía haber ido.

Constanza abandonó las cocinas desorientada. Tal vez habría acompañado a la abadesa a realizar algún servicio o quizá hubiera sido descubierta al conversar con ella la noche anterior y estuviese siendo castigada por su indiscreción. En ese caso, al no haberla encontrado en las mazmorras de la torre, sólo podía estar en su propia celda.

Preguntó a una de las hermanas con las que se cruzó en la galería y le indicó que la suya era la tercera puerta del corredor norte, situado en la planta superior. La monja navarra subió al piso, buscó la puerta y la golpeó dos veces con los nudillos. No obtuvo respuesta. Trató de abrirla, empujándola, y no cedió. Y entonces, sin el menor disimulo, extrajo el punzón que aún llevaba en su faltriquera y forzó la cerradura, indiferente a si alguna cenobita asistía o no al allanamiento.

La visión con que se encontró fue conmovedora. En el lecho, desmadejada, en posición fetal, agarrándose el vientre con los puños crispados y con la cabeza descoyuntada hacia atrás, la novicia Cixilona estaba muerta, con la boca muy abierta, como buscando una última bocanada de aire, y los ojos desorbitados. Al lado de la cama, estrellado contra el suelo, un cuenco permanecía roto en pedazos bañados en restos de leche. Constanza tardó unos segundos en recuperarse de la visión y se acercó para ver de cerca a la joven. Le cerró los ojos mientras musitaba una oración y luego, más calmada, observó su lengua, que presentaba un color blancuzco por la leche ingerida. Metió un dedo en su boca, buscó la parte trasera de la lengua y tomó un poco de los restos de saliva. Lo olió, lo probó y no tuvo dudas: la leche estaba envenenada y le había causado una muerte espantosa.

Otra mártir inútil, pensó Constanza mientras dejaba sus ojos posados en aquella bella muchacha prematuramente muerta. Y se preguntó cuántas hermanas más tendrían que morir hasta que pudiera poner fin a aquel exterminio. Elevó los ojos al cielo para orar por ella antes de ir a dar noticia al rey de su descubrimiento cuando en lo alto de la pared de la celda reparó en una madera pintada que representaba la imagen de santa Eulalia, otra mártir.

Recordaba muy bien la historia de aquella santa. A los catorce años, para protegerla de la cruel persecución a los cristianos, fue escondida por sus padres en una casa alejada de la ciudad de Barcino, donde vivía en tiempos del emperador Diocleciano, allá por el año del Señor de 350. Pero ella no se resignó ni quiso ocultar su abrazo al cristianismo y, en cuanto le fue posible, se escapó de la casa apartada, volvió a la ciudad y declaró públicamente su fe, aun sabiendo que iba a ser sometida a martirio, como así fue. Sus sufrimientos fueron horribles: desde ser castigada a tortura en un potro, o ecúleo, atada de pies y manos sobre una tabla que, mediante poleas, la iban descoyuntando para desmembrarla, hasta ser lanzada dentro de un tonel lleno de vidrios rotos calle abajo. Finalmente fue crucificada en una cruz en forma de aspa, produciéndose el milagro de que, para cubrir su desnudez, le crecieron deprisa los cabellos y ocultaron sus partes más íntimas. Finalmente murió en esa cruz en forma de X, y los testigos que lo presenciaron aseguraron que lo último que se vio, antes de que exhalara su último suspiro, fue una paloma salir de su boca. Y que de pronto comenzó a nevar.

Constanza recordaba muy bien la historia de santa Eulalia, así como la cruz que desde entonces tomó su nombre y la callejuela de Barcelona bautizada como la Baixada de Santa Eulàlia, en remembranza de su despeño, martirio y santidad. Le pareció que Cixilona merecía ser recordada igualmente, si bien era preciso conocer antes cuál había sido la causa de aquel suicidio y saber por qué había tomado la decisión de cometer tal monstruosidad.

Y, pensando en ello, por la cabeza se le pasó una idea hija del demonio. Y, antes de que fuera tarde, salió a toda prisa de la celda de la joven para ir en busca del rey.

En ese momento, don Jaime entraba en la celda de la abadesa sin preámbulos, como acostumbraba, y al hallarla vacía paseó impaciente por la estancia de un lado a otro, esperando a que apareciera su moradora. Le habían informado de que había salido inmediatamente después de la hora del desayuno para atender unos asuntos y no tardaría en regresar. El rey, considerando la tardanza, empezó a pensar que larga iba siendo ya la demora, y temió que Constanza tuviera razón en lo que había dicho y la abadesa, atemorizada, estuviera tratando de esquivarle. Suele suceder cuando una larga espera permite que el alma se ponga a pensar, porque entonces se ven aquellas cosas que permanecen invisibles cuando se tiene delante al que se espera.

Sobre la mesa de doña Inés estaban dispuestos una copa de vino y un plato de dulces y, suponiendo que se trataría de un entremés habitual en la dieta de la abadesa, el monarca dejó de interesarse en ello. Por el contrario, se entretuvo observando los adornos que decoraban las paredes de la sala. Pasaba el tiempo y la abadesa no aparecía. Quizá Constanza tuviera razón, se repitió, y su duda comenzó a sedimentarse como se arraiga una semilla en la tierra tras un amanecer lluvioso.

Para entretener la espera, don Jaime decidió sentarse en la silla de la abadesa y picó uno de los dulces allí dispuestos. Era un pastel de almendras y azúcar, muy dulce y empalagoso. Y, tras mordisquearlo, masticarlo y engullirlo, sintió sed. Así es que tomó la copa de vino e inició el camino de llevársela a la boca.

Pero antes de que la copa de plata rozara sus labios, se abrió la puerta bruscamente y, con el mismo ímpetu que el conde Arnaldo en una de sus locas carreras, entró la hermana Constanza de Jesús gritando:

—¡Señor, señor! ¡La novicia Cixilona ha muerto!

El rey, apartando la mano de su boca, se extrañó de tal modo de la noticia que dejó de nuevo la copa sobre la mesa y preguntó:

—¿Qué ha pasado? ¿Cómo ha sido?

Constanza, todavía agitada y respirando con dificultad, tomó asiento frente a don Jaime y se puso la mano en el corazón, como si pretendiera aplacarlo. Jadeando, sólo alcanzó a decir:

—Envenenada.

El rey se enfureció. Golpeó la mesa con el puño y, en su aspaviento, dio un manotazo a la copa que reposaba encima y del impulso salió disparada al fondo de la estancia, derramándose por completo.

—¡Es una grave ofensa! —vociferó don Jaime—. ¡Con la presencia del rey en la abadía! ¡Es traición y deshonor! ¡Casus belli![13] ¡Te juro que alguien pagará por esto!

Constanza afirmó con la cabeza. Sentía más dolor por la pobre novicia que por el honor del rey, y a punto estuvo de dejar salir un suspiro de renuncia por su boca. No estaba convencida de que su presencia en el cenobio estuviera siendo de utilidad, ni siquiera si habría sido mejor que todo

13. «¡Motivo para la guerra!»

continuara como estaba con las esporádicas muertes que el Señor estaba permitiendo. Porque la muerte de Cixilona se añadió a su sensación de culpa y cuando la culpabilidad se hace fuerte, no hay razón que logre menguarla. Pensó que tal vez ella, y nadie más, fuera responsable de aquella muerte, del suicidio que, por terror o locura, había escogido la joven novicia para huir de sí misma y del futuro que vislumbraba. Constanza inclinó la cabeza, entrecerró los ojos y pareció abatida.

—Si la hubierais visto, mi señor...

—Cuéntamelo todo, Constanza.

A la monja navarra le costó un gran esfuerzo comenzar a hablar. Y cuando lo hizo, describió la escena contemplada en la celda de la novicia sin escamotear detalle alguno. Relató cómo había comprobado que la causa de su muerte había sido el envenenamiento, y el descubrimiento de que la leche adulterada había sido el medio empleado para ello. Tampoco ocultó que no podía estar segura de si se trataba de un asesinato o de un suicidio, pero de lo que estaba persuadida era de que la joven carecía de motivos fundados para hacer algo así. Y, para terminar, aseguró:

—Sé que lucháis para creerme, sin lograrlo, pero no me cabe ninguna duda de que vuestra real persona corre un serio peligro en esta casa, mi señor.

—Terminarás por convencerme, Constanza —suspiró don Jaime.

El silencio se hizo un hueco entre los dos y lo emplearon para meditar acerca de su situación. Constanza estaba considerando la idea de solicitar al rey licencia para regresar a Tulebras con el peso del fracaso cargado a sus espaldas, y don Jaime calculaba hasta qué punto estaba su vida asegurada en un lugar en el que la muerte se movía a plena luz del día con el sigilo de una serpiente. Uno y otro callaban y apenas levantaban los ojos de la mesa a la que estaban sentados. Hasta que Constanza movió la cabeza, como negándose una propuesta que necesitaba hacer, y sus ojos se toparon con algo que llamó su atención.

—¿Qué es eso? —señaló la copa derramada al fondo de la celda.

—Vino. Una copa de vino —respondió el rey, adoptando un gesto de extrañeza por la pregunta—. ¿No lo ves?

—¿Era para vos? —volvió a preguntar la monja.

—Estaba aquí cuando vine. El tentempié de la abadesa para tomarlo acompañando a esos pastelillos, supongo.

—No, mi señor. Juraría que era para vos.

—¿Cómo dices? —la afirmación de la monja intrigó al rey.

—Permitidme.

Constanza fue hasta donde la copa permanecía en el suelo, la tomó en sus manos y procedió a oler sus restos. Luego se mojó el dedo índice en una gota adosada al interior de la copa y lo probó. Y volviendo a la mesa, con la copa en la mano, sentenció:

—Era para vos, señor. El vino está envenenado.

—Es una acusación muy grave, Constanza —advirtió el rey—. Tendrás que probarlo.

La monja tomó asiento de nuevo, afirmó unas cuantas veces con la cabeza y no se contuvo para decir, airada:

—¿Necesitáis pruebas? ¿De veras las necesitáis? Pues apuntad unas cuantas, señor. La primera, que desde que estamos aquí, jamás hemos visto a la abadesa probar el vino, ni en vuestras comidas ni en vuestras cenas. La segunda, que la regla de San Benito prohíbe, salvo en caso de extrema enfermedad, comer entre horas, y aún menos ingerir vino. En tercer lugar considero que no hace falta ser muy astuto para comprender que la abadesa se ha ausentado deliberadamente de la abadía, sabiendo que os debe muchas explicaciones, y era lógico suponer que más tarde o más temprano la esperaríais en esta celda, al igual que supondría que no os resistiríais a probar esos dulces y el vino. Apostaría mi toca de los días festivos a que son tan azucarados que requieren de inmediato un buen vaso de licor para aliviar su ingesta dulzarrona. Y la cuarta prueba, y definitiva, majestad, es que ese vino contiene veneno. El mismo que contenía el cuenco de leche que acabó con la vida de la pobre Cixilona. ¿Necesitáis que os diga algo más, mi señor?

El rey don Jaime no lo precisó. Se levantó de la silla y fue hasta la ventana de la estancia, abatido, dolido, desmoronado, no tanto por temor a las intenciones magnicidas de la abadesa como porque una de sus damas más consideradas, a quien tanto afecto profesaba y que tan buena fama atesoraba en toda la Corona de Aragón, fuese culpable de traición y se hubiera convertido en una asesina. ¿Qué podía esperar de sus nobles si uno de los personajes principales del reino era capaz de atentar contra su vida en lugar de temblar ante la majestuosidad de lo que él representaba como cabeza de una corona a la que habían jurado someterse y verter por ella hasta su última porción de sangre, si fuera menester? El dolor de la traición es más profundo cuando nace de la familia propia, se dijo. Don Jaime no quería dejarse llevar por la ira y dar muerte por propia mano a la abadesa, que era lo que en esos momentos reclamaban sus tripas, y así se lo dijo a Constanza. Luego le preguntó:

—¿Qué he de hacer, entonces?

La religiosa meditó unos instantes. Comprendía la ira del rey y la justicia del castigo, pero una vez que ambos habían llegado tan lejos no quería abandonar el monasterio sin conocer algunas respuestas de las muchas que había buscado entre aquellos muros, unas respuestas que sólo doña Inés podría dar. Pensó con cuidado cómo responder al rey y tras reflexionarlo con calma urdió un plan que le pareció satisfactorio. Y así se lo hizo saber a don Jaime.

—Esa puerta da al taller de la abadesa, según dijo. ¿Cierto?

—Cierto. Yo mismo lo visité.

—¿Os parece que lo visite yo ahora?

—No comprendo para qué quieres...

—Ésta es mi idea, señor —la monja se expresó despacio y con claridad, para no dejar al azar ningún detalle—: Sugiero que vos permanezcáis aquí, sentado en el sitial de la abadesa con la copa en la mano, vacía. Cuando aparezca doña Inés, lo que hará pronto porque estoy segura de que querrá asistir a vuestra muerte, estará convencida de que habéis ingerido el veneno, sobre todo si acompañáis vuestra actitud con algún que otro suspiro o lamento. Será el momento de que le interroguéis acerca de todo cuanto imaginamos y no nos ha sido posible probar: quién administra el osario infantil, cuál es el objeto de las mazmorras, qué hace un perro enterrado en lugar sagrado, la casualidad del desplome del *scriptorium*, la muerte de las hermanas cenobitas, sus violaciones, la misma muerte de Cixilona..., en fin, todo cuanto nos ha traído aquí y, aun conociendo las respuestas, precisamos de confesión para que, al menos yo, regrese animosa a mi monasterio de Santa María de la Caridad, en Tulebras. Entre tanto, asistiré oculta tras esa puerta para dar fe de cuanto os diga.

—Me parece acertado —afirmó el rey, atraído por el juego que le proponía la monja y deseoso de poner fin al misterio y desenmascarar a la abadesa—. Pero no fácil: esa puerta está bien cerrada y es doña Inés quien custodia la llave.

—No os preocupéis por ello, señor.

La navarra sacó el punzón de la faltriquera y procedió a forzar la cerradura.

—Careces de respeto, Constanza —le recriminó el rey, sonriendo.

—Por completo —sonrió ella a su vez al abrir la puerta, y antes de introducirse en el taller se agachó y limpió lo mejor que pudo con sus faldones el vino derramado por la copa en aquella esquina de la sala. Luego añadió—: Pero os ruego que ello nos os conduzca a formaros un mal concepto de mí, señor. Con las monjas, ya se sabe... Pero vos no tratéis de imitarme, por Dios bendito, porque es muy importante que os mostréis amable con ella. No debe sospechar nada, ¿comprendéis?

—Descuida, monja del diablo.

—Del diablo, sí. Del diablo... Esto ya está limpio —dijo para sí. Y se volvió hacia el rey, insistiendo—: Pero vos mostrad mucha serenidad porque aquí esperaré y velaré por mi señor hasta que el destino se cumpla. Si Dios, en su misericordia, lo permite.

—Sea.

7

Ensayaba el rey posturas y ademanes que, por indicación de Constanza, debían parecer naturales y espontáneos cuando la puerta del aposento se abrió y entró en él doña Inés. Al verlo con la boca torcida y las manos apretadas sobre el estómago, en un gesto tan extraño como exagerado, se sobresaltó y emitió un gemido mientras se llevaba la mano al pecho. El rey, al verse sorprendido en semejante postura, a todas luces estrafalaria, se recompuso lo antes que pudo y, para aparentar normalidad, recurrió a un saludo protocolario.

—Buenos días de nuevo, doña Inés. Aquí, entreteniendo la espera mientras llegabas...

La abadesa tardó en recobrar el aliento.

—¡Me habéis asustado, señor! —dijo con voz trémula al recuperarse—. Siempre me asustáis. ¿Os encontráis bien?

—Muy bien, sí. Pero dejemos de velar por mi salud: siéntate y recobra el resuello, que tenemos que hablar. —El rey se incorporó en la silla y apoyó los brazos sobre la mesa, jugueteando con la copa vacía en la mano. Cuando la abadesa tomó asiento frente a él, procedió a cambiársela de mano y, en ocasiones, a posar su borde en la barbilla, muy cerca de los labios—. La reina parte hoy hacia Caspe.

—Me han informado ya —interrumpió doña Inés—. Camino largo le espera a vuestra esposa.

—Largo sí, pero no fatigoso —comentó don Jaime—.

Además, ya sabes cómo son las madres: un simple resfriado y se inquietan si no están cerca de sus hijos.

—¿El príncipe Alfonso se ha resfriado? —disimuló la abadesa—. ¡Qué contrariedad! Pues hace bien en protegerlo porque don Alfonso es débil y a fe que le aguardan grandes empresas.

—Se le educa para ello...

El rey rebuscaba en sus adentros y no encontraba ningún tema de conversación lo suficientemente interesante para, dentro de la amabilidad, alejar sospechas sobre la animadversión que sentía por la mujer que había intentado su muerte. Por su parte, la abadesa tampoco sabía de qué hablar, pero observaba con atención a don Jaime para descubrir algún indicio o síntoma que indicase que el vino emponzoñado cumplía su misión. Por hablar de algo, preguntó:

—¿No habéis meditado la posibilidad de que marche con la reina esa monja navarra? La hermana Constanza, quiero decir.

—No lo había pensado. ¿Por qué habría de partir?

—Pues... —dudó la abadesa si debía o no expresar lo que sentía. Y al fin, decidiéndose por el insulto, lo hizo—: Porque con una bruja en Cataluña tenemos bastante, ¿no lo creéis así?

—¿Teníamos ya una bruja? —el rey, decidido a no dejarse intimidar por ella, acompañó su pregunta con una sonrisa y, notando un leve picor en la espalda, se retorció para rascarse.

—Sí, sí. —La abadesa sintió, de repente, una íntima satisfacción porque en el brusco movimiento de don Jaime creyó ver un evidente síntoma de malestar—. ¿No conocéis su existencia? La llaman la Bruja de Piedra y está en lo más alto del contrafuerte de la torre de Carlomagno, en la catedral de Gerona. Bueno, en realidad se trata de una gárgola, la única con figura humana del templo, y cuenta la leyenda que es el castigo divino a una mujer vieja que se dedicaba a las artes de la brujería y demostraba su odio a nuestra religión cristiana arrojando piedras contra los muros de la catedral.

—Curiosa leyenda... —comentó don Jaime.

—Sí. Era también una extraña mujer: se convertía en sapo, en cuervo, en gato..., y realizaba hechizos a sus vecinos para procurarles toda clase de males. Hasta que un día, por decisión de Dios Nuestro Señor se convirtió en piedra y el mismo Cielo la colocó ahí para que de su boca sólo saliera agua limpia de lluvia, en lugar de blasfemias. Su aparición fue un enigma, y el modo en que quedó fijada al muro, milagroso. Creí que habríais oído hablar de ello...

—No lo sabía, no —el rey volvió a removerse, esta vez de manera intencionada, llevándose la mano al vientre y fingiendo un malestar—. Pero el caso cierto es que Constanza permanecerá todavía algún tiempo entre nosotros. Espero que no os parezca mal.

—¿Os sentís bien, don Jaime? —la abadesa no respondió a la pregunta y en cambio se interesó por el gesto fingido del rey.

—Un poco mareado, tal vez —mintió don Jaime—. Pero nada de importancia. ¿Tengo mal aspecto, acaso?

—No, no —también engañó doña Inés.

Aquella conversación no conducía a ningún sitio, pensó el rey, y tampoco tenía ganas de continuarla en semejantes términos. Le aburría profundamente. Así es que, sin medir las turbulencias que podían desatarse, miró fijamente a la abadesa con la crueldad que todo el reino temía cuando los ojos de don Jaime se encendían de aquel modo y preguntó:

—¿Qué piensas de mí, doña Inés?

—Lo sabéis tan bien como yo, señor —replicó la abadesa sin alterarse.

—¿Deseas mi muerte?

—Deseo que no os apropiéis de lo que no es vuestro, señor.

—¿Y de qué quiero apropiarme, si puede saberse?

La abadesa no tardó en responder, y de corrido, con la mirada agria y la voz segura, replicó:

—Atended bien, don Jaime: puede extraerse el oro, arrebatarse las joyas, saquearse las minas y arramblar con bienes, posesiones, mujeres y esclavas, pero nunca podrá robarse la memoria de un pueblo ni obligarlo a que olvide sus tradiciones y sus formas de ser y de pensar.

—¿Y eso hago yo, señora abadesa?

—Sois un intruso, señor —espetó ella sin recato—. Cataluña pertenece a los catalanes y vos la obligáis a rendiros obediencia del mismo modo que antes nuestros condados rendían vasallaje a los reyes francos. Imponéis su sumisión, y deberíais saber que para nosotros sólo sois un rey extranjero.

—¿Quiénes sois vosotros? —El rey empezaba a comprender las palabras de Constanza—. ¿A quiénes te refieres?

—A los buenos catalanes, señor. Que son muchos más de lo que os hacen creer. A esa gente noble y esforzada que ha labrado con su esfuerzo y voluntad una tierra que...

—Yo también soy catalán, abadesa. Al igual que soy aragonés y lo mismo que soy hijo de Montpellier. ¿Qué ves en mí de extranjero?

La abadesa se recostó en su silla, despectiva.

—Vos sois un simple aragonés, don Jaime. Hijo y nieto de extranjeros. Para ser catalán hay que añorar nuestra sangre, y no se puede añorar lo que no se ha tenido nunca. ¡Bah! —hizo un ademán despectivo—. Dudo de que lo podáis comprender.

Don Jaime se recostó también en su silla, desconcertado por la altivez de la abadesa y por aquellas muestras de

366

arrogancia que sólo podían provenir del hecho de que estuviera muy segura de su posición o de que se sintiera derrotada, y en esos momentos el rey estaba calculando si la suya era una voz respaldada por toda la nobleza catalana, conjurada para iniciar una guerra civil, o si la abadesa se sentía ya desenmascarada y estaba rindiendo sus armas porque era consciente de que lo único que le esperaba era la muerte. Recordó que don Blasco acababa de informarle de que las Cortes catalanas se unirían a la empresa mallorquina, por lo que no era posible que estuvieran urdiendo darle batalla; y por otra parte la abadesa sabía ya de los descubrimientos realizados en el cenobio, algo a lo que no podía dar respuesta. Aun así, quiso saber hasta dónde pretendía llegar con su atrevimiento y desmesura.

—¿Y qué es lo que tantos, como dices, pretendéis?

—Mi intención es hacer con la Corona de Aragón lo mismo que Dios hizo con Montserrat —respondió la abadesa con un tono tan manifiesto de soberbia que al rey le costó contenerse. Y, no obstante, optó por seguirle el juego.

—Ahora mismo no me acuerdo del interés de Dios Nuestro Señor por las montañas de Montserrat...

—¿Ah, no? Todos los catalanes lo saben y lo cuentan a sus hijos... Allí se asentaba una gran ciudad entregada al pecado. Los riscos que ahora veis en el macizo de Montserrat no estaban en la superficie de la tierra, sino bajo ella: eran los cimientos de la montaña.

—¿Esa ciudad pecadora no era Sodoma? —se burló el rey.

—De la misma catadura, sí —la abadesa arrugó el entrecejo—. Pero sólo hasta que la ira de Dios hizo que aquella enorme montaña girara súbitamente sobre sí misma, dejando a aquella ciudad sepultada para siempre. Y ahora quedan expuestas al aire las enormes raíces que estaban hundidas en lo más profundo de la tierra. Las raíces, ¿comprendéis? La verdad, la auténtica verdad de la montaña.

—Confieso que todavía me quedan algunas cosas por aprender de estas tierras —reconoció el rey con mucha serenidad—, pero para mí tanta verdad contienen las raíces como las moles de una montaña, estén, unas u otras, arriba o abajo. De todos modos —el rey adoptó un gesto severo, autoritario, enojado—, ello no justifica, a mi entender, esa actitud insolente que esgrimes ante mí, como tampoco tu tiranía ante algunas de tus cenobitas. ¿Por qué odias a tus novicias aragonesas, doña Inés?

—¿Odiarlas? —sonrió la abadesa, componiendo un gesto grotesco—. No las odio, don Jaime. Simplemente las desprecio. Son..., ¿cómo decirlo? Un mero juguete para la hermana Petronila.

—Pues muy dada parece tu amiga a la diversión —ironizó el rey—, porque también juega, como tú dices, con algunas cenobitas catalanas. Las ultraja, las viola...

—¿Ah, eso...? Ya —la abadesa se mostró tan desinteresada como pudo—. Pero comprended que yo no tengo la culpa de que la hermana Lucía no pueda contener su gran concupiscencia, don Jaime. Es su éxtasis, su comunión con la divinidad, su exaltación mística... Yo me limito a proporcionarle algunas pócimas para adormecer a sus elegidas y, cuando lo requiere, algunas prótesis articuladas para satisfacer ciertos deseos a su antojo. Pero notad que, como buena catalana, ella no se mancharía nunca las manos gozando con las jóvenes aragonesas. De eso se encarga la hermana Petronila, que, aunque me sabe mal decirlo, es, ¿cómo diría...? De gustos menos refinados.

El rey se sintió aturdido. Se levantó, demudado, y fue a asomarse a la ventana. La abrió para respirar aire fresco porque allí dentro el aire se había podrido y sentía deseos de vomitar. Su palidez y su gesto de repugnancia acabaron por convencer a la abadesa de la eficacia del plan que había diseñado. El sol brillaba en lo más alto, el día era limpio, el cielo, azul, el jardín del claustro mostraba toda su belleza y las flores de marzo se exhibían en todo su colorido y esplendor; pero allí dentro, en la celda de la abadesa, el rey estaba sufriendo el hedor de la traición y mareándose de verdad con una conversación que le producía náuseas.

—No sé si estás loca o no lo estás, abadesa, pero me cuesta un gran esfuerzo creer lo que estoy oyendo. Porque sabes que la hermana Petronila tortura y asesina a las aragonesas...

—A veces se le va la mano, sí —respondió doña Inés, sin inmutarse—. Goza con el castigo ajeno y su afición conoce pocos límites, otro modo de experimentar el éxtasis de la comunión con el espíritu de Dios... Pero a veces los sobrepasa y entonces...

—Y entonces mueren sus víctimas. —El rey absorbió todo el aire fresco que pudo en una bocanada profunda y se volvió hacia la abadesa—: Lo que no entiendo es por qué ha de fingir después una agresión sexual, por qué quiere aparentar que han sido violadas.

—Ah —sonrió la abadesa, sin darle mayor trascendencia al hecho—. Eso fue una idea que se me ocurrió a mí, no tiene mérito alguno. Un poco de semen por aquí y otro poco por allá y nadie podría depositar sus sospechas en una mujer. Recordad que veníais vos a la abadía y era preciso alejar toda duda. ¿Veis? Para ello fue muy útil el bueno de *Pilós*, mi perro. Tantas veces se desahogó frotándose sobre mis piernas que se me ocurrió que era una lástima no aprovechar los frutos de su masculinidad para servicios más útiles. Luego tuve que poner fin a su vida, claro, para eliminar todo rastro que pudiera comprometerme, pero reconoced que, en todo caso, fue una estratagema que salió barata.

—Todo a causa de mi llegada, comprendo. Y, en tal caso..., ¡por todos los santos! ¡No lo entiendo! ¿Por qué demonios me hiciste venir? ¿Para qué?

La abadesa, sin mostrar un ápice de inquietud, se limitó a responder:

—Para que se cumpliera el destino, don Jaime.

El rey la miró asombrado. No cabía duda de que la mujer que estaba ante él había perdido el juicio. Y, como si una tormenta se hubiera desencadenado y su estruendo fuera tan ensordecedor que nada importase lo que los humanos hablasen para sobreponerse a las turbulencias de la naturaleza, doña Inés soltó la lengua y empezó a fabular que a su muerte los catalanes se alzarían en armas contra la Corona de Aragón y Cataluña sería al fin un reino libre.

—Yo misma encabezaré la sublevación desde las tierras de mi condado —afirmó—, y pronto se sumarán a ella los nobles que acuden a mí en busca de consejos y dinero. Y de libros como los que visteis vos, pero, como es natural, esas visitas eran sólo la excusa para urdir nuestras conspiraciones.

Don Jaime pensó que los sueños son patrimonio de los pobres diablos que nunca podrán hacerlos realidad y sintió una extraña mezcla de odio y lástima por aquella mujer que, en su enajenación, levitaba dos palmos por encima de la tierra que consumiría la altivez de su cuerpo y las ambiciones de su alma.

—Un poder únicamente de los nobles —supuso el rey—, sin importar los deseos del pueblo, ¿verdad?

—El pueblo seguirá siendo lo que es: vasallos sin voluntad. Cataluña sólo será próspera en manos de nobles y ricos hombres de fortuna. Un reino que se hará respetar en el mundo, de manera muy diferente del respeto que vos habéis demostrado, don Jaime.

—Yo respeto a Cataluña de igual modo que respeto a

Aragón, a Castilla, a Asturias o a Hungría. Le dispenso el mismo respeto, el mismo; pero tampoco más, doña Inés.

—Hacéis mal.

El rey cabeceó. Su paciencia estaba llegando al límite y sintió un gran deseo de desnudar su arma y poner fin a aquel pleito. Pero recordó que Constanza escuchaba la conversación al otro lado de la puerta y pensó que faltaban algunas pocas respuestas de las muchas que exigía su investigación. Por ello se pasó la mano por la frente, forzó una tos innecesaria y dijo:

—Ignoraba que tu nobleza hubiera nacido de un muslo del dios Zeus —se burló—. ¿Y ahora me confiesas todo esto?

—No veo por qué no —la monja se removió en su asiento.

—Porque con esa confesión te has condenado tú misma, abadesa.

—No, don Jaime. Os equivocáis.

—¿Me equivoco? ¿Por qué?

—Porque vos ya estáis muerto, señor —silabeó doña Inés.

La vida es un sueño del que se despierta al morir, pensó don Jaime al oír esas palabras. Nadie puede escuchar impasible una declaración de muerte, y el rey, por ser humano, sintió también que el mundo se tambaleaba bajo sus pies, aunque sabía que era falso porque la afirmación de la abadesa no se fundamentaba en la realidad, sino que era hija de su propio error, de una conclusión apresurada. A pesar de ello, oír que ya estaba muerto le trajo a la memoria imágenes de la sacramental del monasterio de San Benito, de sus sombras y de sus soledades, la resignación al abandono y al olvido. Imágenes tenebrosas que lo conmovieron, proponiéndole el miedo como una sensación estremecedora que, al instante, contuvo y dominó para que ni en sus ojos ni en sus manos percibiera doña Inés la debilidad que todo hombre experimenta al imaginar su final.

—En realidad —explicó la abadesa, sin percibir la zozobra en el ánimo del rey—, pensé que moriríais con la pócima que os aconsejé para dormir anteanoche, pero supongo que finalmente no la tomasteis.

—Dios no lo quiso, qué le vamos a hacer...

—Por eso no he tenido más remedio que intentar resolverlo esta misma mañana, en vuestro desayuno. Y de nuevo he errado, don Jaime; terminaré por pensar que el mismo Satanás está de vuestra parte.

—Tal vez sea Dios quien me protege y Satanás el que te inspira, doña Inés —replicó el rey, al borde de una furia que no dio paso a la venganza, una ira que no supo si sabría contener por mucho más tiempo.

—Puede ser... La verdad es que tampoco confío mucho en ninguno de los dos —pareció lamentarlo la abadesa.

—De nada te privas, hermana. Traidora y atea...

—Traidora, no; atea, pudiera ser. Al menos no quiero rendir cuentas a ningún ser superior. Dios tampoco lo hace.

Odio y lástima. Don Jaime sentía, entremezclados, sentimientos de odio y de lástima por aquella mujer. Pero no había lugar para el perdón. El rey ya había decidido el castigo y sólo esperaba a que Constanza se sintiera satisfecha con todas las respuestas para poner fin a la comedia. Don Jaime sabía que sólo aspira al poder quien no puede ser libre con sus propios medios y precisa investirse de las facultades de los otros para satisfacer su vanidad y enmascarar sus carencias y su mediocridad, y aquella abadesa era la prueba de que no iba a lograr nada por sus propios medios ni iba a ser secundada por los nobles que creía leales.

—¿En qué has vuelto a errar esta mañana, señora? —El rey sintió curiosidad por la frase que doña Inés no había concluido.

—Ah, ¿eso?... —recapacitó—. Nada, nada. Por confiar en esa estúpida de Cixilona. Le encomendé llevaros un tazón de leche muy especial a vuestro desayuno y, por un extraño sentido de la lealtad, ha preferido beberlo ella misma a alzarse contra vos. Acaban de decirme que ha muerto...

—Lo sé.

—Pero, por fortuna, ya he subsanado ese exceso de confianza en quien no fue leal anoche conmigo, al hablar con vuestra monja navarra, ni hoy tampoco, desobedeciéndome. Pero se acabaron los errores, don Jaime. Porque esa copa que tenéis en la mano y que habéis bebido tan gustoso contenía un poderoso veneno producto de la maceración de hojas de cicuta. Estáis muerto, don Jaime. Ya estáis muerto.

—Pues para estar muerto, parece que nuestro rey goza de una salud excelente...

La voz de Constanza de Jesús, saliendo de la estancia contigua, sobresaltó a doña Inés de tal modo que sus ojos se hicieron de vidrio, su tez, marmórea, y sus manos, de agua.

—¡*Vade retro*, Satán! —la abadesa se santiguó tres veces seguidas y en su boca se dibujó el pliegue del espanto—. ¡*Vade retro!*

Doña Inés temblaba y se convulsionaba como si una marabunta de hormigas rojas estuviera introduciéndose por todos y cada uno de los orificios de su cuerpo. Constanza, sin el menor sentimiento de conmiseración por la maldad de una mujer que había vendido su alma por un sueño que nunca se cumpliría, se acercó a ella con la mirada encendida, sin considerar que tuviera que pedir la absolución por el pecado de desear verla muerta. Y el rey, poniéndose en pie, fue a la ventana para contemplar un cielo que, por unos instantes, se ensombreció por las nubes que en su parsimonioso viaje cubrieron la luz del sol.

—¿Por qué has llegado a tanto, abadesa? —quiso saber—. ¿Por qué? Si lo tenías todo...

—Todo, menos el poder —respondió por ella Constanza—. Y es todo lo que ha ambicionado siempre. Mirad, abadesa —la navarra señaló el rincón de la sala—. Allí yace vuestro crimen, en esa mancha de vino y cicuta destinada al rey.

Doña Inés se incorporó para contemplar el destino de su ignominia y cerró los ojos, abatida. Poco a poco se dejó caer de rodillas, con las manos entrelazadas sobre el pecho, en actitud orante, y susurró con voz temblorosa:

—Mi ambición era Cataluña, mi señor. Sólo Cataluña.

El rey giró la cabeza, se apartó de la ventana y caminó lentamente hacia ella, que permanecía arrodillada, de espaldas. Le puso una mano en el hombro y se sirvió de un tono compasivo para hablarle con dulzura.

—Si tu intención hubiera sido esa, doña Inés, Dios te perdonaría en el Cielo y yo lo haría en la tierra, no lo dudes. La traición no es tal si se tiñe la daga de rojo en nombre de un ideal superior. La Corona de Aragón ha vertido mucha sangre, y muchas veces, en defensa de la cristiandad, sin reparar en expolios, usurpaciones y muertes útiles. Mañana será Mallorca y más tarde le llegará el turno a Valencia, a Murcia y quién sabe a cuántos reinos infieles más. El poder no puede ser ingenuo ni un rey puede permitirse ser débil: sería traicionar a quienes lo siguen en la conquista y a quienes mueren en la batalla. Además, el poder que no se ensucia las manos con sangre es una farsa ante los hombres y un fraude ante Dios. No, doña Inés: crees que tu acción era noble, y podría haberlo sido. No te condenaría por ello. Pero no ha sido así: no sólo has atentado contra mi vida sino que has torturado, vejado, humillado y aterrorizado a muchas mujeres limpias que no merecían sufrir por tu capricho y el de tus cómplices. Mujeres a las que has utilizado y asesinado sólo para atraerme a tu abadía y encontrar la ocasión de vencerme. En ese pliego de maldades está escrita la condena, no en esta copa de la que nada he bebido.

—Nunca podréis saber cuánto os odio, señor —replicó la abadesa con la crispación dibujada en la cara—. ¡Nunca!

—No atormentes tu alma con más odios —aconsejó don Jaime—, que ya no queda espacio en ella para más enfermedades. Seré generoso contigo: dime cómo quieres morir.

El silencio se volvió de piedra. Constanza observó el rostro de la abadesa, esperando una respuesta, mientras el rey, alejándose de doña Inés, paseó por la estancia con la mano apoyada en su daga, aquella que había heredado de su padre y que conservaba porque era un instrumento de muerte, no de amor. La abadesa, de rodillas, con los ojos cerrados, las manos entrelazadas y la respiración pausada, elegía con serenidad el modo de realizar el viaje para encontrarse con Dios. O con el infierno. Le habría gustado morir crucificada en las mazmorras de la abadía, o defenestrarse desde lo alto de la torre, o hacerlo al intercambiar con don Jaime un cruce de heridas mortales; pero sabía que no le sería permitido salir de aquella sala con vida. Lo único que no deseaba era ser sometida a pública humillación.

—*Mors est quies viatoris, finis est omnis laboris.*[14] Pero aún conservo honor, don Jaime —dijo, al fin.

—Eso no voy a arrebatártelo —respondió el rey—. Tú sola has de administrar lo que creas que te queda de él.

Y al oír este ofrecimiento, la abadesa se incorporó despacio, miró a Constanza y a don Jaime con el rencor supu-

14. «La muerte es el descanso del viajero, el fin de todos los trabajos.»

rando desprecio y, levantándose, echó a correr en dirección a su taller mientras gritaba:

—¡Ningún rey extranjero pondrá sus manos sobre mí!

La abadesa alcanzó la puerta de su sala de labor, entró en ella, cerró tras de sí y echó el cerrojo. Constanza preguntó con la mirada a don Jaime qué hacer, y el rey le respondió, del mismo modo, que la dejara sola. Al cabo de un cierto tiempo, pidió el punzón a la monja navarra, lo introdujo por el quicio de la puerta y la forzó, acompañándose de una fuerte patada.

Entraron juntos en la sala y la vieron allí. La abadesa doña Inés de Osona permanecía en el suelo, con un cincel clavado en el vientre, un pequeño frasco de cristal en la mano y la boca entreabierta, por la que resbalaba una pócima verdosa con la que se había asegurado la muerte.

8

El descubrimiento del cuerpo de Cixilona en su celda causó tal revuelo en la abadía que ninguna de las religiosas benedictinas reparó en la ausencia de la abadesa. La muerte siempre es escandalosa, incluso la esperada, y el caso de la novicia acrecentó el alboroto porque sólo se pensó en el suicidio y ninguna hermana podía comprender las razones que le habían conducido a ello. Únicamente las hermanas Lucía y Petronila, que conocían el proyecto de doña Inés, la misión que se le había encomendado a la novicia, las amenazas vertidas contra ella por haberse entrevistado con Constanza la noche anterior y por haber colaborado en desenmascarar su secreto en la torre, vieron en aquella muerte una inmolación en lealtad al rey y una nueva traición a la abadesa, y desde ese momento sintieron una sensación de soledad que se parecía mucho a la orfandad. Petronila no pudo evitar llorar ante la visión del cuerpo desmadejado de Cixilona ni caer en un histerismo que Lucía tuvo que sofocar zarandeándola repetidas veces. Lucía, por su parte, comprendió que la ausencia de la abadesa en la celda de la suicida significaba que se encontraba en la suya dando cuentas al rey, y lo más probable era que se hubiera derrumbado y hubiera acabado por confesarlo todo. Y en esa situación, su vida y la de Petronila tenían el mismo e insignificante valor que el aullido de un lobo a la luna en la medianoche.

Pero si el hallazgo del cadáver de Cixilona fue escandaloso, las voces de confusión entre las cenobitas fueron atronadoras cuando, después de abandonar don Jaime y Constanza los aposentos de la abadesa, una voz se extendió por todos los rincones del convento del mismo modo que una inundación arrastra cuanto encuentra a su paso.

—Nuestra abadesa ha muerto, nuestra abadesa ha muerto.

—¿Quién lo ha dicho?

—El rey. Son palabras del rey.

El capitán don Tirso de Cardalés, un caballero esbelto de ojos azules y rostro aniñado que se había engalanado con sus mejores ropas de viaje y adornado con bordados de oro sobre vistosos colores celestes, necesitó golpear las puertas del monasterio repetidas veces con los puños, e incluso se vio obligado a usar la empuñadura de su espada, para que su llamada fuera oída por alguien. Y su sorpresa fue aún mayor cuando, al fin, una monja abrió las puertas del cenobio a toda prisa y, sin atender al visitante, echó a correr de nuevo hacia el interior.

—Decid a la reina que su carruaje le espera —gritó a la monja que se alejaba, sin cruzar la puerta ni invadir la clausura.

—Decídselo vos mismo —se volvió la monja, sin dejar de alejarse—. Yo no puedo.

El capitán don Tirso no supo qué decidir. Conocía la prohibición de entrar en el monasterio y deseaba respetar la norma, pero por otra parte nadie parecía reparar en su presencia. Desde donde estaba, sólo veía hábitos de monja corriendo de un lado a otro, gritando, llorando o haciendo las dos cosas a la vez, y por mucho que alzaba la voz, reclamando ser atendido, ninguna de ellas se detuvo ni prestó oídos a su demanda. Levantó la cara para leer la hora en el sol y se dio cuenta de que el mediodía había pasado y estaba incumpliendo las órdenes del rey. Se volvió hacia los soldados designados para la escolta con la esperanza de encontrar alguna respuesta, pero no vislumbró en sus miradas ausentes réplica alguna a su indecisión. Finalmente preguntó a los hombres de la guardia plantados en la puerta de la abadía si sabían qué estaba ocurriendo dentro del edificio, pero ninguno de los dos supo explicarlo.

Del interior salían sollozos, lamentos y gritos de dolor propios de plañideras experimentadas. Por los colores y modelos de los hábitos y vestimentas, el tumultuoso desorden había reunido a monjas, novicias, cocineras, jardineras e incluso damas a medio vestir, por lo que era fácil deducir que la conmoción era grande y su origen también. Al capitán don Tirso de Cardalés se le pasó de pronto por la cabeza que la reina o el mismo rey podían estar en peligro y, sin dudarlo más, alisó su vestimenta, desenvainó la espada, pidió a dos soldados que lo siguieran, ordenó a un tercero que fuera a dar cuenta al Alférez Real de lo que sucedía y entró en la clausura a toda prisa, igual que si estuviera tomando al asalto una fortaleza enemiga.

El capitán entró en el jardín del claustro hasta la mitad, en donde permanecía la fuente cegada, y miró a su alrededor, buscando orientarse. Por la dispersión de las monjas y el desorden de sus desplazamientos era imposible averiguar qué dirección tomar para encontrarse con el rey. Corredores y galerías eran cruzados a toda velocidad por monjas y demás cenobitas, y las puertas, aquí y allá, se abrían y cerraban sin razón que lo justificase. Miró a sus soldados, tan desorientados como él, y se alzó de hombros. Los brazos caídos con las espadas extendidas apoyadas en el suelo y las cabezas moviéndose a un lado y otro sin criterio les proporcionaban una imagen guerrera, pero en cierto modo patética, desoladora. Cuando el rey y Constanza los encontraron así, al verlos desde la balconada de la galería del primer piso, don Jaime pensó que no eran las monjas las que peor impresión estaban dando en aquella algarabía de confusión y muerte.

—¿Te sucede algo, don Tirso? —preguntó el rey, desde lo alto.

—¡Ah, majestad! —el capitán fijó los ojos en él—. Temía por vos.

Don Jaime miró a Constanza y sonrió. La navarra, entonces, al ver tan pinturero, galán, presumido y desorientado al joven don Tirso, fingió gran severidad y gritó:

—¿Sois vos el causante de este revuelo entre las hermanas?

—Yo..., señora... Yo no... Os aseguro que... —titubeó el capitán, excusándose y sonrojándose.

—Sois apuesto, capitán, y estoy persuadida de que debéis de causar muchos estragos en la corte, pero os aseguro que eso no os autoriza a...

Constanza y el rey no pudieron contener por más tiempo la carcajada y, volviéndose el uno hacia el otro, se doblaron a reír, mientras don Tirso, sin comprender nada, miraba indistintamente a la monja y al monarca para descubrir lo que sucedía y salir así de su asombro.

—Basta, Constanza —dijo don Jaime en cuanto recobró la seriedad, una vez pasados unos segundos—. Y haz el favor de comportarte porque lo acaecido aquí no es cosa de burla.

—Cierto, señor —aceptó la navarra, intentando recobrarse.

El rey volvió a asomarse a la barandilla y preguntó al capitán:

—¿Está todo preparado para el viaje de la reina?

—A las puertas, mi señor —respondió don Tirso—. Venía a informar de ello.

—Bien. Sal y espera fuera —ordenó don Jaime al capitán. Y luego, dirigiéndose a Constanza, dijo—: Ve a los aposentos de la reina y acompáñala a la salida. Yo os esperaré allí.

Mientras estos hechos se producían, Lucía y Petronila, que ya habían oído la noticia de la muerte de la abadesa, nada más necesitaron para comprender que había llegado la hora de huir. Observaron a su alrededor, contemplaron el caos y el desgobierno que imperaba en el cenobio, percibieron el pandemónium en que se había convertido la abadía y consideraron que era el momento adecuado para abandonar el lugar. Sin necesitar hacer otros planes, mudarse de ropas ni hacer acopio de provisiones, se adentraron por el pasillo que conducía a la nave de la enfermería, salieron al patio exterior, entraron en la nave donde don Fáñez conversaba animadamente con la joven Catalina, que ya parecía haber recobrado la salud y el ánimo, y sin decir palabra atravesaron la sala para salir por la puerta del monasterio que se abría al macabro huerto donde se hallaba el osario infantil.

Con lo que no contaban era con que aquella salida, como las demás del convento, estaba guardada por las huestes reales, tal y como había ordenado don Jaime a don Blasco de Alagón, y al ser vistas fueron retenidas por los soldados. En vano trataron de zafarse y esgrimir mil y una excusas para explicar su marcha precipitada. Los soldados de la guardia, obedeciendo órdenes, retuvieron a las dos monjas a la espera de recibir instrucciones sobre lo que debían hacer y dieron noticia de la captura a sus superiores.

Y lo decidido, una vez informados su capitán, el Alférez Real y el rey don Jaime, sin que cupieran dudas que apuntasen a la misericordia, fue hacerlas presas y crucificarlas al amanecer del día siguiente en una cruz en forma de aspa, la llamada cruz de Santa Eulalia, y abandonarlas luego a la intemperie de las tierras leridanas para que los buitres se alimentaran con su carroña.

La reina doña Leonor de Castilla fue despedida a las puertas del monasterio de San Benito por su esposo el rey don Jaime y el Alférez Real, mientras la confusión continuaba en el interior del convento. La escolta, dirigida por el atildado capitán don Tirso de Cardalés, estaba formada por cien hombres a caballo y tres carros de avituallamiento para el viaje, y esperaba ordenada el inicio de la marcha con el estandarte de la Corona presidiendo la columna. Las carretas de la reina y sus damas ya habían sido equipadas con los baúles del equipaje cuando don Jaime se acercó a la reina y le besó la mano.

—Os espero el 20 de abril en Calatayud, si os place. Allí nos encontraremos con Zayd Abu Zayd, que viene a rendirnos vasallaje. Después partiremos hacia Lérida y Barcelona.

—Si nuestro hijo se ha recuperado... —la reina no se comprometió en la respuesta y también besó la mano del rey.

—Os deseo buen viaje.

—*Deo volente* [15] —agradeció doña Leonor y subió a su carro.

El rey, entonces, se aproximó a Violante y, tomándole las manos, sonrió. Ella cerró las suyas, esperando una palabra amable, y sin cuidarse de disimular presionó con sus dedos pulgares sobre los del rey, transmitiéndole un mensaje de afecto que él recibió afirmando con la cabeza. Después de unos segundos de permanecer con las manos entrelazadas, dijo:

—A tu regreso a Hungría, saluda a tu padre de mi parte. Y di a don Andrés que pronto habrá ocasión de vernos.

15. «Si Dios quiere.»

—Se lo diré, mi señor.

La caravana partió parsimoniosa, siguiendo el camino del sol. Don Jaime, a las puertas de la abadía, de pie junto a don Blasco, Constanza de Jesús y los muchos caballeros que asistieron a la despedida de la reina, vio alejarse el cortejo sin hablar. Pero cuando la comitiva de doña Leonor empezó a difuminarse en el horizonte y sólo se percibía con nitidez la polvareda levantada por el trasiego de la caballería y de los carros, el rey volvió la cara hacia su Alférez Real y ordenó:

—Dispón lo necesario para que todas las cenobitas de este monasterio recojan de inmediato sus pertenencias y sean conducidas de regreso a sus casas. Y después arrasadlo todo.

—¿Estáis seguro, mi señor? —se extrañó don Blasco de la orden—. Pensad que...

—¡Acabad con todo!

Al atardecer de ese día, sentado en su carpa real, don Jaime contemplaba lo más alto del mástil de su tienda, en donde la golondrina había realizado la puesta. Trataba de pensar en su esposa doña Leonor, en la expedición a Mallorca, en las acusaciones llenas de rencor de doña Inés, en el excesivo peso de la corona, que obligaba a tomar decisiones difíciles, en los terribles días vividos en la abadía y en la satisfacción de haber conocido a una mujer como la monja navarra Constanza de Jesús, cuya sola remembranza le producía ganas de sonreír. Intentaba pensar también en las aspiraciones de los nobles catalanes, para considerar si respondían a la justicia o eran hijas de la ambición. Y también pensaba en su obligación de mantener unido el reino y reforzar el poder de la Corona de Aragón, porque lo contrario no sólo sería traición a sus antepasados, sino un grave error. Por mucho que trataran de imponerlo otros, por muy vehementes que fueran sus peticiones e incluso llegaran a atentar contra él, como lo había hecho la abadesa de San Benito, tendría que convencer a los suyos de que la unidad del reino era imprescindible y que permitir fragmentarlo, como algunos pretendían en nombre de viejos pleitos que era preciso olvidar, era políticamente caro, culturalmente empobrecedor, socialmente injusto, internacionalmente debilitador y económicamente suicida.

Pero por mucho que intentaba concentrarse en esos pensamientos, por numerosos que fueran, todos se cortaban abruptamente porque una y otra vez le asaltaba el recuerdo de Violante, y al hacerlo una procesión de hormigas le recorría el estómago y el corazón le crecía, respirando peor. Era amor, y él lo sabía.

Dejó la copa de vino sobre la mesa, salió al exterior de la tienda y contempló arder en la lejanía el monasterio, que se consumía lentamente hasta que al anochecer se convirtiera en cenizas que serían arrastradas por los cuatro vientos, cuando la montaña impusiera su ley.

No vio a Constanza de Jesús, que se le acercaba por la espalda. La navarra llegaba con su hatillo de viaje en la mano y los ojos puestos también en el incendio. Silenciosamente se colocó a su lado y entonces el rey descubrió su presencia.

—¿Vuelves a Tulebras, Constanza?

—A ver qué remedio —replicó, resignada—. Empieza la primavera y hay que rendir pleitesía al aburrimiento.

—Te condenarás, Constanza...

—Rezaré para que no sea así —afirmó la religiosa, adoptando un gesto de beatitud. Luego, espeluznada, añadió—: ¿Os imagináis una eternidad junto a doña Inés? Ahora más que nunca procuraré encontrar plaza para sentarme lo más cerca de Dios Nuestro Señor. O aunque sea un poco más lejos, pero en su seno.

Don Jaime sonrió. Aquella mujer le gustaba. Si hubiera sido posible la habría incorporado a su séquito, pero sabía que en Santa María de la Caridad no consentirían que rompiera sus votos. Se limitó a volver a contemplar el incendio de la abadía y a asegurar:

—Volveremos a vernos.

—Si Dios lo quiere —asintió ella—. Y, si fuera posible, con alguna excusa mejor. Creo que tardaré muchos días en dormir bien después de lo que se me ha dado a conocer aquí.

—Tienes razón.

Constanza de Jesús no atendió a protocolo alguno cuando, para despedirse, abrazó a don Jaime y le besó en la mejilla. El rey, desacostumbrado a ese trato, percibió un calorcillo en el pecho muy parecido al que sentía cuando le abrazaba su madre y fue tal su conmoción que se le humedecieron los ojos y, a duras penas, pudo decir:

—Gracias.

—A vos, mi rey.

Constanza se alejó caminando pausadamente. El rey, sin poder dejar de mirarla al marchar, respiró profundamente para sentirse mejor y trató de recobrar las fuerzas que su destino le exigía. Su Campeón, don Blasco de Alagón, llegó hasta él y le preguntó si le complacería que cenaran juntos. Don Jaime afirmó con la cabeza, volviendo a contemplar el fuego purificador que todo lo devoraba en el horizonte. Entonces don Blasco preguntó:

—¿Os duele lo que veis?

Y el rey, apartando por fin los ojos de la abadía en llamas, sentenció:

—No. Era un lupanar de asesinos. Entre esos muros habitaba Satanás. Una vez dentro, a todos nos devoró la idea de la muerte, ya fuera para matar, ya para morir. Que nadie vuelva a pronunciar jamás el nombre de esa habitación del infierno. Nunca existió. Don Jaime *dixit*.

El 5 de septiembre de aquel año de 1229 partió una expedición para la conquista de Mallorca desde Cambrils, Tarragona y Salou. Después de tres meses de asedio, el último día de 1229 se rindió la ciudad de Palma y con ella el resto de la isla, sin ofrecer resistencia.

Al año siguiente, en 1230, se hizo efectiva la anulación del matrimonio entre don Jaime I y doña Leonor de Castilla. Posteriormente ella ingresó en el Real Monasterio de las Huelgas de Burgos, en donde murió en 1246.

El 8 de septiembre de 1235, don Jaime I se casó con doña Violante de Hungría. Tuvieron cuatro hijos y cinco hijas: Pedro III, rey de Aragón, Cataluña y Valencia; Jaime, rey de Mallorca; Fernando, que murió en vida del padre, y Sancho, arcediano de Belchite, abad de Valladolid y arzobispo de Toledo, que falleció en 1275 prisionero de los moros granadinos. Sus hijas fueron Violante, que casó con Alfonso X de Castilla; Constanza, casada con el infante castellano don Manuel, hijo de Fernando III; María, que ingresó en un convento; Sancha, que murió como peregrina en Tierra Santa, e Isabel, casada en 1262 con Felipe III de Francia.

La reina Violante de Hungría murió en Huesca el 12 de octubre de 1251.

Cataluña llegó a ser un principado, pero no un reino, un Estado ni una nación. El nombre de principado siguió utilizándose en los Decretos de Nueva Planta de la administración borbónica y estuvo plenamente vigente hasta el siglo xix. En el Real Decreto de 30 de noviembre de 1833, de Javier de Burgos, por el que se estableció la división provincial de España, el único principado que se menciona es el de Asturias.

AGRADECIMIENTOS
—

A María, mi hija.

También quiero agradecer las aportaciones recibidas de don Jorge Barco y de don Carlos Aurensanz para los aspectos forenses de esta novela; y de doña Fanny Rubio, en los fundamentos místicos.

Y a mis amigos Rosa García Gómez, Diana Sobrado, Clelia Bella, Begoña Gancedo, Mariela Cordero, Andrea Carolina Paparella, Susana Rodríguez Moreno, Berta Saiz, Ignacio del Valle, Paquita Dipego, Mery Montpellier, Susana Villafane, Dorelia Barahona, Marina Feijoo, Mercedes Moliní, Randuss Quintana, Laura Orvieto, Déborah Albardonedo, Alejandra López C., Pilar García Elegido, Mireya García, Juana Vázquez, Luna Muñoz, Susana Hernández, Eva Vélez, Mado Martínez, Lilita Wasp, Verónica Nerea Redondo, Mari Carmen del Río, Blu Isabel Oliveira, Vanessa Benítez Jaime, Esther Redondo, Amina Pallarés, Luchi González, Irene Serrano, Isabel Soria, Laila Aourach, Esther Vincent, Isabel Cuevas-Parra, Rosa Rivas, Isabel Nélida Giménez, Antonia Gilvergg, Pilar Gómez, Beatriz Pérez González, Anne Fatosme, Pilar Lizcano, Carmen García Vega y Ana Carmen Martínez Ballarín.

Con mi especial reconocimiento a quienes siempre permanecen cerca: Ana D'Atri, Miguel Blasco, Josefina Blanco, Teresa Moreno, José María Valle, Ignacio Salas, Pedro

Valle, Marina Fernández Bielsa, Iraida González, Rosa Infante, Javier Lorenzo, Ramón Aranguena, Carmen Benavides, Claudia Braña, José Luis del Moral, Jorge Díaz, Nacho Fernández, Nuria García-Alix, Miguel García-Moreno, María Zaragoza, Nora Nicolini, Ramón Ongil, Ana Prieto, Marga del Moral, Ángela Rosales y David Santander.

Y a Nuria Fernández, Purificación Plaza, Javier Martínez, Elías Díaz, José Perea, Raúl Morodo, Juan D'Atri, Sandra Barneda, Manu Cuesta, José Miguel Molero, Alfons Cervera, Maria José Bosch, Antonio Sansó, Alberto Arija, José Luis Arceo, Rosa María García, José Antonio Sarmiento, Antonio Cuerpo, Rosa Aliaga, Ignacio Puig de la Bellacasa, Lúa Payán, Raúl Guerra Garrido, Antonio Hernández, Víctor Jara, Sara Torres Díaz, Raquel Franco, Diana Collado, María Costa, Susana Alfonso, Amparo Gracia, Víctor Claudín, Luis de la Peña, Juana Salabert, Paula Izquierdo, Antonio Ubero, Ángela Molina, Mariam Pascual, Francisco Reig, Angie López, Miluca Martín, Cristina Serrano, Pepe Lucas, Paca Arceo, Paquita Sauquillo y a la familia Reig.

ÍNDICE

Impreso en
Rotapapel, S. L.
Móstoles (Madrid)

2c
Y/c 9/2014